证券从业人员培训考试一本通

证券投资基金

郝毓维　孙秀山　罗　嘉　编著

清华大学出版社
北京

图书在版编目(CIP)数据

证券投资基金/郝毓维，孙秀山，罗嘉编著．--北京：清华大学出版社，2011.4
(证券从业人员培训考试一本通)
ISBN 978-7-302-24575-9

Ⅰ.①证…　Ⅱ.①郝…②孙…③罗…　Ⅲ.①证券投资－基金－资格考核－自学参考资料
Ⅳ.①F830.91

中国版本图书馆CIP数据核字(2011)第010156号

责任编辑：金　娜
责任校对：王荣静
责任印制：杨　艳
出版发行：清华大学出版社　　**地　　址**：北京清华大学学研大厦A座
http://www.tup.com.cn　　**邮　　编**：100084
社　总　机：010-62770175　　**邮　　购**：010-62786544
投稿与读者服务：010-62776969，c-service@tup.tsinghua.edu.cn
质　量　反　馈：010-62772015，zhiliang@tup.tsinghua.edu.cn
印　装　者：北京国马印刷厂
经　　销：全国新华书店
开　　本：185×260　**印　张**：20.5　**字　数**：449千字
版　　次：2011年4月第1版　　**印　　次**：2011年4月第1次印刷
印　　数：1～4000
定　　价：36.00元

产品编号：040468-01

目　录

绪　论 …………………………………………………………………… (1)
第一章　证券投资基金概述 ……………………………………………… (7)
　第一节　本章知识框架 ………………………………………………… (7)
　第二节　本章复习提示 ………………………………………………… (7)
　第三节　证券投资基金的概念和特点 ………………………………… (8)
　第四节　证券投资基金市场的参与主体和运作方式 ………………… (9)
　第五节　证券投资基金的两种法律形式 ……………………………… (11)
　第六节　证券投资基金的历史起源和发展 …………………………… (12)
　第七节　我国基金业的发展状况 ……………………………………… (13)
　第八节　基金业在金融体系中所占的地位与作用 …………………… (13)
　第九节　同步强化训练 ………………………………………………… (14)
第二章　证券投资基金的类型 …………………………………………… (21)
　第一节　本章知识框架 ………………………………………………… (21)
　第二节　本章复习提示 ………………………………………………… (22)
　第三节　证券投资基金分类概述 ……………………………………… (22)
　第四节　股票基金 ……………………………………………………… (25)
　第五节　债券基金 ……………………………………………………… (28)
　第六节　货币市场基金 ………………………………………………… (29)
　第七节　混合基金 ……………………………………………………… (31)
　第八节　保本基金 ……………………………………………………… (31)
　第九节　交易型开放式指数基金(ETF) ……………………………… (32)
　第十节　QDII 基金 …………………………………………………… (33)
　第十一节　同步强化训练 ……………………………………………… (34)
第三章　基金的募集、交易与登记 ……………………………………… (42)
　第一节　本章知识框架 ………………………………………………… (42)
　第二节　本章复习提示 ………………………………………………… (43)
　第三节　封闭式基金的募集与交易 …………………………………… (44)
　第四节　开放式基金的募集与认购 …………………………………… (46)
　第五节　开放式基金的申购、赎回 …………………………………… (48)
　第六节　开放式基金的其他业务模式 ………………………………… (51)

第七节 交易型开放式指数基金 …… (51)
第八节 上市开放式基金(LOF)的募集与交易 …… (54)
第九节 开放式基金份额的登记 …… (55)
第十节 同步强化训练 …… (56)
第四章 基金管理人 …… (63)
第一节 本章知识框架 …… (63)
第二节 本章复习提示 …… (64)
第三节 基金管理人概述 …… (64)
第四节 基金管理公司的机构设置 …… (66)
第五节 基金投资运作管理 …… (68)
第六节 基金管理公司治理结构与内部控制 …… (71)
第七节 同步强化训练 …… (75)
第五章 基金托管人 …… (82)
第一节 本章知识框架 …… (82)
第二节 本章复习提示 …… (83)
第三节 基金托管人概述 …… (83)
第四节 机构设置与技术系统 …… (84)
第五节 基金财产保管 …… (85)
第六节 基金资金清算 …… (86)
第七节 基金会计复核 …… (87)
第八节 基金投资运作的监督 …… (87)
第九节 基金托管人的内部控制 …… (88)
第十节 同步强化训练 …… (89)
第六章 基金的市场营销 …… (96)
第一节 本章知识框架 …… (96)
第二节 本章复习提示 …… (97)
第三节 基金营销概述 …… (97)
第四节 基金产品设计与定价 …… (98)
第五节 基金销售渠道、促销手段与客户服务 …… (100)
第六节 基金销售机构的准入条件与职责 …… (101)
第七节 基金销售行为规范 …… (102)
第八节 证券投资基金销售业务信息管理 …… (104)
第九节 基金销售机构内部控制 …… (105)
第十节 同步强化训练 …… (105)
第七章 基金的估值、费用与会计核算 …… (112)
第一节 本章知识框架 …… (112)
第二节 本章复习提示 …… (112)
第三节 基金资产的估值 …… (113)

第四节　基金的费用 …………………………………………………… (114)
第五节　基金会计核算 ………………………………………………… (116)
第六节　基金财务会计报告分析 ……………………………………… (117)
第七节　同步强化训练 ………………………………………………… (119)
第八章　基金利润分配与税收 ……………………………………… (124)
第一节　本章知识框架 ………………………………………………… (124)
第二节　本章复习提示 ………………………………………………… (124)
第三节　基金利润 ……………………………………………………… (125)
第四节　基金利润分配 ………………………………………………… (126)
第五节　基金税收 ……………………………………………………… (126)
第六节　同步强化训练 ………………………………………………… (128)
第九章　基金的信息披露 …………………………………………… (134)
第一节　本章知识框架 ………………………………………………… (134)
第二节　本章复习提示 ………………………………………………… (135)
第三节　基金信息披露概述 …………………………………………… (135)
第四节　我国基金信息披露制度体系 ………………………………… (136)
第五节　基金主要当事人的信息披露义务 …………………………… (137)
第六节　基金募集信息披露 …………………………………………… (139)
第七节　基金运作信息披露 …………………………………………… (140)
第八节　基金临时信息披露 …………………………………………… (141)
第九节　特殊基金品种的信息披露 …………………………………… (141)
第十节　同步强化训练 ………………………………………………… (142)
第十章　基金监管 …………………………………………………… (149)
第一节　本章知识框架 ………………………………………………… (149)
第二节　本章复习提示 ………………………………………………… (150)
第三节　基金监管概述 ………………………………………………… (150)
第四节　基金监管机构和自律组织 …………………………………… (151)
第五节　基金服务机构监管 …………………………………………… (152)
第六节　基金运作监管 ………………………………………………… (154)
第七节　基金行业高级管理人员监管 ………………………………… (156)
第八节　同步强化训练 ………………………………………………… (158)
第十一章　证券组合管理基础 ……………………………………… (164)
第一节　本章知识框架 ………………………………………………… (164)
第二节　本章复习提示 ………………………………………………… (164)
第三节　证券组合管理概述 …………………………………………… (165)
第四节　证券组合分析 ………………………………………………… (166)
第五节　资本资产定价模型及其运用 ………………………………… (169)
第六节　套利定价理论 ………………………………………………… (170)

第七节 有效市场假设理论及其运用 …… (170)
第八节 行为金融理论及其应用 …… (171)
第九节 同步强化训练 …… (172)
第十二章 资产配置管理 …… (178)
第一节 本章知识框架 …… (178)
第二节 本章复习提示 …… (178)
第三节 资产配置管理概述 …… (178)
第四节 资产配置的基本方法 …… (179)
第五节 资产配置主要类型及其比较 …… (180)
第六节 同步强化训练 …… (182)
第十三章 股票投资组合管理 …… (190)
第一节 本章知识框架 …… (190)
第二节 本章复习提示 …… (190)
第三节 股票投资组合的目的 …… (191)
第四节 股票投资组合管理基本策略 …… (191)
第五节 股票投资风格管理 …… (192)
第六节 积极型股票投资策略 …… (193)
第七节 消极型股票投资策略 …… (196)
第八节 同步强化训练 …… (196)
第十四章 债券投资组合管理 …… (202)
第一节 本章知识框架 …… (202)
第二节 本章复习提示 …… (202)
第三节 债券收益率及收益率曲线 …… (203)
第四节 债券风险的测量 …… (205)
第五节 积极债券组合管理 …… (207)
第六节 消极债券组合管理 …… (208)
第七节 同步强化训练 …… (209)
第十五章 基金绩效衡量 …… (216)
第一节 本章知识框架 …… (216)
第二节 本章复习提示 …… (216)
第三节 基金绩效衡量概述 …… (217)
第四节 基金净值收益率的计算 …… (218)
第五节 基金绩效的收益率衡量 …… (219)
第六节 风险调整绩效衡量方法 …… (219)
第七节 择时能力衡量 …… (221)
第八节 绩效贡献分析 …… (221)
第九节 同步强化训练 …… (222)

真题、模拟题组合试题

一、真题、模拟题组合试卷 …………………………………………………… (231)
二、真题、模拟题组合试卷 …………………………………………………… (259)
三、真题、模拟题组合试卷 …………………………………………………… (287)
参考法规目录 ………………………………………………………………… (314)

绪　论

从 2003 年起，证券业从业人员资格考试向全社会放开，由此我国推行的证券业实行从业人员资格管理制度也就随之向全社会放开。证券业从业资格证是进入证券行业的必备证书，是进入银行、非银行金融机构、上市公司、投资公司、大型企业集团、财经媒体、政府经济部门的重要参考条件。它不仅是一种从业资格证书，也体现了一个人财商的高低。更重要的是：参加证券业从业人员资格考试是从事证券职业生涯的通行证。

一、证券业从业资格证书的作用和意义

学习与通过证券业从业人员资格考试，是进入证券行业的必经之路。在证券公司、基金管理公司、资产管理公司、投资公司就业，无论国内国外都是“金领”的职业选择。

它有广泛的、高薪的就业渠道。证券行业及其他金融机构、上市公司、大型企业集团、投资公司、会计公司、财经资讯公司、政府经济管理部门等录用人员都可以参考证券资格考试成绩。持有证券资格并能够实现良好业绩的高薪人员大有人在，其年薪水平非一般行业可比。

它是提高个人理财技能的重要手段。巴菲特专门从事证券投资而成为世界首富，个人财富达数百亿美元。国内个人证券投资业绩超人者大有人在。证券投资成功并不一定需要高深的专业学术理论水平，也不一定需要巨额的原始投资。掌握了基本的市场知识和规则，以价值投资的理念和方法，即使普通的投资者也会有数千万元乃至数亿元的增值潜力。

它是提高企业理财技能的重要手段。不会资本经营的企业只能蹒跚如企鹅，产业经营和资本经营相结合的企业才可能如雄鹰般纵情翱翔于无限广阔的蓝天。

它是深入进行金融经济学研究的极有价值的一个起点。证券研究同样可以成就学术上的光荣与梦想，很多经济学家因为证券研究的突出贡献获得了世界经济学的最高荣誉——诺贝尔经济学奖。

《证券业从业人员资格管理办法》（以下简称《办法》）第四条规定：任何相关机构不得聘用无此证书的人员，违者将由证监会和相关行业协会进行严厉处罚。考试成绩合格可取得成绩合格证书，考试成绩长年有效。考生通过了从业资格中的基础科目和一门以上的专业科目，就能取得从业资格。获得从业资格的人员，进入证券相关机构，还必须通过所在机构申请到执业证书后才能上岗。

二、考试科目和证书申请

考试科目分为基础科目和专业科目,基础科目为证券基础知识;专业科目包括:证券交易、证券发行与承销、证券投资分析、证券投资基金。单科考试时间为120分钟。基础科目为必考科目,专业科目可以自选。选报的考试科目数量没有限制,可以选择全报。其中证券基础知识是必过内容。通过证券交易,可从事证券经纪业务,这是证券公司的传统业务;通过证券发行与承销,可从事投资银行业务,这方面是证券公司利润的重要来源;通过证券投资分析,获得从业资格后,还需满足中国国籍、大学学历、两年以上证券从业经验的条件,才能取得证券投资咨询相关工作的执业资格;通过证券投资基金,可从事基金管理公司、银行基金部门的相关工作。

从2004年起,全部为全国统考、闭卷、采取计算机考试方式进行,每科考试60分为合格线。考试形式全部为客观题,共有单选、多选、判断三种题型。2009年11月底考试开始变化了,多选减少为40道题,每题1分;其他题型和分值不变,都是60题,每题0.5分。

参加资格考试的人员通过基础科目及任意一门专业科目考试的,即为资格考试合格人员,同时取得证券从业资格。中国证监会另有规定的人员,按照中国证监会的有关规定取得从业资格。取得证券从业资格的人员,可以按照《办法》及其实施细则等有关规定向协会申请执业证书。

参加资格考试的人员,可以选报一门以上专业科目考试。基础科目及两门以上(含两门)专业科目考试合格的,可获得一级专业水平级别认证;基础科目及四门以上(含四门)专业科目考试合格的,可获得二级专业水平级别认证。由协会颁发专业水平级别认证证书。

申请执业证书的人员应当取得从业资格、被证券从业机构聘用、符合《办法》第十条规定的有关品格、声誉方面的条件;申请从事证券投资咨询业务的,还应当具有中国国籍、大学本科以上学历及两年以上证券业从业经历;申请从事证券资信评估业务的,应当具备两年以上证券业从业经历及中国证监会有关规定的条件。执业证书通过所在机构向中国证券业协会申请。协会应当自收到执业申请之日起30日内,向证监会备案,颁发执业证书。执业证书不实行分类。取得执业证书的人员,经机构委派,可以代表聘用机构对外开展本机构经营的证券业务。取得执业证书的人员,连续三年不在机构从业的,由协会注销其执业证书;重新执业的,应当参加协会组织的执业培训,并重新申请执业证书。

三、考试资格和考试地址

证券业从业人员资格考试自2003年起向社会及境外人士开放。凡年满18周岁,具有高中以上文化程度和完全民事行为能力的境内外人士都可以报名参加证券业从业人员资格考试。

证券业从业人员资格考试每年的报名和考试时间并不固定。以2010年为例,报名时间为一年四次考试;报名采取网上报名方式。应考人员登录协会网站,按照要求报名。

考生可选择在全国41个城市进行考试；一般是每年考试一次。

41个城市为：北京、天津、石家庄、太原、沈阳、长春、哈尔滨、上海、南京、杭州、合肥、福州、南昌、济南、郑州、武汉、长沙、广州、南宁、海口、重庆、成都、贵阳、昆明、西安、兰州、银川、西宁、乌鲁木齐、呼和浩特、大连、青岛、宁波、厦门、深圳、保定、烟台、苏州、温州、泉州、佛山。考生可就近选择以上任一城市参加考试。

四、学习的方法和技巧

证券业从业人员资格考试点多面广、时间紧、题量大、单题分值小，考生在短短的几个月中需要学习和吸收大量知识，因而备考任务相当繁重。而且大多数报考者或是在职人员，或是在校学生，在备考阶段会面临其他很多事情，精力极其有限。考生要消除或减轻这些不利因素的影响，只能在提高学习效率方面下工夫。掌握和运用科学有效的学习方法，具有重大的现实意义。

（一）全面系统学习

考生对于参加考试的课程，必须紧扣当年考试大纲全面系统地学习。对于课程的所有要点，必须全面掌握。很难说什么是重点，什么不是重点。从一些重要的历史性的时间、地点、人物，到证券价值的决定、证券投资组合的模型，再到最新的政策法规等，都是考试的范围。

全面学习并掌握了考试课程，应付考试可以说是游刃有余，胸有成竹。任何投机取巧的方法，只能适得其反。

（二）在理解的基础上记忆

理解是记忆的前提和基础，是最基本、最有效的记忆方法。客观地说，证券业从业人员资格考试中有大量知识点和政策法规需要学习，记忆量是相当大的。一般考生都会产生畏惧情绪，其实只要掌握恰当的学习方法和技巧，这些都不是很困难的事。

证券业从业人员资格考试采取标准化试题，放弃了传统“死记硬背”的考试方法，排除了简答题、论述题、填空题等题型，考试的目的就是了解考生的知识面的广度和知识点的掌握程度。考生在记忆相关知识点时，要根据行文结构，找出关键的“信息点”，加以认真分析、思考，全面理解，融会贯通，这样更有利于加深记忆。如果考生深刻理解了课程内容，应付考试时就会得心应手。

（三）抓住重点、要点

考生从报考到参加考试，时间过程很短，往往仅有几个月的时间。在很短的时间内，考生要学习大量的课程内容和法律法规，学习任务很重，内容很多。面对繁杂的内容，想完全记住课程所有内容是不可能的，也是不现实的，学习的最佳方式是抓住要点。所有知识都有一个主次轻重，考生在通读教材的同时，应该根据考试大纲、考试题型标记，总结知识要点。考生在学习过程中只要紧扣各科考试大纲，就可以取得事半功倍的效果。

（四）条理化记忆

根据人类大脑记忆的特点，人类的知识储存习惯条理化的方式。在学习过程中，考生如果能够适当进行总结，以知识树的方式进行记忆储存，课程要点可以非常清晰地保留在考生的头脑里。考生可以参考借鉴辅导书并根据自己的理解和需要做一些归纳总结,总结各种知识框图、知识树、知识体系图。条理化记忆既可以帮助考生加深知识的理解,又可以帮助考生提高记忆效率和效果。

(五) 注重实用和实践

证券业从业人员资格考试是对实际的从业能力的考察,不是考证券研究生、博士生。虽然仍然要掌握一定的高深的理论知识,但更要注意重点掌握实际工作需要的证券知识。

考试的大量内容是考生现在或将来实际工作中要碰到的问题,包括各种目前实用的和最新的法律、法规、政策、规则、操作规程等,这些知识既是考试的重要内容,也是考生在现在和将来工作中要用到的。证券业从业人员资格考试学习的功利目的首先是取得证券业从业资格,其次是学以致用,为实际工作打好知识基础。证券业从业人员资格考试学习的每一个知识点,几乎在证券业实际工作当中全都用得上而且必须要掌握。

(六) 调整学习的计划

我们建议的学习步骤是:第 1 步:根据辅导书快速浏览模拟测试试题和出题题型特点分析,掌握考试的考点、出题方法,了解学习方法和应试方法。这样,考生学习教材才能有的放矢。第 2 步:紧扣大纲,通读教材。根据出题特点、大纲,标记教材重点、要点、难点、考点。第 3 步:精读教材重点、要点、难点、考点。对各章进行自我测试。基本掌握各科知识。第 4 步:对各科进行模拟测试。了解自己对各科知识的掌握程度,加深对各科知识的掌握。第 5 步:根据自我测试的情况,进一步通读教材,精读教材重点、要点、难点、考点。保证自己对各科各章知识了然于胸。

(七) 自我测验,拾遗补阙

很多考生在备考过程中,往往一味地往自己头脑中灌注,尽可能多地追求信息量的占有,而很少关注自己是否真正吸收、消化了。这种情况使得考生的备考行为带有极大的盲目性,不可避免地产生记忆减退、效率下降等不良效果。为了避免上述状况的出现,考生可以在备考过程中运用自我测试的方法来检验学习效果,认真分析检测结果,弄清自己对知识的掌握情况,以明确自己的优势和不足,达到拾遗补阙、提高备考效率的目的。

自我测验最好能够同备考活动协调一致,具体的实施要依据复习的时间和内容等因素进行灵活的安排。

五、报考技巧与应试方法

认真复习、充分准备、牢固掌握有关知识,无疑是取得优异成绩的基础,也是最根本的应试技巧,但是考生的临场发挥也至关重要,常常决定考试的成败。平时的积累是临场发挥的基础,但不是说基础扎实就一定能发挥好,二者并不能等同,它们的关系犹如跳高中的助跳与腾空,缺一不可。

考生根据自己的情况,一次报考一门、两门甚至五门全报,都可以自由选择,关键是量力而行。财经类专业院校的学生和其他有一定财经知识基础的考生如果知识基础较好,准备时间较充裕,可以考虑一次报考全部五门课程。

1. 考前高效学习。考前充分地准备、高效地学习、全面地掌握考试知识,是顺利通过考试的根本。考前应该安排必要的时间学习，如果临时“抱佛脚”，学习与考试的效果、感觉都会很差。

2. 均衡答题速度。参加考试一定要均衡答题速度，尽量做到所有试题全部解答。在单题中过多地耽误时间，会对考试的整体成绩造成影响。

3. 不押题、不纠缠难题。合理取舍，策略性放弃。

4. 根据常识答题，把握第一感觉。

5. 正确的应试心理。调整状态，树立信心，从容应考。这种心态是很正常的。

6. 上机考试注意事项。

(1) 熟悉考试场地及环境。考生在参加考试前，要熟悉考试场地及其周围环境，尤其要熟悉考场的硬件和相关软件的具体情况。

(2) 学会使用帮助系统。依靠强大的帮助功能迅速掌握并充分发挥其功能。

(3) 考试时出现疑问要及时向监考人反映。

(4) 合理分配考试时间。

六、考试命题分析

证券业从业资格考试本身作为一种资格考试，不是考察水平高低性质的考试。其作为基础性考试，并非是一种高难度、高深度的选拔考试。报名起点只要高中水平即可，从以往来看，整体通过率比较高，其考试的知识点多以记忆性为主。但也应注意到，随着金融行业竞争越来越激烈，考试难度有逐次提高迹象，因此考生要取得高分是极为困难的，分数能达到 80 分以上的寥寥无几。

证券业从业人员资格考试考点比较细，范围广而杂，较烦琐。但是通过全部考试，可以对证券投资整个知识体系有一个比较全面的基础性认识。这对立志从事金融、证券行业的考生来说是一件十分有意义的事情。考生除了掌握一些基础知识、证券投资知识、证券交易知识、基金知识、发行与承销方面的基础知识，还会学习一些深度或前沿的理论，比如证券投资组合理论，债券的久期、凸性，债券的收益率曲线，资本资产定价、套利理论、有效市场理论、行为金融理论、融资与资本结构理论、金融工程等。从某种意义上来说，证券业从业人员资格考试所涉及的知识对于金融、证券专业的学生丰富完善其知识体系具有很大的帮助。

此外，随着新法律、法规不断出台，证券业从业人员资格考试所涉及的知识点和考点越来越多，逐渐成为考试的一大特点。所以，考生如果有条件参加考试，则越早越好。因为随着教材的不断完善和修订，知识点会越来越多，其难度也将越来越大。因此，考生避难就易，早日参加考试并取得证券业从业资格，不失为职业规划中的一种可行战略。

(一) 总的出题方法和出题特点

根据 2001 年以来的标准化、规范化、专业化的考题特点，从证券业从业人员资格考试历年出题形式到出题重点内容，可以大致归纳为如下几种常见的出题方法和出题特点：

根据重大法律、法规、政策出题；根据重大时间出题；根据重大事件出题；根据重要数量问题出题；计算题隐蔽出题；根据市场限制条件出题；根据市场禁止规则出题；根据业务程序、业务内容、业务方式出题；根据行为的主体出题；正向出题；反向出题；根据应试者容易模糊的内容出题；根据行为范围、定义外延等出题；根据主体的行为方式出题；根据主体的权利义务出题；根据各种市场和理论原则出题；根据各种概念分类出题；根据事物的性质、特点、特征、功能、作用、趋势等出题；根据事物之间的关系出题；根据影响事物的因素出题；根据国际证券市场知识出题等。

（二）各科目特点分析

证券业从业人员资格考试全套共五门科目，每科在内容上各有侧重和自己的特点，但也有重复的知识点。其中《证券交易》和《证券发行与承销》属于强记性的知识点比较多；《证券投资分析》和《证券投资基金》在知识点上有一些重复。整体讲，最难的是《证券发行与承销》，其中需要记忆的数字太多，有深度的则是《证券投资分析》和《证券投资基金》的组合投资部分，会有许多计算题目。每科考试120分钟，完成160道题目，基本每道题最多分配40～50秒时间。如果在计算题上花费的时间过多，就会占用其他题目的解答时间，所以合理分配时间，均衡答题速度，在考试中十分关键。

七、本丛书出版说明

为了帮助有志于加入证券业的考生取得轻松快捷、事半功倍的学习效果，能顺利通过证券业从业人员资格考试，获得资格证书，我们组织编写了“证券业从业人员资格考试辅导丛书”，包括：《证券市场基础知识》《证券交易》《证券发行与承销》《证券投资分析》《证券投资基金》五个科目。

每册分为：本章知识框架、本章复习提示、考点提示讲解、同步强化训练、真题模拟题组合试卷等几个部分。

本章知识框架，就是每章的知识线索和脉络，读者能一目了然地了解本章考点层梯关系；

本章复习提示，把每章的重点和要点罗列出来，提示给读者对考点和知识点的掌握程度；

考点提示讲解，我们把厚厚的教材进行了有目的和重点地总结、提炼，帮助读者在较短的时间内掌握教材的重点、考点；

同步强化训练，能帮助读者对所学知识进行进一步消化和巩固；

真题模拟题组合试卷的目的是向读者提示要点和考点、提示学习和应试的方法，其中还编入了大量的历年真题，帮助考生强化训练、熟悉考试。测试题和模拟题及其答案如有错误和疏漏之处，请以统编教材内容为准。

最后，对于考试的具体要求，请大家以中国证券业协会官方网站 www.sac.net.cn 公告为准。

由于时间仓促、水平有限，难免有错误、疏漏之处，恳请读者批评指正。诚挚欢迎对本书提出意见，以便再版修订。

第一章 证券投资基金概述

第一节　本章知识框架

- 证券投资基金的概念和特点
  - 证券投资基金的概念
  - 证券投资基金的特点
  - 证券投资基金与其他金融工具的比较
- 证券投资基金市场的参与主体和运作方式
  - 证券投资基金市场的参与主体
  - 证券投资基金运作方式
- 证券投资基金的两种法律形式
  - 公司型基金和契约型基金的概念
  - 公司型基金和契约型基金的不同点
- 证券投资基金的历史起源和发展
- 我国基金业的发展状况
  - 我国证券投资基金发展历程中的重大事件
  - 中国基金业发展特点
- 基金业在金融体系中所占的地位与作用

第二节　本章复习提示

掌握证券投资基金的概念与特点；熟悉证券投资基金与股票、债券、银行储蓄存款的区别；了解证券投资基金市场的运作与参与主体。

掌握契约型基金与公司型基金的概念与区别；了解证券投资基金的起源与发展；了解我国证券投资基金业的发展概况。

了解基金业在金融体系中的地位与作用。

第三节 证券投资基金的概念和特点

一、证券投资基金的概念

证券投资基金(以下简称基金)是一种利益共存、风险共担的集合证券投资方式,即通过发售基金份额,集中投资者的资金,形成独立财产,由基金托管人托管,基金管理人管理和运用资金,以投资组合的方式进行证券投资的投资方式。

基金所募集的资金在法律上具有独立性,由选定的基金托管人保管,并委托基金管理人进行股票、债券的分散化的组合投资。基金投资者是基金的所有者。基金投资收益在扣除由基金承担的费用后的盈余全部归基金投资者所有,并依据各个投资者所购买的基金份额的多少在投资者之间进行分配。

证券投资基金在不同的国家与地区称谓不尽相同,如美国称为共同基金,英国和我国香港特别行政区称为单位信托基金,日本和我国台湾地区则称为证券投资信托基金等。

二、证券投资基金的特点

证券投资基金(以下简称基金)主要有以下特征:

1. 集合理财、专业管理:基金可以将零散的资金巧妙地汇集起来,交给专业机构投资于各种金融工具,以谋取资产的增值。基金对投资的最低限额要求不高,投资者可以根据自己的经济能力决定购买数量,有些基金甚至不限制投资额大小,完全按份额计算收益的分配,因此,基金可以最广泛地吸收社会闲散资金,集腋成裘,汇成规模巨大的投资资金。

2. 组合投资、分散风险:以科学的投资组合降低风险、提高收益是基金的另一大特点。在投资活动中,风险和收益总是并存的,因此,“不能将所有的鸡蛋都放在一个篮子里”,这是证券投资的箴言。但是,要实现投资资产的多样化,需要一定的资金实力,对小额投资者而言,由于资金有限,很难做到这一点,而基金则可以帮助中小投资者解决这个难题。基金可以凭借其雄厚的资金,在法律规定的投资范围内进行科学的组合,分散投资于多种证券,借助于资金庞大和投资者众多的公有制使每个投资者面临的投资风险变小;另一方面又利用不同的投资对象之间的互补性,达到分散投资风险的目的。

3. 利益共享、风险共担:证券投资基金实行利益共享、风险共担的原则。基金投资收益在扣除由基金承担的费用后的盈余全部归基金投资者所有,并依据各投资者所持基金份额比例进行分配。为基金提供服务的基金托管人、基金管理人只能按规定收取一定比例的托管费、管理费,并不参与基金收益的分配。

4. 严格监管、信息透明:为切实保护投资者的利益,增强投资者对基金投资的信心,各国基金监管机构都对基金业实行严格的监管,对各种有损投资者利益的行为进行严厉的打击，并强制基金进行较为充分的信息披露。

5. 独立托管、保障安全：基金管理人负责基金的投资操作，本身并不经手基金财产的保管，基金财产的保管由独立于基金管理人的基金托管人负责。

三、证券投资基金与其他金融工具的比较

表 1-1 证券投资基金与股票、债券的比较

比较项目	证券投资基金	股票	债券
反映的经济关系不同	反映的是一种信托关系，是一种受益凭证	反映的是一种所有权关系，是所有权凭证	反映的是债权债务关系，是债权凭证
所筹资金的投向不同	间接投资工具，投向有价证券等金融工具	直接投资工具，投向实业领域	直接投资工具，投向实业领域
投资收益与风险大小不同	在通常情况下，证券投资基金的收益要高于债券。股票投资的风险大于基金，基金投资的风险又大于债券，基金是一种风险相对适中、收益相对稳健的投资品种	通常情况下，股票的收益是不确定的，价格的波动性较大，是一种高风险、高收益的投资品种	债券的收益是确定的，一种低风险、低收益的投资品种

表 1-2 证券投资基金与银行储蓄存款的比较

比较项目	证券投资基金	银行储蓄存款
性质不同	证券投资基金属于股权合同或契约，基金管理人只是代替投资者管理资金，并不保证资金的收益率，投资人也要承担一定的风险和费用，基金管理人只是受托管理投资者资金，并不承担投资损失的风险	存款属于债权类合同或契约，银行对存款者负有完全的法定偿债责任
收益与风险程度不同	基金具有一定的波动性，其收益与风险程度都高于银行存款	银行存款利率都是相对固定的，几乎没有风险
信息披露程度不同	证券投资基金管理人则必须定期向投资者公布基金投资情况和基金净值等情况，如净值公告、定期报告等	银行吸收存款之后，没有义务向存款人披露资金的运行情况

第四节 证券投资基金市场的参与主体和运作方式

一、证券投资基金市场的参与主体

在证券投资基金市场上，存在众多的主体，依据所承担的职责和作用的不同，可以将这些主体划分为三类：基金当事人、基金市场服务机构、监管机构和自律组织。

表 1-3　基金市场参与主体类别职责表

类　别	名　称	职责与作用
基金当事人	基金份额持有人	基金份额持有人即基金投资者，是基金的出资人、基金资产的所有者和基金投资收益的受益人
	基金管理人	基金管理人是基金产品的募集者和基金的管理者，其最主要职责就是按照基金合同的约定，负责基金资产的投资运作，在风险控制的基础上为基金投资者争取最大的投资收益
	基金托管人	基金托管人的职责主要体现在基金资产保管、基金资金清算、会计复核以及对基金投资运作的监督等方面。在我国，基金托管人只能由依法设立并取得基金托管资格的商业银行担任
基金市场服务机构	基金销售机构	基金销售机构是受基金管理公司委托从事基金代理销售的机构。目前，商业银行、证券公司、证券投资咨询机构、专业基金销售机构，以及中国证监会规定的其他机构均可以向中国证监会申请基金代销业务资格，从事基金的代销业务
	注册登记机构	指负责基金登记、存管、清算和交收业务的机构。目前，在我国承担基金份额注册登记工作的主要是基金管理公司自身和中国证券登记结算有限责任公司
	律师事务所和会计师事务所	律师事务所和会计师事务所作为专业、独立的中介服务机构。为基金提供法律、会计服务
	基金投资咨询机构和基金评级机构	基金投资咨询公司是向基金投资者提供基金投资咨询建议的中介机构；基金评级机构则是一类向投资者以及其他参与主体提供基金资料与数据服务的机构
基金监管机构和自律组织	基金监管机构	基金监管机构通过依法行使审批或核准权，依法办理基金备案，对基金管理人、基金托管人以及其他从事基金活动的中介机构进行监督管理，对违法行为进行查处
	基金交易所	证券交易所是基金的自律管理机构之一，它是为证券的集中和有组织的交易提供场所、设施、履行国家有关法律、法规、政策规定的职责，实行自律性管理的法人
	基金行业自律组织	基金行业自律组织是由基金管理人、基金托管人或基金销售机构等服务机构成立的同业协会

二、证券投资基金运作方式

证券投资基金运作方式可以分为封闭式基金和开放式基金。

封闭式基金是指基金的发起人在设立基金时，限定了基金单位的发行总额，筹集到这个总额后，基金即宣告成立，并进行封闭，在一定时期内不再接受新的投资。又称为固定型投资基金。基金单位的流通采取在证券交易所上市的办法，投资者日后买卖基金单位都必须通过证券经纪商在二级市场上进行竞价交易。是一种基金份额持有人不得申请赎回的一种基金运作方式。

开放式基金是指基金管理公司在设立基金时，发行基金单位的总份额不固定，可视投资者的需求追加发行。投资者也可根据市场状况和各自的投资决策，或者要求发行机构按现期净资产值扣除手续费后赎回股份或受益凭证，或者再买入股份或受益凭证，增持基金单位份额。为了应付投资者中途抽回资金，实现变现的要求，开放式基金一般都从所筹资金中拨出一定比例，以现金形式保持这部分资产。这虽然会影响基金的赢利水平，但作为开放式基金来说，这是必需的。

表 1-4　封闭式基金和开放式基金比较一览表

比较项目	封闭式证券投资基金	开放式证券投资基金
期限不同	有明确的存续期限，在此期限内，基金份额总数一般是固定不变的	没有固定的存续期限
份额限制不同	基金的单位总数是固定的，基金份额总数一般是固定不变的，在封闭期限内未经法定程序认可不能增减	基金份额总数不固定，没有规模限制，投资者可以根据需要随时申购或赎回基金份额
交易场所不同	可以在证券交易所上市交易，只能委托证券公司按市价买卖，交易在投资者之间完成	可以向基金管理人提出申购和赎回的要求，交易在基金管理人和基金份额持有人之间进行
基金单位的交易价格计算标准不同	主要受二级市场供求关系影响	以基金份额净值为基础，不受供求关系影响
激励约束机制和投资策略不同	没有赎回的压力，基金管理人可实行长期的投资策略，以取得长期经营绩效	客观上也要求必须保留足够的现金资产或投资于变现能力强的资产，以便投资者随时赎回，而不能尽数地用于长期投资

第五节　证券投资基金的两种法律形式

一、公司型基金和契约型基金的概念

公司型基金在法律上是具有独立法人地位的股份投资公司。公司型基金依据基金公司章程设立，基金投资者是基金公司的股东，享有股东权，按所持有的股份承担有限责任，分享投资收益。公司型基金不同于一般股份公司的是，它委托基金管理公司作为专业的财务顾问来经营与管理基金资产。

公司型基金的特点是：基金公司的设立程序类似于一般股份公司，基金公司本身依法注册为法人，但不同于一般股份公司的是，它是委托专业的财务顾问或管理公司来经营与管理；基金公司的组织结构也与一般股份公司类似，设有董事会和持有人大会，基金资产由公司所有，投资者则是这家公司的股东，承担风险并通过股东大会行使权利。

契约型基金又称为单位信托基金，是指把投资者、管理人、托管人三者作为基金的当事人，通过签订基金契约的形式，发行受益凭证而设立的一种基金。契约型基金起源于英国，后在中国香港、新加坡、印度尼西亚等地区和国家十分流行。

契约型基金是基于契约原理而组织起来的代理投资行为，没有基金章程，也没有董事会，而是通过基金契约来规范三方当事人的行为。基金管理人负责基金的管理操作。

基金托管人作为基金资产的名义持有人，负责基金资产的保管和处置，对基金管理人的运作实行监督。

二、公司型基金和契约型基金的不同点

1. 法律主体资格不同。契约型基金的资金是通过发行基金受益凭证筹集起来的信托资产，不具有法人资格；公司型基金的资金是通过发行普通股股票筹集起来的公司法人的资本，具有法人资格。

2. 投资者的地位不同。契约型基金的投资者是基金的委托人、受益人；公司型基金的投资者是公司的股东，有权通过参加股东大会的形式参与管理。

3. 基金的运营依据不同。契约型基金的营运依据是基金合同；公司型基金的营运依据是公司契约。

美国的基金主要以公司型为主，英国、日本、韩国及我国台湾地区和香港特别行政区的证券投资基金主要以契约型为主。目前，我国的证券投资基金主要是契约型基金。

第六节 证券投资基金的历史起源和发展

证券投资基金作为社会化的理财工具，起源于英国。

1868 年，英国所组建的"海外及殖民地政府信托"组织在英国《泰晤士报》刊登招股说明书，公开向社会个人发售认股凭证，这是公认的设立最早的投资基金。

另一位投资信托的先驱者是苏格兰人富莱明，1873 年，富莱明创立了"苏格兰美国投资信托"，开始计划代替中小投资者办理新大陆的铁路投资。

1879 年，英国《股份有限公司法》公布，投资基金脱离原来的契约形态，发展成为股份有限公司式的组织形式。证券投资基金初创阶段主要投资于海外的实业和债券，在类型上主要是封闭式基金。

1924 年 3 月 21 日，"马萨诸塞投资信托基金"在美国波士顿成立，这是被认为真正具有现代面貌的投资基金。

目前，开放式基金成为当代证券投资基金的主流产品，证券投资基金在全球的发展主要有以下特征：

1. 证券投资基金的数量、品种和规模增长很快，在整个金融市场乃至国民经济中占据了重要地位。

2. 证券投资基金的增长与金融市场呈正相关发展。

3. 证券投资基金发展成为一种国际性现象。

4. 开放式基金成为证券投资基金的主流产品。

5. 基金市场竞争加剧，行业集中趋势突出。

【提示】每年对证券起源和发展的考查仅限于一些有重大意义的时间，建议大家记忆一些重大事件即可，无须面面俱到。

第七节　我国基金业的发展状况

一、我国证券投资基金发展历程中的重大事件

1997 年 11 月 14 日，国务院批准颁布了《证券投资基金管理暂行办法》，这是我国首次颁布的规范证券投资基金运作的行政法规，为我国证券投资基金业的规范发展奠定了法律基础。

1998 年 3 月，基金金泰、基金开元等契约型封闭式证券投资基金设立，标志着规范化的证券投资基金在我国正式发展。

2000 年 10 月 8 日，中国证监会发布了《开放式证券投资基金试点办法》，对我国开放式基金的试点起了极大的推动作用。

2001 年 9 月，华安创新证券投资基金发行，这是国内第一只契约型开放式证券投资基金，标志着我国证券投资基金的新发展。

2003 年 10 月 28 日，《中华人民共和国证券投资基金法》（以下简称《证券投资基金法》）经全国人大常委会审议通过。

2004 年 6 月 1 日，我国《证券投资基金法》正式实施，以法律形式确认了证券投资基金业在资本市场及社会主义市场经济中的地位和作用，成为中国证券投资基金业发展史上的一个重要里程碑。

二、中国基金业发展特点

1. 基金资产规模快速增长，基金业成为我国发展最快的金融行业之一；
2. 基金品种日益丰富，基本涵盖了国际上主流的基金品种；
3. 基金公司业务开始走向多元化，出现了一批规模较大的基金管理公司；
4. 基金行业对外开放程度不断提高；
5. 基金业市场营销服务创新日益活跃；
6. 基金市场法律规范体系进一步完善；
7. 基金投资者队伍迅速壮大，个人投资者取代机构投资者成为基金的主要持有者。

第八节　基金业在金融体系中所占的地位与作用

证券投资基金是一种集中资金、专业理财、组合投资、分散风险的集合投资方式。

一方面，它通过发行基金份额的形式面向投资大众募集资金；另一方面，将募集的资金通过专业理财、分散投资的方式投资于资本市场。

证券投资基金在我国的作用主要有以下几方面：

1. 为中小投资者拓宽了投资渠道；
2. 优化金融结构，促进经济增长；

3. 有利于证券市场的稳定和健康发展；

4. 完善金融体系和社会保障体系。

第九节 同步强化训练

一、单选题

1. 以下对于封闭式基金与开放式基金区别的叙述，不正确的是（　　）。

A. 存续期限不同　　B. 投资策略相同

C. 影响基金价格的主要因素不同　　D. 收益与风险不同

【答案】B

2. 通常情况下，与股票和债券相比，证券投资基金是一种（　　）的投资品种。

A. 高风险、高收益　　B. 低风险、低收益

C. 风险相对适中、收益相对稳健　　D. 基本没有风险

【答案】C

【解析】基金投资于众多股票，能有效分散风险，是一种风险相对适中、收益相对稳健的投资品种。

3. 由于（　　）份额固定，没有赎回压力，基金投资管理人员完全可以根据预先设定的投资计划进行长期投资和全额投资，并将基金资产投资于流动性相对较弱的证券上。

A. 公司型基金　　B. 契约型基金

C. 开放式基金　　D. 封闭式基金

【答案】D

4. 证券投资基金起源于19世纪的（　　）。

A. 英国　　B. 美国　　C. 法国　　D. 荷兰

【答案】A

【解析】证券投资基金作为社会化的理财工具，起源于英国的投资信托公司。1868年，英国成立“海外及殖民地政府信托基金”。

5. 证券投资基金是一种实行（　　）的集合投资方式。

A. 组合投资　　B. 专业管理　　C. 利益共享　　D. 风险共担

【答案】C

6. 1879年，英国《股份有限公司法》公布，投资基金摆脱原来的（　　）形态。

A. 封闭式　　B. 开放式　　C. 契约　　D. 股份有限公司

【答案】C

7. 从基金的营运依据来看，契约型基金的营运依据是（　　）。

A. 基金管理公司的公司章程　　B. 托管协议

C. 基金契约　　D. 基金招募书

【答案】C

【解析】从基金的营运依据来看，契约型基金的营运依据是基金契约；公司型基金的

营运依据是公司章程。

8. 设立契约型基金,签署基金合同的主体中不包括( )。

A. 基金托管人
B. 基金管理人
C. 基金投资者
D. 基金评级机构

【答案】D

9. 事先确定发行总额和存续期限,在存续期内基金单位总数不变,基金上市后投资者可以通过证券市场买卖的一种基金类型是( )。

A. 开放式基金
B. 封闭式基金
C. 公司型基金
D. 契约型基金

【答案】B

【解析】封闭式基金是指基金份额在基金合同期限内固定不变,基金份额可以在依法设立的证券交易所交易,但基金份额持有人不得申请赎回的一种基金运作方式。

10. 下列选项中,不属于证券投资基金的三个主要当事人的是( )。

A. 基金投资人
B. 证券登记机构
C. 基金管理人
D. 基金托管人

【答案】B

【解析】证券投资基金的三个主要当事人是基金投资人、基金管理人、基金托管人。其中,基金投资人是基金的持有人和受益人,管理人负责管理基金,托管人负责保管基金。掌握了三者之间的相互关系就能轻易地记住三个主要当事人。

11. 与公司型基金的股东大会相比,契约型基金持有人大会赋予基金持有者的权利( )。

A. 相对较大 B. 相对较小 C. 相同 D. 无法比较

【答案】B

二、多选题

1. 目前,基金管理公司已被允许开展包括( )等其他委托理财业务,基金公司的业务正在日益走向多元化。

A. 社保基金管理
B. 企业年金管理
C. QDII 基金管理
D. 特定客户资产管理

【答案】ABCD

2. 公司型基金和契约型基金的区别主要包括( )。

A. 资金的性质
B. 基金的营运依据
C. 投资者的地位
D. 基金的申购程序不同

【答案】ABC

【解析】公司型基金和契约型基金的区别主要包括三点:从资金的性质上来看,契约型基金的资金是通过发行基金受益凭证筹集起来的信托资产;公司型基金的资金是通过发行普通股股票筹集起来的公司法人的资本。

从投资者的地位来看,契约型基金的投资者是基金的委托人、受益人;公司型基金的投资者是公司的股东,有权通过参加股东大会的形式参与管理。

从基金的营运依据来看，契约型基金的营运依据是基金契约；公司型基金的营运依据是公司章程。

3. 在我国，目前可以向中国证监会申请基金代销业务资格，从事基金的代销业务的机构有(　　)。

A. 证券公司　　B. 商业银行

C. 证券投资咨询机构　　D. 专业基金销售机构

【答案】ABCD

4. 基金份额持有人享有基金(　　)。

A. 资产所有权　　B 资产管理权

C. 剩余资产分配权　　D. 资产保管权

【答案】AC

【解析】基金份额持有人即基金投资人，是基金份额的持有者，对其持有的基金份额享有所有权、收益权、转让权或处分权，以及取得基金清算后的剩余资产的权利。基金管理人享有基金资产管理权，基金托管人享有基金资产保管权。

5. 封闭式基金和开放式基金的区别主要表现在(　　)。

A. 期限不同　　B. 投资对象不同

C. 激励约束机制和投资策略不同　　D. 价格形成不同

E. 份额限制不同

【答案】ACD

【解析】封闭式基金与开放式基金主要有以下区别：期限不同；份额限制不同；交易场所不同；价格形成方式不同；激励约束机制与投资策略不同。作为基金，封闭式基金和开放式基金的投资对象均为有价证券等金融工具。

6. 证券投资基金对证券市场发展的作用主要表现在(　　)。

A. 有利于市场有效性的提高和资源的有效配置

B. 推动上市公司治理结构的完善

C. 倡导理性的投资文化，防止市场的过度投机

D. 增加了证券市场的投资品种，给投资者提供广泛选择

【答案】ABCD

7. 以下表述中错误的是(　　)。

A. 混合基金通常是股票基金与债券基金的混合

B. 在岸基金，是指在本国募集资金并投资于外国证券市场的证券投资基金

C. 伞型基金中各子基金不能独立进行投资决策

D. 基金中的基金是指以其他证券投资基金为投资对象的基金

【答案】BC

【解析】从基金的资金来源和用途可分为在岸基金和离岸基金：在岸基金，是指在本国募集资金并投资于本国(非外国)证券市场的证券投资基金，离岸基金则是从国外募集资金的基金；伞型基金是指在一个母基金之下再设若干个子基金，各子基金能(而不是不能)独立进行投资决策。

8. 世界各国和地区对证券投资基金的称谓不尽相同，目前的称谓有（　　）。

A. 共同基金　　B. 单位信托基金

C. 证券投资信托基金　　D. 集合投资基金

E. 集合投资计划

【答案】 ABCDE

【解析】 世界上不同国家和地区对证券投资基金的称谓有所不同。证券投资基金在美国被称为“共同基金”，在英国和我国香港特别行政区被称为“单位信托基金”，在欧洲一些国家被称为“集合投资基金”或“集合投资计划”，在日本和我国台湾地区则被称为“证券投资信托基金”。

9. 封闭式基金合同的内容有（　　）。

A. 基金合同当事人的各项权利、义务

B. 基金份额持有人大会召开的规则及具体程序

C. 基金受益的分配原则、执行方式

D. 募集基金的目的和名称

【答案】 ABCD

【解析】《证券投资基金法》第 37 条规定：基金合同应当包括下列内容：(1)募集基金的目的和基金名称；(2)基金管理人、基金托管人的名称和住所；(3)基金运作方式；(4)封闭式基金的基金份额总额和基金合同期限，或者开放式基金的最低募集份额总额；(5)确定基金份额发售日期、价格和费用的原则；(6)基金份额持有人、基金管理人和基金托管人的权利、义务；(7)基金份额持有人大会召集、议事及表决的程序和规则；(8)基金份额发售、交易、申购、赎回的程序、时间、地点、费用计算方式，以及给付赎回款项的时间和方式；(9)基金收益分配原则、执行方式；(10)作为基金管理人、基金托管人报酬的管理费、托管费的提取、支付方式与比例；(11)与基金财产管理、运用有关的其他费用的提取、支付方式；(12)基金财产的投资方向和投资限制；(13)基金资产净值的计算方法和公告方式；(14)基金募集未达到法定要求的处理方式；(15)基金合同解除和终止的事由、程序以及基金财产清算方式；(16)争议解决方式；(17)当事人约定的其他事项。

10. 封闭式基金的交易价格主要受二级市场供求关系的影响，当需求低迷时会出现（　　）。

A. 二级市场的交易价格超过基金份额净值

B. 溢价交易现象

C. 二级市场的交易价格低于基金份额净值

D. 折价交易现象

【答案】 CD

11. 关于公司型基金和契约型基金表述正确的有（　　）。

A. 我国的证券投资基金主要是公司型基金

B. 契约型基金的投资者既是基金份额持有人，又是公司的股东，可以参加股东大会行使股东权利

C. 契约型基金的投资者是基金契约的当事人

D. 契约型基金的投资者通过购买受益凭证获取投资收益

【答案】CD

【解析】公司型基金和契约型基金的划分依据是基金组织形式不同。前者有法人资格,后者没有法人资格。与之相应,前者的投资者既是基金份额持有人,又是公司股东,可以参加股东大会行使股东权利,并以股息形式获取投资收益;后者的投资者是基金契约的当事人,通过购买受益凭证获取投资收益。美国的基金主要以公司型为主,英国、日本、韩国以及我国的证券投资基金主要是契约型基金。

三、判断题(正确的填 A,不正确的填 B)

1. 投资基金中的开放式基金,可以在市场上通过买卖变现,存续期满后,投资人可按持有的基金份额分享相应的剩余资产。( )

【答案】B

2. 在开放式基金条件下,基金管理人没有基金份额持有人随时要求赎回的压力。( )

【答案】B

【解析】封闭式基金有明确的存续期限,在此期限内已发行的基金份额只能转让,不能赎回,因而其管理人没有基金份额持有人随时要求赎回的压力。开放式基金的存续期限是变化的,因而管理人有基金份额持有人随时要求赎回的压力。

3. 我国的基金管理公司已经推出了如定期定额投资计划、红利再投资等在成熟市场较为普遍的服务项目。( )

【答案】A

4. 与股票、债券类似,证券投资基金是一种直接投资工具。( )

【答案】B

【解析】与股票、债券不同,证券投资基金是一种间接投资工具。

5. 证券投资基金的发展还没有成为一种国际性现象。( )

【答案】B

【解析】证券投资基金的发展已经成为一种国际性现象。

6. 华安创新证券投资基金发行,是国内第一只契约型开放式证券投资基金。( )

【答案】A

【解析】2001 年 9 月,华安创新证券投资基金发行,是国内第一只契约型开放式证券投资基金,标志着我国证券投资基金的新发展。

7. 一般情况下,银行存款利率都是相对固定的,几乎没有风险。基金的收益与风险程度都高于银行存款。( )

【答案】A

8. 自 1999 年 4 月底我国封闭式基金首次出现折价交易现象后,封闭式基金的高折价已成为封闭式基金进一步发展的巨大障碍。( )

【答案】A

9. 公司型基金是依据相关法律成立的,具有法人资格;契约型基金不具有法人资

格。（　　）

【答案】A

【解析】二者的划分依据是基金的组织形式。

10. 证券投资基金由专家来经营管理，他们精通专业知识，投资经验丰富，信息资料齐备，分析手段先进，通常在市场上频繁进出博取差价。（　　）

【答案】B

11. 目前，在我国承担基金份额注册登记工作的主要是基金管理公司自身和中国证券登记结算有限责任公司。（　　）

【答案】A

【解析】基金注册登记机构是指负责基金登记、存管、清算和交收业务的机构。具体业务包括投资者基金账户管理、基金份额注册登记、清算及基金交易确认、发放红利、建立并保管基金份额持有人名册等。目前，在我国承担基金份额注册登记工作的主要是基金管理公司自身和中国证券登记结算有限责任公司。

12. 在我国当前，只有中国证监会认定的机构才能从事基金的销售，目前，商业银行尚不允许其销售证券投资基金。（　　）

【答案】B

【解析】在我国当前，只有中国证监会认定的机构才能从事基金的销售，目前，商业银行、证券公司、证券投资咨询机构、专业基金销售机构，以及中国证监会规定的其他机构均可以向中国证监会申请基金代销业务资格，从事基金的销售业务。

13. 基金的投资目标与理念、基金的投资范围与对象以及基金的费用与收益分配等，都在基金合同中规定。（　　）

【答案】B

14. 证券投资基金财产的保管由独立于基金管理人的基金托管人负责，这种相互制约、相互监督的制衡机制对投资者的利益提供了重要保护。（　　）

【答案】A

15. 契约型基金具有法人资格，公司型基金不具有法人资格。（　　）

【答案】B

【解析】契约型基金不具有法人资格，公司型基金具有法人资格。

16. 封闭式基金的价格主要受基金份额净值的影响，开放式基金的价格则主要取决于市场供求关系的大小。（　　）

【答案】B

【解析】封闭式基金是在证券市场的投资者之间进行转让的，基金价格受市场供求关系的影响较大；开放式基金的买卖价格依据基金份额资产净值的大小扣除一定的费用计算，即开放式基金的价格是以基金份额资产净值为基础计算的。

17.《中华人民共和国证券投资基金法》是我国第一部专门针对具体金融产品的金融法律。（　　）

【答案】A

18. 开放式基金具有固定的存续期限。（　　）

【答案】B

【解析】封闭式基金具有固定的存续期限；而开放式基金一般是无期限的。我国《证券投资基金法》规定，封闭式基金的存续期应在5年以上，封闭式基金期满后可以通过一定的法定程序延期。

19. 凡向投资人募集资金而形成的资金集合体都可以称为证券投资基金。（　）

【答案】B

【解析】证券投资基金是指通过发售基金份额集中投资者的资金形成独立财产，由基金管理人管理，基金托管人托管，基金份额持有人按其所持份额享受收益和承担风险的集合投资方式。

凡向投资人募集资金而形成的资金集合体都可以称为基金，但由于这些资金的用途不一定都是进行证券投资，说它们是证券投资基金就错了。

20. 全球第一只开放式基金是1868年英国的海外及殖民地政府信托。（　）

【答案】B

21. 根据组织形式的不同，基金可分为封闭式基金与开放式基金。（　）

【答案】B

【解析】根据组织形式的不同，基金可分为契约型基金与公司型基金；根据运作方式的不同，基金可分为封闭式基金与开放式基金。

22. 契约型基金的投资者没有管理基金资产的权力。（　）

【答案】A

【解析】契约型基金由基金管理人管理，由基金托管人保管，基金投资者享有收益分配权、转让权和处分权。

23. 开放式基金不是目前国际上的主流基金组织形式。（　）

【答案】B

【解析】开放式基金和封闭式基金，是就基金产品的特征进行的划分；契约型基金和公司型基金是就基金的组织形式划分。上面的判断犯了概念混淆的错误。例如，当前开放式基金是证券投资基金的主流产品就是一个正确的判断。

24. 截至2008年年底，获得QDII资格的基金管理公司有50家。（　）

【答案】B

第二章 证券投资基金的类型

第一节 本章知识框架

- 证券投资基金分类概述
  - 证券投资基金的分类
  - 股票基金、债券基金、货币市场基金和混合基金的基本概念
  - 成长型基金、收入型基金和平衡型基金的基本概念
  - 主动型基金和被动(指数)型基金的特征
  - 公募基金和私募基金的基本特征
  - 在岸基金和离岸基金的基本概念
  - 其他类型基金基本概念及基本特征
- 股票基金
  - 股票基金在投资组合中的作用
  - 股票基金与股票的不同
  - 股票基金的类型
  - 股票基金的投资风险
  - 股票基金的分析方法
- 债券基金
  - 债券基金在投资组合中的作用
  - 债券基金与债券的不同
  - 债券基金的类型
  - 债券基金的投资风险
  - 债券基金的分析
- 货币市场基金
  - 货币市场基金在投资组合中的作用
  - 货币市场工具
  - 货币市场基金的投资对象
  - 货币市场基金的收益分析
  - 货币市场基金的风险分析
- 混合基金
  - 混合基金在投资组合中的作用
  - 混合基金的类型

保本基金
- 保本基金的特点与类型
- 保本基金的分析方法

交易型开放式指数基金(ETF)
- ETF 的三大特点
- ETF 的套利交易的原理
- ETF 的类型

QDII 基金
- QDII 基金的概念
- QDII 基金的投资对象
- QDII 基金投资中的禁止行为
- QDII 基金的投资风险
- QDII 基金在投资组合中的作用

第二节 本章复习提示

了解证券投资基金分类的意义,掌握各类基金的基本特征及其区别。

了解股票基金在投资组合中的作用,掌握股票基金与股票的区别,熟悉股票基金的分类,了解股票基金的投资风险,掌握股票基金的分析方法。

了解债券基金在投资组合中的作用,掌握债券基金与债券的区别,熟悉债券基金的类型,了解债券基金的投资风险,掌握债券基金的分析方法。

了解货币市场基金在投资组合中的作用,了解货币市场工具与货币市场基金的投资对象,了解货币市场基金的投资风险,掌握货币市场基金的分析方法。

了解混合基金在投资组合中的作用,了解混合基金的类型,了解混合基金的投资风险。

了解保本基金的特点,掌握保本基金的保本策略,了解保本基金的类型,了解保本基金的投资风险,掌握保本基金的分析方法。

掌握 ETF 的特点、套利原理,了解 ETF 的类型,了解 ETF 的投资风险及其分析方法。

了解 QDII 基金在投资组合中的作用,了解 QDII 的投资对象,了解 QDII 基金的投资风险。

第三节 证券投资基金分类概述

一、证券投资基金的分类

随着基金数量、品种的不断增多,无论是投资者、基金管理公司,还是基金研究评价机构、监管部门,都需要对基金进行科学合理的分类。

对基金投资者而言，科学合理的基金分类将有助于投资者加深对各种基金的认识与风险收益特征的把握，有助于投资者作出正确的投资选择与比较。对基金管理公司而言，基金业绩的比较应该在同一类别中进行才公平合理。对基金研究评价机构而言，基金的分类则是进行基金评级的基础。对监管部门而言，明确基金的类别特征将有利于针对不同基金的特点实施更有效的分类监管。

表 2-1 证券投资基金分类一览表

标准	分类
根据运作方式的不同	封闭式基金、开放式基金
根据法律形式的不同	契约型基金、公司型基金(目前我国的基金全部是契约型基金)
依据投资对象的不同	股票型基金、债券型基金、货币市场基金、混合基金
根据投资目标的不同	成长型基金、收入型基金、平衡型基金
依据投资理念的不同	主动型基金、被动(指数)型基金
根据募集方式的不同	公募基金、私募基金
根据基金的资金来源和用途的不同	在岸基金、离岸基金
特殊类型的基金	系列基金、基金中的基金、保本基金、交易型开放式基金(ETF)、上市开放式基金(LOF)等

二、股票基金、债券基金、货币市场基金和混合基金的基本概念

(一) 股票基金

股票基金指专门投资于股票或者说大部分资金投资于股票的基金。投资目标是追求资本利得和长期资本增值。最大特点是具有良好的增值能力。根据中国证监会对基金类别的分类标准，60%以上的基金资产投资于股票的为股票基金。

(二) 债券基金

债券基金指主要投资于各种国债、金融债及公司债的基金类型。投资风险通常小于股票基金，但缺乏资本增值能力，投资回报率也比股票基金低，是保险公司、养老基金等重要的投资工具。根据中国证监会对基金类别的分类标准，80%以上的基金资产投资于债券的为债券基金。债券基金主要以债券为投资对象。

(三) 货币市场基金

货币市场基金指发行基金证券所筹集的资金主要投资于大额可转让定期存单、银行承兑汇票、商业本票等货币市场工具的证券投资基金。货币市场基金以货币市场工具为投资对象。根据中国证监会对基金类别的分类标准，仅投资于货币市场工具的为货币市场基金。

(四) 混合基金

混合基金指股票基金与债券基金的混合，既持有股票，又持有债券，各自的比例依情况而定。

三、成长型基金、收入型基金和平衡型基金的基本概念

(一) 成长型基金

成长型基金指以追求资产的长期增值和盈利为基本目标，投资于具有良好增长潜力

的上市股票或其他证券的证券投资基金。

（二）收入型基金

收入型基金指以追求当期高收入为基本目标，以能带来稳定收入的证券为主要投资对象的证券投资基金。

（三）平衡型基金

平衡型基金指以保障资本安全、当期收益分配、资本和收益的长期成长等为基本目标，从而在投资组合中比较注重长短期收益风险搭配的证券投资基金。平衡型基金既注重资本增值又注重当期收入。

四、主动型基金和被动（指数）型基金的特征

主动型基金是一类力图取得超越基准组合表现的基金。

被动型基金并不主动寻求取得超越市场的表现，而是试图复制指数的表现。

被动型基金一般选取特定的指数作为跟踪的对象，因此通常又被称为指数型基金。

五、公募基金和私募基金的基本特征

公募基金是指可以面向社会公众公开发售的一类基金；私募基金则是只能采取非公开方式，面向特定投资者募集发售的基金。

公募基金主要具有如下特征：可以面向社会公众公开发售基金份额和宣传推广，基金募集对象不固定；投资金额要求低，适宜中小投资者参与；必须遵守基金法律和法规的约束，并接受监管部门的严格监管。

与公募基金相比，私募基金不能进行公开的发售和宣传推广，投资金额要求高，投资者的资格和人数常常受到严格的限制。与公募基金必须遵守基金法律和法规的约束并要接受监管部门的严格监管相比，私募基金在运作上具有较大的灵活性，所受到的限制和约束也较少。它既可以投资于衍生金融产品进行买空卖空交易，也可以进行汇率、商品期货投机交易等。私募基金的投资风险较高，主要以具有较强风险承受能力的富裕阶层为目标客户。

六、在岸基金和离岸基金的基本概念

（一）在岸证券投资基金

在岸证券投资基金简称在岸基金，是指在本国募集资金并投资于本国证券市场的证券投资基金。由于在岸基金的投资者、基金组织、基金管理人、基金托管人及其他当事人和基金的投资市场均处于本国境内。所以基金的监管部门比较容易运用本国法律法规及相关技术手段对证券投资基金的投资运作行为进行监管。

（二）离岸证券投资基金

离岸证券投资基金简称离岸基金，是指一国的证券基金组织在他国发行证券基金份额，并将募集的资金投资于本国或第三国证券市场的证券投资基金。

离岸基金具有如下特点：第一，面临的法律环境复杂。第二，监管有难度。第三，运作过程中比较复杂。

七、其他类型基金基本概念及基本特征

1. 系列基金。又名伞型基金，是指多个基金共用一个基金合同，子基金独立运作，子基金之间可以进行相互转换的一种基金形式。

2. 基金中的基金。指以其他证券投资基金为投资对象的基金，其投资组合由各种各样的基金组成。

3. 保本基金。指通过采用投资组合保险技术，保证投资者在投资到期时至少能够获得投资本金或一定回报的证券投资基金。它属于低风险、低回报的基金产品。

4. 交易型开放式指数基金(ETF)与上市开放式基金(LOF)。ETF 是一种在交易所上市交易的、基金份额可变的一种开放式基金。LOF 是一种既可以在场外市场进行基金份额申购赎回，又可以在交易所(场内市场)进行基金份额交易和基金份额申购或赎回的开放式基金，它是我国对证券投资基金的一种本土化创新。

LOF 与 ETF 都具备开放式基金场外申购、赎回和场内交易的特点，但两者存在本质上的区别，主要表现在：

1. 申购、赎回的标的不同：LOF 的申购、赎回是基金份额与现金的交易；而 ETF 与投资者交换的是基金份额和一揽子的股票。

2. 申购、赎回的场所不同：ETF 的申购、赎回通过交易所进行；LOF 的申购、赎回与开放式基金一样在代销网点进行。

3. 对申购、赎回限制不同：只有大投资者(基金份额在 100 万份以上)才能参与 ETF 一级市场的申购、赎回交易；而 LOF 在申购、赎回上没有特别要求。

4. 基金投资策略不同：ETF 通常采用完全被动式管理方法，以拟合某一指数为目标；而 LOF 则是普通的开放式基金增加了交易所的交易方式，它可以是指数型基金，也可以是主动管理型基金。

5. 在二级市场的净值报价上，ETF 每 15 秒提供一次基金净值报价；而 LOF 则在净值报价上频率要比 ETF 低，通常一天只提供一次或几次基金净值报价。

第四节　股票基金

一、股票基金在投资组合中的作用

股票基金以追求长期的资本增值为目标，比较适合长期投资。与其他类型的基金相比，股票基金的风险较高，但预期收益也较高。股票基金提供了一种长期的投资增值性，可供投资者用来满足教育支出、退休支出等远期支出的需要。

与房地产一样，股票基金提供了应付通货膨胀最有效的手段。

二、股票基金与股票的不同

作为一揽子股票组合的股票基金与单一股票投资之间存在许多不同：

1. 股票价格在每一交易日内始终处于变动之中；基金净值的计算每天只进行 1 次，因此每一交易日股票基金只有 1 个价格。

2. 股票价格会由于投资者买卖股票数量的大小和强弱的对比而受到影响；基金份额净值不会由于买卖数量或申购、赎回数量的多少而受到影响。

3. 人们在投资股票时，一般会根据上市公司的基本面，如财务状况、产品的市场竞争力、赢利预期等方面的信息对股票价格高低的合理性作出判断，但却不能对基金净值进行合理与否的评判。

4. 单一股票的投资风险较为集中，投资风险较大；股票基金由于进行分散投资，投资风险低于单一股票的投资风险。但从风险来源看，股票基金增加了基金经理投资的委托代理风险。

三、股票基金的类型

（一）按投资市场分类

按投资市场不同，股票基金可分为国内股票基金、国外股票基金与全球股票基金三大类。

（二）按股票规模分类

按股票市值大小的不同，股票可分为小盘股票、中盘股票与大盘股票。与此相适应，专注于投资小盘股票的基金就被称为小盘股票基金。类似地，有中盘股票基金与大盘股票基金。

（三）按股票性质分类

根据性质的不同，通常可以将股票分为价值型股票与成长型股票。价值型股票通常是指收益稳定、价值被低估、安全性较高的股票，其市盈率、市净率通常较低。成长型股票通常是指收益增长速度快、未来发展潜力大的股票，其市盈率、市净率通常较高。专注于价值型股票投资的股票基金被称为价值型股票基金；专注于成长型股票投资的股票基金被称为成长型股票基金；同时投资于价值型股票与成长型股票的基金则被称为平衡型基金。

（四）按基金投资风格分类

根据基金所持有的全部股票市值的平均规模与性质的不同而将股票基金分为不同投资风格的基金，如大盘价值型基金、大盘混合型基金、大盘成长型基金、小盘价值型基金、小盘混合型基金、小盘成长型基金等。

（五）按行业分类

同一行业内的股票往往表现出类似的特性与价格走势。以某一特定行业或板块为投资对象的基金就是行业股票基金，如基础行业基金、资源类股票基金、房地产基金、金融服务基金、科技股基金等。

四、股票基金的投资风险

股票基金所面临的风险主要包括系统性风险、非系统性风险以及主动操作风险。

1. 系统性风险，即市场风险，是指由整体政治、经济、社会等环境因素对证券价格所造成的影响。系统性风险包括政策风险、经济周期性波动风险、利率风险、购买力风险、汇率风险等。这种风险不能通过分散投资加以消除，因此又被称为不可分散风险。

2．非系统性风险，是指个别证券特有的风险，包括企业的信用风险、经营风险、财务风险等。非系统性风险可以通过分散投资加以规避，因此又被称为可分散风险。

3．主动操作风险，是指由于基金经理主动性的操作行为而导致的风险，如基金经理不适当地对某一行业或个股的集中投资给基金带来的风险。股票基金通过分散投资可以大大降低个股投资的非系统性风险，但却不能回避系统性投资风险，而操作风险则因基金而异。

五、股票基金的分析方法

（一）反映基金经营业绩的指标

主要指标包括基金分红、已实现收益、净值收益率等指标。其中，净值增长率是最主要的分析指标，最能全面反映基金的经营成果。

基金净值增长率指标可用以下公式计算：

基金净值增长率＝(期末份额净值－期初份额净值＋期间分红)/期初份额净值×100％

（二）反映基金风险大小的指标

常用来反映股票基金风险大小的指标有标准差、贝塔值、持股集中度、行业投资集中度、持股数量等指标。

净值增长率波动程度越大，基金的风险就越高。基金净值增长率的波动程度可以用标准差来计量，该指标通常按月计算。贝塔值(β)将一只股票基金的净值增长率与某个市场指数联系起来，用以反映基金净值变动对市场指数变动的敏感程度。

$$\text{贝塔值}(\beta)=\frac{\text{基金净值变化率}}{\text{股票指数变化率}}\times 100\%$$

如果股票指数上涨或下跌1％，某基金的净值增长率上涨或下跌1％，那么该基金的贝塔值为1，说明该基金净值的变化与指数的变化幅度相当。

（三）反映基金组合特点的指标

依据股票基金所持有的全部股票的平均市值、平均市盈率、平均市净率等指标可以对股票基金的投资风格进行分析。

如果基金的平均市盈率、平均市净率小于市场指数的市盈率，可以认为该股票基金属于价值型基金；反之，该股票型基金则可以被归为成长型基金。

（四）反映基金操作成本的指标

费用率是评价基金运作效率和运作成本的一个重要统计指标。费用率等于基金运作费用与基金平均净资产的比率。费用率越低，说明基金的运作成本越低，运作效率越高。

（五）反映基金操作策略的指标

基金股票周转率通过对基金买卖股票频率的衡量，可以反映基金的操作策略。它等于基金股票交易量的一半与基金平均净资产之比。如果一个股票基金的年周转率为100％，意味着该基金持有股票的平均时间为1年。

第五节　债券基金

一、债券基金在投资组合中的作用

债券基金的波动性通常要小于股票基金,因此常常被投资者认为是收益、风险适中的投资工具。此外,当债券基金与股票基金进行适当的组合投资时,常常能较好地分散投资风险。因此,债券基金常常也被视为组合投资中不可或缺的重要组成部分。

二、债券基金与债券的不同

作为投资于一揽子债券的组合投资工具,债券基金与单一债券存在重要的区别:

1. 债券基金的收益不如债券的利息固定;

2. 债券基金没有确定的到期日;

3. 债券基金的收益率比买入并持有到期的单个债券的收益率更难以预测;

4. 投资风险不同。债券基金通过分散投资则可以有效避免单债券可能面临的较高的信用风险。

三、债券基金的类型

债券基金投资风格主要依据基金所持债券的久期与债券的信用等级两两结合来划分债券基金的类别,共有九个类别:

表 2-2　债券基金的类型

	短　期	中　期	长　期
高等级	短期高信用	中期高信用	长期高信用
中等级	短期中信用	中期中信用	长期中信用
低等级	短期低信用	中期低信用	长期低信用

四、债券基金的投资风险

表 2-3　债券基金投资风险列表

利率风险	债券的价格与市场利率变动密切相关,债券价格与利率呈反方向变动。当市场利率上升时,大部分债券的价格会下降;当市场利率降低时,债券的价格通常会上升。通常,债券的到期日越长,债券价格受市场利率的影响就越大
信用风险	信用风险是指债券发行人没有能力按时支付利息与到期归还本金的风险
提前赎回风险	提前赎回风险是指债券发行人有可能在债券到期日之前回购债券的风险。当市场利率下降时,债券发行人将能够以更低的利率融资,因此可以提前偿还高息债券。持有附有提前赎回权债券的基金将不能再获得高息收益,而且还会面临再投资风险
通货膨胀风险	通货膨胀会吞噬固定收益所形成的购买力,因此债券基金的投资者不能忽视这种风险,必须适当地购买一些股票基金

（一）利率风险

债券的价格与市场利率变动密切相关，债券价格与利率呈反方向变动。当市场利率上升时，大部分债券的价格会下降；当市场利率降低时，债券的价格通常会上升。通常，债券的到期日越长，债券价格受市场利率的影响就越大。

（二）信用风险

信用风险是指债券发行人没有能力按时支付利息与到期归还本金的风险。

（三）提前赎回风险

提前赎回风险是指债券发行人有可能在债券到期日之前回购债券的风险。

当市场利率下降时，债券发行人将能够以更低的利率融资，因此可以提前偿还高息债券。持有附有提前赎回权债券的基金将不能再获得高息收益，而且还会面临再投资风险。

（四）通货膨胀风险

通货膨胀会吞噬固定收益所形成的购买力，因此债券基金的投资者不能忽视这种风险，必须适当地购买一些股票基金。

五、债券基金的分析

对债券基金的分析也主要集中于对债券基金久期与债券信用等级的分析。

久期是指一只债券贴现现金流的加权平均到期时间。它综合考虑了到期时间、债券现金流以及市场利率对债券价格的影响，可以用以反映利率的微小变动对债券价格的影响，因此是一个较好的债券利率风险衡量指标。债券基金的久期等于基金组合中各个债券的投资比例与对应债券久期的加权平均。与单个债券的久期一样，债券基金的久期越长，净值的波动幅度就越大，所承担的利率风险就越高。因此，一个厌恶风险的投资者应选择久期较短的债券基金，而一个愿意接受较高风险的投资者则应选择久期较长的债券基金。

尽管久期是一个有用的分析工具，但也应该注重对债券基金所持有的债券平均信用等级加以考察。在其他条件相同的情况下，信用等级较高的债券，收益率较低；信用等级较低的债券，收益率较高。

第六节　货币市场基金

一、货币市场基金在投资组合中的作用

与其他类型基金相比，货币市场基金具有风险最低、流动性最好的特点。

货币市场基金所具有的高流动性，也使得货币市场基金常常成为投资者暂时存放现金的理想场所。但货币市场基金的长期收益率较低，并不适合进行长期投资。

二、货币市场工具

货币市场工具通常指距到期日不足1年的短期金融工具。由于货币市场工具到期

日非常短，因此也被称为现金投资工具。货币市场工具通常由政府、金融机构以及信誉卓著的大型工商企业发行。货币市场工具流动性好、安全性高，但其收益率与其他证券相比则非常低。

货币市场基金的投资对象：

按照《货币市场基金管理暂行规定》以及其他有关规定，目前我国货币市场基金能够进行投资的金融工具主要包括：(1)现金。(2)1年以内(含1年)的银行定期存款、大额存单。(3)剩余期限在397天以内(含397天)的债券。(4)期限在1年以内(含1年)的债券回购。(5)期限在1年以内(含1年)的中央银行票据。

三、货币市场基金的投资对象

按照《货币市场基金管理暂行规定》以及其他有关规定，目前我国货币市场基金能够进行投资的金融工具主要包括：(1)现金；(2)1年以内(含1年)的银行定期存款、大额存单；(3)剩余期限在397天以内(含397天)的债券；(4)期限在1年以内(含1年)的债券回购；(5)期限在1年以内(含1年)的中央银行票据；(6)剩余期限在397天以内(含397天)的资产支持证券。

货币市场基金不得投资于以下金融工具：(1)股票；(2)可转换债券；(3)剩余期限超过397天的债券；(4)信用等级在AAA级以下的企业债券；(5)国内信用评级机构评定的A—1级或相当于A—1级的短期信用级别及该标准以下的短期融资券；(6)流通受限的证券。

四、货币市场基金的收益分析

货币市场基金的份额净值固定在1元人民币，基金收益通常用日每万份基金净收益和最近7日年化收益率表示。

货币市场基金日每万份基金净收益的计算公式为

日每万份基金净收益 =(当日基金净收益/当日基金份额总额)×10 000

期间每万份基金净收益 = 期间日每万份基金净收益之和

五、货币市场基金的风险分析

用以反映货币市场基金风险的指标有投资组合的平均剩余期限、平均信用等级、收益的标准差、融资比例等。货币市场基金同样会面临利率风险、购买力风险、信用风险、流动性风险。但是，实际上货币市场基金的风险是较低的。

(一) 组合平均剩余期限

低风险和高流动性是货币市场基金的主要特征，组合平均期限是反映基金组合风险的重要指标。组合平均剩余期限越短，货币市场基金收益的利率敏感性越低，但收益率也可能较低。

目前我国法规要求货币市场基金投资组合的平均剩余期限在每个交易日均不得超过180天。

（二）融资比例

按照规定，除非发生巨额赎回，货币市场基金债券正回购的资金余额不得超过20%。

（三）浮动利率债券投资情况

货币市场基金可以投资于剩余期限小于397天但剩余存续期超过397天的浮动利率债券。

第七节 混合基金

一、混合基金在投资组合中的作用

混合基金的风险低于股票基金，预期收益则要高于债券基金。它为投资者提供了一种在不同资产类别之间进行分散投资的工具，比较适合较为保守的投资者。

二、混合基金的类型

混合基金尽管会同时投资于股票、债券等，但却常常会依据基金投资目标的不同而进行股票与债券的不同配比。因此，通常可以依据资产配置的不同将混合基金分为偏股型基金、偏债型基金、股债平衡型基金、灵活配置型基金等。

第八节 保本基金

一、保本基金的特点与类型

保本基金从本质上讲是一种混合基金，此类基金锁定了投资亏损的风险，产品风险较低，同时并不放弃追求超额收益的空间，因此比较适合那些不能忍受投资亏损、比较稳健和保守的投资者。境外的保本基金形式多样。其中，基金提供的保证有本金保证、收益保证和红利保证，具体比例由基金公司自行规定。一般本金保证比例为100%，但也有低于100%或高于100%的情况。

保本基金的最大特点是其招募说明书中明确规定有相关的担保条款，即在满足一定的持有期限后，为投资者提供本金或收益的保障。

二、保本基金的分析方法

保本基金的分析指标主要包括保本期、保本比例、赎回费、安全垫、担保人等。

保本期较长的保本基金使基金经理有较大的操作灵活性，但保本期越长，投资者承担的机会成本就越高，因此保本期限是一个必须考虑的因素。

保本比例，是到期时投资者可获得的本金保障比率。其他条件相同下，保本比例较低的基金，投资于风险性资产的比例较高。

通常，保本基金为避免投资者提前赎回资金，往往会对提前赎回基金的投资者收取较高的赎回费，这将会加大投资者退出投资的难度。

安全垫是风险投资可承受的最高损失限额。如果安全垫较小，基金将很难通过放大操作提高基金的收益。较高的安全垫则会提高基金运作的灵活性，同时也有助于增强基金到期保本的安全性。

第九节　交易型开放式指数基金(ETF)

ETF 是英文 Exchange Traded Funds 的简称，常被译为“交易所交易基金”，上海证券交易所则将其定名为“交易型开放式指数基金”。ETF 是一种在交易所上市交易的、基金份额可变的一种基金运作方式。ETF 结合了封闭式基金与开放式基金的运作特点，投资者一方面可以像封闭式基金一样在交易所二级市场进行 ETF 的买卖，另一方面又可以像开放式基金一样申购、赎回。不同的是，它的申购是用一揽子股票换取 ETF 份额，赎回时也是换回一揽子股票而不是现金。这种交易制度使该类基金存在一、二级市场之间的套利机制，可有效防止类似封闭式基金的大幅折价。

一、ETF 的三大特点

1. 被动操作的指数型基金。ETF 以某一选定的指数所包含的成分证券为投资对象，依据构成指数的股票种类和比例，采取完全复制的方法。

2. 独特的实物申购赎回机制。投资者向基金管理公司申购 ETF，需要拿这只 ETF 指定的一揽子股票来换取；赎回时得到的不是现金，而是相应的股票；如果想变现，需要再卖出这些股票。

3. ETF 实行一级市场与二级市场并存的交易制度。在一级市场上，大投资者在交易时间内可以随时进行以股票换份额(申购)、以份额换股票(赎回)的交易，中小投资者被排斥在一级市场之外。在二级市场上，ETF 与普通股票一样在市场挂牌交易。无论是大投资者还是中小投资者均可按市场价格进行 ETF 份额的交易。

二、ETF 的套利交易的原理

当二级市场 ETF 交易价格低于其份额净值，即发生折价交易时，大的投资者可以通过在二级市场低价买进 ETF，然后在一级市场赎回(高价卖出)份额，再于二级市场上卖掉股票而实现套利交易。

相反，当二级市场 ETF 交易价格高于其份额净值，即发生溢价交易时，大的投资者可以在二级市场买进一揽子股票，于一级市场按份额净值转换为 ETF(相当于低价买入 ETF)份额，再于二级市场上高价卖掉 ETF 而实现套利交易。

三、ETF 的类型

根据 ETF 跟踪的指数的不同，可以将 ETF 分为股票型 ETF、债券型 ETF 等。而在股票型 ETF 与债券型 ETF 中，又可以根据 ETF 跟踪的指数不同对股票型 ETF 与债券型 ETF 进行进一步细分。

根据复制方法的不同，可以将 ETF 分为完全复制型 ETF 与抽样复制型 ETF。完全复制型 ETF 是依据构成指数的全部成分股在指数中所占的权重，进行 ETF 的构建。我国首只 ETF 上证 50ETF 采用的就是完全复制法。抽样复制是通过选取指数中部分有代表性的成分股，参照指数或分股在指数中的比重设计样本股的组合比例进行 ETF 的操作。

第十节　QDII 基金

一、QDII 基金的概念

2007 年 6 月 18 日，中国证监会颁布的《合格境内机构投资者境外证券投资管理试行办法》规定，符合条件的境内基金管理公司和证券公司，经中国证监会批准，可在境内募集资金进行境外证券投资管理。

这种经中国证监会批准可以在境内募集资金进行境外证券投资的机构就被称为合格境内机构投资者(Qualified Domestic Institutional Investor)，简称 QDII；由基金管理公司发行的 QDII 产品即 QDII 基金。QDII 基金可以人民币、美元或其他主要外汇货币为计价货币募集。

二、QDII 基金的投资对象

根据有关规定，除中国证监会另有规定外，QDII 基金可投资于下列金融产品或工具：

1. 银行存款、可转让存单、银行承兑汇票、银行票据、商业票据、回购协议、短期政府债券等货币市场工具；

2. 与固定收益、股权、信用、商品指数基金等标的物挂钩的结构性投资产品；

3. 中国证监会签署双边监管合作谅解备忘录的国家或地区证券市场挂牌交易的普通股、优先股、全球存托凭证和美国存托凭证、房地产信托凭证；

4. 在已与中国证监会签署双边监管合作谅解备忘录的国家或地区证券监管机构登记注册的公募基金；

5. 政府债券、公司债券、可转换债券、住房按揭支持证券、资产支持证券等及经中国证监会认可的国际金融组织发行证券；

6. 远期合约、互换及经中国证监会认可的境外交易所上市交易的权证、期权、期货等金融衍生产品。

三、QDII 基金投资中的禁止行为

除中国证监会另有规定外，QDII 基金不得有下列行为：

1. 购买不动产，购买实物商品。

2. 从事证券承销业务。

3. 购买贵重金属或代表贵重金属的凭证。

4. 除应付赎回、交易清算等临时用途以外，借入现金。该临时用途借入现金的比例不得超过基金、集合计划资产净值的10%。

5. 中国证监会禁止的其他行为。

6. 参与未持有基础资产的卖空交易。

7. 购买房地产抵押按揭。

8. 利用融资购买证券，但投资金融衍生品除外。

四、QDII 基金的投资风险

首先，国际市场投资会面临国内基金所没有的汇率风险。

其次，国际市场将会面临国别风险、新兴市场风险等特别投资风险。

再次，尽管进行国际市场投资有可能降低组合投资风险，但不能排除市场风险。

最后，QDII 基金的流动性风险也需注意。由于 QDII 基金涉及跨境交易，基金申购、赎回的时间要长于国内其他基金。

五、QDII 基金在投资组合中的作用

不同于只能投资于国内市场的公募基金，QDII 基金可以进行国际市场投资，通过 QDII 基金进行国际市场投资，不但为投资者提供了新的投资机会，而且由于国际证券市场常常与国内证券市场具有较低的相关性，也为投资者降低组合投资风险提供了新的途径。

第十一节　同步强化训练

一、单选题

1. 我国规定，货币市场基金组合的平均剩余期限不得超过(　　)天。

A. 90　　B. 120　　C. 180　　D. 360

【答案】C

【解析】组合平均剩余期限是用以反映货币市场基金风险的指标，组合平均剩余期限越短，货币市场基金收益的利率敏感性越低，但收益率也可能较低。目前，我国法规要求货币市场基金投资组合的平均剩余期限均不得超过180天。

2. (　　)的投资风险较高，主要以具有较强风险承受能力的富裕阶层为目标客户。

A. 私募基金　　B. 被动型基金　　C. 公募基金　　D. 收入型基金

【答案】A

3. 根据中国证监会对基金类别的分类标准，(　　)以上的基金资产投资于债券的为债券基金。

A. 50%　　B. 60%　　C. 70%　　D. 80%

【答案】D

【解析】债券基金主要以债券为投资对象。根据中国证监会对基金类别的分类标准，80％以上的基金资产投资于债券的为债券基金。

4. 如果某债券基金的久期是5年，那么，(　　)。

A. 当市场利率下降1％时，该债券基金的资产净值约增加5％

B. 当市场利率上升1％时，该债券基金的资产净值约增加5％

C. 当市场利率下降1％时，该债券基金的资产净值约增加2.5％

D. 当市场利率上升1％时，该债券基金的资产净值约增加2.5％

【答案】A

【解析】要衡量利率变动对债券基金净值的影响，只要用久期乘以利率变化即可。例如，如果某债券基金的久期是5年，那么，当市场利率下降1％时，该债券基金的资产净值约增加5％。

5. 偏股型基金中股票的配置比例一般为(　　)。

A. 20％～40％　　B. 40％～60％　　C. 50％～70％　　D. 70％～90％

【答案】C

【解析】偏股型基金中股票的配置比例较高，债券的配置比例相对较低。通常，股票的配置比例在50％～70％，债券的配置比例在20％～40％。

6. 下列不属于混合基金类型的是(　　)。

A. 偏股型基金　　B. 偏债型基金　　C. 伞型基金　　D. 股债平衡型基金

【答案】C

【解析】混合基金会依据基金投资目标的不同而进行股票与债券的不同配比。因此，依据资产配置的不同将混合基金分为偏股型基金、偏债型基金、股债平衡型基金、灵活配置型基金等。伞型基金则是指多个基金共用一个基金合同，子基金独立运作，子基金之间可以进行相互转换的一种基金结构形式。

7. (　　)将一只股票基金的净值增长率与某个市场指数联系起来，以反映基金净值变动对市场指数变动的敏感程度。

A. β值　　B. 持股集中度

C. 行业投资集中度　　D. 持股数量

【答案】A

8. (　　)是我国对证券投资基金的一种本土化创新。

A. 收入型基金　　B. 上市开放式基金

C. 公募基金　　D. 私募基金

【答案】B

9. 股票基金的特点是(　　)。

A. 投资风险小，回报率低　　B. 投资于短期金融工具

C. 无法抵御通货膨胀　　D. 适合长期投资

【答案】D

【解析】股票基金以追求长期的资本增值为目标，比较适合长期投资。与其他类似的

基金相比，股票基金的风险较高，但预期收益也较高。同时，股票基金是应付通货膨胀最有效的手段之一。

10. 依据投资理念的不同，证券投资基金可以分为（　　）。

A. 主动型基金和被动型基金　　B. 公司型基金和契约型基金

C. 开放式基金和封闭式基金　　D. 公募基金和私募基金

【答案】A

【解析】依据投资理念的不同，证券投资基金可以分为主动型基金和被动型基金。前者力图取得超过基准组合表现的基金，而后者一般选取特定的指数作为跟踪对象，能取得该指数的增长率即可。

11. 以下哪种基金最适合厌恶风险、对资产流动性和安全性要求较高的投资者进行短期投资？（　　）

A. 股票基金　　B. 混合基金

C. 货币市场基金　　D. 主动型基金

【答案】C

二、多选题

1. 分析股票基金的许多指标可以很好地用于对债券基金的分析，如（　　）等概念都是较为通用的分析指标。

A. 净值增长率　B. 标准差　C. 费用率　D. 周转率

【答案】ABCD

2. 按《货币市场基金管理暂行办法》的规定，目前我国货币市场基金能够进行投资的金融工具主要包括（　　）。

A. 现金

B. 1年以内（含1年）的银行定期存款、大额存单

C. 期限在1年以内（含1年）的债券回购

D. 短期持有的股票

【答案】ABC

【解析】按《货币市场基金管理暂行办法》的规定，目前我国货币市场基金能够进行投资的金融工具主要包括：(1)现金；(2)1年以内（含1年）的银行定期存款、大额存单；(3)剩余期限在397天以内（合397天）的债券；(4)期限在1年以内（合1年）的债券回购；(5)期限在1年以内（含1年）的中央银行票据等。

无论是长期持有，还是短期持有，货币市场基金都不能投资于股票，D选项错误。

3. LOF与ETF都具备开放式基金场外申购、赎回和场内交易的特点，但两者存在本质区别，主要表现在（　　）。

A. 申购、赎回的标的不同　　B. 申购、赎回的场所不同

C. 对申购、赎回限制不同　　D. 基金投资策略不同

【答案】ABCD

【解析】与ETF都具备开放式基金场外申购、赎回和场内交易的特点，但两者存在本质区别，主要表现在：申购、赎回的标的不同；申购、赎回的场所不同；对申购、赎回限制不

同;基金投资策略不同;二级市场净值报价的频率不同。

4. 分析 ETF 运作效率的指标主要有( )等。

A. 折(溢)价率 B. 周转率 C. 费用率 D. 融资比例

【答案】ABC

5. 保本基金的分析指标主要包括( )等。

A. 保本期和保本比例 B. 担保人

C. 赎回费 D. 安全垫

【答案】ABCD

6. 按《货币市场基金管理暂行办法》的规定,货币市场基金不得投资于以下金融工具( )。

A. 股票 B. 可转换债券

C. 剩余期限超过 397 天的债券 D. 信用等级在 AAA 级以下的企业债券

【答案】ABCD

【解析】货币市场基金不得投资于以下金融工具:(1)股票;(2)可转换债券;(3)剩余期限超过 397 天的债券;(4)信用等级在 AAA 级以下的企业债券;(5)国内信用评级机构评定的 A—1 级或相当于 A—1 级的短期信用级别及该标准以下的短期融资券;(6)流通受限的证券。

7. 根据基金投资目标的不同,基金可以划分为( )。

A. 成长型基金 B. 收入型基金

C. 指数基金 D. 平衡型基金

E. 货币市场基金

【答案】ABD

【解析】指数基金以某一选定的指数所包含的成分证券为投资对象,依据构成指数的股票种类和比例,采取完全复制的方法进行投资。货币市场基金是投资于货币市场工具的基金。

8. 下列关于保本基金的说法中,正确的有( )。

A. 保本基金一般都有保本期

B. 保本基金一经成立,即应承诺保本

C. 保本的承诺限制了基金收益的上升空间

D. 保本型基金仍然无法回避购买力风险

【答案】ACD

【解析】保本基金一般都有保本期,基金持有人只有持有基金到期后,才能获得本金保证或收益保证。

9. 下列关于保本基金的说法中,正确的是( )。

A. 保本基金的持有人自取得基金之日起,享有获得本金的保证

B. 提前赎回保本基金,则不享有保证承诺,投资可能发生亏损

C. 保本基金的保本期通常在 3～6 个月

D. 基金持有人在认购期结束后申购的基金份额不适用保本条款

【答案】BD

【解析】保本基金有一个保本期，投资者只有持有到期后才获得本金保证或收益保证。如果投资者在到期前急需资金，提前赎回，则不享有保证承诺，投资可能发生亏损。保本基金的保本期通常在3～5年，但也有长至7～10年的。

基金持有人在认购期结束后申购的基金份额不适用保本条款。

10. 保本基金的特点中正确的是（　　）。

A. 此类基金锁定了投资亏损的风险

B. 产品风险较低

C. 并不放弃追求超额收益的空间

D. 比较适合那些不能忍受投资亏损，比较稳健和保守的投资者

【答案】ABCD

11. 下列关于成长型基金、收入型基金、平衡型基金的投资风险的说法中正确的是（　　）。

A. 成长型基金风险大、收益高

B. 收益型基金风险小、收益低

C. 平衡型基金的风险较小，但收益最高

D. 成长型基金风险小、收益也小

【答案】AB

【解析】一般而言，成长型基金的风险大、收益高；收入型基金的风险小、收益也较低；平衡型基金的风险、收益则介于成长型基金与收入型基金之间。

12. 根据基金的资金来源和用途不同，可以分为（　　）。

A. 公募基金　　B. 私募基金

C. 离岸基金　　D. 在岸基金

【答案】CD

【解析】根据基金的资金来源和用途不同，可以分为在岸基金和离岸基金，前者从本国募集资金，并投资于本国；后者指在他国筹集资金，并将资金投资于本国或者第三国。

13. 基金分红的大小会受到下列（　　）的影响。

A. 基金分红政策　　B. 已实现收益

C. 留存收益　　D. 基金的贝塔值

E. 基金的持股集中度

【答案】ABC

【解析】基金分红是基金对基金投资收益的派现，其大小会受到基金分红政策、已实现收益、留存收益的影响。DE两项是衡量基金投资风险的指标。

14. 价值型股票可以进一步被细分为（　　）。

A. 蓝筹股　　B. 低市盈率股

C. 收益型股票　　D. 防御型股票

【答案】ABCD

15. ETF 的特点包括(　　)。

A. 被动操作的指数型基金

B. 独特的实物申购赎回机制

C. 独特的现金申购赎回机制

D. 实行一级市场与二级市场并存的交易制度

【答案】ABD

【解析】ETF 具有下列三大特点：

(1) 被动操作的指数型基金,ETF 以某一选定的指数所包含的成分证券为投资对象,依据构成指数的股票种类和比例,采取完全复制的方法。ETF 不但具有传统指数基金的全部特色,而且是更为纯粹的指数基金。(2)独特的实物申购赎回机制,所谓实物申购赎回机制是指投资者向基金管理公司申购 ETF,需要拿这只 ETF 指定的一揽子股票来换取;赎回时得到的不是现金,而是相应的股票;如果想变现,需要再卖出这些股票。(3)实行一级市场与二级市场并存的交易制度,在一级市场上,大投资者在交易时间内可以随时进行以股票换份额(申购)、以份额换股票(赎回)的交易,中小投资者被排斥在一级市场之外。在二级市场上,ETF 与普通股票一样在市场挂牌交易。

16. 与其他类型基金相比,货币市场基金具有(　　)的特点。

A. 风险低　　B. 流动性好

C. 适合进行长期投资　　D. 长期收益率较低

【答案】ABD

三、判断题(正确的填 A,不正确的填 B)

1. 在 ETF 的套利机制中,折价套利会导致 ETF 总份额的扩大,溢价套利会导致 ETF 总份额的减少,但 ETF 规模的变动最终取决于市场对 ETF 的真正需求。(　　)

【答案】B

【解析】LOF 的申购、赎回通过交易所进行,ETF 的申购、赎回既可以在代销网点进行,也可以在交易所进行。

2. 与成长型基金相比,收入型基金的风险大、收益高。(　　)

【答案】B

【解析】根据投资目标的不同,可以将基金分为成长型基金、收入型基金和平衡型基金。一般而言,成长型基金的风险大、收益高;收入型基金的风险小、收益较低;平衡型基金的风险、收益则介于成长型基金与收入型基金之间。

3. 收入型基金,是指以追求资产的长期增值和赢利为基本目标,投资于具有良好增长潜力的上市股票或其他证券的证券投资基金。(　　)

【答案】B

【解析】成长型基金是指以追求资产的长期增值和盈利为基本目标,投资于具有良好增长潜力的上市股票或其他证券的证券投资基金。

4. 由于离岸基金的投资者、基金组织、基金管理人、基金托管人及其他当事人和基金的投资市场均处于本国境内,所以,基金的监管部门比较容易运用本国法律、法规及相关技术手段对证券投资基金的投资运作行为进行监管。(　　)

【答案】B

5. 灵活配置型基金在股票和债券上的配置比例会根据市场状况进行调整，有时股票比例较高，有时债券比例较高，灵活配置基金属于混合型基金。（ ）

【答案】A

6. 如果某一只股票的贝塔值小于1，说明它是一只活跃或激进型的基金。（ ）

【答案】B

【解析】贝塔值将一只股票基金的净值增长率与某个市场指数联系起来，用以反映基金净值变动对市场指数变动的敏感程度。如果某基金的贝塔值大于1，说明该基金是一只活跃或激进型基金。如果某基金的贝塔值小于1，说明该基金是一只稳定或防御型的基金。

7. 混合型基金根据股票和债券投资比例以及投资策略的不同，又可以分为偏股型基金、偏债型基金、配置型基金等。（ ）

【答案】A

8. 基金的股票周转率通过对基金买卖股票频率进行衡量，可以反映基金的操作策略，它等于基金股票交易量的一半与基金平均净资产之比。（ ）

【答案】A

9. 债券的价格与市场利率密切相关，且呈正方向变动。（ ）

【答案】B

【解析】债券的价格与市场利率密切相关，且呈反方向变动。当市场利率上升时，大部分债券的价格会下降；当市场利率降低时，债券的价格通常会上升。

10. 公募基金募集的对象固定，不允许公开进行宣传。（ ）

【答案】B

【解析】公募基金和私募基金的划分依据是基金的募集方式。公募基金的募集对象不固定，允许公开进行宣传；私募基金募集的对象固定，不允许公开进行宣传。

11. 很多基金在投资风格上并非始终如一，而是会根据市场环境对投资风格进行不断调整，这一现象就是所谓的“风格变化”现象。（ ）

【答案】A

12. 如果基金的平均市盈率、平均市净率小于市场指数的市盈率，可以认为该股票基金属于成长型基金。（ ）

【答案】B

【解析】平均市盈率、平均市净率小于市场指数的市盈率、市净率，说明股票的价值被低估，可以通过价值的重新发现而升值，因此该股票基金属于价值型基金。

13. 私募基金允许公开进行宣传，向投资人以多种方式进行推介。（ ）

【答案】B

【解析】私募基金是只能采取非公开方式，面向特定投资者募集发售的基金。与公募基金相比，私募基金不能进行公开的发售和宣传推广，投资金额要求高，投资者的资格和人数常常受到严格的限制。

14. 持股集中度越低，基金的风险越高。（ ）

【答案】B

【解析】持股集中度＝前十大重仓股股票投资市场基金投资股票总市值×100％

持股集中度越高，说明基金在前十大重仓股的投资越多，基金的风险越高。

15．公募基金的发行对象是固定的，即基金发行时，有特定的购买对象，购买基金的是特定或固定的投资人。（　　）

【答案】B

16．指数基金通常采取积极主动的投资策略。（　　）

【答案】B

17．和公募基金一样，QDII基金也只能投资于国内市场。（　　）

【答案】B

【解析】不同于只能投资于国内市场的公募基金，QDII基金可以进行国际市场投资。

18．根据中国证监会对基金类别的分类标准，80％以上的基金资产投资于货币市场工具的为货币市场基金。（　　）

【答案】B

【解析】根据中国证监会对基金类别的分类标准，仅仅投资于货币市场工具的基金为货币市场基金。

19．根据中国证监会对基金类别的划分标准，90％以上的基金资产投资于债券的为债券基金。（　　）

【答案】B

第三章 基金的募集、交易与登记

第一节 本章知识框架

- 封闭式基金的募集与交易
  - 封闭式基金的募集程序相关考点
  - 封闭式基金募集申请的核准
  - 封闭式基金份额发售中的相关考点
  - 封闭式基金合同生效的条件
  - 封闭式基金募集失败后基金管理人应承担的责任
  - 封闭式基金上市交易的条件
  - 封闭式基金交易账户的开立
  - 封闭式基金的交易规则
  - 封闭式基金交易费用
  - 封闭式基金的基金指数
  - 基金折(溢)价率的概念
- 开放式基金的募集与认购
  - 开放式基金的募集
  - 募集申请的核准
  - 开放式基金合同的生效
  - 开放式基金的认购渠道
  - 开放式基金的认购步骤
  - 开放式基金的认购方式与认购费率
- 开放式基金的申购、赎回
  - 开放式基金的申购、赎回的定义
  - 开放式基金的申购、赎回场所与时间
  - 开放式基金的申购、赎回原则
  - 开放式基金的收费模式与申购份额、赎回金额的确定
  - 开放式基金的巨额赎回的认定及处理方式
- 开放式基金的其他业务模式
  - 开放式基金的转换
  - 开放式基金的非交易过户
  - 开放式基金的基金份额转托管
  - 开放式基金的基金份额冻结

- 交易型开放式指数基金
  - ETF 份额的认购方式
  - ETF 份额的认购费用(佣金)及认购份额的计算
  - ETF 份额折算与变更登记
  - ETF 份额的交易
  - ETF 份额的申购与赎回

- 上市开放式基金(LOF)的募集与交易
  - LOF 募集概述
  - LOF 的场外募集
  - LOF 的场内募集
  - LOF 份额的申购、赎回原则
  - LOF 份额转托管

- 开放式基金份额的登记
  - 开放式基金登记的概念
  - 我国开放式基金注册登记机构
  - 基金登记流程
  - 申购(认购)、赎回资金清算流程

第二节　本章复习提示

了解基金的募集程序，熟悉基金合同生效的条件；掌握开放式基金的认购步骤、认购方式、收费模式，掌握开放式基金认购份额的计算。掌握封闭式基金的认购、ETF 与 LOF 份额的认购、QDII 基金份额的认购。

了解封闭式基金上市交易条件、交易规则，熟悉封闭式基金的交易费用，掌握封闭式基金折(溢)价率的计算。

了解开放式基金的募集程序，熟悉开放式基金的基金合同生效的条件；熟悉开放式基金的认购渠道和步骤。

掌握开放式基金申购、赎回的概念，掌握开放式基金申购、赎回的原则，熟悉开放式基金申购、赎回的费用；掌握开放式基金申购份额、赎回金额的计算方法。了解开放式基金申购、赎回的登记与款项的支付，了解巨额赎回的认定与处理方式。

掌握开放式基金份额的转换、非交易过户、转托管与冻结的概念。

熟悉 ETF 份额的变更登记、ETF 份额的认购方式、份额折算的方法；掌握 ETF 份额的交易规则；掌握 ETF 份额的申购和赎回的原则；熟悉 ETF 份额申购、赎回清单与内容。

了解上市开放式基金上市的交易条件，掌握上市开放式基金的交易规则，了解上市开放式基金场外申购赎回与场内申购赎回的概念，掌握上市开放式基金份额转托管的概念。

掌握 QDII 基金申购赎回与一般开放式基金申购赎回的区别。

掌握开放式基金份额的登记的概念，了解开放式基金登记机构及其职责，熟悉基金登记的流程，了解基金份额申购(认购)、赎回资金清算流程。

第三节 封闭式基金的募集与交易

一、封闭式基金的募集程序相关考点

封闭式基金的募集又称“封闭式基金的发售”，一般要经过申请、审核、发售、备案、公告五个步骤。

二、封闭式基金募集申请的核准

根据《证券投资基金法》的要求，中国证监会应当自受理封闭式基金募集申请之日起6个月内作出核准或者不予核准的决定。封闭式基金募集申请经中国证监会核准后方可发售基金份额。

三、封闭式基金份额发售中的相关考点

封闭式基金份额的发售，由基金管理人负责办理，基金管理人一般会选择证券公司组成承销团代理基金份额的发售。基金管理人应当在基金份额发售的3日前公布招募说明书、基金合同及其他有关文件。

我国封闭式基金份额的发售价格一般采用1元基金份额面值加计0.01元发售费用的方式加以确定。在发售方式上，主要有网上发售与网下发售两种方式。

网上发售是指通过与证券交易所的交易系统联网的全国各地的证券营业部，向公众发售基金份额的发行方式。

网下发售方式是指通过基金管理人指定的营业网点和承销商的指定账户，向机构或个人投资者发售基金份额的方式。

四、封闭式基金合同生效的条件

封闭式基金募集期限届满，基金份额总额达到核准规模的80%以上，并且基金份额持有人人数达到200人以上，基金管理人应当自募集期限届满之日起10日内聘请法定验资机构验资。自收到验资报告之日起10日内，向国务院证券监督管理机构提交验资报告，办理基金备案手续，刊登基金成立公告。合同生效必须具备三个条件：

1. 封闭式基金募集期限届满，基金份额总额达到核准规模的80%以上；
2. 基金份额持有人人数达到200人以上；
3. 基金管理人应当自募集期限届满之日起10日内聘请法定验资机构验资。

为了帮助大家更好地理解基金合同生效的条件，我们将相关的法律法规作一对比：

《证券投资基金法》第44条规定：基金募集期限届满，封闭式基金募集的基金份额总额达到核准规模的80%以上，开放式基金募集的基金份额总额超过核准的最低募集份额

总额，并且基金份额持有人人数符合国务院证券监督管理机构规定的，基金管理人应当自募集期限届满之日起10日内聘请法定验资机构验资，自收到验资报告之日起10日内，向国务院证券监督管理机构提交验资报告，办理基金备案手续，并予以公告。

《证券投资基金运作管理办法》第12条规定：基金募集期限届满，募集的基金份额总额符合《证券投资基金法》第44条的规定，并具备下列条件的，基金管理人应当按照规定办理验资和基金备案手续：(1)基金募集份额总额不少于2亿份，基金募集金额不少于2亿元人民币；(2)基金份额持有人的人数不少于200人。

五、封闭式基金募集失败后基金管理人应承担的责任

封闭式基金募集期限届满，基金不满足有关募集要求的，基金不能成立。基金募集失败基金管理人应承担下列责任：

1. 以固有财产承担因募集行为而产生的债务和费用；
2. 在基金募集期限届满后30日内返还投资者已缴纳的款项，并加计银行同期存款利息。

六、封闭式基金上市交易的条件

封闭式基金的基金份额，经基金管理人申请，中国证监会核准，可以在证券交易所上市交易。中国证监会可以授权证券交易所依照法定条件和程序核准基金份额上市交易。基金份额上市交易，应符合下列条件：

1. 基金份额总额达到核准规模的80％以上；
2. 基金合同期限为5年以上；
3. 基金募集金额不低于2亿元人民币；
4. 基金份额持有人不少于1 000人；
5. 基金上市交易规则规定的其他条件。

七、封闭式基金交易账户的开立

投资者买卖封闭式基金必须开立深、沪证券账户或深、沪基金账户卡及资金账户。基金账户只能用于基金、国债及其他债券的认购及交易。

个人投资人开立基金账户需持本人身份证到证券登记机构办理开户手续，办理资金账户需持本人身份证和已经办理的股票账户卡或基金账户卡，到证券经营机构办理。每个有效证件只允许开设1个基金账户，已开设证券账户的不能再重复开设基金账户，一个投资者只能开设和使用1个资金账户，并只能对应1个股票账户或基金账户。

八、封闭式基金的交易规则

1. 交易时间：封闭式基金的交易时间为每周一至周五，每天上午9:30～11:30、下午1:00～3:00。

2. 交易原则：封闭式基金的交易遵从“价格优先、时间优先”的原则。

3. 交易方式：我国封闭式基金的交易采用电脑集合竞价和连续竞价两种方式。集合竞价的时间为上午9:15～9:25，连续竞价的时间为上午9:30～11:30、下午1:00～3:00。

申报价格最小变动单位：0.001元，1手；100份或其整数倍，最大100万份或1万手。

目前，深、沪交易所对封闭式基金的交易与股票交易一样实行价格涨跌幅限制，涨跌幅比例为10%（基金上市首日除外）。

提示：

封闭式基金交易的涨跌幅比例为10%（基金上市首日除外）。

封闭式基金的交收同A股一样实行T+1交割、交收。即指达成交易后，相应的基金交割与资金交收在成交日的下一个营业日（T+1日）完成。

九、封闭式基金交易费用

目前，我国基金交易佣金为成交金额的0.3%，不足5元的按5元收取。我国封闭式基金不收取印花税。除此之外，上海证券交易所还按成交面值的0.05%收取登记过户费，由证券公司向投资者收取。该项费用由证券登记公司与证券公司平分。

十、封闭式基金的基金指数

上证基金指数和深圳基金指数。

知识点：

1. 样本选取范围为上市交易的封闭式基金。
2. 采用派许指数计算公式，以基金份额总额为权数。
3. 基数为1 000。

十一、基金折(溢)价率的概念

折(溢)价率=(市场价格－基金份额净值)/基金份额净值×100%

当基金二级市场价格高于基金份额净值时，为溢价交易，对应的是溢价率；当二级市场价格低于基金份额净值时，为折价交易，对应的是折价。

第四节　开放式基金的募集与认购

一、开放式基金的募集

开放式基金的募集是指基金管理公司根据有关规定，向中国证监会提交募集文件，首次发售基金份额募集基金的行为。一般要经过申请、核准、发售、备案、公告五个步骤。

二、募集申请的核准

1. 根据《证券投资基金法》及其配套法规的要求，中国证监会应当自受理开放式基金募集申请之日起6个月内作出核准或者不予核准的决定。

2. 开放式基金募集申请经中国证监会核准后方可发售基金份额。

三、开放式基金合同的生效

成立的条件：募集期限届满时，募集的基金份额总额符合《证券投资基金法》第44条的规定，并具备下列条件的，基金管理人应当按照规定办理验资和基金备案手续：

1. 基金份额总额不少于2亿份，基金募集金额不少于2亿元人民币。

2. 基金份额持有人的人数不少于200人。

可聘请法定机构验资，在收到验资报告10日内，办理基金备案手续。

不成立的责任：(1)基金管理人以固有的财产承担因募集行为而产生的债务与费用；(2)在基金募集期限届满后30日内返还投资者已缴纳的款项，并加计银行同期存款利息。

【提示】注意同封闭式基金进行比较，基金份额总额和基金持有人的人数的不同。

四、开放式基金的认购渠道

在基金募集期内购买基金份额的行为通常被称为基金的认购。

基金销售由基金管理人负责办理；基金管理人可以委托取得基金代销业务资格的其他机构代为办理。

目前，我国可以办理开放式基金的认购业务的机构主要包括：商业银行、证券公司、证券投资咨询机构、专业基金销售机构，以及中国证监会规定的其他具备基金代销业务资格的机构。

五、开放式基金的认购步骤

投资者参与认购开放式基金，分开户、认购、确认三个步骤(见表3-1)。不同的开放式基金在开户、认购、确认的具体要求上有所不同，具体要求以基金份额发售公告为准。

表3-1　开放式基金的认购步骤

程　序	内　容
基金账户的开立	基金账户可通过基金代理销售机构办理。个人投资者申请开立基金账户，一般需提供下列资料： ①本人法定身份证件(身份证、军官证、士兵证、武警证、护照等) ②委托他人代为开户的，代办人须携带授权委托书、代办人有效身份证件 ③在基金代销银行或证券公司开设的资金账户 ④开户申请表 机构投资者申请开立开放式基金账户需指定经办人办理，并需提供法人营业执照副本或民政部门、其他主管部门颁发的注册登记证书原件、授权委托书等资料
资金账户的开立	资金账户是投资者在基金代销银行、证券公司开立的用于基金业务的结算账户。投资者认购、申购、赎回基金份额，以及分红、无效认(申)购的资金退款等资金结算均通过该账户进行

续表

程　序	内　容
认购确认	个人投资者办理开放式基金认购申请时，需在资金账户中存入足够的现金，填写基金认购申请表进行基金的认购。一般情况下，基金认购申请一经提交，不得撤销

六、开放式基金的认购方式与认购费率

（一）认购方式

开放式基金的认购采取金额认购的方式，即投资者在办理认购申请时，不是直接以认购数量提出申请，而是以金额申请。在扣除相应费用后，再以基金面值为基准换算为认购数量。

（二）前端收费模式与后端收费模式

前端收费模式是指在认购基金份额时就支付认购费用的付费模式；后端收费模式是指在认购基金份额时不收费，在赎回基金时才支付认购费用的收费模式。后端收费模式设计的目的是为鼓励投资者能够长期持有基金。

（三）认购费用与认购份额

为统一规范基金认（申）购费用及认（申）购份额的计算方法，更好地保护基金投资人的合法权益，中国证监会于 2007 年 3 月对认（申）购费用及认（申）购份额计算方法进行了统一规定。根据规定，基金认购费率将统一按净认购金额为基础收取，相应的基金认购费用与认购份额的计算公式为

净认购金额＝认购金额/（1＋认购费率）

认购费用＝净认购金额×认购费率

认购份额＝（净认购金额＋认购利息）/基金份额面值

（四）不同基金类型的认购费率

《证券投资基金销售管理办法》规定开放式基金的认购费率不得超过认购金额的5％。在具体实践中，基金管理人会针对不同类型的开放式基金、不同认购金额设置不同的认购费率。目前，我国股票型基金的认购费率大多在 1％～1.5％左右，债券型基金的认购费率通常在 1％以下，货币型基金一般认购费为 0。

（五）最低认购金额与追加认购金额

目前，我国开放式基金的最低认购金额一般为 1 000 元人民币。一些基金对追加认购金额有最低金额要求，而另一些基金则没有此类要求。

第五节　开放式基金的申购、赎回

一、开放式基金的申购、赎回的定义

投资者在开放式基金合同生效后，申请购买基金份额的行为通常被称为基金的申

购。开放式基金的赎回是指基金份额持有人要求基金管理人购回其所持有的开放式基金份额的行为。

开放式基金的基金合同生效后，可有一段短暂的封闭期。根据《证券投资基金运作管理办法》规定，开放式基金的基金合同生效后，可以在基金合同和招募说明书规定的期限内不办理赎回，但该期限最长不得超过3个月。封闭期结束后，开放式基金将进入日常申购、赎回期。基金管理人应当在每个工作日办理基金份额的申购、赎回业务。基金合同另有约定的，按照其约定。

二、开放式基金的申购、赎回场所与时间

1. 申购、赎回场所。开放式基金份额的申购、赎回场所，可以通过基金管理人的直销中心与基金销售代理人的代销网点进行。投资者也可通过基金管理人或其指定的基金销售代理人以电话、传真或互联网等形式进行申购、赎回。

2. 申购、赎回时间。基金管理人应在申购、赎回开放日前3个工作日在至少一种中国证监会指定的媒体上刊登公告。申购和赎回的工作日为证券交易所交易日，上海证券交易所、深圳证券交易所的交易时间为交易日9:30～11:30、13:00～15:00。

三、开放式基金的申购、赎回原则

（一）股票、债券型基金的申购、赎回原则

"未知价"交易原则即投资者在申购、赎回时并不能即时获知买卖的成交价格，申购、赎回价格只能以申购、赎回日交易时间结束后基金管理人公布的基金份额净值为基准进行计算。这与股票、封闭式基金等大多数金融产品按"已知价"原则进行买卖不同。

"金额申购、份额赎回"原则即申购以金额申请，赎回以份额申请。

（二）货币市场基金的申购、赎回原则

"确定价"原则即申购、赎回基金份额价格以1元人民币为基准进行计算。

"金额申购、份额赎回"原则即申购以金额申请，赎回以份额申请。

四、开放式基金的收费模式与申购份额、赎回金额的确定

（一）收费模式与申购费率

基金管理人办理开放式基金份额的申购，可以收取申购费，但申购费率不得超过申购金额的5%。认购费和申购费可以在基金份额发售或者申购时收取，也可以在赎回时从赎回金额中扣除。

基金管理人办理开放式基金份额的赎回，应当收取赎回费，但中国证监会另有规定的除外。赎回费率不得超过基金份额赎回金额的5%。赎回费在扣除手续费后，余额不得低于赎回费总额的25%，并应当归入基金财产。

与认购基金类似，申购基金同样可分为前端收费模式与后端收费模式。在前端收费模式下，申购费率以净申购金额为基础计算，申购费用与申购份额的计算公式为

净申购金额＝申购金额/(1＋申购费率)

申购费用＝净申购金额×申购费率

申购份额＝净申购金额/申购当日基金单位净值

基金份额份数以四舍五入的方法保留小数点后两位以上,由此产生误差的损失由基金资产承担,产生的收益归基金资产所有。

(二) 赎回金额的确定

赎回金额＝赎回总额－赎回费用

赎回总额＝赎回数量×赎回日基金份额净值

赎回费用＝赎回总额×赎回费率

赎回费率一般按持有时间的长短分级设置。持有时间越长,适用的赎回费率越低。

实行后端收费模式的基金,还应扣除后端认购/申购费,才是投资者最终得到的赎回金额。即:赎回金额＝赎回总额－赎回费用－后端收费金额。

(三) 货币市场基金的手续费

货币市场基金费用较低,通常申购、赎回费率为0。一般来说,货币型基金从基金财产中计提比例不高于0.25%的销售服务费,用于基金的持续销售和给基金份额持有人提供服务。

五、开放式基金的巨额赎回的认定及处理方式

认定:若一个工作日内的基金单位净赎回申请(赎回申请总数扣除申购申请总数后的余额)超过前一日基金单位总份数的10%,即认为是发生了巨额赎回。

单个开放日的净赎回申请:指该基金的赎回申请加上基金转换中该基金的转出申请,再扣除当日发生的该基金申购申请及基金转换中该基金的转入申请之和后得到的余额。

巨额赎回的处理方式:出现巨额赎回时,基金管理人可以根据本基金当时的资产组合状况决定接受全额赎回或部分延期赎回。

(一) 接受全额赎回

当基金管理人认为有能力兑付投资者的全部赎回申请时,按正常赎回程序执行。

(二) 部分延期赎回

当基金管理人认为兑付投资者的赎回申请有困难,或认为兑付投资者的赎回申请进行的资产变现可能使基金份额净值发生较大波动时,基金管理人在当日接受赎回比例不低于上一日基金总份额10%的前提下,对其余赎回申请延期办理。对于当日的赎回申请,应当按单个账户赎回申请量占赎回申请总量的比例,确定当日受理的赎回份额;投资者未能赎回部分,除投资者在提交赎回申请时明确作出不参加顺延下一个开放日赎回的表示外,自动转为下一个开放日赎回处理。转入下一个开放日的赎回不享有赎回优先权并将以下一个开放日的基金单位净值为准进行计算,并以此类推,直到全部赎回为止。投资者在提出赎回申请时可选择将当日未获受理部分予以撤销。

(三) 当发生巨额赎回并顺延赎回时,基金管理人应立即向中国证监会备案并在3个工作日内通过指定媒体、基金管理人的公司网站或销售代理人的网点刊登公告,并说明有关处理方法。

(四) 本基金连续两日以上(含本数)发生巨额赎回或在一段时间内三次以上发生巨额赎回时,如基金管理人认为有必要,可暂停接受赎回申请;已经接受的赎回申请可以延

缓支付赎回款项，但不得超过正常支付时间 20 个工作日，并应当在指定媒体上进行公告。

第六节　开放式基金的其他业务模式

一、开放式基金的转换

开放式基金份额的转换是指投资者不需要先赎回已持有的基金份额，就可以将其持有的基金份额转换为同一基金管理人管理的另一基金份额的一种业务模式。基金份额的转换一般采取未知价法，按照转换申请日的基金份额净值为基础计算转换基金份额数量。

二、开放式基金的非交易过户

开放式基金的非交易过户指不采用申购、赎回等基金交易方式，将一定数量的基金按照一定规则从某一投资者基金账户转移到另一投资者基金账户的行为，主要包括继承、司法强制执行等方式。

三、开放式基金的基金份额转托管

开放式基金的基金份额持有人可以办理其基金份额在不同销售机构的转托管手续。转托管在转出方进行申报，基金份额转托管一次完成。一般情况下，投资者于 T 日转托管基金份额成功后，转托管份额于 T+1 日到达转入方网点，投资者可于 T+2 日起赎回该部分基金份额。

四、开放式基金的基金份额冻结

基金注册与过户登记人只受理国家有权机关依法要求的基金账户或基金份额的冻结与解冻。基金账户或基金份额被冻结的，被冻结部分产生的权益(包括现金分红和红利再投资)一并冻结。

第七节　交易型开放式指数基金

一、ETF 份额的认购方式

在 ETF 的募集期内，根据投资者认购渠道的不同，可分为场内认购和场外认购。

根据投资者认购 ETF 份额所支付的对价种类，ETF 份额的认购又可分为现金认购和证券认购。

目前，我国的投资者在 ETF 募集期间，可以采取场内现金认购、网上组合证券认购、网下组合证券认购三种方式认购 ETF。

二、ETF 份额的认购费用(佣金)及认购份额的计算

基金管理人及基金发售代理机构在 ETF 份额发售时一般会收取一定的认购费用或认购佣金。认购费用或认购佣金由投资者承担。我国 ETF 在发售时一般按 1 元/份计价。

1. 通过基金管理人进行现金认购的投资者,认购以 ETF 份额申请,认购费用和认购金额的计算公式为:

$$认购费用=认购价格\times认购份额\times认购费率$$

$$认购金额=认购价格\times认购份额\times(1+认购费率)$$

认购费用由基金管理人在投资者认购确认时收取,投资者需以现金方式缴纳认购费用。

2. 通过发售代理机构进行现金认购的投资者,认购以 ETF 份额申请,认购佣金和认购金额的计算公式为:

$$认购佣金=认购价格\times认购份额\times佣金比率$$

$$认购金额=认购价格\times认购份额\times(1+佣金比率)$$

认购佣金由发售代理机构在投资者认购确认时收取,投资者需以现金方式缴纳认购佣金。

3. 通过发售代理机构进行股票认购的投资者,认购以单只股票股数申请,认购份额和认购佣金的计算公式为

$$认购份额=\sum_{i}\frac{第\ i\ 只股票在场外股票认购日的均价\times有效认购数量}{1.0}$$

$$认购佣金=认购价格\times认购份额\times佣金比率$$

认购佣金由发售代理机构在投资者认购确认时收取。在发售代理机构允许的条件下,投资者可选择以现金或 ETF 份额的方式支付认购佣金。则:

$$净认购份额=(认购份额-认购佣金)/认购价格$$

三、ETF 份额折算与变更登记

(一) ETF 份额折算的时间

基金合同生效后,基金管理人应逐步调整实际组合直至达到跟踪指数要求,此过程为 ETF 建仓阶段。ETF 建仓期不超过 3 个月。

基金建仓期结束后,为方便投资者跟踪基金份额净值变化,基金管理人通常会以某一选定日期作为基金份额折算日,以标的指数的 1‰(或 1%)作为份额净值,对原来的基金份额进行折算。

(二) ETF 份额折算的原则

ETF 基金份额折算由基金管理人办理,并由登记结算机构进行基金份额的变更登记。基金份额折算后,基金份额总额与基金份额持有人持有的基金份额将发生调整,但调整后的基金份额持有人持有的基金份额占基金份额总额的比例不发生变化。

（三）ETF 基金份额折算的方法

假设基金管理人确定基金份额折算日（T 日）。T 日收市后，基金管理人计算当日的基金资产净值 X 和基金份额总额 Y。

T 日标的指数收盘值为 I，若按标的指数的 1‰ 作为基金份额净值进行基金份额的折算，则 T 日的目标基金份额净值为 1/1 000，基金份额折算比例的计算公式为

$$\text{折算比例} = \frac{X/Y}{1/1\ 000}$$

以四舍五入的方法保留小数点后 8 位。

折算后的份额＝原持有份额×折算比例

四、ETF 份额的交易

基金合同生效后，基金管理人可向证券交易所申请上市。ETF 上市后二级市场的交易与封闭式基金类似，要遵循下列交易规则：

1. 基金上市首日的开盘参考价为前一工作日基金份额净值；
2. 基金实行价格涨跌幅限制，涨跌幅比例为 10%，自上市首日起实行；
3. 基金买入申报数量为 100 份或其整数倍，不足 100 份的部分可以卖出；
4. 基金申报价格最小变动单位为 0.001 元。

五、ETF 份额的申购与赎回

表 3-2　ETF 份额的申购与赎回

项　目		内　容
场所		基金管理人将在开始申购、赎回业务前公告申购赎回代理证券公司的名单，投资者应当在代办证券公司办理基金申购、赎回业务的营业场所或按代理证券公司（深圳证券交易所称为代办证券公司）提供的其他方式办理基金的申购和赎回。部分 ETF 基金管理人还提供场外申购赎回模式，投资者可以采用现金方式，通过场外申购赎回代理机构办理申购赎回业务
时间	开始时间	基金自基金合同生效日后不超过 3 个月的时间起开始办理赎回。基金管理人应于申购开始日、赎回开始日前至少 3 个工作日在至少一种中国证监会指定的信息披露媒体公告
	开放日及开放时间	投资者可办理申购、赎回等业务的开放日为证券交易所的交易日，开放时间为 9:30～11:30 和 13:00～15:00。除此时间之外不办理基金份额的申购、赎回
数额限制		投资者申购、赎回的基金份额需为最小申购、赎回单位的整数倍。目前，我国的 ETF 的最小申购、赎回单位为 50 万份
原则		①ETF 采用份额申购和份额赎回的方式，即申购和赎回均以份额申请；②ETF 的申购对价、赎回对价包括组合证券、现金替代、现金差额及其他对价；③申购、赎回申请提交后不得撤销
程序		①申购和赎回申请的提出；②申购和赎回申请的确认与通知；③申购和赎回的清算交收与登记

续表

项　目	内　　容
对价、费用和价格	场内申购赎回时,申购对价是指投资者申购基金份额时应交付的组合证券、现金替代、现金差额及其他对价场内申购赎回时,赎回对价是指投资者赎回基金份额时,基金管理人应交付给赎回人的组合证券、现金替代、现金差额及其他对价场外申购、赎回基金份额时,申购对价、赎回对价为现金投资者在申购或赎回基金份额时,申购赎回代理券商可按照0.5%的标准收取佣金,其中包含证券交易所、登记结算机构等收取的相关费用
暂停、申购赎回的情形	在如下情况下,基金管理人可以暂停接受投资者的申购、赎回申请: ①不可抗力导致基金无法接受申购、赎回; ②上海证券交易所决定临时停市,导致基金管理人无法计算当日基金资产净值; ③上海证券交易所、申购赎回代理券商、登记结算机构因异常情况无法办理申购、赎回; ④法律法规规定或经中国证监会批准的其他情形在发生暂停申购或赎回的情形之一时,基金的申购和赎回可能同时暂停 发生上述情形之一的,基金管理人应当在当日报中国证监会备案,并及时公告。在暂停申购、赎回的情况消除时,基金管理人应及时恢复申购、赎回业务的办理,并予以公告

第八节　上市开放式基金(LOF)的募集与交易

一、LOF 募集概述

目前,我国只有深圳证券交易所开办上市开放式基金业务。LOF 的基金管理人应委托中国证券登记结算公司办理基金份额的登记结算业务。上市开放式基金的募集分场外募集与场内募集两部分。场外募集的基金份额注册登记在中国结算公司的开放式基金注册登记系统,场内募集的基金份额登记在中国结算公司的证券登记结算系统。

二、LOF 的场外募集

LOF 场外募集与普通开放式基金的募集相同。

投资者通过基金管理人及其他代销机构从场外认购 LOF,应使用中国结算公司深圳开放式基金账户。

(一) 深圳开放式基金账户开立方式

1. 已有深圳证券账户的投资者,可通过基金管理人或代销机构以其深圳证券账户申请注册深圳开放式基金账户。

2. 尚无深圳证券账户的投资者,可直接申请账户注册。中国结算公司将为其配发深圳证券投资基金账户,同时将该账户注册为深圳开放式基金账户。

3. 已通过基金管理人或代销机构办理过深圳开放式基金账户注册手续的投资者,可在原处直接办理开放式基金业务申报。

4. 已通过基金管理人或代销机构办理过深圳开放式基金账户注册手续的投资者,拟通过其他代销机构、基金管理人申报开放式基金业务的,须用深圳开放式基金账户在新的代销机构、基金管理人处办理开放式基金账户注册确认手续。

（二）计算投资者认购所得基金份额

净认购金额＝认购金额/(1＋认购费率)

认购手续费＝净认购金额×认购费率

认购份额＝净认购金额/基金份额面值

认购资金募集期间的利息可折合成基金份额，募集期结束后，统一记入投资者深圳开放式基金账户。

三、LOF 的场内募集

LOF 场内募集沿用新股网上定价模式，但无配号及中签环节。投资者认购 LOF 基金，需要持有深圳普通股票账户或证券投资基金账户。

LOF 通过交易所场内募集基金份额，除要遵循一般开放式基金的募集规定外，基金管理人还需向深圳证券交易所提出发售申请。投资者通过深圳证券交易所认购上市开放式基金，应持深圳人民币普通股票账户或证券投资基金账户。基金合同生效后即进入封闭期，封闭期一般不超过 3 个月。封闭期内，基金不受理赎回。

认购金额计算公式为

认购金额＝挂牌价格×(1＋证券公司佣金比率)×认购份额

证券公司佣金＝挂牌价格×认购份额×证券公司佣金比率

净认购金额＝挂牌价格×认购份额

四、LOF 份额的申购、赎回原则

投资者可通过基金管理人及其代销机构办理 LOF 的申购、赎回。LOF 采用“金额申购、份额赎回”的原则：申购以金额申请，赎回以份额申请。

五、LOF 份额转托管

LOF 份额的转托管业务包含两种类型：系统内转托管和跨系统转托管。处于下列情形之一的 LOF 份额不得办理跨系统转托管：

1. 处于募集期内或封闭期内的 LOF 份额；
2. 分红派息前 R－2 日至 R 日(R 日为权益登记日)的 LOF 份额；
3. 处于质押、冻结状态的 LOF 份额。

第九节 开放式基金份额的登记

一、开放式基金登记的概念

开放式基金的登记，是指投资者认购基金份额后，由登记机构为投资者建立基金账户，在投资者的基金账户中进行登记，表明投资者所持有的基金份额。以后，投资者申购

基金,也由登记机构在投资者的基金账户中登记,表明投资者所持有的基金份额的增加,投资者赎回基金份额,取得款项,由登记机构在投资者的基金账户中注销,表明投资者所持基金份额的减少。

二、我国开放式基金注册登记机构(一般了解)

我国《证券投资基金法》规定,开放式基金的登记业务可以由基金管理人办理,也可以委托中国证监会认定的其他机构办理。目前,我国开放式基金的登记体系有以下几种模式:

(1) 基金管理人自建登记系统的内置模式;

(2) 委托中国证券登记结算公司作为登记机构的外置模式;

(3) 以上两种情况兼有的混合模式。

三、基金登记流程(一般要求)

四、申购(认购)、赎回资金清算流程(一般要求)

第十节　同步强化训练

一、单选题

1. 在我国,货币型开放式基金的赎回采用(　　)原则。

A. 未知价交易　　B. 确定价交易

C. 随机价交易　　D. 协商价交易

【答案】B

【解析】不同类型的开放式基金的申购赎回原则有区别,股票债券型基金适用未知价交易原则;货币型基金适用确定价交易原则。

2. 封闭式基金的报价单位是(　　)。

A. 每份基金价格　　B. 每 10 份基金价格

C. 每 100 份基金价格　　D. 每 1 000 份基金价格

【答案】A

【解析】封闭式基金的报价单位为每份基金价格,基金的申报价格最小变动单位为 0.001 元人民币。买入与卖出封闭式基金份额,申报数量应当为 100 份或其整数倍。基金单笔最大数量应当低于 100 万份。

3. 开放式基金份额的发售,由(　　)负责办理。

A. 基金管理人　　B. 商业银行　　C. 证券公司　　D. 专业基金销售机构

【答案】A

【解析】开放式基金份额的发售,由基金管理人负责办理。基金管理人可以委托商业银行、证券公司等经认定的其他机构代理基金份额的发售。

4. 当单个开放日开放式基金的净赎回申请超过(　　)时,为巨额赎回。

A. 10% B. 15% C. 25% D. 30%

【答案】A

【解析】单个开放日基金净赎回申请超过基金总份额的10%时,为巨额赎回。单个开放日的净赎回申请,是指该基金的赎回申请加上基金转换中该基金的转出申请之和,扣除当日发生的该基金申购申请及基金转换中该基金的转入申请之和后得到的余额。

5. 在(　　)方式下,证券机构只需尽最大努力推销基金,并不对基金的销售状况承担任何责任。

A. 自销 B. 代销 C. 承销 D. 包销

【答案】B

【解析】自办发行和承销是基金发行的两种基本方式,承销又分为代销和包销。二者的主要区别在于对未售完基金单位的承担不同,代销方式中,中介机构不承担任何责任,包销中,则由中介承销机构承担责任。

6. 我国开放式基金的申购计价方式是(　　)。

A. 数量申购 B. 余额申购 C. 金额申购 D. 批量申购

【答案】C

【解析】我国开放式基金的申购和赎回采取"金额申购、份额赎回"原则。申购以金额申请,赎回以份额申请。在这种交易方式下,确切的购买数量和赎回金额在买卖当时是无法确定的,只有在交易次日才能获知。

7. 基金的市场交易价格是以基金单位的(　　)为中心上下波动的。

A. 资产 B. 资产值 C. 资产净值 D. 资本净值

【答案】C

【解析】封闭式基金的买卖价格以基金单位的资产净值为基础,但也由市场供求来确定。开放式基金的发行价格由单位基金资产净值加一定的认购手续费用构成。

8. 开放式基金份额的(　　),是指投资者认购基金份额后,由登记机构为投资者建立基金账户,在投资者的基金账户中进行登记,表明投资者所持有的基金份额。

A. 申购 B. 赎回 C. 认购 D. 登记

【答案】D

9. 开放式基金的认购费率不得超过认购金额的(　　)。

A. 3% B. 2.5% C. 10% D. 5%

【答案】D

【解析】《证券投资基金销售管理办法》规定开放式基金的认购费率不得超过认购金额的5%。在具体实践中,基金管理人会针对不同类型的开放式基金、不同认购金额设置不同的认购费率。目前,我国股票型基金的认购费率大多在1%～1.5%左右,债券型基金的认购费率通常在1%以下,货币型基金一般认购费为0。

10. 封闭式基金的募集一般要经过申请、核准、(　　)、备案、公告五个步骤。

A. 批准 B. 发售 C. 发行 D. 审查

【答案】B

【解析】封闭式基金的募集一般要经过申请、核准、发售、备案、公告五个步骤。

11. 开放式基金的基金份额的申购、赎回和登记，由(　　)负责办理。

A. 基金托管人　　B. 基金管理人

C. 证券登记结算中心　　D. 商业银行

【答案】B

【解析】《证券投资基金法》第 51 条规定，开放式基金的基金份额的申购、赎回和登记，由基金管理人负责办理；基金管理人可以委托经国务院证券监督管理机构认定的其他机构代为办理。

二、多选题

1. 目前，我国的投资者在 ETF 募集期间，可以采取的认购方式有(　　)。

A. 网上组合证券认购　　B. 场外现金认购

C. 网下组合证券认购　　D. 场内现金认购

【答案】ABCD

2. 封闭式基金的募集一般要经过申请、(　　)等步骤。

A. 核准　　B. 发售　　C. 备案　　D. 公告

【答案】ABCD

3. 当封闭式基金募集期限届满不能成立时，基金管理人应承担以下责任(　　)。

A. 以固有的财产承担因募集行为而产生的债务与费用

B. 在基金募集期限届满后 30 日内返还投资者已缴纳的款项

C. 赔偿投资者投资机会成本

D. 在基金募集期限届满后 30 日内返还投资者已缴纳的款项，并加计银行同期存款利息

【答案】AD

【解析】封闭式基金不成立的责任：(1)基金管理人以固有的财产承担因募集行为而产生的债务与费用；(2)在基金募集期限届满后 30 日内返还投资者已缴纳的款项，并加计银行同期存款利息。

4. 下列关于基金份额冻结的说法中，正确的是(　　)。

A. 基金份额冻结由基金托管人受理

B. 基金份额冻结由国家有权机关提出

C. 基金份额冻结时产生的权益一并冻结

D. 基金份额冻结由基金注册与过户登记人受理

【答案】BCD

【解析】基金注册与过户登记人只受理国家有权机关依法要求的基金账户或基金份额的冻结与解冻。基金账户或基金份额被冻结的，被冻结部分产生的权益(包括现金分红和红利再投资)一并冻结。A 项错误。

5. 股票、债券型基金的申购、赎回原则有(　　)。

A. 未知价交易原则　　B. 已知价原则

C. 金额申购、份额赎回原则　　D. 份额申购、金额赎回原则

【答案】AC

6. 具备下列条件并经国务院证券监督管理机构核准，封闭式基金可以扩募或者续期(　　)。

A. 年收益率高于全国基金平均收益率

B. 基金份额持有人大会和基金托管人同意

C. 基金管理人和基金托管人最近两年内无重大违法、违规行为

D. 中国证监会规定的其他条件

【答案】ABD

【解析】封闭式基金扩募或者续期时应当具备下列条件：年收益率高于全国基金平均收益率；基金托管人、基金管理人最近 3 年内无重大违法、违规行为；基金份额持有人大会和基金托管人同意扩募或者续期；中国证监会规定的其他条件等。

7. 开放式基金募集的基金份额总额符合《证券投资基金法》第 44 条的规定，并具备下列(　　)条件的，方可成立。

A. 基金募集份额总额不少于 2 亿份

B. 基金募集金额不少于 2 亿元人民币

C. 基金份额持有人的人数不少于 1 000 人

D. 基金份额持有人的人数不少于 200 人

【答案】ABD

【解析】开放式基金募集期限届满，募集的基金份额总额符合《证券投资基金法》第 44 条的规定，并具备下列条件的，基金管理人应当按照规定办理验资和基金备案手续：基金募集份额总额不少于 2 亿份，基金募集金额不少于 2 亿元人民币；基金份额持有人的人数不少于 200 人。

8. 封闭式基金的清算小组负责基金资产的(　　)，基金清算小组可以依法进行必要的民事活动。

A. 保管　　B. 清理　　C. 拍卖　　D. 变现

【答案】ABD

【解析】基金清算小组负责基金资产的保管、清理、估价、变现和分配。基金清算小组可以依法进行必要的民事活动。

9. 买入与卖出封闭式基金份额，对于申报数量的要求描述准确的是(　　)。

A. 为 100 份或其整数倍

B. 为 1 000 份或其整数倍

C. 基金单笔最大数量应当低于 10 万份

D. 基金单笔最大数量应当低于 100 万份

【答案】AD

【解析】买入与卖出封闭式基金份额，申报数量应当为 100 份或其整数倍。基金单笔最大数量应当低于 100 万份。A、D 两项正确。

10. 如下(　　)情形发生时，基金管理人可以暂停接受投资者对 ETF 的申购、赎回申请。

A. 不可抗力导致基金无法接受申购、赎回

B. 证券交易所决定临时停市，导致基金管理人无法计算当日基金资产净值

C. 证券交易所、申购赎回代理券商、登记结算机构因异常情况无法办理申购、赎回

D. 法律、法规规定或经中国证监会批准的其他情形

【答案】ABCD

11. 基金设立申请获得批准后，基金发起人在指定报刊上刊载（ ），基金募集成功后要发布基金成立公告。

A. 招募说明书 B. 基金合同 C. 托管协议 D. 基金契约

【答案】AB

【解析】基金管理人应当在基金份额发售的3日前公布招募说明书、基金合同及其他有关文件。

三、判断题（正确的填A，不正确的填B）

1. 基金管理公司主要股东的实收资本不少于2亿元。（ ）

【答案】B

【解析】《证券投资基金法》第13条规定，“设立基金管理公司，主要股东具有从事证券经营、证券投资咨询、信托资产管理或者其他金融资产管理的较好的经营业绩和良好的社会信誉，最近三年没有违法记录，注册资本不低于三亿元人民币”是应当具备条件之一。

2. 基金自基金合同生效日后不超过6个月的时间起开始办理赎回。（ ）

【答案】B

3. 场外申购赎回ETF时，申购对价、赎回对价为现金。（ ）

【答案】B

4. 所有开放式基金都会设定最低认购金额。（ ）

【答案】B

【解析】一些开放式基金在认购时会设定最低认购金额。目前，我国开放式基金的最低认购金额一般为1 000元人民币。一些基金对追加认购金额有最低金额要求，而另一些基金则没有此类要求。

5. 开放式基金发生巨额赎回申请时，基金管理人应当在当日受理并执行全部赎回申请。（ ）

【答案】B

【解析】当发生巨额赎回申请时，基金管理人在当日接受赎回比例不低于基金总份额的10%的前提下，可以对其余赎回申请延期办理。

6. 运作方式不同的基金在募集和交易环节上并不存在较大的差异。（ ）

【答案】B

7. 目前，我国封闭式基金的募集期限一般为3个月。（ ）

【答案】A

8. 证券投资基金招募说明书可以登载研究机构的推荐性用语。（ ）

【答案】B

【解析】基金招募说明书是有关基金设立与运作详细、全面的说明性文件。编制招募说明书的目的是让广大投资者了解基金详情,以便作出是否投资该基金的决策。因此,一般规定,招募说明书不得登载任何个人、机构或企业的祝贺性、恭维性或推荐性的题字、用语及任何广告、宣传性用语。

9. 基金转托管在转入方进行申报,基金份额转托管一次完成。( )

【答案】B

【解析】基金转托管在转出方进行申报,基金份额转托管一次完成。

10. 基金管理人办理开放式基金份额的申购,可以收取申购费,但申购费率不得超过申购金额的2.5%。( )

【答案】B

【解析】基金管理人办理开放式基金份额的申购,可以收取申购费,但申购费率不得超过申购金额的5%。

11. 赎回对价是指投资者赎回ETF份额时,基金保管人应交付给赎回人的组合证券、现金替代、现金差额及其他对价。( )

【答案】A

12. 根据规定,证券投资基金募集不成功,基金管理人须承担证券投资基金募集费用。( )

【答案】A

【解析】《证券投资基金法》第46条规定,投资人缴纳认购的基金份额的款项时,基金合同成立;基金管理人依照本法第44条的规定向国务院证券监督管理机构办理基金备案手续,基金合同生效。

基金募集期限届满,不能满足本法第44条规定的条件的,基金管理人应当承担下列责任:(1)以其固有财产承担因募集行为而产生的债务和费用;(2)在基金募集期限届满后30日内返还投资人已缴纳的款项,并加计银行同期存款利息。

13. 折价率高时,一定是购买封闭式基金的好时机。( )

【答案】B

【解析】当二级市场价格低于基金份额净值时,为折价交易,对应的是折价率。当折价率较高时常常被认为是购买封闭式基金的好时机,但实际上并不尽然。有时折价率会继续攀升,在弱市时更有可能出现价格与净值同步下降的情形。

14. 每个有效证件只允许开设一个基金账户,已开设证券账户的可以再重复开设基金账户。( )

【答案】B

15. 目前,在深、沪证券交易所上市的封闭式基金不收取印花税。( )

【答案】A

16. 目前,我国开放式基金注册登记机构确定基金申购、赎回费率。( )

【答案】B

【解析】申购费是指投资人在申购或赎回时直接支付给基金管理人的一次性申购费用。赎回费是指投资者赎回时向投资者收取的略带惩罚性质的费用。两种费用都是在国家规定的最高费率基础上由基金管理人自己确定。

17. 开放式基金基金份额持有人在变更基金申购与赎回业务的销售机构(网点)时，销售机构(网点)之间是通存通兑的。(　　)

【答案】B

【解析】基金份额持有人在变更基金申购与赎回业务的销售机构(网点)时，销售机构(网点)之间是不能通存通兑的，可办理已持有基金的转托管。

18. LOF 份额面值认购份额按四舍五入的原则保留到小数点后三位。(　　)

【答案】B

第四章 基金管理人

第一节　本章知识框架

- 基金管理人概述
  - 基金管理公司的市场准入
  - 基金管理人的职责
  - 基金管理公司的主要业务
  - 基金管理公司的业务特点
- 基金管理公司的机构设置
  - 专业委员会
  - 投资管理部门
  - 风险管理部门
  - 市场营销部门
  - 基金运营部门
  - 后台支持部门
- 基金投资运作管理
  - 基金资产运作的投资决策机构
  - 基金资产运作的投资决策制定
  - 基金资产运作的投资决策实施
  - 基金资产运作的投资研究
  - 基金资产运作的投资交易
  - 基金资产运作的投资风险控制
  - 投资管理人员的监督管理
  - 基金从业人员投资证券投资基金的监督管理

基金管理公司治理结构与内部控制
- 基金管理公司治理结构的总体要求
- 公司治理的基本原则
- 基金管理公司的独立董事制度
- 基金管理公司的督察长制度
- 内部控制的概念及组成的层次
- 基金管理公司内部控制的总体目标
- 基金管理公司内部控制应当遵循的原则
- 基金公司制定内部控制制度的原则
- 内部控制的基本要求

第二节 本章复习提示

熟悉基金管理公司的市场准入规定，熟悉基金管理人的职责和作用，了解基金管理公司的主要业务，了解基金管理公司的业务特点。

熟悉基金管理公司的组织架构与部门职责。

了解基金管理公司的投资决策机构，熟悉投资决策委员会的主要职责；了解一般的投资决策程序；了解基金管理公司的投资研究、投资交易与投资风险控制工作。

熟悉特定客户资产管理业务规范性要求。

了解基金管理公司治理结构的总体要求，掌握基金管理公司治理结构的基本原则，了解独立董事制度和督察长制度。掌握基金管理公司内部控制的概念；熟悉内部控制的目标、原则、基本要求以及主要内容。

第三节 基金管理人概述

一、基金管理公司的市场准入

我国相关法规规定，基金管理公司的注册资本应不低于1亿元人民币。其主要股东(指出资额占基金管理公司注册资本的比例最高且不低于25%的股东)应当具备下列条件：

1. 从事证券经营、证券投资咨询、信托资产管理或者其他金融资产管理。
2. 注册资本不低于3亿元人民币。
3. 具有较好的经营业绩，资产质量良好。
4. 持续经营3个以上完整的会计年度，公司治理健全，内部监控制度完善。
5. 最近3年没有因违法违规行为受到行政处罚或者刑事处罚。
6. 没有挪用客户资产等损害客户利益的行为。
7. 没有因违法违规行为正在被监管机构调查，或者正处于整改期间。
8. 具有良好的社会信誉，最近3年在税务、工商等行政机关以及金融监管、自律管理、商业银行等机构无不良记录。

基金管理公司除主要股东外的其他股东，要求注册资本、净资产应当不低于 1 亿元人民币，资产质量良好，且具备上述第 4～8 项规定的条件。

中外合资基金管理公司的境外股东应当具备下列条件：

1. 为依其所在国家或者地区法律设立、合法存续并具有金融资产管理经验的金融机构，财务稳健，资信良好，最近 3 年没有受到监管机构或者司法机关的处罚。

2. 所在国家或者地区具有完善的证券法律和监管制度，其证券监管机构已与中国证监会或者中国证监会认可的其他机构签订证券监管合作谅解备忘录，并保持着有效的监管合作关系。

3. 实缴资本不少于 3 亿元人民币的等值可自由兑换货币。

4. 经国务院批准的中国证监会规定的其他条件。

二、基金管理人的职责

《证券投资基金法》第 19 条规定，基金管理人应当履行下列职责：

1. 依法募集基金，办理或者委托经国务院证券监督管理机构认定的其他机构代为办理基金份额的发售、申购、赎回和登记事宜；

2. 办理基金备案手续；

3. 对所管理的不同基金财产分别管理、分别记账，进行证券投资；

4. 按照基金合同的约定确定基金收益分配方案，及时向基金份额持有人分配收益；

5. 进行基金会计核算并编制基金财务会计报告；

6. 编制中期和年度基金报告；

7. 计算并公告基金资产净值，确定基金份额申购、赎回价格；

8. 办理与基金财产管理业务活动有关的信息披露事项；

9. 召集基金份额持有人大会；

10. 保存基金财产管理业务活动的记录、账册、报表和其他相关资料；

11. 以基金管理人名义，代表基金份额持有人利益行使诉讼权利或者实施其他法律行为；

12. 国务院证券监督管理机构规定的其他职责。

基金投资者投资基金的最主要目的是要实现资产的保值、增值。基金管理人的投资管理能力与风险控制能力的高低，直接关系到投资者投资回报的高低与投资目标能否实现。基金管理人的作用除了直接体现在业务覆盖的广度、深度以及资产的保值增值上外，还体现在其对基金持有人利益保护的责任上。

三、基金管理公司的主要业务

证券投资基金业务中的募集与管理基金是基金管理公司的主要业务，但在募集与管理基金的过程中基金管理公司还需要承担一些其他行政理务。除基金业务外，基金管理公司还可以从事一些其他的受托资产管理业务和提供投资咨询服务。基金管理公司已有向综合资产管理机构发展的趋势。

表 4-1　基金管理公司的主要业务

业　务	介　绍
证券投资基金业务	证券投资基金业务主要包括基金募集与销售、基金的投资管理和基金运营服务
受托资产管理业务	根据《基金管理公司特定客户资产管理业务试点办法》的规定，符合条件的基金管理公司既可以为单一客户办理特定资产管理业务，也可以为特定的多个客户办理特定资产管理业务
社保基金管理及企业年金管理业务	根据《全国社会保险基金投资管理暂行办法》和《企业年金基金管理试行办法》的规定，基金管理公司可以作为资产管理人管理社保基金和企业年金
QDII 业务	符合条件的基金管理公司可以申请境内机构投资者资格，开展境外证券投资业务。基金管理公司申请境内机构投资者资格应当具备下列条件：①申请人的财务稳健，资信良好；②具有 5 年以上境外证券市场投资管理经验和相关专业资质的中级管理人员不少于 1 名，具有 3 年以上的境外证券市场投资管理相关经验的人员不少于 3 名；③具有健全的治理结构和完善的内控制度，经营行为规范；④最近 3 年没有受到监管机构的重大处罚，没有重大事项正在接受司法部门、监管机构的立案调查；⑤中国证监会根据审慎监管原则规定的其他条件
投资咨询服务	基金管理公司不需报经中国证监会审批，可以直接向合格境外机构投资者、境内保险公司及其他依法设立运作的机构等特定对象提供投资咨询服务。基金管理公司向特定对象提供投资咨询服务，不得有下列行为：①侵害基金份额持有人和其他客户的合法权益；②承诺投资收益；③与投资咨询客户约定分享投资收益或者分担投资损失；④通过广告等公开方式招揽投资咨询客户；⑤代理投资咨询客户从事证券投资

四、基金管理公司的业务特点

1. 基金管理公司管理的是投资者的资产，一般并不进行负债经营，因此基金管理公司的经营风险相对具有较高负债的银行、保险公司等其他金融机构要低得多。

2. 基金管理公司的收入主要来自以资产规模为基础的管理费，因此资产管理规模的扩大对基金管理公司具有重要的意义。

3. 投资管理能力是基金管理公司的核心竞争力，因此基金管理公司在经营上更多地体现出一种知识密集型产业的特色。

4. 开放式基金要求必须披露上一工作日的份额净值，而净值的高低直接关系到投资者的利益，因此基金管理公司的业务对时间与准确性的要求很高，任何失误与迟误都会造成很大问题。

第四节　基金管理公司的机构设置

一、专业委员会

（一）投资决策委员会

投资决策委员会是基金管理公司管理基金投资的最高决策机构，是非常设的议事机构，在遵守国家有关法律法规、条例的前提下，拥有对所管理基金的投资事务的最高决策权。

（二）风险控制委员会

风险控制委员会也是非常设议事机构，一般由副总经理、监察稽核部经理及其他相关人员组成。

二、投资管理部门

（一）投资部

投资部负责根据投资决策委员会制订的投资原则和计划进行股票选择和组合管理，向交易部下达投资指令。同时，投资部还担负投资计划反馈的职能，及时向投资决策委员会提供市场动态信息。

（二）研究部

研究部是基金投资运作的支撑部门，主要从事宏观经济分析、行业发展状况分析和上市公司投资价值分析。

（三）交易部

交易部是基金投资运作的具体执行部门，负责组织、制订和执行交易计划。

三、风险管理部门

（一）监察稽核部

监察稽核部负责监督检查基金和公司运作的合法、合规情况及公司内部风险控制情况，定期向董事会提交分析报告。

（二）风险管理部

风险管理部负责对公司运营过程中产生的或潜在的风险进行有效管理。

四、市场营销部门

（一）市场部

市场部负责基金产品的设计、募集和客户服务及持续营销等工作。

（二）机构理财部

机构理财部是基金管理公司为适应业务向受托资产管理方向发展的需要而设立的独立部门，它专门服务于提供该类型资金的机构。

五、基金运营部门

基金运营部负责基金的注册与过户登记和基金会计与结算，其工作职责包括基金清算和基金会计两部分。

六、后台支持部门

（一）行政管理部

行政管理部是基金管理公司的后勤部门，为基金管理公司的日常运作提供文件管理、文字秘书、劳动保障、员工聘用、人力资源培训等行政事务的后台支持。

（二）信息技术部

信息技术部负责基金公司业务和管理发展所需要的电脑软、硬件的支持，确保各信息技术系统软件业务功能运转正确。

（三）财务部

财务部是负责处理基金管理公司自身财务事务的部门，包括有关费用支付、管理费收缴、公司员工的薪酬发放、公司年度财务预算和决算等。

第五节 基金投资运作管理

一、基金资产运作的投资决策机构

投资决策委员会是公司非常设机构，是公司最高投资决策机构，一般由公司总经理、分管投资的副总经理、投资总监、研究总监等相关人员组成。总经理为投资决策委员会主席，督察长列席会议。

二、基金资产运作的投资决策制定

投资决策制定通常包括投资决策的依据、决策的方式和程序、投资决策委员会的权限和责任等内容。我国基金管理公司一般的投资决策程序是：

（一）公司研究发展部提出研究报告

研究发展部负责向投资决策委员会和其他投资部门提供研究指导。研究报告通常包括宏观经济分析报告、行业分析报告、上市公司分析报告和证券市场行情报告等。通常研究发展部负责建立并维护股票池。

（二）投资决策委员会决定基金的总体投资计划

投资决策委员会在认真分析研究发展部提供的研究报告及其投资建议的基础上，根据现行法律法规和基金合同的有关规定，决定基金的总体投资计划。

（三）基金投资部制定投资组合的具体方案

在投资决策委员会制订的总体投资计划的基础上，基金投资部在研究发展部研究报告的支持下，构建投资组合方案，对方案进行风险收益分析，并在投资执行过程中将有关投资实施情况和风险评估报告反馈给投资决策委员会。基金投资部在制定具体方案时要接受风险控制委员会的风险控制建议和监察稽核部门的监察、稽核。

（四）风险控制委员会提出风险控制建议

证券市场由于受到政治、经济、投资心理及交易制度等各种因素的影响，导致基金投资面临较大的风险。为降低投资风险，风险控制委员会通过监控投资决策实施和执行的整个过程，并根据市场价格水平及公司的风险控制政策，提出风险控制建议。

三、基金资产运作的投资决策实施

基金管理公司在确定了投资决策后，就要进入决策的实施阶段。具体来讲，就是由基金经理根据投资决策中规定的投资对象、投资结构和持仓比例等，在市场上选择合适的股票、债券和其他有价证券来构建投资组合。投资决策是否合理有效地得到实施，直接关系到基金投资效果的好坏和基金投资收益的高低。在具体的基金投资运作中，通常是由基金投资部门的基金经理向中央交易室发出交易指令。这种交易指令具体包括买入（卖出）何种有价证券、买入（卖出）的时间和数量、买入（卖出）的价格控制等。

可以说，基金经理的投资理念、分析方法和投资工具的选择是基金投资运作的关键：基金经理水平的高低，直接决定了基金的投资收益。基金经理在实际投资运作中依据一定的投资目标，构建合适的投资组合，并根据市场实际情况的变化及时对投资组合进行调整。在实际操作中，交易员的地位和作用也相当重要。基金经理下达交易指令后要由交易员负责完成。交易员接受交易指令后，应寻找合适的机会，以尽可能低的价位买入需要买入的股票或债券，以尽可能高的价位卖出应卖出的股票或债券。交易员除了执行基金经理的指令外，还必须及时向基金经理汇报实际交易情况和市场动向，协助基金经理完成基金投资运作。

四、基金资产运作的投资研究

投资研究是基金管理公司进行实际投资的基础和前提，基金实际投资绩效在很大程度上决定于投资研究的水平。

基金管理公司研究部的研究内容一般包括：

1. 宏观与策略研究，主要是针对国家宏观经济状况以及市场的研究，提出资产配置建议。

2. 行业研究，主要是对各个行业的发展环境进行评估，提出行业资产配置建议。

3. 个股研究，个股投资价值判断是基金管理公司股票投资的落脚点，基金经理主要在个股投资价值报告的基础上决定实际的投资行为。

五、基金资产运作的投资交易

交易是实现基金经理投资指令的最后环节。按照规定，基金经理不得直接向交易员下达投资指令或者直接进行交易。投资指令应经风险控制部门审核，确认其合法、合格与完整后方可执行。这样，可实现决策人与执行人的分离，防止基金经理决策的随意性与道德风险。

此外，各基金管理公司设有中央交易室，严格执行交易行为准则，对基金经理的交易行为进行约束。同时，各基金管理公司还设置了相应的证券交易技术手段，以避免同一基金的交易账户对同一只股票既买又卖的反向报单委托行为。

六、基金资产运作的投资风险控制

为了提高基金投资的质量，防范和降低投资的管理风险，切实保障基金投资者的利益，国内外的基金管理公司和基金组织都建立了一套完整的风险控制机制和风险管理制度，并在基金合同和招募说明书中予以明确规定。

第一，基金管理公司设有风险控制委员会（或合格审查与风险控制委员会）等风险控制机构，负责从整体上控制基金运作中的风险。

第二，制定内部风险控制制度。主要包括：严格按照法律法规和基金合同规定的投资比例进行投资，不得从事规定禁止基金投资的业务；坚持独立性原则，基金管理公司管理的基金资产与基金管理公司的自有资产应相互独立，分账管理，公司会计和基金会计严格分开；实行集中交易制度，每笔交易都必须有书面记录并加盖时间章；加强内部信息控制，实行空间隔离和门禁制度，严防重要内部信息泄露；前台和后台部门应独立运作。

第三，内部监察稽核控制。监察稽核的目的是检查、评价公司内部控制制度和公司投资运作的合法性、合格性和有效性，监督公司内部控制制度的执行情况，揭示公司内部管理及投资运作中的风险，及时提出改进意见，确保国家法律、法规和公司内部管理制度的有效执行，维护基金投资者的正当权益。

七、投资管理人员的监督管理

为了指导基金管理公司投资管理人员的执业行为，中国证监会发布了《证券投资基金管理公司投资管理人员管理指导意见》，对基金管理公司投资管理人员的范围、基本行为规范以及监督管理进行了规定。主要内容如下：

表 4-2　对投资管理人员监督管理的有关规定

投资管理人员的范围	投资管理人员是指在基金管理公司中负责基金投资、研究、交易的人员以及实际履行相应职责的人员。具体包括公司投资决策委员会成员，公司分管投资、研究、交易业务的高级管理人员，公司投资、研究、交易部门的负责人，基金经理和基金经理助理等
基本行为规范	包括投资管理人员应当维护基金份额持有人的利益；在基金份额持有人的利益与公司、股东及与股东有关联关系的机构和个人等的利益发生冲突时，投资管理人员应当坚持基金份额持有人利益优先的原则
监督管理	公司聘用投资管理人员应当签订聘用合同；建立完善投资授权制度，明确界定投资权限，防止投资管理人员越权从事投资活动；建立公平交易制度；制定公平交易规则，明确公平交易的原则及实施措施，对反向交易、交叉交易及其他可能导致不公平交易和利益输送的异常交易行为加强跟踪监测、及时分析并按规定履行报告义务

投资管理人员是指在基金管理公司中负责基金投资、研究、交易的人员以及实际履行相应职责的人员。具体包括公司投资决策委员会成员，公司分管投资、研究、交易业务的高级管理人员，公司投资、研究、交易部门的负责人，基金经理和基金经理助理等。

投资管理人员应当维护基金份额持有人的利益；在基金份额持有人的利益与公司、股东及与股东有关联关系的机构和个人等发生利益冲突时，投资管理人员应当坚持基金份额持有人利益优先的原则。

投资管理人员不得利用基金财产或利用管理基金份额向任何机构和个人进行利益输送，不得从事或者配合他人从事损害基金份额持有人利益的活动。

投资管理人不得为了基金业绩排名等实施拉抬尾市、打压股价等损害证券市场秩序的行为，或者进行其他违反规定的操作。

投资管理人员应当恪守职业道德，信守对基金份额持有人、监管机构和公司作出的承诺,不得从事与履行职责有利益冲突的活动。

投资管理人员应当独立、客观地履行职责,在作出投资建议或者进行投资活动时,不受他人干预,在授权范围内就投资、研究等事项作出客观、公正的独立判断。

投资管理人员应当公平对待不同基金份额持有人,公平对待基金份额持有人和其他资产委托人,不得在不同基金财产之间、基金财产和其他受托资产之间进行利益输送。

投资管理人员应当树立长期、稳健、对基金份额持有人负责的理念,审慎签署并认真履行聘用合同,提前解除聘用合同应有正当的理由。

投资管理人员应当牢固树立合格意识和风险控制意识,强化投资风险管理,提高风险管理水平,审慎开展投资活动。

投资管理人员应当加强业务学习,接受职业培训,熟悉与证券投资基金有关的政策法规及相关业务知识,不断提高专业技能。

投资管理人员不得直接或间接为其他任何机构和个人进行证券投资活动,不得直接或间接接受证券公司、投资公司、上市公司等其他任何机构和个人提供的礼金、旅游服务等各种形式的利益。

投资管理人员履行职责时,对可能产生个人利益冲突的情况应当及时向公司报告。除法律、行政法规另有规定外,公司员工不得买卖股票的,应当及时向公司报备其账户和买卖情况。

未经公司允许,投资管理人员不得以公司或个人名义参加与履行职责有关的社会活动或会议,严禁投资管理人员利用参加会议之便牟取不当利益,损害基金份额持有人的合法权益。

每个投资管理人员每年接受合格培训的时间不得少于 20 小时。

八、基金从业人员投资证券投资基金的监督管理

1. 基金从业人员投资基金不得利用内幕信息买卖基金,不得利用职务便利谋取个人利益。基金从业人员不得投资封闭式基金,持有的开放式基金份额的期限不得少于 6 个月。

2. 在允许基金从业人员投资基金的同时,证监会要求有关单位必须建立相应的监督和报备机制。基金管理公司、银行托管部门应当在允许本单位基金从业人员投资基金前,制定相关管理制度并报中国证监会及其派出机构备案。

此外,基金从业人员投资基金应当履行一定的信息披露义务。基金管理公司应当在基金合同生效公告、上市交易公告书及相关基金半年度报告和年度报告中披露本公司基金从业人员持有基金份额的总量及所占比例。

第六节　基金管理公司治理结构与内部控制

一、基金管理公司治理结构的总体要求

目前,我国基金管理公司均为有限责任公司,必须满足《公司法》对有限责任公司的

公司治理结构的规定。

此外，基金管理公司在治理结构上还必须遵守《证券投资基金法》、《证券投资基金管理公司管理办法》和《证券投资基金管理公司治理准则（试行）》等的相关规定，建立组织机构健全、职责划分清晰、制衡监督有效、激励约束合理的治理结构，保持公司规范运作，维护基金份额持有人的利益。

二、公司治理的基本原则

1. 维护公司的统一性和完整性原则。公司应当在组织机构和人员的责任体系、报告路径、决策机制等几个方面体现统一性和完整性。从董事会层面，在制度建设过程中就应当保证公司的责任体系、决策体系和报告路径的清晰、独立。股东不得要求经理层或其他员工违反章程直接向股东或其他机构和人员报告基金财产运用具体事项；不得要求经理层将经营决策权让渡给股东或其他机构和人员。从经理层面，在职权范围内应保证公司经营活动独立、自主决策，不受他人干预，不得将经营管理权让渡给股东或者其他机构和人员。在公司文化层面，应当构建公司自身的企业文化，防止在内部责任体系、报告路径和内部员工之间出现割裂情况。

2. 业务与信息隔离原则。

3. 强化制衡机制原则。

4. 基金份额持有人利益优先原则。在公司、股东以及公司员工的利益与基金份额持有人的利益发生冲突时，应当优先保障基金份额持有人的利益。

5. 股东诚信与合作原则。

6. 公平对待原则。

7. 公司独立运作原则。基金管理公司独立性的具体要求是：公司及其业务部门与股东、实际控制人及其下属部门之间没有隶属关系；股东及其实际控制人不得越过股东会和董事会直接任免公司高管人员；不得违反公司章程干预投资、研究、交易等具体事务及公司员工选聘；董事、监事之外的所有员工不得在股东单位兼职；所有与股东签署的技术支持、服务、合作等协议均应上报，不得签署任何影响公司独立性的协议；等等。

8. 经营运作公开、透明原则。

9. 长效激励约束原则。

10. 人员敬业原则。公司的董事、监事、高级管理人员的履职水平直接关系到广大基金份额持有人的利益。因此，上述人员不仅要专业、诚信、勤勉、尽职，遵守职业操守，而且要以较高的职业道德标准和商业道德标准规范言行，目标是要维护基金份额持有人的利益和公司的资产安全，促进公司的高效运作。

三、基金管理公司的独立董事制度

基金管理公司应当建立健全独立董事制度。独立董事人数不得少于 3 人，且不得少于董事会人数的 1/3。

董事会审议下列事项时应当经过 2/3 以上的独立董事通过。

1. 公司及基金投资运作中的重大关联交易。

2. 公司和基金审计事务，聘请或者更换会计师事务所。

3. 公司管理的基金的半年度报告和年度报告。

4. 法律、行政法规和公司章程规定的其他事项。

四、基金管理公司的督察长制度

中国证监会发布的《证券投资基金管理公司督察长管理规定》明确要求基金管理公司应当建立健全督察长制度。

督察长是监督检查基金和公司运作的合法合格情况及公司内部风险控制情况的高级管理人员。

督察长由总经理提名，由董事会聘任，并应当经全体独立董事同意。

督察长负责组织指导公司监察稽核工作。督察长发现基金和公司运作中有违法违规行为的，应当及时予以制止，重大问题应当报告中国证监会及相关派出机构。督察长享有充分的知情权和独立的调查权。督察长根据履行职责的需要，有权参加或者列席公司董事会以及公司业务、投资决策、风险管理等相关会议，有权调阅公司相关文件、档案。督察长发现基金及公司运作中存在问题时，应当及时告知公司总经理和相关业务负责人，提出处理意见和整改建议，并监督整改措施的制定和落实。公司总经理对存在问题不整改或者整改未达到要求的，督察长应当向公司董事会、中国证监会及相关派出机构报告。

公司应当保证督察长工作的独立性，不得要求督察长从事基金销售、投资、运营、行政管理等与其履行职责相冲突的工作。

公司总经理、其他高级管理人员、各部门应当支持和配合督察长的工作，不得以涉及商业秘密或者其他理由限制、阻挠督察长履行职责。

五、内部控制的概念及组成的层次

概念：指公司为防范和化解风险，保证经营运作符合公司的发展规划，在充分考虑内、外部环境的基础上，通过建立组织机制、运用管理方法、实施操作程序与控制措施而形成的系统。基金管理公司内部控制包括内部控制机制和内部控制制度两个方面。

公司内部控制机制一般包括四个层次：一是员工自律；二是部门各级主管的检查监督；三是公司总经理及其领导的监察稽核部对各部门和各项业务的监督控制；四是董事会领导下的审计委员会和督察员的检查、监督、控制和指导。公司内部控制制度由内部控制大纲、基本管理制度、部门业务规章、业务操作手册等部分组成。

六、基金管理公司内部控制的总体目标

第一，保证公司经营运作严格遵守国家有关法律、法规和行业监管规则，自觉形成守法经营、规范运作的经营思想和经营理念；第二，防范和化解经营风险，提高经营管理效益，确保经营业务的稳健运行和受托资产的安全完整，实现公司的持续、稳定、健康发展；第三，确保基金、公司财务和其他信息真实、准确、完整、及时。

七、基金管理公司内部控制应当遵循的原则

基金管理公司内部控制应当遵循的原则:健全性原则、有效性原则、独立性原则、相互制约原则和成本效益原则。

八、基金公司制定内部控制制度的原则

基金公司制定内部控制制度应当遵循以下原则:

1. 合法、合格性原则。公司内部控制制度必须符合国家法律法规、规章和各项规定。

2. 全面性原则。内部控制制度必须涵盖公司经营管理的各个环节,必须普遍适用于公司每一个员工,不得留有制度上的空白或漏洞。

3. 审慎性原则。公司内部控制的核心是风险控制,制定内部控制制度要以审慎经营、防范和化解风险为出发点。

4. 适时性原则。内部控制制度的制定应当具有前瞻性,并且必须随着有关法律法规的调整和公司经营战略、经营方针、经营理念等内、外部环境的变化进行及时修改或完善。

九、内部控制的基本要求

1. 部门设置要体现职责明确、相互制约的原则。

2. 严格授权控制;严格授权要贯穿于公司经营活动的始终,建立健全公司授权标准和程序,确保授权制度的贯彻执行。公司各业务部门、分支机构和公司员工必须在规定授权范围内行使相应的职责。重大业务的授权要采取书面形式,明确授权内容和时效,对已获授权的部门和人员建立有效的评价和反馈机制。

3. 强化内部监察稽核控制。

4. 建立完善的岗位责任制度和科学、严格的岗位分离制度。

5. 严格控制基金资产的财务风险;公司要建立完善的资产分离制度,确保基金资产的安全完整。基金资产与公司资产、不同基金的资产和其他委托资产要实行独立运作,分别核算;对所管理的基金必须以基金为会计核算主体,独立建账、独立核算,并采取适当的会计控制措施,以确保会计核算系统的正常运转。必须采取合理的估值方法和科学的估值程序,公允反映基金所投资的有价证券在估值时点的价值。公司必须建立严格的成本控制和业绩考核制度,强化会计的事前、事中和事后监督。

6. 建立完善的信息披露制度。

7. 严格制定信息技术系统的管理制度;信息技术系统的设计开发要符合国家、金融行业软件工程标准的要求,编写完整的技术资料;在实现业务电子化时,应设置保密系统和相应控制机制,并保证计算机系统的可靠性;信息技术系统投入运行前,要经过业务、运营、监察稽核等部门的联合验收。公司通过严格的授权制度、岗位责任制度、门禁制度、内外网分离制度等管理措施,确保系统安全运行。

8. 建立科学严密的风险管理系统。

第七节　同步强化训练

一、单选题

1.(　　)是基金管理公司的核心业务,公司基金投资部门负责基金的运作和管理,将公司发行基金单位所募集的资金通过组合的投资方式投资于有价证券,实现基金资产的保值增值。

A. 基金投资　B. 风险控制　C. 收益最大化　D. 基金组合

【答案】A

【解析】基金投资管理是基金管理公司的核心业务,基金管理公司的投资部门具体负责基金的投资管理业务。

2. 基金从业人员购买开放式基金的,持有开放式基金份额的期限不得少于(　　)个月。

A. 1　B. 3　C. 6　D. 9

【答案】C

【解析】《关于基金从业人员投资证券投资基金有关事宜的通知》规定,基金从业人员投资基金不得利用内幕信息买卖基金,不得利用职务便利谋取个人利益;基金从业人员不得投资封闭式基金,持有的开放式基金份额的期限不得少于6个月。

3. 关于基金管理公司的投资决策,下面叙述正确的是(　　)。

A. 公司总经理审议和决定基金的总体投资计划

B. 风险控制委员会确定基金资产配置比例或比例范围

C. 主管投资的副总经理审批各基金经理提出的投资额超过自主投资额度的投资项目

D. 基金经理向中央交易室的基金交易员发出交易指令

【答案】D

4. 在基金管理公司的治理结构中,(　　)处于核心地位。

A. 公司董事会和经营层　B. 监管层

C. 公司董事会　D. 经营层

【答案】A

【解析】董事会是公司的权力机构,它与经营层是公司法人与各方法律主体之间利益关系的协调人,处于治理结构中的核心地位。

5. 基金管理公司的收入主要来源于(　　)。

A. 基金资产投资收益　B. 买卖有价证券价差收入

C. 基金管理费　D. 基金托管费

【答案】C

【解析】基金管理公司的收入主要来自以资产规模为基础的管理费,因此资产管理规模的扩大对基金管理公司具有重要的意义。

6. 以下不属于基金管理公司内部控制的总体目标的是(　　)。

A. 保证公司经营运作严格遵守国家有关法律、法规和行业监管规则

B. 提高基金资产的期望收益

C. 防范和化解经营风险,确保经营业务的稳健运行和受托资产的安全完整

D. 确保基金、公司财务和其他信息真实、准确、完整、及时

【答案】B

【解析】基金管理公司内部控制的总体目标有:①保证公司经营运作严格遵守国家有关法律、法规和行业监管规则,自觉形成守法经营、规范运作的经营思想和经营理念;②防范和化解经营风险,提高经营管理效益,确保经营业务的稳健运行和受托资产的安全完整,实现公司的持续、稳定、健康发展;③确保基金、公司财务和其他信息真实、准确、完整、及时。

7. (　　)是基金管理公司的核心业务。

A. 投资运作管理业务　　B. 基金募集与销售业务

C. 基金行政业务　　D. 受托资产管理业务

【答案】A

【解析】基金投资运作管理是基金管理公司的核心业务,基金管理公司的投资部门具体负责基金的投资管理业务。

8. 基金经理的(　　)是基金投资运作的关键。基金经理水平的高低,直接决定了基金的投资收益。

A. 投资理念　　B. 分析方法

C. 投资工具的选择　　D. 投资理念、分析方法和投资工具的选择

【答案】D

【解析】基金管理公司在确定了投资决策后,就要进入决策的实施阶段。

具体来讲,就是由基金经理根据投资决策中规定的投资对象、投资结构和持仓比例等,在市场上选择合适的股票、债券和其他有价证券来构建投资组合。可以说,基金经理的投资理念、分析方法和投资工具的选择是基金投资运作的关键;基金经理水平的高低,直接决定了基金的投资收益。

9. (　　)要求内部控制应当包括公司的各项业务、各个部门或机构和各级人员,并涵盖到决策、执行、监督、反馈等各个环节。

A. 健全性原则　　B. 有效性原则

C. 独立性原则　　D. 成本效益原则

【答案】A

10. 基金公司的下列部门中,与基金投资没有直接关系的是(　　)。

A. 交易部　　B. 行政管理部　　C. 研究部　　D. 投资部

【答案】B

【解析】交易部、研究部和投资部都是投资管理部门;行政管理部是后台支持部门。

11. 基金销售业务是指基金管理公司通过自行设立的网点或电子交易网站把基金单位直接销售给(　　)的行为。

A. 基金经理　　B. 托管银行

C. 基金管理公司　　D. 基金投资人

【答案】D

【解析】基金销售是指基金管理公司把基金份额转让给基金份额持有人,也就是基金投资人的过程。

12. 独立董事是指不在公司任职并且与公司及其高级管理人员没有经济关系的董事。按现行规定,我国基金管理公司必须设有不少于3人或不少于董事会成员(　　)的独立董事。

A. 1/2　　B. 1/3　　C. 1/4　　D. 1/6

【答案】B

【解析】基金管理公司必须设有独立董事,人数为不少于3人或不少于董事会成员的1/3。

13. 公司内部控制的核心是(　　),制定内部控制制度要以审慎经营、防范和化解风险为出发点。

A. 明确责任　　B. 权利制衡　　C. 风险控制　　D. 严格授权

【答案】C

14. 关于基金产品定价,下面叙述不正确的是(　　)。

A. 基金产品定价就是与基金产品本身相关的各项费率的确定

B. 一般来说,从股票基金到混合型基金、债券基金和货币市场基金,各项基金费率基本上呈递减趋势,这是由产品本身的风险收益特征决定的

C. 一般来说,客户规模越大,与基金管理公司就产品价格问题的谈判能力就越强,通常也能得到更加优惠的费率待遇

D. 市场竞争越激烈,为有效获取市场份额,基金费率通常会越低

【答案】B

【解析】一般来说,从股票基金到混合型基金、债券基金和货币市场基金,各项基金费率基本上呈递增趋势,这是由产品本身的风险收益特征决定的。

15. 基金管理公司成功运作并获取较高利润回报的关键是(　　)。

A. 及时规避基金运作风险　　B. 合理选择基金资产

C. 进行有效的资产组合　　D. 聘用专业的管理团队

【答案】D

【解析】基金管理公司的主营业务是通过聘用专业的基金管理团队管理基金资产,以收取管理费和业绩报酬。因而,基金管理公司成功运作并获取较高利润回报的关键是聘用专业的管理团队,并建立有效的激励约束机制。

16. 内部控制制度的制定应遵循(　　)原则,以具有前瞻性,并且必须随着有关法律法规的调整和公司经营战略、经营方针、经营理念等内、外部环境的变化进行及时修改或完善。

A. 合法、合规性　　B. 全面性

C. 审慎性　　D. 适时性

【答案】D

17. 对于成长型的股票,(　　)是最常用的辅助估值工具。

A. 市盈率　　B. 每股盈余成长率

C. 市净率　　D. 现金流折现

【答案】B

二、多选题

1. 基金运营事务是基金投资管理与市场营销工作的后台保障,它通常包括(　　)。

A. 基金注册登记　　B. 核算与估值

C. 基金清算　　D. 信息披露

【答案】ABCD

2. 基金管理公司内部控制是通过建立组织机制、运用管理方法、实施操作程序与控制措施而形成的系统,具体包括(　　)。

A. 内部控制机制　　B. 内部控制理论

C. 内部控制制度　　D. 内部控制方法

【答案】AC

【解析】基金管理公司的内部控制系统具体包括内部控制机制和内部控制制度的两个方面。

3. 关于基金管理公司的业务特点,以下说法正确的是(　　)。

A. 与具有较高负债的银行、保险公司等其他金融机构相比,经营风险较高

B. 收入主要来自以资产规模为基础的咨询费

C. 核心竞争力来自投资管理能力

D. 业务对时间与准确性的要求很高,任何失误与迟误都会造成很大问题

【答案】CD

【解析】基金管理公司管理的是投资者的资产,一般并不进行负债经营,因此基金管理公司的经营风险相对具有较高负债的银行、保险公司等其他金融机构要低得多。基金管理公司的收入主要来自以资产规模为基础的管理费。A、B两项说法错误。

4.《证券投资基金法》规定基金管理人不得有下列行为(　　)。

A. 将其固有财产或者他人财产混同于基金财产从事证券投资

B. 不公平地对待其管理的不同基金财产

C. 利用基金财产为基金份额持有人以外的第三人牟取利益

D. 向基金份额持有人违规承诺收益或者承担损失

【答案】ABCD

【解析】《证券投资基金法》第20条规定基金管理人不得有下列行为:

(1) 将其固有财产或者他人财产混同于基金财产从事证券投资;

(2) 不公平地对待其管理的不同基金财产;

(3) 利用基金财产为基金份额持有人以外的第三人牟取利益;

(4) 向基金份额持有人违规承诺收益或者承担损失;

(5) 依照法律、行政法规有关规定,由国务院证券监督管理机构规定禁止的其他

行为。

5. 基金管理公司监察稽核部的主要工作包括(　　)。

A. 基金管理稽核　　B. 财务管理稽核

C. 内部审计　　D. 协调公司对外信息披露

【答案】ABD

6. 基金管理公司的主要业务为(　　)。

A. 基金宣传　　B. 投资咨询服务

C. 社保基金管理及企业年金管理　　D. 受托资产管理

【答案】BCD

7. 下列属于投资管理人员的是(　　)。

A. 公司投资决策委员会成员　　B. 公司投资、研究、交易部门的负责人

C. 基金经理　　D. 基金经理助理

【答案】ABCD

【解析】投资管理人员是指在基金管理公司中负责基金投资、研究、交易的人员以及实际履行相应职责的人员。具体包括公司投资决策委员会成员，公司分管投资、研究、交易业务的高级管理人员，公司投资、研究、交易部门的负责人，基金经理和基金经理助理等。

8. 基金管理公司的法人治理结构确定(　　)等相关利益主体间的关系。

A. 基金管理公司股东　　B. 基金管理公司董事会

C. 基金管理公司管理层　　D. 监管机构

【答案】ABC

【解析】公司法人治理结构总的来说是指在协调公司管理层、董事会、股东(流通股股东及非流通股股东)之间相互关系基础上，规范公司运营的管理体制。显而易见，基金管理公司的法人治理结构确定基金管理公司股东、基金管理公司董事会、基金管理公司管理层等相关利益主体间的关系。

9. 投资决策委员会的功能是为基金投资拟订(　　)。

A. 投资原则　　B. 投资目标　　C. 投资策略　　D. 投资组合的整体计划

【答案】ABCD

10. 投资决策委员会的组成人员一般包括(　　)。

A. 公司总经理　　B. 研究部经理

C. 投资部经理　　D. 财务部经理

E. 投资总监

【答案】ABCE

【解析】投资决策委员会一般由基金管理公司的总经理、分管投资的副总经理、投资总监、研究部经理、投资部经理及其他相关人员组成，负责决定公司所管理基金的投资计划、投资策略、投资原则、投资目标、资产分配及投资组合的总体计划等。

11. 完善基金管理公司治理结构，应避免(　　)。

A. 大股东利益优先　　B. 管理人利益最大化

C. 利益公平　　　　　　　　　　D. 责任到位

【答案】AB

【解析】基金管理公司完善的治理结构必须体现“利益公平、信息透明、信誉可靠、责任到位”的基本原则。以这个原则为基准，选 AB 自然是最佳选项。

12.《证券投资基金法》规定有下列情形之一的，基金管理人职责终止(　　)。

A. 被依法取消基金管理资格

B. 被中国证监会解任

C. 依法解散、被依法撤销或者被依法宣告破产

D. 基金合同约定的其他情形

【答案】ACD

【解析】依据《证券投资基金法》第 22 条的规定，有下列情形之一的，基金管理人职责终止：(1)被依法取消基金管理资格；(2)被基金份额持有人大会解任；(3)依法解散、被依法撤销或者被依法宣告破产；(4)基金合同约定的其他情形。

三、判断题(正确的填 A，不正确的填 B)

1. 基金管理公司内部控制制度的制定应基于但可以适当超出现行法律法规的规定。(　　)

【答案】B

【解析】制定内部控制制度要坚持四个原则，即：(1)合法合规性原则；(2)全面性原则；(3)审慎性原则；(4)适时性原则。合法合规性原则就是指公司内控制度必须符合国家法律、法规、规章和各项规定。

2. 重大业务的授权要采取书面形式，明确授权内容和时效，对已获授权部门和人员建立有效的评价和反馈机制。(　　)

【答案】A

【解析】本题考查了基金管理公司内部控制的基本要求之一，即严格授权控制。

3. 在具体的基金投资运作中，通常是由基金投资部门的基金经理向中央交易室的基金交易员发出交易指令。这种交易指令具体包括买入(卖出)何种有价证券、买入(卖出)的时间和数量、买入(卖出)的价格控制等。(　　)

【答案】A

4. 基金管理公司应当设立督察长，经总经理聘任，对总经理负责。(　　)

【答案】B

【解析】公司应当设立督察长，由总经理提名、董事会聘任，报中国证监会核准。

5. 独立董事不仅执行《中华人民共和国公司法》所赋予董事的一般职责，还要承担保护基金投资者权益的特殊监督责任。(　　)

【答案】A

【解析】基金管理公司实行独立董事制度，并保证独立董事充分发挥作用。独立董事是指不在公司任职并且与公司及其高级管理人员没有经济关系的董事。独立董事不仅执行法律所赋予董事的一般职责，还要承担保护基金投资者权益的特殊监督责任。

6. 公司型基金必须聘请专业的基金管理人从事基金管理，契约型基金可以聘请，也

可以不聘请基金管理人。（　　）

【答案】B

【解析】契约型基金必须聘请专业的基金管理人从事基金管理，公司型基金可以聘请，也可以不聘请基金管理人。

7. 投资基金委托给基金管理人运作，基金管理人可以单独列示账户，也可以不单独列示账户。（　　）

【答案】B

【解析】投资基金委托给基金管理人运作，基金管理人必须单独列示账户，以保持基金资产的独立性。

8. 基金管理公司对投资者负有重要的信托责任，必须以投资者的利益为最高利益，严防利益冲突与利益输送。（　　）

【答案】A

9. 基金管理公司实行独立董事制度的目的是保护公司股东利益。（　　）

【答案】B

【解析】基金管理公司在董事会中引进一定比例的独立董事，在制度上制衡大股东的力量，限制了基金管理公司与股东之间不公平的关联交易，能够监督公司经营层严格履行契约承诺，强化内控机制，切实保护基金投资者的合法权益。

10. 基金合同期限为 10 年以上的封闭式基金，方可申请基金份额上市交易。（　　）

【答案】B

【解析】封闭式基金份额上市交易，应符合以下条件：(1)基金份额总额达到核准规模的 80%以上；(2)基金合同期限为 5 年以上；(3)基金募集金额不低于 2 亿元人民币；(4)基金份额持有人不少于 1 000 人；(5)基金上市交易规则规定的其他条件。

11. 投资决策委员会是基金管理公司的常设机构，是公司最高投资决策机构。（　　）

【答案】B

【解析】投资决策委员会是基金管理公司管理基金投资的最高决策机构，是非常设的议事机构，在遵守国家有关法律法规、条例的前提下，拥有对所管理基金的投资事务的最高决策权。

12. 基金管理公司、银行托管部门应当在允许本单位基金从业人员投资基金之后，制定相关管理制度并报中国证监会及其派出机构备案。（　　）

【答案】B

第五章 基金托管人

第一节 本章知识框架

- 基金托管人概述
  - 基金托管人的概念
  - 基金托管人的市场准入
  - 基金托管人的职责
  - 基金托管业务的流程
- 机构设置与技术系统
  - 基金托管人的机构设置
  - 基金托管人的人员配置
  - 基金托管业务的技术系统
- 基金财产保管
  - 基金资产保管的基本要求
  - 基金资产账户的种类
  - 基金财产的保管内容
- 基金资金清算
  - 交易所交易资金清算
  - 全国银行间债券市场交易资金清算
  - 场外清算
- 基金会计复核
  - 基金会计复核的主要内容
- 基金投资运作监督
  - 对基金管理人投资运作的监督依据
  - 基金托管人对基金管理人监督的主要内容
  - 证券投资基金监督结果处理方式
- 基金托管人内部控制
  - 内部控制的目标
  - 内部控制的原则
  - 内部控制的基本要素
  - 内部控制的内容
  - 内部控制的制度建设

第二节　本章复习提示

熟悉基金资产托管业务，熟悉基金托管人在基金运作中的作用，了解基金托管人的市场准入规定，掌握基金托管人的职责；了解基金托管业务流程。

了解基金托管人的机构设置与技术系统。

了解基金财产保管的基本要求，熟悉基金资产账户的种类，掌握基金财产保管的内容。

了解基金在交易所市场、全国银行间市场和场外市场资金清算的基本流程。

掌握基金会计复核的内容。

了解基金托管人对基金管理人监督的主要内容，了解对基金投资运作监管结果的处理方式。

熟悉基金托管人内部控制的目标、原则、基本要素以及主要内容。

第三节　基金托管人概述

一、基金托管人的概念

基金托管人是根据法律法规的要求，在证券投资基金运作中承担资产保管、交易监督、信息披露、资金清算与会计核算等相应职责的当事人。根据我国法律法规的要求，基金资产托管业务或者托管人承担的职责主要包括资产保管、资金清算、资产核算、投资运作监督等方面。

基金托管人主要通过托管业务获取托管费作为其主要收入来源，托管费收入与托管规模成正比。在一些国家和地区，托管人也通过提供绩效评估、会计核算等增值性服务来扩大收入来源。

二、基金托管人的市场准入

《证券投资基金法》第 26 条规定，申请取得基金托管资格，应当具备下列条件，并经国务院证券监督管理机构和国务院银行业监督管理机构核准：

1. 净资产和资本充足率符合有关规定；
2. 设有专门的基金托管部门；
3. 取得基金从业资格的专职人员达到法定人数；
4. 有安全保管基金财产的条件；
5. 有安全高效的清算、交割系统；
6. 有符合要求的营业场所、安全防范设施和与基金托管业务有关的其他设施；

7. 有完善的内部稽核监控制度和风险控制制度；

8. 法律、行政法规规定的和经国务院批准的国务院证券监督管理机构、国务院银行业监督管理机构规定的其他条件。

三、基金托管人的职责

《证券投资基金法》第 29 条规定，基金托管人应当履行下列职责：

1. 安全保管基金财产；
2. 按照规定开设基金财产的资金账户和证券账户；
3. 对所托管的不同基金财产分别设置账户，确保基金财产的完整与独立；
4. 保存基金托管业务活动的记录、账册、报表和其他相关资料；
5. 按照基金合同的约定，根据基金管理人的投资指令，及时办理清算、交割事宜；
6. 办理与基金托管业务活动有关的信息披露事项；
7. 对基金财务会计报告、中期和年度基金报告出具意见；
8. 复核、审查基金管理人计算的基金资产净值和基金份额申购、赎回价格；
9. 按照规定召集基金份额持有人大会；
10. 按照规定监督基金管理人的投资运作；
11. 国务院证券监督管理机构规定的其他职责。

四、基金托管业务的流程

以开放式基金的托管为例，按照业务运作的顺序，在托管银行内部的基金托管业务流程主要分四个阶段：签署基金合同、基金募集、基金运作和基金终止，详见图 5-1。

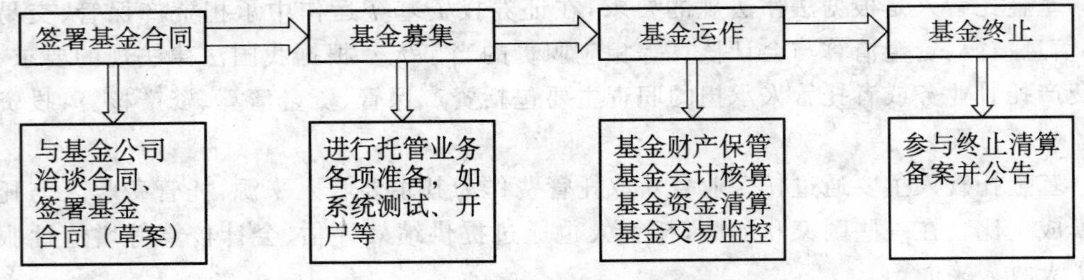

图 5-1 基金托管业务运作流程图

第四节 机构设置与技术系统

一、基金托管人的机构设置

为履行职责，托管银行一般都应设立下列的部门：

1. 主要负责证券投资基金托管业务的市场开拓、研究、客户关系维护的市场部门；
2. 主要负责基金资金结算、核算的部门；

3. 主要负责技术维护、系统开发的部门；

4. 主要负责交易监控、风险管理的部门。

二、基金托管人的人员配置

《证券投资基金托管资格管理办法》规定："拟从事基金清算、核算、投资监督、信息披露、内部稽核监控等业务的执业人员不少于 5 人，并具有基金从业资格。"

实践中，各个托管银行会根据业务需要合理配置人员，并根据业务发展不断充实员工队伍。1998 年，基金托管业务发展初期，托管银行基金托管部的人数较少，普遍在 10～20 人左右。近两年，随着基金托管数量和规模的增加，以及企业年金、保险资产、QFII、QDII、集合资金信托计划等托管业务新品种的增加，各托管银行基金托管部或资产托管部的从业人数和岗位也普遍增加，大的托管银行基金或资产托管部的从业人数一般在 50 人以上。

三、基金托管业务的技术系统

目前根据法律法规的要求，托管银行的基金托管业务的技术系统基本上应做到以下方面：

1. 主要托管业务活动通过技术系统完成。

2. 系统配置完整、独立运作。

3. 系统管理严格。

4. 系统安全运作。

第五节　基金财产保管

一、基金资产保管的基本要求

（一）保证基金资产的安全

基金托管人的首要职责就是要保证基金财产的安全，独立、完整、安全地保管基金的全部资产。基金托管人必须将基金资产与自有资产、不同基金的资产严格分开，要为基金设立独立的账户，单独核算，分账管理。不同基金之间在持有人名册登记、账户设置、资金划拨、账册记录等方面应完全独立，实行专户、专人管理。不同基金的债权债务是不能相互抵消的。

（二）依法处分基金财产

未接到基金管理人的指令，基金托管人不得自行运用、处分、分配基金的任何资产。

（三）严守基金商业秘密

（四）对基金财产的损失承担赔偿责任

【提示】基金资产依其形态的不同分为：现金类资产、证券类资产、其他类资产三种形式。

二、基金资产账户的种类

基金资产账户主要包括银行存款账户、结算备付金账户和证券账户三类。

银行存款账户是指以基金名义在银行开立的用于基金名下资金往来的结算账户。

结算备付金账户是以基金名义在中国证券登记结算有限责任公司开立的、用于基金在交易所买卖证券的资金清算账户。

证券账户包括交易所证券账户和全国银行间市场债券托管账户。交易所证券账户指以基金名义在中央证券登记结算公司开立的证券账户，用于登记存管基金持有的、在交易所交易的证券；全国银行间市场债券托管账户是指以基金名义在中央国债登记结算有限公司开立的乙类债券托管账户，用于登记存管基金持有的、在全国银行间同业拆借市场交易的债券。

三、基金财产的保管内容

基金资产的保管主要包括以下内容：

1. 保管基金印章；

2. 基金资产账户管理；

3. 重要文件保管，基金托管人负责保管基金的重大合同、基金的开户资料、预留印鉴、实物证券的凭证等重要文件；

4. 核对基金资产。

第六节　基金资金清算

一、交易所交易资金清算

交易所交易资金清算指基金在证券交易所进行股票、债券买卖及回购交易时所对应的资金清算。交易所资金清算流程，详见下表。

表 5-1　交易所资金清算流程表

接收交易数据	T 日闭市后，托管人通过卫星系统接收交易数据
制作清算指令	托管人对当日交易进行核算、估值并核对净值后，制作清算指令，完成 T 日的工作流程
执行清算指令	T+1 日，托管人将经复核、授权确认的清算指令交付执行
确认清算结果	基金托管人对指令的执行情况进行确认，并将清算结果通知管理人

二、全国银行间债券市场交易资金清算

1. 基金管理公司将成交通知单加盖管理公司业务章后发送基金托管人。

2. 基金托管人采取双人复核的方式办理债券结算后，打印出交割单，加盖基金资金清算专用章，传送基金管理公司，原件存档。

3. 债券结算成功后，按照成交通知单约定的结算日期制作资金清算指令，进行资金划付。

4. 基金托管人负责查询资金到账情况，资金未到账时，要查明原因，及时通知管理人。

三、场外清算

1. 基金托管人通过加密传真等方式接收管理人的场外投资指令。

2. 基金托管人对指令的真实性、合法性、完整性进行审核，审核无误后制作清算指令。

3. 对指令的执行情况进行查询，并将执行结果通知基金管理人。

第七节　基金会计复核

基金托管人对会计核算进行复核的主要内容包括：基金账务的复核、基金头寸的复核、基金资产净值的复核、基金财务报表的复核、基金费用与收益分配的复核、业绩表现数据的复核。

第八节　基金投资运作的监督

一、对基金管理人投资运作的监督依据

在我国，基金托管人主要依据《证券投资基金法》《基金合同》《托管协议》及国家有关法律、法规，对基金投资范围、基金资产的投资组合比例、基金资产核算、基金价格的计算方法、基金管理人报酬的计提和支付、基金收益分配等行为的合法性、合规性进行监督和核查。

二、基金托管人对基金管理人监督的主要内容

1. 对基金投资范围、投资对象的监督。监督基金的投资范围、投资对象是否符合基金合同及有关法律法规的要求。

2. 对基金投融资比例进行监督。监督内容包括但不限于：基金合同约定的基金投资资产配置比例、单一投资类别比例限制、融资限制、股票申购限制、法规允许的基金投资比例调整期限等。

3. 对基金投资禁止行为进行监督。监督内容包括但不限于《证券投资基金法》、基金合同规定的不得承销证券、向他人贷款或提供担保等。

4. 对参与银行间同业拆借市场交易进行监督。为控制基金参与银行间债券市场的信用风险，基金托管人应对基金管理人参与银行间同业拆借市场交易进行监督。控制银行间债券市场信用风险的方式包括但不限于交易对手的资信控制和交易方式（如见券付

款、见款付券)的控制等。

5. 对基金管理人选择存款银行进行监督。货币市场基金投资银行存款时,托管人和管理人根据法律法规的规定及基金合同的约定,要签署专门的补充协议,对存款银行的资质、利率标准、双方的职责、提前支取的条件及赔偿责任等进行规定。

三、证券投资基金监督结果处理方式

基金托管人对基金管理人投资运作的监督,可以通过多种方式与手段进行。

基本方式是,通过技术和非技术手段监督基金投资比例、范围等,对发现的问题,采取定期和不定期报告形式提醒基金管理人并向中国证监会报告。

1. 电话提示,对所托管基金投资比例接近超标或者对媒体和舆论反映集中的问题等,一般电话提示管理人。

2. 书面警示,对基金运作中违反法律法规或合同规定的,如投资超比例、资金头寸不足等问题,以书面形式对基金管理人进行提示,督促并要求管理人改正。

3. 书面报告,对基金运作中严重违反法律法规或合同规定的,例如资金透支、涉嫌违规交易等行为,书面提示有关管理人,并向监管机构报告。

4. 定期报告,包括:编制持仓统计表、基金运作监督周报。

另外,托管银行还要向监管机构报送内部监察稽核报告。即每季度由托管人撰写内部监察稽核报告,向监管机构报告。

第九节　基金托管人的内部控制

一、内部控制的目标

保证业务运作严格遵守国家有关法律、法规和行业监管规则,自觉形成守法经营、规范运作的经营思想和经营风格;防范和化解经营风险,保证托管资产的安全完整;维护持有人的权益;保障基金托管业务安全、有效、稳健运行。

二、内部控制的原则

合法性原则;完整性原则;及时性原则;审慎性原则;有效性原则;独立性原则。

三、内部控制的基本要素

内部控制的基本要素包括环境控制、风险评估、控制活动、信息沟通和内部监控。

四、内部控制的内容

(一) 资产保管的内部控制

1. 基金托管人必须将基金资产与自有资产、不同基金的资产严格分开。

2. 托管人不得自行运用、处分、分配基金的任何资产。

3. 基金托管人应按照有关规定代基金开立银行存款账户、证券账户、清算备付金账户,并安全保管基金印章、账户印鉴、证券账户卡和账户原始资料。

4. 基金托管人应安全保管与基金资产有关的重大合同和实物券凭证。

5. 基金托管人应建立定期对账制度,定期核对全部账户资产,保证账实、账账、账证相符。

(二) 资金清算的内部控制

1. 基金托管人应实行严格的岗位分离制度。

2. 基金托管人应严格按照基金管理人的有效划款指令办理基金名下资金清算。没有基金管理人的划款指令,不得办理基金名下资金清算。

3. 建立复核制度,形成相互制约机制,防止差错的产生。

4. 基金托管人应建立严格的授权管理制度,在授权范围内,及时、准确地完成基金清算,确保基金资产的安全。

(三) 投资监督的内部控制

基金托管人应依据有关法规制定、完善投资监督制度和业务流程等,对基金投资范围、基金资产的投资组合比例、基金投资禁止行为、基金资产核算、基金价格的计算方法、基金管理人报酬的计提和支付、基金收益分配等行为的合法性、合规性进行监督和核查。

(四) 会计核算和估值的内部控制

1. 对所托管的基金应当以基金为会计核算主体,独立建账,独立核算。基金会计核算应当独立于托管人的会计核算。

2. 建立凭证管理制度。

3. 建立账务组织和账务处理体系,正确设置会计账簿,有效控制会计记账程序。

4. 建立复核制度,通过会计复核和业务复核防止会计差错的产生。

5. 采取合理的估值方法和科学的估值程序,公允反映基金所投资的有价证券在估值时点的价值。

6. 建立严格的会计事前、事中和事后监督制度。

7. 制定完善的会计档案保管和财务交接制度。

(五) 技术系统的内部控制

五、内部控制的制度建设

1. 建立完善的稽核监督体系。

2. 明确监察稽核部门及内部各岗位的具体职责。

3. 严格内部管理制度。

第十节　同步强化训练

一、单选题

1. 基金托管人代基金刻制的基金印章、基金财务专用章及基金业务章等基金印章均由(　　)代为保管和使用。

A. 证券登记结算公司　　B. 基金管理人

C. 基金托管人　　D. 监管机构

【答案】C

2.《证券投资基金法》规定基金托管人由依法设立并取得基金托管资格的(　　)担任。

A. 证券公司　　B. 商业银行

C. 信托投资公司　　D. 非基金管理人的其他基金管理公司

【答案】B

【解析】基金托管人是指按照法律法规的规定,承担基金资产保管等职责的专业机构。《证券投资基金法》规定基金托管人由依法设立并取得基金托管资格的商业银行担任。

3. 以下关于基金托管人资格的描述,不正确的是(　　)。

A. 取得基金从业资格的专职人员达到法定人数

B. 有安全高效的清算、交割系统

C. 可以由非银行金融机构担任,但必须独立于基金管理人

D. 净资产和资本充足率符合有关规定

【答案】C

【解析】《证券投资基金法》第二十六条规定,基金托管人由依法设立并取得基金托管资格的商业银行担任。C项错误。

4. 对所托管基金投资比例接近超标、资金头寸不足等问题,托管人的处理方式是(　　)。

A. 电话提示　B. 书面警示　C. 书面报告　D. 定期报告

【答案】B

【解析】对基金运作中违反法律、法规或合同规定的,如投资超比例、资金头寸不足等问题,基金托管人应以书面形式对基金管理人进行提示,督促并要求管理人改正。

5. 一般情况下,基金银行存款账户、基金结算备付金余额、基金证券账户的各类证券资产数量、余额(　　)核对。

A. 三个小时　B. 半天　C. 每两天　D. 每日

【答案】D

【解析】与此相关,基金债券托管账户在交易当日进行核对,如无交易每周核对一次。

6. (　　)指对基金运作中严重违反法律、法规或合同规定的,例如资金透支、涉嫌违规交易等行为,书面提示有关管理人,并向监管机构报告。

A. 电话提示　B. 书面警示　C. 书面报告　D. 定期报告

【答案】C

7. 全国银行间市场债券托管账户是以(　　)的名义开立的。

A. 基金托管人　　B. 基金管理公司

C. 基金　　D. 基金托管人和基金

【答案】C

【解析】全国银行间市场债券托管账户是指以基金名义在中央国债登记结算有限公司开立的乙类债券托管财产，用于登记存管基金持有的、在全国银行间同业拆借市场交易的债券。

8. 根据《证券投资基金法》第 29 条对基金托管人应当履行的职责的规定，基金托管人的职责以(　　)为基础。

A. 安全保管基金财产

B. 保存基金托管业务活动的记录、账册、报表和其他相关资料

C. 办理与基金托管业务活动有关的信息披露事项

D. 复核、审查基金管理人计算的基金资产净值和基金份额申购、赎回价格

【答案】A

9. 如果基金募集不成立，则由(　　)承担将募集资金返还到投资人账户的职责。

A. 证券登记结算公司　　B. 基金管理人

C. 基金托管人　　D. 监管机构

【答案】B

10. 交易所交易资金清算的数据来源于(　　)。

A. 中国证券登记结算公司　　B. 中国证券公司

C. 基金管理公司　　D. 商业银行

【答案】A

【解析】交易所交易资金清算的数据来源于中国证券登记结算公司，交易资金采用T+1日交割制度。

11. (　　)是指托管人内部应当维护畅通的信息沟通渠道，建立清晰的报告系统。

A. 环境控制　　B. 风险评估　　C. 控制活动　　D. 信息沟通

【答案】D

12. (　　)负责将复核后的会计信息对外披露。

A. 会计师事务所　B. 基金管理公司　C. 基金托管人　D. 监管机构

【答案】B

13. (　　)指对基金管理人按照《证券投资基金法》和基金合同等的要求，计提管理人报酬及其他费用，并对基金收益分配等进行复核。

A. 基金账务的复核　　B. 基金头寸的复核

C. 基金费用与收益分配的复核　　D. 业绩表现数据的复核

【答案】C

二、多选题

1. 基金资产保管的主要内容包括(　　)。

A. 保管基金印章　　B. 资金资产账户管理

B. 重要文件保管　　D. 使用基金资产

【答案】ABC

【解析】基金资产保管的主要内容包括：保管基金印章、核对基金资产、重要文件保

管、资金资产账户管理。

2. 基金托管人内部控制的内容主要包括(　　)以及技术系统等方面。

A. 资产保管　　B. 资金清算

C. 投资监督　　D. 会计核算和估值

【答案】ABCD

3. 关于基金托管人资产保管业务的内部控制,下列说法正确的是(　　)。

A. 基金托管人必须将基金资产与自有资产、不同基金的资产严格分开

B. 托管人可以自行决定运用、处分、分配基金的任何资产

C. 基金托管人应安全保管与基金资产有关的重大合同和实物券凭证

D. 基金托管人应实行不定期对账制度,以核对全部账户资产,保证账实、账账、账证相符

【答案】AC

【解析】资产保管的内部控制具体措施包括:基金托管人必须将基金资产与自有资产、不同基金的资产严格分开;托管人不得自行运用、处分、分配基金的任何资产;基金托管人应按照有关规定代基金开立银行存款账户、证券账户、清算备付金账户,并安全保管基金印章、账户印鉴、证券账户卡和账户原始资料;基金托管人应安全保管与基金资产有关的重大合同和实物券凭证;基金托管人应建立定期对账制度,定期核对全部账户资产,保证账实、账账、账证相符。

4. 世界各国的基金估值程序,主要有以下方式(　　)。

A. 基金管理人独立完成基金的估值

B. 基金管理人完成估值后,交由基金托管人复核

C. 基金监管机构直接进行估值

D. 基金管理人委托托管人或专业机构进行估值

【答案】ABD

【解析】综观世界各国的基金估值程序,主要有以下三种方式:一是由基金管理人独立完成基金的估值并对外公告单位基金资产净值,基金管理人承担全部估值差错的责任;二是基金管理人完成估值后,交由基金托管人复核,基金管理人对外公告单位基金资产净值,双方各自承担相应责任;三是由基金管理人委托托管人或专业机构进行估值,托管人或专业机构将估值结果通知管理人,由管理人对外公告单位基金资产净值,托管人或专业机构承担全部估值差错的责任。

5. 关于基金托管人对基金投资人权益的维护,以下说法正确的是(　　)。

A. 采取适当、合理的措施,使开放式基金份额的认购和申购符合基金合同等有关法律文件的规定

B. 采取适当、合理的措施,使开放式基金份额的赎回符合基金合同等有关法律文件的规定

C. 采取适当、合理的措施,使基金投资的条件符合基金合同等法律文件的规定

D. 采取适当、合理的措施,使基金融资的条件符合基金合同等法律文件的规定

【答案】ABCD

6. 基金托管人资金清算的风险控制措施有(   )。

A. 基金托管人应实行严格的岗位分离制度

B. 基金托管人应严格按照基金管理人的有效划款指令办理基金名下资金清算

C. 建立复核制度,形成相互制约机制,防止差错的产生

D. 基金托管人应建立严格的授权管理制度,在授权范围内,届时准确地完成基金清算,确保基金资产的安全

【答案】 ABCD

7. 在我国,基金托管人主要依据(   )及国家有关法律、法规,对基金的运作进行监督和核查。

A.《证券投资基金法》　　B.《基金合同》

C.《中华人民共和国公司法》　　D.《托管协议》

【答案】 ABD

【解析】 在我国,基金托管人主要依据《证券投资基金法》、《基金合同》、《托管协议》及国家有关法律、法规,对基金投资范围、基金资产的投资组合比例、基金资产核算、基金价格的计算方法、基金管理人报酬的计提和支付、基金收益分配等行为的合法性、合规性进行监督和核查。

8. 基金财产保管的基本要求包括(   )。

A. 保证基金资产的安全　　B. 依法处分基金财产

C. 保守基金商业秘密　　D. 对基金财产的损失承担赔偿责任

【答案】 ABCD

9. 基金托管人通常不能是(   )。

A. 证券公司　　B. 信托投资公司

C. 保险公司　　D. 商业银行

【答案】 ABC

【解析】《证券投资基金法》第25条规定,基金托管人由依法设立并取得基金托管资格的商业银行担任。其他三种机构被排除在外。

10. 商业银行申请基金托管人资格,必须经(   )审查批准。

A. 中国证券业协会　　B. 中国银监会

C. 财政部　　D. 中国证监会

E. 中国银行业协会

【答案】 BD

【解析】 基金托管人一般是由政府主管机关批准的金融机构担任。我国基金托管人由中国证监会和中国银监会批准的商业银行担任。

11. 基金财务报表的复核指基金托管人对基金管理人出具的(   )等报表内容进行核对的过程。

A. 资产负债表　　B. 基金经营业绩表

C. 基金收益分配表　　D. 基金净值变动表

【答案】 ABCD

12. 稽核监督部门负责内部控制制度的综合管理，其主要职责有（　　）。

A. 对各项业务及其操作提出内部控制建议

B. 独立检查和评价有关内部控制制度

C. 对涉及内部控制方面的问题进行专题检查及调查

D. 对违反内部控制制度的单位和个人建议给予相应的纪律处分

【答案】 ABCD

13. 基金资产依其形态的不同，存放于基金的不同资产账户中，这些资产账户包括（　　）。

A. 银行存款账户

B. 结算备付金账户

C. 交易所证券账户

D. 全国银行间市场债券托管账户

【答案】 ABCD

【解析】 基金资产账户主要包括银行存款账户、结算备付金账户和证券账户三类，其中证券账户又包括交易所证券账户和全国银行间市场债券托管账户。

三、判断题（正确的填 A，不正确的填 B）

1. 每月对基金在 1 月内的投资和仓位情况编制《基金运作月度报告》；并与管理人提供的统计月报核对后，由管理人报送中国证监会。每一月由托管人撰写提供交易监督情况报告，并向证监会报告。（　　）

【答案】 B

【解析】 此处，应为每双月由托管人撰写提供交易监督情况报告，并向证监会报告。

2. 我国基金在全国银行间同业拆借市场中的债券回购最长期限为 1 年，债券回购到期后不得展期。（　　）

【答案】 A

3. 基金托管人需要对基金财务会计报告、中期和年度基金报告出具意见。（　　）

【答案】 A

4. 基金托管人主要通过绩效评估、会计核算等服务获得佣金作为其主要收入来源。（　　）

【答案】 B

【解析】 基金托管人主要通过托管业务获取托管费作为其主要收入来源，托管费收入与托管规模成正比。在一些国家和地区，托管人也通过提供绩效评估、会计核算等增值性业务来扩大收入来源。

5. 结算备付金账户包括上海结算备付金账户和广州结算备付金账户。（　　）

【答案】 B

【解析】 结算备付金账户包括上海结算备付金账户和深圳结算备付金账户。

6. 开放式基金的收益应当根据《证券投资基金法》及基金合同等的要求进行分配。（　　）

【答案】 A

7. 基金托管人在保管基金资产时，基金托管人可以按照自己的投资思路合理地运用、处分和分配基金资产。（　　）

【答案】B

【解析】基金财产保管的基本要求之一是依法处分基金财产。基金托管人没有单独处分基金财产的权力。基金托管人要根据有关规定和基金管理人合法、合规的投资指令办理资金的清算、交割事宜。未接到交易所、登记结算公司的合法数据或者基金管理人的指令，基金托管人不得自行运用、处分、分配基金的任何资产。

8. 基金的结算备付金账户是以基金的名义在中国证券登记结算公司开立的用于在证券交易所买卖证券的资金结算账户。（　　）

【答案】B

9. 基金托管人必须将基金资产与自有资产、不同基金的资产严格分开。（　　）

【答案】A

10. 根据沪、深证券交易所现行的资金清算规则，交易资金采用 T＋3 日交收制度。（　　）

【答案】B

【解析】根据沪、深证券交易所现行的资金清算规则，交易资金采用 T＋3 日交收制度。

11. 我国基金托管人承担因其过错导致基金资产损失的赔偿责任，但其过错责任可以因其退任而免除。（　　）

【答案】B

12. 与其他会计主体相比，基金计量的明显特征在于：其计量属性为历史成本而非公允价值。（　　）

【答案】B

【解析】与其他会计主体相比，基金计量的明显特征在于：其计量属性为公允价值而非历史成本。

13. 基金托管人应明确各资金清算岗位职责，重要的岗位需要有人独自操作全过程。（　　）

【答案】B

【解析】基金托管人应实行严格的岗位分离制度。在岗位分工的基础上明确各资金清算岗位职责，严禁需要相互监督的岗位由一人独自操作全过程。

14. 基金托管人需要对基金管理人的估值结果即基金份额净值、累计基金份额净值以及期初基金份额净值进行核对。（　　）

【答案】A

第六章 基金的市场营销

第一节 本章知识框架

- 基金营销概述
  - 基金市场营销的含义和特征
  - 基金市场营销的内容
- 基金产品设计与定价
  - 基金产品的设计思路与流程
  - 基金产品设计的法律要求
  - 基金产品线的布置
  - 基金产品线的类型
  - 基金的定价管理
- 基金销售渠道、促销手段与客户服务
  - 基金销售渠道
  - 基金的促销手段
  - 基金管理公司的客户服务模式
- 基金销售机构的准入条件与职责
  - 成为基金销售机构的条件
  - 基金销售机构的职责规范
  - 专业基金销售机构申请基金代销业务资格应当具备的条件
  - 证券公司申请基金代销业务资格应当具备的条件
  - 证券投资咨询机构申请基金代销业务资格应当具备的条件
- 基金销售行为规范
  - 基金销售机构人员的行为规范
  - 基金宣传推介材料及其主要形式
  - 基金宣传推介材料的基本要求
  - 基金宣传推介材料的禁止规定
  - 证券投资基金销售适用性

证券投资基金销售业务信息管理
- 前台业务系统
- 自助式前台系统
- 后台管理系统
- 监管系统信息报送
- 信息管理平台应用系统的支持系统

基金销售机构内部控制
- 内部控制的概念
- 内部控制的目标
- 内部控制的原则

第二节　本章复习提示

了解基金市场营销的含义与特征，掌握基金市场营销的内容。

了解基金产品的设计与定价。

了解基金的销售渠道与促销手段，了解基金客户服务的方式。

了解销售机构的准入条件，了解有关法规针对基金销售机构职责的规范。

熟悉对基金销售人员行为的规范，熟悉对基金宣传推介材料和活动的规范，掌握对基金销售费用的规范，熟悉基金销售适用性的内容，了解基金投资者教育活动的意义。

了解基金销售业务信息管理的内容。

熟悉基金销售结构内部控制的概念、目标、原则与主要内容。

第三节　基金营销概述

一、基金市场营销的含义和特征

证券投资基金的市场营销是基金销售机构从市场和客户需要出发所进行的基金产品设计、销售、售后服务等一系列活动的总称。

基金市场营销具有服务性、专业性、持续性和适用性的特征。

二、基金市场营销的内容

基金市场营销涉及的内容包括目标市场与客户的确定、营销环境分析、营销组合设计、营销过程管理四个层次。

表 6-1　基金市场营销的内容

目标市场与客户的确定	确定目标客户是基金市场营销的一项关键性工作
营销环境分析	营销环境由微观环境和宏观环境组成。在营销环境的诸多因素中，基金管理人最需要关注以下三个方面：机构本身的情况；影响投资者决策的因素；监管机构对基金营销的规范

续表

营销组合的设计	营销组合的四大要素:产品、费率、渠道和促销是基金营销的核心内容,是营销组合的四大要素
营销过程管理	为找到和实施最好的营销组合,基金管理公司要进行市场营销分析、计划、实施和控制

(一) 目标市场与客户的确定

(二) 营销环境分析

营销环境由微观环境和宏观环境组成。在营销环境的诸多因素中,基金管理人最需要关注以下三个方面:机构本身的情况;影响投资者决策的因素;监管机构对基金营销的规范。

(三) 营销组合的设计

营销组合的四大要素:产品、费率、渠道和促销是基金营销的核心内容。

(四) 营销过程的管理

为找到和实施适当的营销组合策略,基金销售机构要进行市场营销的分析、计划、实施和控制。

1. 市场营销分析。基金销售机构要对有关信息进行收集、总结并认真评价,以找到有吸引力的机会和避开环境中的威胁因素。

2. 市场营销计划。营销计划是指将有助于公司实现战略总目标的营销战略形成具体方案。

3. 市场营销实施。市场营销实施是指为实现战略营销目标而把营销计划转变为营销行动的过程,包括日复一日、月复一月、持续有效地贯彻营销计划活动。

4. 市场营销控制。市场营销控制包括估计市场营销战略和计划的成果,并采取正确的行动以保证实现目标。

第四节 基金产品设计与定价

一、基金产品的设计思路与流程

1. 要确定目标客户,了解投资者的风险收益偏好。
2. 要选择与目标客户风险收益偏好相适应的金融工具及其组合。
3. 要考虑相关法律法规的约束。
4. 要考虑基金管理人自身的管理水平。

第四点是对内部条件的考察,而前面三点都是对外部条件的考察。基金产品设计包含三方面重要的信息输入:客户需求信息、投资运作信息和产品市场信息。

二、基金产品设计的法律要求

根据《证券投资基金运作管理办法》申请募集基金,拟募集的基金应当具备下列条件：

1. 有明确、合法的投资方向；

2. 有明确的基金运作方式；

3. 符合中国证监会关于基金品种的规定；

4. 不与拟任基金管理人已管理的基金雷同；

5. 基金合同、招募说明书等法律文件草案符合法律、行政法规和中国证监会的规定；

6. 基金名称表明基金的类别和投资特征，不存在损害国家利益、社会公共利益，欺诈、误导投资者，或者其他侵犯他人合法权益的内容；

7. 中国证监会根据审慎监管原则规定的其他条件。

三、基金产品线的布置

基金产品线是指一家基金管理公司所拥有的不同基金产品及其组合。

通常从以下三方面考察基金产品线的内涵：

1. 产品线的长度，即一家基金管理公司所拥有的基金产品的总数。

2. 产品线的宽度，即一家基金管理公司所拥有的基金产品的大类有多少。

按国际惯例，我们通常根据基金产品的风险收益特征将基金产品分成股票基金、混合基金、债券基金和货币市场基金四大类。

3. 产品线的深度，即一家基金管理公司所拥有的基金产品大类中有多少更细化的子类基金。

四、基金产品线的类型

常见的基金产品线类型有以下三种：

第一，垂直式，即基金管理公司根据自身的能力专长，在某一个或几个产品类型方向上开发各具特点的子类基金产品，以满足在这个方向上具有特定风险收益偏好的投资者的需要。

第二，水平式，即基金管理公司根据市场范围，不断开发新品种，增加产品线的长度，或扩大产品线的宽度。采用这种类型的基金管理公司具有较高的适应性和灵活性，在竞争中有回旋余地。但这要求公司有一定的实力，特别是要具备宽泛的基金管理能力。

第三，综合式，即基金管理公司在自身的能力专长基础上，既在一定的产品类型上做重点发展，也在更广泛的范围内构建自身的产品线。

五、基金的定价管理

基金产品定价就是与基金产品本身相关的各项费率的确定，主要包括认购费率、申购费率、赎回费率、管理费率和托管费率等。

前三者是基金投资者在买进与卖出基金环节一次性支出的费用，后两者是基金运作过程中直接从基金资产中支付的费用。

在基金产品的定价管理中，要考虑以下因素：

1. 基金产品的类型，一般说来，从股票基金到混和基金、债券基金、货币市场基金，其费率从高到低。

2. 市场环境,市场环境竞争越激烈,基金费率通常也就越低。

3. 客户特性,一般说来,客户规模越大,费率也就越低。

4. 渠道特性,通常直销渠道的费率比代销渠道的费率要低。

第五节 基金销售渠道、促销手段与客户服务

一、基金销售渠道

(一) 国际基金销售渠道

1. 银行。在银行基金销售中,定期定额投资计划占据非常重要的地位。

2. 保险公司。保险公司在推销保险产品的同时可以销售基金产品。

3. 独立的理财顾问。银行、证券公司、律师事务所、会计师事务所等作为理财顾问或金融规划师,可以针对特定客户的需求,提供独立的咨询服务。

4. 直销。直销是指基金管理公司将基金直接销售给公众,而不经过银行等中介机构进行的销售。

5. 网上交易和基金超市。随着互联网的深入发展,基金管理人、银行等基金销售机构纷纷在自己的网站推出网上买卖基金的业务,并发挥自己的独特优势吸引客户。

6. 机构销售。把基金卖给养老金、保险资金等其他的投资机构被称为机构销售。

(二) 我国基金销售渠道现状

目前,我国开放式基金的销售逐渐形成了银行代销、证券公司代销、基金管理公司直销的销售体系;但与国外相比,我国开放式基金销售还需要拓宽渠道,加强服务。

二、基金的促销手段

通过人员推销、广告促销、营业推广和公共关系来达到沟通的目的,这就是促销组合四要素。见下表。

表 6-2 促销组合的四要素

人员推销	人员推销是一种面对面的沟通形式。各家基金管理公司都在力求打造一支强有力的销售队伍,既包括直销队伍,也包括代销渠道队伍
广告促销	广告的目的就是通知、影响和劝说目标市场。制作的广告信息能改变目标客户的知晓程度
营业推广	营业推广多属于阶段性或短期性的刺激工具,用以刺激投资者较迅速和较大量地购买某一基金产品。基金业最常用的销售促进手段有销售网点宣传、激励手段、举办投资者交流活动和费率优惠等
公共关系	公共关系所关注的是基金公司为赢得各类公众尊敬所作的努力

三、基金管理公司的客户服务模式

基金管理公司的客户服务模式主要包括:

1. 电话服务中心；

2. 邮寄服务；

3. 自动传真、电子信箱与手机短信；

4. 一对一专人服务；

5. 互联网的应用；

6. 媒体和宣传手册的利用；

7. 讲座、推介会和座谈会的召开。

第六节　基金销售机构的准入条件与职责

一、成为基金销售机构的条件

满足如下条件的机构可以根据《证券投资基金代销业务资格申请材料的内容与格式》的要求，向中国证监会申请业务资格，在取得业务资格后方可接受基金管理人的委托，从事基金销售活动。

《证券投资基金销售管理办法》要求：商业银行、证券公司、证券投资咨询机构、专业基金销售机构以及中国证监会规定的其他机构可以向中国证监会申请基金代销业务资格。

二、基金销售机构的职责规范

《证券投资基金销售管理办法》及其他规范性文件对基金销售机构职责的规范主要包括：

1. 签订代销协议，明确委托关系。

2. 基金管理人应制定业务规则并监督实施。

3. 建立相关制度。

4. 严格账户管理。

三、专业基金销售机构申请基金代销业务资格应当具备的条件

《证券投资基金销售管理办法》第 12 条对专业基金销售机构申请基金代销业务资格进行了规定，指出：

1. 有符合规定的组织名称、组织机构和经营范围；

2. 主要出资人是依法设立的持续经营 3 个以上完整会计年度的法人，注册资本不低于 3 000 万元人民币，财务状况良好，运作规范稳定，最近 3 年没有因违法违规行为受到行政处罚或者刑事处罚；

3. 取得基金从业资格的人员不少于 30 人，且不低于员工的 1/2；

4. 中国证监会规定的其他条件。

四、证券公司申请基金代销业务资格应当具备的条件

《证券投资基金销售管理办法》第 10 条对证券公司申请基金代销业务资格也进行了规定，除具备《证券投资基金销售管理办法》第 9 条第(2)项至第(9)项规定的条件外，还应当具备以下条件：

1. 净资本等财务风险监控指标符合中国证监会的有关规定；

2. 最近 2 年没有挪用客户资产等损害客户利益的行为；

3. 没有因违法违规行为正在被监管机构调查，或者正处于整改期间；

4. 没有发生已经影响或可能影响公司正常运作的重大变更事项，或者诉讼、仲裁等其他重大事项。

五、证券投资咨询机构申请基金代销业务资格应当具备的条件

《证券投资基金销售管理办法》第 11 条对证券投资咨询机构申请基金代销业务资格也进行了规定，除具备《证券投资基金销售管理办法》第 9 条第(2)项至第(9)项和第 10 条第(3)项、第(4)项规定的条件外，还应当具备下列条件：

1. 注册资本不低于 2 000 万元人民币，且必须为实缴货币资本；

2. 高级管理人员已取得基金从业资格，熟悉基金代销业务，并具备从事 2 年以上基金业务或者 5 年以上证券、金融业务的工作经历；

3. 持续从事证券投资咨询业务 3 个以上完整会计年度；

4. 最近 3 年没有代理投资人从事证券买卖的行为。

第七节　基金销售行为规范

一、基金销售机构人员的行为规范

第一，基金管理人、代销机构及其工作人员，在基金的销售活动中，应当遵守法律、行政法规和中国证监会的有关规定，恪守职业道德和行为规范。

第二，基金管理人、代销机构及其工作人员在从事基金销售活动时，不得有下列情形：

1. 以排挤竞争对手为目的，压低基金的收费水平。

2. 采取抽奖、回扣或者送实物、保险、基金份额等方式销售基金。

3. 以低于成本的销售费率销售基金。

4. 募集期间对认购费打折。

5. 承诺利用基金资产进行利益输送。

6. 挪用基金份额持有人的认购、申购、赎回资金。

7. 在基金宣传推介材料上采取不规范的竞争行为。

8. 中国证监会规定禁止的其他情形。

第三，基金销售人员应依法为基金份额持有人保守秘密，不得泄露投资者买卖、持有基金份额的信息或其他信息。

第四，未经基金管理人或者代销机构聘任，任何人员不得从事基金销售活动；从事宣传推介基金活动的人员还应当取得基金从业资格。

二、基金宣传推介材料及其主要形式

基金宣传推介材料是指为推介基金向公众分发或者公布，使公众可以普遍获得的书面、电子或其他介质的信息。

基金宣传推介材料主要包括公开出版资料、宣传单、手册、信函等面向公众的宣传资料，海报、户外广告，电视、电影、广播、互联网资料及其他音像、通信资料，以及通过报眼及报花广告、公共网站链接广告、传真、短信、非指定信息披露媒体上刊发的与基金分红、销售相关的公告等可以使公众普遍获得的、带有广告性质的基金销售信息。

三、基金宣传推介材料的基本要求

基金管理公司和基金代销机构应当在基金宣传推介材料中加强对投资人的教育和引导，积极培养投资人的长期投资理念，注重对行业公信力及公司品牌、形象的宣传，并应符合法律法规的相关要求。避免对利用大比例分红等通过降低基金单位净值来吸引基金投资人购买基金的营销手段，或对有悖基金合同约定的暂停、打开申购等营销手段进行宣传。基金的宣传推介材料，应当事先经基金管理人的督察长检查，出具合格意见书，并报中国证监会备案。

四、基金宣传推介材料的禁止规定

基金宣传推介材料必须真实、准确，与基金合同、基金招募说明书相符，与备案的材料一致，不得有下列情形：

1. 虚假记载、误导性陈述或者重大遗漏。

2. 预测该基金的证券投资业绩。

3. 违规承诺收益或者承担损失。

4. 诋毁其他基金管理人、基金托管人或基金代销机构，或者其他基金管理人募集或管理的基金。

5. 夸大或者片面宣传基金，违规使用“安全”、“保证”、“承诺”、“保险”、“避险”、“有保障”、“高收益”、“无风险”等可能使投资者认为没有风险的词语。

6. 登载单位或者个人的推荐性文字。

7. 基金宣传推介材料所使用的语言表述应当准确清晰，还应当特别注意：在缺乏足够证据支持的情况下，不得使用“业绩稳健”、“业绩优良”、“名列前茅”、“位居前列”、“首只”、“最大”、“最好”、“最强”、“唯一”等表述；不得使用“坐享财富增长”、“安心享受成长”、“尽享牛市”等易使基金投资人忽视风险的表述；不得使用“欲购从速”、“申购良机”等片面强调集中营销时间限制的表述；不得使用“净值归一”等误导基金投资人的表述。

五、证券投资基金销售适用性

基金销售机构在实施基金销售适用性的过程中应当遵循投资人利益优先原则、全面性原则、客观性原则和及时性原则。

(一) 审慎调查

基金代销机构对基金管理人进行审慎调查,要了解基金管理人的诚信状况、经营管理能力、投资管理能力和内部控制情况等。基金管理人对基金代销机构进行审慎调查,要了解基金代销机构的内部控制情况、信息管理平台建设、账户管理制度、销售人员能力和持续营销能力。

(二) 基金产品风险评价

基金产品风险评价可通过基金产品的风险等级来反映。基金产品风险评价主要应依据以下因素:基金招募说明书所明示的投资方向、投资范围和投资比例,基金的历史规模和持仓比例,基金的过往业绩及基金净值的历史波动程度,基金成立以来有无违规行为发生。

(三) 基金投资人风险承受能力调查和评价

投资人风险承受能力主要包括保守型、稳健型和积极型三种类型。销售机构可以采用面谈、信函、网络等方式对基金投资人的风险承受能力进行调查。

第八节　证券投资基金销售业务信息管理

一、前台业务系统

前台业务系统分为自助式和辅助式两种类型。辅助式前台系统是指基金销售机构提供的、由具备相关资质要求的专业服务人员辅助基金投资人完成业务操作所必需的软件应用系统。自助式前台系统是指基金销售机构提供的、由基金投资人独自完成业务操作的应用系统。前台业务系统应具备以下功能:

1. 提供投资资讯功能。
2. 对基金交易账户以及基金投资人信息管理功能。
3. 交易功能。
4. 为基金投资人提供服务的功能。

二、自助式前台系统

三、后台管理系统

后台管理系统主要实现对前台业务系统功能的数据支持和集中管理。

四、监管系统信息报送

基金销售机构应当向监管机构提供基金日常交易情况、异常交易情况、内部监察稽核报告、调查和评价基金投资人风险承受能力的方法等信息。基金注册登记机构应当提供每日基金交易确认情况，并保证信息的真实性、准确性和完整性。

五、信息管理平台应用系统的支持系统

信息管理平台应用系统的支持系统包括数据库、服务器、网络通信、安全保障等。

第九节　基金销售机构内部控制

一、内部控制的概念

根据 2008 年 1 月起施行的《证券投资基金销售机构内部控制指导意见》，基金销售机构内部控制是指基金销售机构在办理基金销售相关业务时为有效防范和化解风险，在充分考虑内外部环境的基础上，通过建立组织机制、运作管理方法、实施操作程序与监控措施而形成的系统。

二、内部控制的目标

保证基金销售机构经营运作严格遵守国家有关法律法规和行业监管规则；防范和化解经营风险，提高经营管理效益，确保经营业务的稳健运行和投资人资金的安全；利于查错防弊，堵塞漏洞，消除隐患，保证业务稳健运行。

三、内部控制的原则

基金销售机构内部控制应履行健全性、有效性、独立性和审慎性原则。

证券投资基金的市场营销：它是实现基金管理公司经营目标的基本活动。

通过市场营销达到一定的销售目标和资产规模，是基金营销的职责所在。其内容包括目标市场与客户的确定、营销环境的分析、营销组合的设计、营销过程的管理四个层次。

第十节　同步强化训练

一、单选题

1.（　　）原则即内部控制应包括基金销售机构的基金销售部门、涉及基金销售的分支机构及网点、人员，并涵盖到基金销售的决策、执行、监督、反馈等各个环节，避免管理漏洞的存在。

A. 健全性　　B. 有效性　　C. 独立性　　D. 审慎性

【答案】A

2. 基金销售机构在销售基金和相关产品的过程中，应注重根据基金投资人的风险承

受能力销售不同风险等级的产品，把合适的产品卖给合适的基金投资人。这体现了基金市场营销的(　　)。

A. 服务性　　B. 专业性　　C. 持续性　　D. 适用性

【答案】D

3. 前台业务系统具有提供投资资讯功能，其提供的投资资讯不包括(　　)。

A. 基金基础知识　　B. 基金相关法律法规

C. 基金产品信息　　D. 基金投资人信息查询

【答案】D

【解析】前台业务系统具有提供投资资讯功能，其提供的投资资讯包括：基金基础知识；基金相关法律法规；基金产品信息，包括基金基本信息、基金费率、基金转换、手续费支付模式、基金风险评价信息和基金的其他公开市场信息等；基金管理人和基金托管人信息；基金相关投资市场信息；基金销售分支机构、网点信息。同时，向基金投资人揭示信息来源和发布时间。基金投资人信息查询属于前台业务系统中对基金交易账户以及基金投资人信息管理功能。

4. 在美国，目前基金的销售渠道对销售额的贡献最大的是(　　)。

A. 直销　　B. 证券公司　　C. 银行　　D. 投资顾问公司

【答案】A

【解析】在日本，证券公司销售基金的份额占99%；在美国，目前基金的销售渠道按对销售额的贡献大小排名为直销、证券公司、银行、投资顾问和保险公司；而在英国，投资顾问公司则代替了银行和证券公司销售基金的职能。

5. (　　)是指以追求资产的长期增值和赢利为基本目标，从而投资于具有良好增长潜力的上市股票或其他证券的证券投资基金。

A. 收入型基金　　B. 伞型基金　　C. 平衡型基金　　D. 成长型基金

【答案】D

【解析】根据投资目标中股票类型的不同，划分为成长型基金、收入型基金、平衡型基金和指数型基金，成长型基金以追求资产的长期增值和赢利为基本目标。

6. 在基金营销中的投资者教育，投资者应(　　)，即选择优秀基金管理公司的产品。

A. 了解基金　　B. 了解市场　　C. 了解历史　　D. 了解基金管理公司

【答案】D

7. 基金宣传推介材料登载该基金、基金管理人管理的其他基金的过往业绩，以下说法错误的是(　　)。

A. 不必同时登载基金业绩比较基准的表现

B. 应当按照有关法律、行政法规的规定或者行业公认的准则计算基金的业绩表现数据

C. 引用的统计数据和资料应当真实、准确，并注明出处，不得引用未经核实、尚未发生或者模拟的数据

D. 基金业绩表现数据应当经基金托管人复核

【答案】A

8. 市场营销控制过程的第一个步骤是(　　)。

A. 衡量企业在市场中的业绩

B. 估计希望业绩和实际业绩之间存在差异的原因

C. 管理部门设定具体的市场营销目标

D. 在公司各个层次配备所需专业人员

【答案】C

【解析】市场营销控制过程主要包括以下四个步骤:(1)管理部门设定具体的市场营销目标;(2)衡量企业在市场中的销售业绩;(3)分析目标业绩和实际业绩之间存在差异的原因以及预算收支不平衡的原因等;(4)管理部门评估广告投入效果、不同渠道的资源投入,及时采取正确的行动,以此弥补目标与业绩之间的差距,这可能要求改变行动方案,甚至改变目标。

9. 下列不属于基金管理公司、基金代销机构及其工作人员禁止从事的行为是(　　)。

A. 向投资人作虚假陈述、欺骗性宣传,误导投资人买卖基金

B. 以抽奖方式销售基金

C. 在基金销售中给予投资人与基金销售无关的利益

D. 按照基金合同或者基金招募说明书的规定拒绝投资人的认购申请

【答案】D

【解析】基金管理人、代销机构的工作人员在从事基金销售活动时,不得有下列情形:(1)以排挤竞争对手为目的,压低基金的收费水平;(2)采取抽奖、回扣或者送实物、保险、基金份额等方式销售基金;(3)以低于成本的销售费率销售基金;(4)募集期间对认购费打折;(5)承诺利用基金资产进行利益输送;(6)挪用基金份额持有人的认购、申购、赎回资金;(7)在基金宣传推介材料上采取不规范的竞争行为;(8)中国证监会规定禁止的其他情形。

10. 以下不属于证券投资基金的客户服务模式的是(　　)。

A. 电话服务中心　　　　B. 自动传真、电子信箱与手机短信

C. 一对二专人服务　　　　D. 互联网的应用

【答案】C

【解析】C项应是一对一专人服务,这是与证券投资基金的专业性密不可分的。专人服务是为投资额较大的个人投资者和机构投资者提供的最具个性化服务的特征,“一对一”服务贯穿于售前、售中、售后全过程。

二、多选题

1. 基金管理公司、基金代销机构不得从事下列不正当竞争行为(　　)。

A. 捏造、散布虚假事实

B. 诋毁竞争对手的商业信誉或者损害行业声誉

C. 以排挤竞争对手为目的,恶意压低基金的服务收费

D. 中国证监会规定的其他行为

【答案】ABCD

【解析】基金管理人、代销机构的工作人员在从事基金销售活动时,不得有下列情形:

以排挤竞争对手为目的,压低基金的收费水平;采取抽奖、回扣或者送实物、保险、基金份额等方式销售基金;以低于成本的销售费率销售基金;募集期间对认购费打折;承诺利用基金资产进行利益输送;挪用基金份额持有人的认购、申购、赎回资金;在基金宣传推介材料上采取不规范的竞争行为;中国证监会规定禁止的其他情形。

2.《证券投资基金销售管理办法》第 10 条对证券公司申请基金代销业务资格进行了规定:除具备该办法第 9 条第(2)项至第(9)项规定的条件外,还应当具备的条件包括(　　)。

A. 净资本等财务风险监控指标符合中国证监会的有关规定

B. 最近 1 年没有挪用客户资产等损害客户利益的行为

C. 没有因违法违规行为正在被监管机构调查,或者正处于整改期间

D. 没有发生已经影响或可能影响公司正常运作的重大变更事项,或者诉讼、仲裁等其他重大事项

【答案】ACD

【解析】证券公司申请基金代理业务资格,要求最近 2 年没有挪用客户资产等损害客户利益的行为。B 项错误。

3. 营销组合的要素包括(　　)。

A. 产品　　B. 费率　　C. 渠道　　D. 促销

【答案】ABCD

4. 基金销售业务信息管理平台主要包括(　　)。

A. 前台业务系统　　B. 后台管理系统

C. 综合业务系统　　D. 应用系统的支持系统

【答案】ABD

5. 在基金销售过程中,基金管理公司、基金代销机构及其工作人员禁止从事下列行为(　　)。

A. 以低于成本的销售费率销售基金

B. 募集期间对认购费进行打折

C. 承诺利用基金资产进行利益输送

D. 挪用基金份额持有人的认购、申购、赎回资金

【答案】ABCD

【解析】在基金销售过程中,基金管理公司、基金代销机构及其工作人员禁止从事下列行为:

(1) 以排挤竞争对手为目的,压低基金的收费水平;

(2) 采取抽奖、回扣或者送实物、保险、基金份额等方式销售基金;

(3) 以低于成本的销售费率销售基金;

(4) 募集期间对认购费进行打折;

(5) 承诺利用基金资产进行利益输送;

(6) 挪用基金份额持有人的认购、申购、赎回资金;

(7) 在基金宣传推介材料上采取不规范的行为;

(8) 中国证监会规定禁止的其他情形。

6. 我国证券投资基金的销售促进方式有(　　)。

A. 销售点宣传　B. 激励手段　C. 研讨会　D. 特制品和优惠

【答案】ABCD

【解析】营业推广多属于短期性的刺激工具,用以鼓励投资者较迅速和较大量地购买某一基金产品。基金业最常用的营业推广手段有销售点宣传、激励手段、投资者交流研讨会、特制品和优惠等。

7. 基金市场营销主要是指开放式基金的市场营销,其涉及的内容包括(　　)。

A. 营销渠道的建立　B. 营销环境的分析

C. 营销组合的设计　D. 营销过程的管理

【答案】BCD

8. 基金管理人通常设立一个独立的客户服务部门,通过一套完整的客户服务流程,一系列完备的软、硬件设施,以系统化的方式,应用(　　)实现客户服务。

A. 电话服务中心　B. 邮寄服务

C. 自动传真、电子信箱与手机短信　D. 一对一专人服务

【答案】ABCD

9. 市场营销分析中,对基金管理人来说外部因素主要包括(　　)。

A. 经济发展趋势与结构　B. 证券市场发展状况

C. 竞争者和竞争产品　D. 主要的销售渠道潜力

【答案】ABCD

【解析】对基金管理人来说,外部因素主要包括宏观因素,如经济发展趋势与结构、证券市场发展状况、法律法规及政策预期等;微观因素应主要分析竞争者及竞争产品、主要的销售渠道和相关代销渠道的潜力等。

10. 市场营销组合的四大要素分别是产品、(　　)。

A. 价格　B. 促销　C. 渠道分销　D. 目标客户

【答案】ABC

【解析】营销组合的四大要素分别是:产品、价格、渠道分销和促销,是基金营销的核心内容。

三、判断题(正确的填A,不正确的填B)

1. 通过市场营销达到一定的销售目标和资产规模是基金营销的职责所在。(　　)

【答案】A

2. 渠道的主要任务是使客户在需要的时间和地点以便捷的方式获得产品。(　　)

【答案】A

3. 基金管理公司、基金代销机构在销售基金时不得给予投资人折扣、不得给予中间人佣金。(　　)

【答案】B

【解析】基金管理公司、基金代销机构在销售基金时可以给予投资人折扣、可以给予中间人佣金。但应当予以明示。给予投资人的折扣及给予中间人的佣金必须如实记账。

4. 基金管理公司通过证券公司销售基金是一种直销的销售方式。（ ）

【答案】B

【解析】基金管理公司通过证券公司销售基金是种代销的销售方式。

5. 产品、价格、促销和渠道分销四个要素是基金营销的核心内容。（ ）

【答案】A

6. 在基金销售过程中，基金管理公司、基金代销机构及其工作人员可以通过基金销售适当给予投资人与基金销售无关的利益。（ ）

【答案】B

7. 基金的销售宣传内容必须含有明确的风险提示和警示性文字，提醒投资人注意投资有风险，应仔细阅读基金的销售文件。（ ）

【答案】A

【解析】对基金推介材料的免责声明中规定，基金宣传推介材料应当含有明确、醒目的风险提示和警示性文字，并使投资者在阅读过程中不易忽略，以提醒投资者注意投资风险，仔细阅读基金合同和基金招募说明书，了解基金的具体情况。

8. 为找到和实施最好的营销组合，基金管理公司要进行市场营销分析、计划实施和控制。（ ）

【答案】A

9. 基金管理公司向投资人提供专业基金投资咨询服务的工作人员应当具有相应的基金从业资格，而基金代销机构的相应工作人员则不需具有该从业资格。（ ）

【答案】B

10. 基金宣传推介材料可以适当地登载单位或者个人的推荐性文字。（ ）

【答案】B

【解析】基金销售宣传的禁止规定包括不得登载单位或个人的推荐性文字。

11. 促销的主要任务是使客户在需要的时间和地点获得产品。（ ）

【答案】B

12. 基金在销售宣传中出现与基金合同、基金招募说明书内容相抵触的陈述时以销售宣传的最新内容为准。（ ）

【答案】B

13. 为了促进基金的推广和发展，从事宣传推介基金活动的人员无须取得从业资格。（ ）

【答案】B

【解析】根据《证券投资基金销售管理办法》及相关部门规章、规范性文件的规定，未经基金管理人或者代销机构聘任，任何人员不得从事基金销售活动；从事宣传推介基金活动的人员还应当取得基金从业资格。

14. 市场营销的控制过程包括三个步骤：首先，管理部门设定具体的营销目标；其次，衡量企业在市场中的业绩；最后，估计期望业绩和实际业绩之间存在差异的原因。（ ）

【答案】B

15. 对证券公司申请基金代销业务资格规定，最近 3 年没有挪用客户资产等损害客

户利益的行为。(　　)

【答案】B

16. 现有基金品种,除债券型基金外,其余基金均为股票型基金。(　　)

【答案】B

【解析】根据国际惯例,通常我们根据基金产品的风险收益特征将基金产品分成股票型基金、混合基金、债券型基金和货币市场基金四大类。

17. 基金在销售宣传内容中引用基金过往业绩的,应同时声明过往业绩并不预示基金的未来表现。(　　)

【答案】B

第七章 基金的估值、费用与会计核算

第一节 本章知识框架

基金资产的估值
- 基金资产估值的定义
- 基金资产估值的目的
- 基金资产估值的对象
- 基金资产估值的基本原则
- 基金资产估值的重要性
- 基金资产暂停估值的情形

基金的费用
- 基金费用的种类
- 基金管理费的概念、计提标准和计算方法
- 基金托管费的概念、计提标准和计算方法
- 基金销售服务费的概念、费率和计算方法
- 基金交易费的概念、计提标准和计算方法
- 不列入基金费用的项目

基金会计核算
- 基金的会计核算的概念和依据
- 基金会计的特点
- 基金会计核算的主要内容

基金财务会计报告分析
- 基金财务会计报告分析的目的
- 基金财务会计报表分析的方法

第二节 本章复习提示

掌握基金资产估值的概念，了解基金资产估值的重要性，了解基金资产估值需考虑的因素，掌握我国基金资产估值的方法；掌握计算错误的处理及责任承担，了解暂停估值的情形。了解 QDII 基金资产的估值。

掌握基金运作过程中的两类费用的区别，熟悉基金费用的种类，掌握各种费用的计提标准及计提方式。

掌握基金会计核算的特点，了解基金会计核算的主要内容。

了解基金财务会计报告分析的目的，熟悉基金财务会计报表分析的方法。

第三节 基金资产的估值

一、基金资产估值的定义

基金资产估值是指通过对基金所拥有的全部资产及所有负债按一定的原则和方法进行估算，进而确定基金资产公允价值的过程。

用公式表示为：基金资产净值＝基金资产－基金负债。

目前，我国的开放式基金均采用金额申购、份额赎回的方式。基金份额净值是计算投资者申购基金份额、赎回资金金额的基础，同时，基金份额净值也是评价基金投资业绩的基础指标之一。

二、基金资产估值的目的

客观准确地反映基金资产的价值，并与一定标准比较后，衡量基金是否保值、增值。依据评估的基金资产净值而计算的基金份额资产净值，是计算基金申购与赎回价格的基础。

三、基金资产估值的对象

包括基金所持有的全部资产和基金所承担的所有负债。资产包括股票、债券及配股权证等证券类资产，银行存款、结算备付金等现金资产，应收利息等应收项目，以及按照有关法规规定应作为资产类的投资估值增值等。

四、基金资产估值的基本原则

基金资产估值应遵循以下的基本原则：

1. 对存在活跃市场的投资品种，如估值日有市价的，应采用市价确定公允价值。估值日无市价的，但最近交易日后经济环境未发生重大变化，应采用最近交易市价确定公允价值。估值日无市价的，且最近交易日后经济环境发生了重大变化的，应参考类似投资品种的现行市价及重大变化因素，调整最近交易市价，确定公允价值。有充分证据表明最近交易市价不能真实反映公允价值的（如异常原因导致长期停牌或临时停牌的股票等），应对最近交易的市价进行调整。以确定投资品种的公允价值。

2. 对不存在活跃市场的投资品种，应采用市场参与者普遍认同且被以往。

市场实际交易价格验证具有可靠性的估值技术确定公允价值。运用估值技术得出的结果，应反映估值日在公平条件下进行正常商业交易所采用的交易价格。

采用估值技术确定公允价值时,应尽可能使用市场参与者在定价时考虑的所有市场参数,并应通过定期校验确保估值技术的有效性。

3. 有充足理由表明按以上估值原则仍不能客观反映相关投资品种公允价值的,基金管理公司应据具体情况与托管银行进行商定,按最能恰当反映公允价值的价格估值。

五、基金资产估值的重要性

广义上讲每份基金都与基金的各项资产及各项负债按一定的比例一一对应,因此,投资者申购一份基金所付出的金额应该在市场上按当前价格购买对应的资产,而赎回的投资者从基金中获取的金额也应是基金在市场上按当前价格出售相应资产所能获得的金额。这就是在估值过程中一般均采用资产最新价格的原因。否则,申购或赎回的价格错误将会引起基金资产的“稀释”或“浓缩”。

六、基金资产暂停估值的情形

当基金有以下情形时,可以暂停估值:

1. 基金投资所涉及的证券交易所遇法定节假日或因其他原因暂停营业时。

2. 因不可抗力或其他情形致使基金管理人、基金托管人无法准确评估基金资产价值时。

3. 占基金相当比例的投资品种的估值出现重大转变,而基金管理人为保障投资人的利益已决定延迟估值。

4. 如出现基金管理人认为属于紧急事故的任何情况,会导致基金管理人不能出售或评估基金资产的。

5. 中国证监会和基金合同认定的其他情形。

第四节 基金的费用

一、基金费用的种类

基金运作费用是在基金的运作过程中,基金要承担的一些必要的费用,这些费用主要包括:审计费、律师费、上市年费、信息披露费、分红手续费、持有人大会费、开户费、银行汇划手续费等。按照有关规定,发生的这些费用如果影响基金份额净值小数点后第5位的,即发生的费用大于基金净值十万分之一,应采用预提或待摊的方法计入基金损益。发生的费用如果不影响基金份额净值小数点后第5位的,即发生的费用小于基金净值十万分之一,应于发生时直接计入基金损益。

二、基金管理费的概念、计提标准和计算方法

基金管理费是指基金管理人管理基金资产而向基金收取的费用。

我国证券投资基金发展初期，曾允许基金管理人提取基金业绩报酬。2001年，监管部门规定基金管理公司不得再提取基金业绩报酬。

计提标准：基金管理费费率通常与基金规模成反比，与风险成正比。基金规模越大，基金管理费费率越低；基金风险程度越高，基金管理费费率越高。目前我国股票基金大部分按照1.5%的比例计提，债券基金的管理费率一般低于1%，货币市场基金的管理费率为0.33%。基金管理费用收取的比例与基金规模、基金类型有一定关系。通常基金规模越大，基金托管费率越低。目前，我国封闭式基金按照0.25%的比例计提基金托管费；开放式基金根据基金合同的规定比例计提，通常低于0.25%；股票型基金的托管费率要高于债券型基金及货币市场基金的托管费率。

基金销售服务费目前只有货币市场基金可以从基金资产列支，这和货币市场基金的运作模式与其他开放式基金不同有关，费率大约为0.25%。

计提方法和支付方式：基金管理费通常按照基金资产净值的一定比例逐日计提。在我国，基金管理费是按前一日基金资产净值的一定比例逐日计提。计算方法如下：

$$H=E\times R/365$$

式中：H——每日计提的费用；

E——前一日的基金资产净值；

R——基金管理费费率。

按照我国有关规定，基金成立3个月后，如基金持有现金比例高于基金资产净值的20%，超过部分不计提管理费。

目前，我国基金管理人的管理费每日计提并累计，按月支付。

三、基金托管费的概念、计提标准和计算方法

概念：指基金托管人为托管基金资产而向基金收取的费用。

计提标准：目前我国封闭式基金按0.25%的比例计提基金托管费；开放式基金根据基金合同的规定比例计提，通常低于0.25%。

计提方法和支付方式：在我国，基金托管费按前一日基金资产净值的一定比例逐日计提。计算方法如下：

$$H=E\times R/365$$

式中：H——每日计提的托管费；

E——前一日的基金资产净值；

R——托管费费率。

基金托管费逐日计提累计至每月月末，按月支付。

四、基金销售服务费的概念、费率和计算方法

基金销售服务费是指从基金资产中扣除的用于支付销售机构佣金以及基金管理人的基金营销广告费、促销活动费、持有人服务费等方面的费用。

基金销售服务费目前只有货币市场基金和一些债券型基金收取。费率大约为0.25%。收取销售服务费的基金通常不收申购费。

目前,我国的基金销售服务费均是按前一日基金资产净值的一定比例逐日计提,按月支付。计算方法如下:

$$H=E\times R/365$$

式中:H——每日计提的费用;

E——前一日的基金资产净值;

R——基金销售服务费费率。

五、基金交易费的概念、计提标准和计算办法

基金交易费指基金在进行证券买卖交易时所发生的相关交易费用。

目前,我国证券投资基金的交易费用主要包括印花税、交易佣金、过户费、经手费、证管费。交易佣金由证券公司按成交金额的一定比例向基金收取,印花税、过户费、经手费、证管费等则由登记公司或交易所按有关规定收取。参与银行间债券交易的,还需向中央国债登记结算有限责任公司支付银行间账户服务费,向全国银行间同业拆借中心支付交易手续费等服务费用。

六、不列入基金费用的项目

下列费用不列入基金费用:

1. 基金管理人和基金托管人因未履行或未完全履行义务导致的费用支出或基金财产的损失;

2. 基金管理人和基金托管人处理与基金运作无关的事项发生的费用;

3. 基金合同生效前的相关费用,包括但不限于验资费、会计师和律师费、信息披露费用等费用。

第五节　基金会计核算

一、基金的会计核算的概念和依据

概念:指收集、整理、加工有关基金投资运作的会计信息,准确记录基金资产变化情况,及时向相关各方面提供财务数据以及会计报表的过程。

执行机构:在我国,基金的会计核算由基金管理公司和基金托管人同时进行,基金托管人负责对基金管理公司的会计核算结果进行复核,基金管理公司负责将复核后的会计信息对外披露。

依据:我国基金会计核算依据的是 2001 年 11 月 11 日财政部颁发的《证券投资基金会计核算办法》。

二、基金会计的特点

基金会计的特殊性体现在以下方面:

1. 会计主体是证券投资基金。

2. 会计分期细化到日。

3. 基金持有的金融资产和承担的金融负债通常归类为以公允价值计量且其变动计入当期损益的金融资产和金融负债。

三、基金会计核算的主要内容

1. 证券和衍生工具交易及其清算的核算。证券投资基金主要投资于政策允许范围内的有价证券和衍生金融工具,包括股票、债券、资产支持证券、权证、远期投资等有价证券和衍生金融工具的买卖及回购交易等。

2. 持有证券的上市公司行为的核算。持有证券的上市公司行为是指与基金持有证券的上市公司有关的、所有涉及该证券权益变动并进而影响基金权益变动的事项,包括新股、红股、红利、配股等公司行为的核算。

3. 各类资产的利息核算。主要包括债券的利息、银行存款利息、清算备付金利息、回购利息等。各类资产利息均应按日计提,并于当日确认为利息收入。

4. 基金费用的核算。包括计提基金管理费、托管费、预提费用、摊销费用、交易费用等。这些费用一般也按日计提,并于当日确认为费用。

5. 开放式基金份额变化的核算。开放式基金还须对基金份额的申购与赎回情况、转入与转出情况以及基金份额拆分进行会计核算。

6. 基金资产估值的核算。基金逐日对其资产按规定进行估值,并于当日将投资估值增(减)值确认为公允价值变动损益。

7. 本期利润及利润分配的核算。它是指会计期末结转基金损益,并按照规定对基金分红进行除权、派息、红利再投资等进行核算。

8. 基金会计报表。根据有关规定,基金管理公司应及时编制并对外提供真实、完整的基金财务会计报告。财务会计报告分为年度、半年度、季度和月度财务会计报告。

9. 基金会计核算的复核。基金托管人按照规定对基金管理人的会计核算进行复核并出具复核意见。

第六节 基金财务会计报告分析

一、基金财务会计报告分析的目的

基金财务会计报告是指基金对外提供的反映基金某一特定日期的财务状况和某一会计期间的经营成果、现金流量等会计信息的文件。

财务会计报告包括会计报表及其附注和其他应当在财务会计报告中披露的相关信息和资料。基金财务会计报表包括资产负债表、利润表和净值变动表等报表。基金会计报表附注包括重要会计政策和会计估计、会计政策和会计估计变更以及差错更正的说明、报表重要项目的说明和关联方关系及其交易等内容。

一般而言,基金财务会计报告分析可以达到以下目的:

1. 评价基金过去的经营业绩及投资管理能力;

2. 通过分析基金现时的资产配置及投资组合状况来了解基金的投资状况;

3. 预测基金未来的发展趋势,为基金投资者的投资决策提供依据。

二、基金财务会计报表分析的方法

一般来说,对股票型基金及混合型基金的财务会计报表的分析包括以下几方面:

1. 基金持仓结构分析

在进行持仓结构的分析时应注意,股票投资占基金资产净值的比例如发生少量的变动,并不意味着基金经理一定进行了增仓或减仓操作,市场波动也可能引起计算结果的变动。

2. 基金盈利能力和分红能力分析

在基金定期报告中,基金一般会披露本期利润、本期已实现收益、加权平均基金份额本期利润、本期加权平均净值利润率、本期基金份额净值增长率、期末可供分配利润、期末可供分配基金份额利润、期末基金资产净值、期末基金份额净值等指标。通过这些指标可以分析基金的盈利能力和分红能力。

3. 基金收入情况分析

基金收入包括利息收入、投资收益、公允价值变动损益和其他收入。其中,利息收入包括存款利息收入、债券利息收入、资产支持证券利息收入和买入返售金融资产收入;投资收益包括股票投资收益、债券投资收益、资产支持证券投资收益、衍生工具收益和股利收益。

4. 基金费用情况分析

基金费用一般包括管理人报酬、托管费、销售服务费、交易费用、利息支出和其他费用。对于货币市场基金及债券基金来说,费用的高低对于基金净值有着较大的影响。

5. 基金份额变动分析

一般来说,如果基金份额变动较大,则会对基金管理人的投资有不利影响;反之则有助于基金投资的稳定。如果基金持有人中个人投资者较多,则该基金的规模相对会稳定;反之则基金规模不太稳定。但如果基金持有人中机构投资者较多,表明机构比较认可该基金的投资。

6. 基金投资风格分析

不同基金有不同投资风格,根据基金披露的投资组合情况可以从不同角度进行分析,以了解基金的投资风格。

(1) 持仓集中度分析。通过计算前 10 只股票占基金净值的比例可以分析基金是否倾向于集中投资。

(2) 基金持仓股本规模分析。通过基金持有股票的股本规模分析,可以了解基金所投资的上市公司的规模偏好。

(3) 基金持仓成长性分析。通过分析基金所持有的股票的成长性指标,可以了解基金投资的上市公司的成长性。

第七节 同步强化训练

一、单选题

1. ( )指基金在进行证券买卖交易时所发生的相关交易费用。

A. 基金管理费　　B. 基金托管费

C. 基金销售费　　D. 基金交易费

【答案】D

2. 以下费用中,( )不需要基金资产承担。

A. 基金审计费　　B. 基金份额持有人大会会费

C. 基金托管费　　D. 基金认购费

【答案】D

【解析】基金管理费、基金托管费和基金销售费、基金交易费、基金运作费等均由基金资产承担。基金的审计费、律师费、上市年费、信息披露费、分红手续费、持有人大会费、开户费、银行汇划手续费等属于基金的运作费用;基金的认购费、申购费、赎回费等由基金投资者承担。

3. 下列与基金份额净值无关的是( )。

A. 基金总资产　　B. 基金总负债

C. 基金收益凭证单位数　　D. 基金持有人数

【答案】D

【解析】基金份额净值=基金资产净值/基金总份额=(基金资产总值-基金负债总值)/基金总份额。

4. 基金资产估值的对象是基金所持有的( )。

A. 全部资产　　B. 全部负债

C. 高收益资产　　D. 扣除负债后的资产

【答案】A

【解析】基金资产估值的对象包括基金所持有的全部资产,包括股票、债券及配股权证等证券类资产,银行存款、结算备付金等现金类资产,应收利息等应收项目,以及按照有关规定应作为资产类的投资估值增值等。同时,为了计算基金资产净值,也需要对基金所承担的所有负债进行评估。

5. 估值方法的( )是指基金在进行资产估值时均应采取同样的估值方法,遵守同样的估值规则。

A. 一致性　　B. 合理性　　C. 审慎性　　D. 公开性

【答案】A

6. ( )是指从基金资产中扣除的用于支付销售机构佣金以及基金管理人的基金行销广告费、促销活动费、持有人服务费等方面的费用。

A. 基金管理费　　B. 基金托管费　　C. 基金销售费　　D. 基金交易费

【答案】C

7. 以下哪种费用不属于基金销售过程中发生的由基金投资者自己承担的费用?(　　)

A. 申购费　　B. 赎回费　　C. 基金转换费　　D. 基金管理费

【答案】B

8. 基金的会计年度为自公历(　　)。

A. 每年的5月1日至第二年的4月30日

B. 每年的4月1日至第二年的3月31日

C. 每年的1月1日至12月31日

D. 每年的7月1日至第二年的6月30日

【答案】C

【解析】我国基金的会计年度为公历每年1月1日至12月31日。基金核算以人民币为记账本位币,以人民币元为记账单位。

9. 我国证券投资基金持有的未上市的首次公开发行的股票以(　　)估值。

A. 平均价　　B. 成本价　　C. 开盘价　　D. 收盘价

【答案】B

【解析】按照《证券投资基金会计核算办法》规定,基金估值应遵循以下原则:未上市的股票应区分以下情况处理:(1)配股和增发新股,按估值日在证券交易所挂牌的同一股票的市价估值;(2)首次公开发行的股票,按成本价估值。在这四个选项中,B选项是最佳答案。

10. 2006年11月26日,中国证监会下发了《关于基金管理公司及证券投资基金执行(企业会计准则的通知》)我国基金资产估值的责任人是(　　)。

A. 基金注册登记结构　　B. 基金管理人

C. 基金托管人　　D. 监管机构

【答案】C

二、多选题

1. 根据《企业会计准则第22号——金融工具确认和计量》,金融资产在初始确认时划分为(　　)。

A. 以公允价值计量且其变动计入当期损益的金融资产

B. 持有至到期投资

C. 贷款和应收款项

D. 可供出售的金融资产

【答案】ABCD

2. 关于基金资产估值的概念,以下说法正确的是(　　)。

A. 基金资产估值是指通过对基金所拥有的全部资产及所有负债按一定的原则和方法进行估算,进而确定基金资产公允价值的过程

B. 基金资产净值是指基金全部资产的价值总和

C. 基金资产净值除以基金当前的总份额,就是基金份额净值

D. 基金资产净值是计算投资者申购基金份额、赎回资金金额的基础，也是评价基金投资业绩的基础指标之一

【答案】AC

3. 下列费用中属于基金份额持有人承担的费用有(　　)。

A. 经手费用　　B. 红利再投资费用

C. 转换费　　D. 赎回费

【答案】BCD

【解析】基金份额持有人费用包括以下几项内容：(1)申购费用；(2)红利再投资费用；(3)转换费；(4)赎回费。

4. 目前，我国基金管理人的管理费实行(　　)。

A. 每日计提并累计　　B. 每周计提并累计

C. 按周支付　　D. 按月支付

E. 按年支付

【答案】AD

【解析】目前，我国的基金管理费、基金托管费及基金销售服务费均是按前一日基金资产净值的一定比例逐日计提，按月支付。

5. 基金的估值方法必须(　　)。

A. 保持一致性　　B. 可以随意变化

C. 保持公开性　　D. 任何情况都不能变化

【答案】AC

【解析】估值方法的一致性是指基金在进行资产估值时均应采取同样的估值方法，遵守同样的估值规则。估值方法的公开性是指基金采用的估值方法需要在法定募集文件中披露；假若基金变更了估值方法，也需要及时进行披露。

6. 关于估值频率的说法正确的是(　　)。

A. 基金一般都按照固定的时间间隔对基金资产进行估值，通常监管法规会规定一个最小的估值频率

B. 目前，我国的开放式基金于每个交易日估值，并于次日公告基金份额净值

C. 封闭式基金每周进行一次估值，每周披露一次基金份额净值

D. 海外的基金多数也是每个交易日估值，但也有一部分基金是每周估值一次，有的甚至每半个月、每月估值一次。基金估值的频率是由基金的组织形式投资对象的特点等因素决定的，并在相关的发行法律文件中明确

【答案】ABD

7. 基金会计核算的内容包括以下业务(　　)。

A. 证券和衍生工具交易及其清算的核算

B. 各类资产的利息核算

C. 本期利润及利润分配的核算

D. 基金会计报表

【答案】ABCD

8. 关于交易费用的叙述正确的是(　　)。

A. 目前,我国证券投资基金的交易费主要包括印花税、交易佣金、过户费、经手费、证管费

B. 交易佣金调整为成交金额的0.25%

C. 过户费按照成交金额的0.05%收取

D. 交易佣金调整为成交金额的0.5%

【答案】 AB

【解析】 目前,我国基金交易佣金为成交金额的0.3%,不足5元的按5元收取。除此之外,上海证券交易所还按成交面值的0.05%收取登记过户费,由证券商向投资者收取。该项费用由证券登记公司与证券公司平分。目前,在上海、深圳证券交易所上市的封闭式基金不收取印花税。

9. 基金管理费费率主要与(　　)有关。

A. 基金的规模　　B. 基金托管人的声誉

C. 基金二级市场的换手率　　D. 基金的风险

E. 基金的声誉

【答案】 AD

【解析】 基金管理费率通常与基金规模成反比,与风险成正比。

10. 基金托管人按基金合同规定的估值方法、时间、程序对基金管理人的计算结果进行复核,复核无误后签章返回给基金管理人,由(　　)对外公布,并由基金注册登记机构根据确认的基金份额净值计算申购、赎回数额。

A. 基金注册登记结构　　B. 基金管理人

C. 基金托管人　　D. 临时监管

【答案】 B

三、判断题(正确的填A,不正确的填B)

1. 如出现基金管理人认为属于紧急事故的任何情况,会导致基金管理人不能出售或评估基金资产的,基金可以暂停估值。(　　)

【答案】 A

2. 交易所上市债券以结算价格估值。(　　)

【答案】 B

3. 基金管理费是向投资人直接收取的。(　　)

【答案】 B

【解析】 基金管理费是向基金本身收取的。

4. 基金份额净值是按照每个开放日闭市后,基金资产净值除以当日基金份额的募集总额数量计算。(　　)

【答案】 B

5. 通常基金规模越大,基金托管费率越低。(　　)

【答案】 A

6. 计提基金管理费时,基金风险程度越高,基金管理费费率越低。(　　)

【答案】B

【解析】基金管理费率通常与基金规模成反比，与风险成正比。基金规模越大，基金管理费率越低；基金风险程度越高，基金管理费率越高。

7. 在对基金资产估值时，对于首次公开发行的股票，不应按成本估值。(　　)

【答案】B

【解析】在对基金资产估值时，对于首次公开发行的股票，按成本估值。

8. 股票基金的托管费率要高于债券基金及货币市场基金的托管费率。(　　)

【答案】A

9. 基金销售过程中发生的由基金投资者自己承担的费用，主要包括申购费、赎回费及基金转换费。这些费用由基金资产承担。(　　)

【答案】B

10. 基金估值方法一经确定，不得变更。(　　)

【答案】B

【解析】估值方法的一致性是指基金在进行资产估值时均应采取同样的估值方法，遵守同样的估值规则。估值方法的公开性是指基金采用的估值方法需要在法定披露文件中公开披露。假若基金变更了估值方法，需要及时进行披露。

11. 按照有关规定，发生的费用如果影响基金份额净值小数点后第 5 位的，即发生的费用大于基金净值十万分之一，应于发生时直接计入基金损益。(　　)

【答案】B

12. 证券衍生工具基金管理费率要高于货币市场基金管理费率。(　　)

【答案】A

13. 基金、集合计划投资衍生品，应当在每天计算并披露份额净值。(　　)

【答案】B

【解析】基金、集合计划投资衍生品，应当在每个工作日计算并披露份额净值。

14. 基金管理人和基金托管人处理与基金运作无关的事项发生的费用不列入基金费用。(　　)

【答案】A

15. 基金份额净值应当在估值日后 3 个工作日内披露。(　　)

【答案】B

16. 基金交易费在核算时直接计入费用类科目，而不是反映在相对应的证券投资成本中。(　　)

【答案】B

【解析】基金交易费在核算时并不直接计入费用类科目，而是反映在相对应的证券投资成本中。

17. 基金会计核算是指收集、整理、加工有关基金投资运作的会计信息，准确记录基金资产变化情况，及时向相关各方提供财务数据以及会计报表的过程。(　　)

【答案】A

第八章 基金利润分配与税收

第一节 本章知识框架

- 基金利润
  - 与基金利润有关的几个概念
  - 基金利润来源
- 基金利润分配
  - 基金收益分配对基金份额净值的影响
  - 封闭式基金的收益分配
  - 开放式基金的收益分配
  - 货币市场基金的收益分配
- 基金税收
  - 基金税收的概念
  - 对基金管理人和基金托管人的税收
  - 机构投资者买卖基金的税收
  - 个人投资者投资基金的税收

第二节 本章复习提示

熟悉基金的利润来源，掌握本期利润、本期已实现收益、期末可供分配利润以及未分配利润等概念。

熟悉基金利润分配对基金份额净值的影响，掌握封闭式基金、开放式基金、货币市场基金收益分配的有关规定。

熟悉针对基金作为营业主体的税收规定，了解针对基金管理人和托管人的税收制度与规定，熟悉针对机构法人和个人投资者的税收规定。

第三节　基金利润

一、与基金利润有关的几个概念

（一）本期利润

指基金在一定时期内全部损益的总和，包括计入当期损益的公允价值变动损益。

（二）本期已实现收益

该指标是将本期利润扣除本期公允价值变动损益后的余额，反映基金本期已经实现的损益。

（三）期末可供分配利润

指期末可供基金进行利润分配的金额。由于基金本期利润包括已实现和未实现两部分，如果期末未分配利润（报表数，下同）的未实现部分为正数，则期末可供分配利润的金额为期末未分配利润的已实现部分；如果期末未分配利润的未实现部分为负数，则期末可供分配利润的金额为期末未分配利润（已实现部分扣减未实现部分）。

（四）未分配利润

未分配利润是基金进行利润分配后的剩余额。未分配利润将转入下期分配。

二、基金利润来源

基金利润是指基金在一定会计期间的经营成果。利润包括收入减去费用后的净额、直接计入当期利润的利得和损失等。主要包括以下五个方面：

（一）利息收入

指基金经营活动中因债券投资、资产支持证券投资、银行存款、结算备付金、存出保证金、按买入返售协议融出资金等而实现的利息收入。

（二）投资收益

指基金经营活动中因买卖股票、债券、资产支持证券、基金等实现的差价收益，因股票、基金投资等获得的收益，以及衍生工具投资产生的相关损益，如卖出或放弃权证、权证行权等实现的损益。

（三）其他收入

指除上述收入以外的其他各项收入，包括赎回费扣除基本手续费后的余额、手续费返还、ETF替代损益，以及基金管理人等机构为弥补基金财产损失而支付给基金的赔偿款项等。这些收入项目一般根据发生的实际金额确认。

（四）公允价值变动损益

指基金持有的采用公允价值模式计量的交易性金融资产、交易性金融负债等公允价值变动形成的应计入当期损益的利得或损失，并于估值日对基金资产按公允价值估值时予以确认。

（五）基金的费用

指基金在日常投资经营活动中发生的、会导致所有者权益减少的、与向基金持有人分配利润无关的经济利益的总流出。具体包括管理人报酬、托管费、销售服务费、交易费用、利息支出和其他费用等。

第四节　基金利润分配

一、基金收益分配对基金份额净值的影响

基金收益分配将造成基金份额净值的下降，但这并不造成基金份额持有人的投资损失，基金份额净值减少的部分将得到分红的补偿。

二、封闭式基金的收益分配

《证券投资基金运作管理办法》第 35 条规定，封闭式基金的收益分配，每年不得少于一次，封闭式基金年度收益分配比例不得低于基金年度已实现收益的 90%。

封闭式基金当年收益应先弥补上一年度亏损，然后才可进行当年收益分配。

若基金投资的当年发生亏损，则不进行收益分配。基金收益分配后基金份额净值不能低于面值。封闭式基金一般采用现金方式分红。

三、开放式基金的收益分配

我国开放式基金按规定需在基金合同中约定每年基金利润分配的最多次数和基金利润分配的最低比例。开放式基金当年利润应先弥补上一年度亏损，然后才可进行当年利润分配。若基金投资的当年发生亏损，则不进行利润分配。

开放式基金的分红方式有现金分红方式和分红再投资转换为基金份额两种。现金分红是基金利润分配最普遍的形式。

四、货币市场基金的收益分配

《货币市场基金管理暂行规定》第 9 条规定，对于每日按照面值进行报价的货币市场基金，可以在基金合同中将收益分配的方式约定为红利再投资，一并应当每日进行收益分配。

2005 年 3 月 25 日中国证监会下发的《关于货币市场基金投资等相关问题的通知》规定，当日申购的基金份额自下一个工作日起享有基金的分配权益，当日赎回的基金份额自下一个工作日起不享有基金的分配权益。

第五节　基金税收

一、基金税收的概念

1. 营业税。对基金管理人运用基金买卖股票、债券的差价收入，免征营业税。以发

行基金方式募集资金不属于营业税的征税范围，不征收营业税。

2. 印花税。从2008年9月19日起，基金卖出股票时按照1‰的税率征收证券(股票)交易印花税，而对买入交易不再征收印花税。

3. 所得税。对基金买卖股票、债券的差价收入，暂不征收企业所得税。对基金取得的股息、红利收入，债券的利息收入、储蓄存款利息收入，由发放上述收入的单位代扣代缴20%的个人所得税。

二、对基金管理人和基金托管人的税收

1. 对基金管理人、基金托管人从事基金管理活动取得的收入，依照税法的规定征收营业税。

2. 对基金管理人、基金托管人从事基金管理活动取得的收入，依照税法的规定征收企业所得税。

三、机构投资者买卖基金的税收

1. 营业税

(1) 对金融机构(包括银行和非银行金融机构)买卖基金的差价收入征收营业税；

(2) 对非金融机构买卖基金份额的差价收入不征收营业税。

2. 印花税

对企业投资者买卖基金份额暂免征收印花税。

3. 所得税

对企业投资者买卖基金份额获得的差价收入，应并入企业的应纳税所得额，征收企业所得税；对企业投资者从基金分配中获得的收入，暂不征收企业所得税。

四、个人投资者投资基金的税收

(一) 印花税

对个人投资者买卖基金份额暂免征收印花税。

(二) 所得税

1. 对个人投资者买卖基金份额获得的差价收入，在对个人买卖股票的差价收入未恢复征收个人所得税以前，暂不征收个人所得税。

2. 对个人投资者从基金分配中获得的股票的股利收入、企业债券的利息收入、储蓄存储利息收入，由上市公司发行债券的企业和银行在向基金支付上述收入时，代扣代缴20%的个人所得税。对证券投资基金从上市公司分配取得的股息红利所得，扣缴义务人在代扣代缴个人所得税时，按50%计算应纳税所得额。个人投资者从基金分配中取得的收入，暂不征收个人所得税。

3. 对投资者从基金分配中获得的国债利息、买卖股票差价收入，在国债利息收入、个人买卖股票差价收入未恢复征收所得税以前，暂不征收所得税。

4. 对个人投资者从封闭式基金分配中获得的企业债券差价收入，按现行税法规定，应对个人投资者征收个人所得税，税款由封闭式基金在分配时依法代扣代缴。

5. 对个人投资者申购和赎回基金份额取得的差价收入，在对个人买卖股票的差价收入未恢复征收个人所得税以前，暂不征收个人所得税。

第六节 同步强化训练

一、单选题

1.（ ）是基金进行利润分配后的剩余额。

A. 本期利润

B. 本期利润扣减本期公允价值变动损益后的净额

C. 期末可供分配利润

D. 未分配利润

【答案】D

2. 下列不属于利息收入的是（ ）。

A. 债券利息收入　　B. 资产支持证券利息收入

C. 股利收入　　D. 买入返售金融资产收入

【答案】C

【解析】利息收入指基金经营活动中因债券投资、资产支持证券投资、银行存款、结算备付金、存出保证金、按买入返售协议融出资金等而实现的利息收入。利息收入具体包括债券利息收入、资产支持证券利息收入、存款利息收入、买入返售金融资产收入等。股利收入属于投资收益。

3. 目前，我国对基金管理人从事基金管理活动取得的收入（ ）。

A. 征收营业税，不征收企业所得税　　B. 不征收营业税，征收企业所得税

C. 征收营业税，征收企业所得税　　D. 不征收营业税，不征收企业所得税

【答案】C

【解析】对基金管理人、基金托管人从事基金管理活动取得的收入，依照税法的规定征收营业税和企业所得税。

4.（ ）是能够全面反映基金在一定时期内经营成果的指标。

A. 本期利润

B. 本期利润扣减本期公允价值变动损益后的净额

C. 期末可供分配利润

D. 未分配利润

【答案】A

【解析】本期利润是基金在一定时期内全部损益的总和，包括计入当期损益的公允价值变动损益。该指标既包括了基金已经实现的损益，也包括了未实现的估值增值或减值，是一个能够全面反映基金在一定时期内经营成果的指标。

5. 封闭式基金采用“分红再投资”的分配方式，（ ）。

A. 由基金管理人自主决定，无须报请中国证监会核准

B. 由基金管理人与基金托管人协商决定

C. 由基金管理人自主决定，但需报请中国证监会核准

D. 需经基金份额持有人大会决议通过

【答案】D

【解析】根据国家现行的规定，封闭式基金可自主选择现金分红和“分红再投资”的分配方式，但需经基金份额持有人大会决议通过。

6. 2005 年 3 月 25 日中国证监会下发的《关于货币市场基金投资等相关问题的通知》关于货币基金市场利润分配的说法错误的是（　　）。

A. 货币市场基金每周五进行分配时，将同时分配周六和周日的利润

B. 每周一至周四进行分配时，则仅对当日利润进行分配

C. 投资者于周五申购或转换转入的基金份额享有周五和周六、周日的利润

D. 投资者于周五赎回或转换转出的基金份额享有周五和周六、周日的利润

【答案】C

7. 封闭式基金一般采用（　　）方式分红。

A. 现金　B. 股票　C. 股利　D. 股息

【答案】A

二、多选题

1. 利息收入具体包括（　　）。

A. 债券利息收入　B. 资产支持证券利息收入

C. 存款利息收入　D. 买入返售金融资产收入

【答案】ABCD

2. 关于印花税的说法正确的有（　　）。

A. 对个人投资者买卖股票暂免征收印花税

B. 对个人投资者买卖基金份额暂免征收印花税

C. 基金买卖股票按照 0.3%的税率征收印花税

D. 对企业投资者买卖基金份额暂免征收印花税

【答案】BD

【解析】从 2008 年 9 月 19 日起，我国个人买入股票时不需缴纳印花税，卖出股票时需按 0.1%缴纳印花税。个人买卖基金份额暂免征印花税。2008 年 9 月 19 日起，基金卖出股票按 0.1%的税率征收印花税，而买入交易不再征收印花税。对企业投资者买卖基金份额暂免印花税。

3. 个人投资者投资基金取得的下列收入中，不征收个人所得税的有（　　）。

A. 个人投资者从基金分配中获得的股票的利息、红利收入

B. 个人投资者从基金分配中获得的国债利息收入以及买卖股票差价收入

C. 个人投资者从基金分配中获得的企业债券差价收入

D. 个人投资者申购和赎回基金单位取得差价收入

【答案】ABD

【解析】个人投资者从基金分配中获得的企业债券差价收入，应按税法规定对个人投

资者征收个人所得税，税款由基金在分配时依法代扣。

4.（　　）是基金分配最普遍的形式。

A. 股票分红方式　　B. 分红再投资转换为股票

C. 现金分红方式　　D. 分红再投资转换为基金份额

【答案】C

5. 基金的费用包括（　　）。

A. 管理人报酬　　B. 托管费

C. 申购费用　　D. 交易费用

【答案】ABD

【解析】基金的费用是指基金在日常基金经营活动中发生的、会导致所有者权益减少的、与向基金持有人分配利润无关的经济利益的总流出。基金的费用具体包括管理人报酬、托管费、销售服务费、交易费用、利息支出和其他费用等。申购费用属于投资者支付的费用，不属于基金的费用。

6. 根据目前的有关规定，以下哪几个指标与基金利润有关？（　　）

A. 本期利润

B. 本期利润扣减本期公允价值变动损益后的净额

C. 期末可供分配利润

D. 未分配利润

【答案】ABCD

7. 证券买卖价差的确认需要考虑以下（　　）方面因素。

A. 证券投资的账面移动加权平均成本

B. 成交价格

C. 成交数量

D. 交易费用

【答案】ABCD

【解析】证券买卖价差的确认需要考虑以下四个方面的因素：证券投资的账面移动加权平均成本、成交价格、成交数量与交易费用。证券买卖价差在交易实现的当时就可以确认。一般来说，股票差价收入于卖出股票成交日确认，并按卖出股票成交总额与其成本和相关费用的差额入账。债券差价收入中，卖出交易所上市债券于成交日确认债券差价收入，并按应收取的全部价款与其成本、应收利息和相关费用的差额入账。

8. 证券投资基金收益包括（　　）。

A. 基金管理费　　B. 基金买卖股票差价收入

C. 基金买卖债券差价收入　　D. 基金存款利息

【答案】BCD

【解析】证券投资基金收益是基金资产在运作过程中所产生的超过本金部分的价值，主要来源于基金投资所得的红利、股息、债券利息、买卖证券差价（包括基金买卖股票差价收入和基金买卖债券差价收入）、银行存款利息以及其他收入。

9. 我国开放式基金按规定需在基金合同中约定每年基金利润分配的（　　）。

A. 最多次数　　B. 最低比例　　C. 最高比例　　D. 最少次数

【答案】AB

【解析】我国开放式基金按规定需在基金合同中约定每年基金利润分配的最多次数和基金利润分配的最低比例。

10. 下面关于机构投资者买卖基金的所得税的说法正确的是(　　)。

A. 企业投资者买卖基金份额获得的差价收入,应并入企业的应纳税所得额,征收企业所得税

B. 企业投资者买卖基金份额获得的差价收入,应并入企业的应纳税所得额,不征收企业所得税

C. 企业投资者从基金分配中获得的收入,暂不征收企业所得税

D. 企业投资者从基金分配中获得的收入,征收企业所得税

【答案】AC

11. 依照《财政部、国家税务总局关于证券投资基金税收问题的通知》规定,对(　　)买卖基金的差价收入征收营业税。

A. 银行　　B. 非银行金融机构

C. 个人　　D. 非金融机构

【答案】AB

【解析】机构法人投资基金的税收规定如下:(1)对金融机构(包括银行和非银行金融机构)买卖基金的差价收入征收营业税;(2)对非金融机构买卖基金份额的差价收入不征收营业税;(3)对个人买卖基金份额的差价收入不征收营业税。

12. 其他收入具体包括(　　)。

A. 赎回费扣除基本手续费后的余额

B. 手续费返还

C. ETF 替代损益

D. 基金管理人等机构为弥补基金财产损失而支付给基金的赔偿款项

【答案】ABCD

三、判断题(正确的填 A,不正确的填 B)

1. 现金股利在除息日时直接计入基金收益。(　　)

【答案】A

2. 对投资者从基金分配中获得的股票的股息、红利收入以及企业债券的利息收入,由基金向个人投资者分配股息、红利、利息时,代扣代缴 20%的个人所得税。(　　)

【答案】B

【解析】对投资者从基金分配中获得的股票的股息、红利收入以及企业债券的利息收入,由上市公司和发行债券的企业在向基金派发股息、红利、利息时,代扣代缴 20%的个人所得税。基金向个人投资者分配股息、红利、利息时,不再代扣代缴个人所得税。

3. 对基金管理人运用基金买卖股票、债券的差价收入征收营业税。(　　)

【答案】B

【解析】对基金管理人运用基金买卖股票、债券的差价收入,免征营业税。

4. 基金收益分配不得低于基金净收益的95%。（ ）

【答案】B

5. 非金融机构买卖基金份额的差价不征收营业税。（ ）

【答案】A

6. 对基金托管人从事基金托管活动取得的收入征收企业所得税。（ ）

【答案】A

【解析】对基金管理人、基金托管人从事基金管理活动取得的收入，依照税法的规定征收营业税和企业所得税。

7. 基金进行利润分配会导致基金份额净值的上升。（ ）

【答案】B

【解析】基金进行利润分配会导致基金份额净值的下降。

8. 我国规定，基金当年收益应先弥补上一年度亏损，然后才可进行当年收益分配。（ ）

【答案】A

9. 基金经营业绩只包括基金净收益，不包括基金未实现估值增值(减值)。（ ）

【答案】B

10. 股息通常是按照一定的比例事先确定的，这是股息与红利的主要区别。（ ）

【答案】A

【解析】基金的红利收入是指基金通过公司股票投资而在年终或年末分配时获得的收入；基金的股息收入是指基金通过公司优先股的投资而在年终或年末分配时获得的收入。股息通常是按照一定的比例事先确定的，这是股息与红利的主要区别。

11. 证券买卖价差在交易实现的当时不可以确认。（ ）

【答案】B

【解析】证券买卖价差在交易实现的当时就可以确认。

12. 美国货币市场基金的收入全部是利息，通常每季度分配一次。（ ）

【答案】B

13. 封闭式基金的收益分配每年不得少于两次。（ ）

【答案】B

14. 证券买卖价差是指基金在证券市场上买卖证券形成的价差收益，通常也称资本利得。（ ）

【答案】A

【解析】资本利得收入又称为证券买卖价差收入，是指基金在证券市场上买卖证券形成的价差收益，主要包括股票买卖价差和债券买卖价差。

15. 开放式基金由于必须随时准备支付基金持有人的赎回申请，必须保留一部分现金存在银行。（ ）

【答案】A

16. 基金份额持有人若事先未对分红方式作出选择，基金管理人可不进行分红。（ ）

【答案】B

17. 对个人投资者买卖基金份额的差价收入暂免征收营业税。（　　）

【答案】A

【解析】注意，对金融机构（包括银行和非银行金融机构）买卖基金份额的差价收入征收营业税。对非金融机构买卖基金份额的差价收入不征收营业税。

18. 对于基金和基金公司，以发行基金方式募集资金不属于营业税的征税范围，不征收营业税。（　　）

【答案】A

【解析】对于基金和基金管理公司，以发行基金方式募集的资金，它不属于基金管理公司的业务收入，因此不征收营业税。基金管理公司取得的基金管理费收入属于它的业务收入，应该征收营业税。

第九章　基金的信息披露

第一节　本章知识框架

- 基金信息披露概述
  - 基金信息披露的含义
  - 基金信息披露的目的和意义
  - 基金信息披露的原则
  - 基金信息披露的禁止行为
- 我国基金信息披露制度体系
  - 基金信息披露的国家法律
  - 基金信息披露的部门规章
  - 基金信息披露的规范性文件
  - 基金信息披露自律性规则
- 基金主要当事人的信息披露义务
  - 基金管理人的信息披露义务
  - 基金托管人的信息披露义务
  - 基金份额持有人的信息披露义务
- 基金募集信息披露
  - 申请设立基金时的信息披露
  - 基金招募说明书
  - 基金合同
- 基金运作信息披露
  - 上市公告书
  - 基金持续运作中的信息披露的形式
- 基金临时信息披露
  - 基金临时报告的披露
  - 基金的重大事件
  - 基金澄清公告的披露
- 特殊基金品种的信息披露
  - 货币市场基金收益公告的披露
  - QDII 基金的信息披露

第二节　本章复习提示

了解基金信息披露的含义与作用，了解信息披露的实质性原则与形式性原则，熟悉对基金信息披露禁止行为的规范，了解基金信息披露的分类，了解可扩展商业报告语言在基金信息披露中的应用，了解我国基金信息披露制度体系。

熟悉基金管理人的信息披露义务，了解基金托管人、基金份额持有人的信息披露义务。

了解基金合同、招募说明书的主要披露事项；掌握基金合同、招募说明书的重要信息；了解基金托管协议的主要内容。

熟悉基金季度报告、半年度报告、年度报告的主要内容。

掌握基金信息披露的重大性概念及其标准，熟悉需要进行临时信息披露的重大事件，了解基金澄清公告的披露。

掌握货币市场基金收益公告披露的内容，熟悉净值偏离度信息披露的要求，了解货币市场基金、净值表现以及投资组合报告的主要披露项目。掌握 QDII 基金的信息披露的内容与要求。掌握 ETF 的信息披露。

第三节　基金信息披露概述

一、基金信息披露的含义

基金信息披露是指基金市场上的有关当事人在基金募集、上市交易、投资运作等一系列环节中，依照法律法规规定向社会公众进行的信息披露。

二、基金信息披露的目的和意义

基金信息披露对实现资本市场的公平、公正、公开原则，推动基金市场发展具有重要意义，主要表现在以下几个方面：

1. 有利于投资者的价值判断；
2. 有利于防止利益冲突和利益输送；
3. 有利于提高证券市场的效率；
4. 有利于防止信息滥用。

三、基金信息披露的原则

基金信息披露的原则一般可以分为实质性原则和形式性原则。

1. 实质性原则，它共包括五个方面（见表 9-1）

表 9-1 实质性原则

原　则	内　容
真实性原则	要求披露的信息应当是以客观事实为基础，以没有扭曲和不加粉饰的方式反映真实状态
准确性原则	要求用精确的语言披露信息，在内容和表达方式上不使人误解，不得使用模棱两可的语言
完整性原则	要求披露所有可能影响投资者决策的信息，不仅披露对信息披露义务人有利的信息，更要披露对信息披露义务人不利的各种风险因素
及时性原则	要求以最快的速度公开信息
公平披露原则	要求将信息向市场上所有的投资者平等公开地披露

2. 形式性原则，它共包括三个方面(见表 9-2)

表 9-2 形式性原则

原　则	内　容
规范性原则	要求基金信息必须按照法定的内容和格式进行披露，以保证披露信息的可比性
易解性原则	要求信息披露的表述应当简明扼要、通俗易懂，避免使用冗长、技术性用语
易得性原则	要求公开披露的信息易为一般公众投资者所获取

四、基金信息披露的禁止行为

基金信息披露的禁止行为具体包括以下几项：

1. 虚假记载、误导性陈述或者重大遗漏；
2. 对证券投资业绩进行预测；
3. 违规承诺收益或者承担损失；
4. 诋毁其他基金管理人、托管人或者基金份额发售机构。

第四节　我国基金信息披露制度体系

我国基金信息披露制度体系可分为国家法律、部门规章、规范性文件与自律性规则四个层次。

一、基金信息披露的国家法律

我国法律对基金信息披露的规范主要体现在《证券投资基金法》中。《证券投资基金法》对公开披露基金信息的主要原则、主要文件、公开披露基金信息的禁止性行为都作了明确的规定。

二、基金信息披露的部门规章

基金信息披露的部门规章主要体现在《基金信息披露管理办法》中。它对基金信息披露义务人进行了细化，并对各类基金信息披露的具体披露时间和披露方式、信息披露事务管理等方面作了详细的规定。

三、基金信息披露的规范性文件

我国基金信息披露的规范性文件分为三类：基金信息披露内容与格式准则、基金信息披露编报规则、《基金信息披露 XBRL 标引规范》及相关 XBRL 模板。

基金信息披露内容与格式准则主要对各类披露文件的内容与格式进行规范，具体包括：第 1 号《上市交易公告书的内容与格式》、第 2 号《年度报告的内容与格式》、第 3 号《半年度报告的内容与格式》、第 4 号《季度报告的内容与格式》、第 5 号《招募说明书的内容与格式》、第 6 号《基金合同的内容与格式》和第 7 号《托管协议的内容与格式》。

基金信息披露编报规则主要对披露文件中特定部分或特殊基金品种的披露进行规范，具体包括：第 1 号《主要财务指标的计算及披露》、第 2 号《基金净值表现的编制及披露》、第 3 号《会计报表附注的编制及披露》、第 4 号《基金投资组合报告的编制及披露》和第 5 号《货币市场基金信息披露特别规定》。

《基金信息披露 XBRL 标引规范》是在 XBRL 国际组织最新的技术规范框架下，根据我国会计准则和基金披露法规定义的词汇表，于 2008 年由中国证监会发布实施的规范性文件。基金信息披露 XBRL 模板具体包括：《基金信息披露 XBRL 模板第 1 号〈季度报告〉》、《基金信息披露 XBRL 模板第 2 号(净值公告)》等文件。

四、基金信息披露自律性规则

在证券交易所上市交易的基金信息披露应遵守证券交易所的业务规则，如《上海证券交易所证券投资基金上市规则》和《深圳证券交易所证券投资基金上市规则》。

第五节　基金主要当事人的信息披露义务

一、基金管理人的信息披露义务

第一，向中国证监会提交基金合同草案、托管协议草案、招募说明书草案等募集申请材料。

第二，在基金合同生效的次日在指定报刊和管理人网站上登载基金合同生效公告。

第三，开放式基金合同生效后每 6 个月结束之日起 45 日内，将更新的招募说明书登载在管理人网站上，更新的招募说明书摘要登载在指定报刊上，在公告的 15 日前，应向中国证监会报送更新的招募说明书并就更新内容提供书面说明。

第四，基金拟在证券交易所上市的，应向交易所提交上市交易公告书等上市申请材料。

第五，至少每周公告一次封闭式基金的资产净值和份额净值。开放式基金在开始办理申购或者赎回前，至少每周公告一次资产净值和份额净值，放开申购赎回后，应于每个开放日的次日披露基金份额净值和份额累计净值。

第六，在每年结束后90日内，在指定报刊上披露年度报告摘要，在管理人网站上披露年度报告全文。在上半年结束后60日内，在指定报刊上披露半年度报告摘要，在管理人网站上披露半年度报告全文。在每季结束后15个工作日内，在指定报刊和管理人网站上披露基金季度报告。上述定期报告在披露的第2个工作日，应分别报中国证监会及其证监局、基金上市的证券交易所备案。对于当期基金合同生效不足2个月的基金，可以不编制上述定期报告。

第七，当发生对基金份额持有人权益或者基金价格产生重大影响的事件时，应在2日内编制并披露临时报告书，并分别报中国证监会及其派出机构备案。封闭式基金还应在披露临时报告前送基金上市的证券交易所审核。

第八，当媒体报道或市场流传的消息可能对基金价格产生误导性影响或引起较大波动时，管理人应在知悉后立即对该消息进行公开澄清，将有关情况报告中国证监会及基金上市的证券交易所。

第九，管理人召集基金份额持有人大会的，应至少提前30日公告大会的召开时间、会议形式、审议事项、议事程序和表决方式等事项。会议召开后，应将持有人大会决定的事项报中国证监会核准或备案，并予公告。

第十，基金管理人职责终止时，应聘请会计师事务所对基金财产进行审计，并将审计结果予以公告，同时报中国证监会备案。除依法披露基金财产管理业务活动相关的事项外，对管理人运用固有资金进行基金投资的事项，基金管理人也应履行相关披露义务。

二、基金托管人的信息披露义务

基金托管人的信息披露义务主要是办理与基金托管业务活动有关的信息披露事项，具体涉及基金资产保管、代理清算交割、会计核算、净值复核、投资运作监督等环节。

第一，在基金份额发售的3日前，将基金合同、托管协议登载在托管人网站上。

第二，对基金管理人编制的基金资产净值、份额净值、申购赎回价格、基金定期报告和定期更新的招募说明书等公开披露的相关基金信息进行复核、审查，并向基金管理人出具书面文件或者盖章确认。

第三，在基金年度报告中出具托管人报告，对报告期内托管人是否尽职尽责履行义务以及管理人是否遵规守约等情况作出声明。

第四，当基金发生涉及托管人及托管业务的重大事件时，应当在事件发生之日起2日内编制并披露临时公告书，并报中国证监会及其派出机构备案。

第五，托管人召集基金份额持有人大会的，应至少提前30日公告大会的召开时间、会议形式、审议事项、议事程序和表决方式等事项。会议召开后，应将持有人大会决定的事项报中国证监会核准或备案，并予公告。

第六，基金托管人职责终止时，应聘请会计师事务所对基金财产进行审计，并将审计结果予以公告，同时报中国证监会备案。

三、基金份额持有人的信息披露义务

作为基金份额持有人，他的信息披露义务主要体现在与基金份额持有人大会相关的披露义务上。根据《证券投资基金法》的规定，当代表基金份额10%以上的基金份额持有人就同一事项要求召开持有人大会，而管理人和托管人都不召集的时候，代表基金份额10%以上的持有人有权自行召集。此时，该类持有人应至少提前30日公告持有人大会的召开时间、会议形式、审议事项、议事程序和表决方式等事项。

会议召开后，如果基金管理人和托管人对持有人大会决定的事项不履行信息披露义务的，召集基金持有人大会的基金份额持有人应当履行相关的信息披露义务。

第六节　基金募集信息披露

一、申请设立基金时的信息披露

申请设立基金时，基金发起人应当按照规定的内容与格式，向中国证监会提交基金合同、托管协议和招募说明书。

基金设立申请获得批准后，基金发起人应在指定报刊上刊载招募说明书和发行公告，基金募集成功后要发布基金成立公告。

基金成立后，封闭式基金可申请上市交易，上市前2天刊登上市公告书。

开放式基金要按照招募说明书的时间要求，刊登申购赎回开始的公告。

在这些信息披露文件中，最重要的是招募说明书和上市公告书。

二、基金招募说明书

编制人：在申请募集资金时，证券投资基金的发起人应编制招募说明书。

编制原则：凡对投资者作出投资判断有重大影响或有助于其作出投资决策的信息，无论法规是否有规定，均应予以充分披露。

表述要求：使用浅显易懂、符合相关法律、法规规定的语言，以便非专业投资者准确了解基金情况。不得登载任何个人或机构的祝贺性、恭维性、推荐性、宣传性用语。

三、基金合同

基金合同是约定基金管理人、基金托管人和基金份额持有人权利义务关系的重要法律文件，投资者缴纳基金份额认购款时，即表明其对基金合同的承认和接受，此时基金合同成立。基金合同包含以下两类重要信息：

1. 基金投资运作安排和基金份额发售安排方面的信息。例如，基金运作方式，运作费用，基金发售、交易、申购、赎回的相关安排，基金投资基本要素，基金估值和净值公告等事项。此类信息一般也会在基金招募说明书中出现。

2. 基金合同特别约定的事项，包括基金各当事人的权利义务、基金持有人大会、基金合同终止等方面的信息。

第七节　基金运作信息披露

一、上市公告书

编制人：封闭式基金获准在证券交易所上市交易时，基金管理人编制基金上市公告书，经基金托管人复核后，在上市交易日前2个工作日内刊登在指定报刊上，同时一式两份分别报送中国证监会和上市的证券交易所备案。

时间要求：上市公告书中基金财务资料报告期间终止日距上市交易日不得超过30日。

二、基金持续运作中的信息披露的形式

基金持续运作环节的信息披露文件主要包括公开说明书、定期报告（年度报告、中期报告、投资组合报告、基金资产净值公告）、临时报告、澄清公告与说明、其他公告等。

对经常考查的披露文件的形式作一特别说明：

（一）年度报告

基金年度报告由基金管理人编制，并经过基金托管人的复核。披露时间为每个基金会计年度结束后90日内，应当在指定的全国性报刊上刊登，并一式五份报送中国证监会和基金上市的证券交易所备案。

（二）中期报告

中期报告也称半年度报告，由基金管理人编制，并经过基金托管人的复核。

应当于每个会计年度的前6个月结束后60日内编制完成中期报告，并将半年度报告正文登载在网站上，将半年度报告摘要登载在指定报刊上。与年度报告相比，半年度报告的披露有以下特点：

1. 半年度报告不要求进行审计。

2. 半年度报告只需披露当期的数据和指标；而年度报告应提供最近3个会计年度的主要会计数据和财务指标。

3. 半年度报告披露净值增长率列表的时间段与年度报告有所不同。半年度报告无须披露近3年每年的净值增长率，也无须披露近3年每年的基金收益分配情况。

4. 半年度报告的管理人报告无须披露内部监察报告。

5. 会计报表附注的披露。半年度会计报表附注重点披露比上年度财务会计报告更新的信息，并遵循重要性原则进行披露。

6. 重大事件揭示中，半年度报告只报告期内改聘会计师事务所的情况，无须披露支付给聘任会计师事务所的报酬及事务所已提供审计服务的年限等。

7. 半年度报告摘要的会计报表附注无须对重要的报表项目进行说明；而年度报告摘要的报表附注在说明报表项目部分时，则因审计意见的不同而有所差别。

（三）基金资产净值公告

封闭式基金的资产净值应至少每周在指定的全国性报刊上公告一次，内容为基金规模、单位基金资产净值、单位基金累计净值等。

开放式基金应规定每周至少 1 天为基金开放日，每个开放日后 1 天公告开放日单位基金资产净值和单位基金累计净值等。

第八节 基金临时信息披露

一、基金临时报告的披露

对于重大性的界定，我国基金信息披露法规采用较为灵活的标准，即影响投资者决策标准或者影响证券市场价格标准。如果预期某种信息可能对基金份额持有人权益或者基金份额的价格产生重大影响，则该信息为重大信息，相关事件为重大事件，信息披露义务人应当在重大事件发生之日起 2 日内编制并披露临时报告书。

二、基金的重大事件

基金的重大事件可包括：基金份额持有人大会的召开；提前终止基金合同；延长基金合同期限；转换基金运作方式；更换基金管理人或托管人；基金管理人的董事长、总经理及其他高级管理人员、基金经理和基金托管人的基金托管部门负责人发生变动；涉及基金管理人、基金财产、基金托管业务的诉讼；基金份额净值计价错误达基金份额净值的 0.5%；开放式基金发生巨额赎回并延期支付；等等。

三、基金澄清公告的披露

由于上市交易基金的市场价格等事项可能受到谣言、猜测和投机等因素的影响，为防止投资者误将这些因素视为重大信息，基金信息披露义务人还有义务发布公告对这些谣言或猜测进行澄清。

第九节 特殊基金品种的信息披露

一、货币市场基金收益公告的披露

货币市场基金收益公告主要指每万份基金净收益和 7 日年化收益率。由于货币市场基金每日分配收益，其净值保持在 1 元不变，因此，货币市场基金没有必要像其他类型基金那样定期披露基金份额净值信息，而是披露收益。按照披露时间段不同，收益公告可分为三类，即封闭期的收益公告、开放日的收益公告和节假日的收益公告。

1. 封闭期的收益公告。货币市场基金的基金合同生效后，基金管理人在开始办理基金份额申购或者赎回当日,在中国证监会指定的报刊和基金管理人网站上披露截至前一日的基金资产净值、基金合同生效至前一日期间的每万份基金净收益、前一日的最近7日年化收益率。

2. 开放日的收益公告。货币市场基金应至少于每个开放日的次日在中国证监会指定报刊和管理人网站上披露开放日每万份基金净收益和7日年化收益率。

3. 节假日的收益公告。货币市场基金放开申购赎回后,若遇法定节假日,应于节假日结束后第二个自然日,披露节假日期间的每万份基金净收益、节假日最后一日的7日年化收益率,以及节假日后首个开放日的每万份基金净收益和7日年化收益率。

二、QDII基金的信息披露

1. 信息披露所使用的语言及币种选择

可同时采用中、英文,并以中文为准,可单独或同时以人民币、美元等主要外汇币种计算并披露净值信息。

2. 基金合同、招募说明书中的特殊披露要求

(1) 境外投资顾问和境外托管人信息。

(2) 投资交易信息。

(3) 投资境外市场可能产生的风险信息。

3. 净值信息的披露要求 QDII基金应至少每周计算并披露一次净值信息。QDII基金的净值在估值日后2个工作日内披露。

4. 定期报告中的特殊披露要求

(1) 境外投资顾问和境外资产托管人信息。

(2) 境外证券投资信息。

(3) 外币交易及外币折算相关的信息。

5. 临时公告中的特殊披露要求(略)

第十节　同步强化训练

一、单选题

1. 基金合同一旦中止,基金财产就进入(　　)程序。

A. 准备　　B. 运作　　C. 募集　　D. 清算

【答案】 D

2. 每个季度结束后(　　)个工作日内,基金管理人应在指定报刊和管理人网站上披露基金季度报告。

A. 10　　B. 12　　C. 20　　D. 15

【答案】 D

【解析】 基金季度报告主要包括基金概况,主要财务指标和净值表现,管理人报告,投资组合报告,开放式基金份额变动等内容,它一般在每个季度结束后15个工作日内。由

基金管理人在指定报刊和网站予以披露。

3. 当影子定价所确定的基金资产净值超过摊余成本法计算的基金资产净值(即产生正偏离)时,表明基金组合中存在(　　)。

A. 浮亏　　B. 先浮亏后浮盈

C. 浮盈　　D. 先浮盈后浮亏

【答案】C

【解析】当影子定价所确定的基金资产净值超过摊余成本法计算的基金资产净值(即产生正偏离)时,表明基金组合中存在浮盈;反之,当存在负偏离时,则基金组合中存在浮亏。

4. (　　)是指披露中存在应披露而未披露的信息,以至于影响投资者作出正确决策。

A. 虚假陈述　　B. 误导性陈述

C. 重大遗漏　　D. 对证券投资业绩进行预测

【答案】C

5. 以下哪种基金不仅计提管理费和托管费,还计提销售服务费用?(　　)

A. 证券衍生工具基金　　B. 股票基金

C. 债券基金　　D. 货币市场基金

【答案】D

6. 资本市场的基础是信息披露,(　　)体现了对信息质量的最低要求。

A. 全面性　　B. 真实性　　C. 时效性　　D. 公平性

【答案】B

【解析】真实性是对基金信息披露质量的最低要求。资本市场的基础是信息披露,而信息披露的核心是信息的真实性。公开披露的基金信息应当真实、准确,不得有虚假记载或误导性陈述。

7. 以下属于基金运作披露的信息是(　　)。

A. 招募说明书　　B. 基金合同

C. 上市交易公告书　　D. 基金份额发售公告

【答案】C

【解析】基金运作披露文件包括:基金份额上市交易公告书、基金资产净值和份额净值公告、基金年度报告、半年度报告、季度报告。招募说明书、基金合同、基金份额发售公告属于基金募集披露的信息。

8. (　　)要求信息披露的表述应当简明扼要、通俗易懂,避免使用冗长、技术性用语。

A. 规范性原则　　B. 易解性原则

C. 易得性原则　　D. 公平披露原则

【答案】B

9. (　　)是约定基金管理人、基金托管人和基金份额持有人权利义务关系的重要法律文件。

A. 招募说明书　　B. 基金合同

C. 托管协议　　D. 基金份额发售公告

【答案】B

10. 以下说法错误的是（　　）。

A. 上市公告书、年度报告、中期报告在编制完成后，应放置于基金管理人所在地、基金托管人所在地、上市交易的证券交易所、有关销售机构及其网点供公众查阅

B. 凡在上半年设立的基金，其该次中期报告可不编制

C. 凡在下半年设立的基金，自其设立起至年度末不足 2 个月的，其该次年度报告可不编制

D. 凡在下半年设立的基金，凡自设立日起至季度末不足 1 个月的基金，其该次投资组合公告可不编制

【答案】D

【解析】凡自设立日起至季度末不足 2 个月的基金，其该次投资组合公告可不编制。注意两点：其一，这一情况没有"在下半年设立"这一限制；其二，应是不足 2 个月而非 1 个月。

11. 下列不属于招募说明书包含的信息的是（　　）。

A. 基金收益分配原则和方式

B. 基金运作方式

C. 从基金资产中列支的费用的种类

D. 基金份额的发售、交易、申购、赎回的约定

【答案】A

【解析】基金收益分配原则和方式不属于招募说明书包含的信息，它属于基金合同应包括的信息。

12. 货币市场基金每（　　）分配收益，份额净值保持 1 元不变。

A. 日　　B. 周　　C. 月　　D. 季度

【答案】A

二、多选题

1. 托管人召集基金份额持有人大会，应提前公告大会的事项有（　　）。

A. 会议形式　　B. 审议事项　　C. 议事程序　　D. 表决方式

【答案】ABCD

2. 基金管理人信息披露事项具体涉及的环节有（　　）。

A. 基金募集　　B. 上市交易　　C. 投资运作　　D. 净值披露

【答案】ABCD

【解析】对于基金管理人来说，主要负责办理与基金财产管理业务活动有关的信息披露事项，具体涉及基金募集、上市交易、投资运作、净值披露等各环节。

3. 证券投资基金的定期报告包括（　　）。

A. 基金年度报告　　B. 基金半年度报告

C. 基金季度报告　　D. 公开说明书

【答案】 ABC

【解析】 基金的信息披露大致可分为募集信息披露、运作信息披露和临时信息披露三大类，其中基金年度报告、半年度报告、季度报告统称为“基金定期报告”。

4. 加强基金信息披露对实现资本市场的公平、公正、公开原则，推动基金市场发展具有重要意义，主要表现在（　　）。

A. 有利于投资者的价值判断　　B. 防止信息滥用

C. 有利于提高证券市场的效率　　D. 有利于防止利益冲突与利益输送

【答案】 ABCD

【解析】 基金信息披露的作用主要表现在以下几个方面：(1)有利于投资者的价值判断；(2)有利于防止利益冲突与利益输送；(3)有利于提高证券市场的效率；(4)有效防止信息滥用。

5. 货币市场基金投资组合报告主要披露项目包括（　　）。

A. 报告期末的基金资产组合　　B. 报告期债券回购融资情况

C. 投资组合平均剩余期限　　D. 期末债券投资组合

E. 投资组合报告附注

【答案】 ABCDE

【解析】 投资组合报告主要披露项目包括：报告期末的基金资产组合、报告期债券回购融资情况、投资组合平均剩余期限、期末债券投资组合、摊余成本法与影子定价法确定的基金资产净值的偏离、投资组合报告附注。

6. 基金年度报告中的投资组合报告应披露的信息有（　　）。

A. 期末基金资产组合

B. 期末按市值占基金资产净值比例大小排序的所有股票明细

C. 报告期内股票投资组合的重大变动

D. 期末按市值占基金资产净值比例大小排序的前20名

【答案】 ABC

7. 基金运作信息披露文件主要包括季度报告、半年度报告、年度报告、（　　）等。

A. 净值公告　　B. 基金招募说明书

C. 基金上市交易公告书　　D. 基金临时公告

【答案】 AC

【解析】 基金招募说明书属于基金募集信息披露。

8. 基金信息披露的规范性文件有（　　）。

A.《基金信息披露管理办法》　　B.《年度报告的内容与格式》

C.《招募说明书的内容与格式》　　D.《货币市场基金信息披露特别规定》

【答案】 BCD

【解析】《基金信息披露管理办法》为基金信息披露的部门规章。

9. 投资组合公告的披露事项主要包括（　　）。

A. 按行业分类的股票投资组合

B. 股票市价合计

C. 国债、货币资金合计

D. 按市值占基金资产净值比例大小排序的前10名股票明细

【答案】ABCD

【解析】投资组合公告的披露事项主要包括：

(1) 按行业分类的股票投资组合(股数、市值占基金资产净值的比例)及股票市价合计；

(2) 债券市价(不含国债)合计；

(3) 国债、货币资金合计；

(4) 列示基金投资中，按市值占基金资产净值比例大小排序的前10名股票明细，至少应当包括股票名称、数量、市值占基金资产净值比例(%)；

(5) 基金投资组合的报告附注应当披露以下项目：资产的估值方法、流通转让受到严格限制的资产、货币资金及其他资产构成、是否存在购入成本占基金资产净值超过10%的股票等。

10. 基金管理人采用影子定价于每一估值日对基金资产进行重新估值时(　　)。

A. 当影子定价所确定的基金资产净值超过摊余成本法计算的基金资产净值(即产生正偏离)时，表明基金组合中存在浮盈

B. 当存在负偏离时，则基金组合中存在浮亏

C. 若基金投资组合的平均剩余期限和融资比例较高，则该基金隐含的风险较小

D. 当偏离达到一定程度时，货币市场基金应刊登偏离度信息

【答案】ABD

11. 在基金信息披露中，以下被禁止的行为有(　　)。

A. 不存在的事实在基金信息披露文件中予以记载

B. 存在应披露而未披露的信息

C. 表扬其他基金管理人、托管人

D. 承诺收益或承担损失

【答案】ABD

12. 根据《证券投资基金法》，(　　)等事项均需要通过基金份额持有人大会审议通过。

A. 基金投资的具体对象

B. 提高管理人或托管人的报酬标准

C. 转换基金运作方式

D. 提前终止基金合同

【答案】BCD

【解析】根据《证券投资基金法》，提前终止基金合同、转换基金运作方式、提高管理人或托管人的报酬标准、更换管理人或托管人等事项均需要通过基金份额持有人大会审议通过。

13. 基金信息披露的内容主要包括(　　)。

A. 募集信息披露

B. 投资回报信息披露

C. 运作信息披露

D. 临时信息披露

【答案】ACD

【解析】基金信息披露大致可分为基金募集信息披露、运作信息披露和临时信息披露三大类。

14. 下列属于定期报告的信息披露文件是(　　)。

A. 公开说明书　　B. 投资组合报告

C. 基金资产净值报告　　D. 中期报告

【答案】BCD

【解析】属于定期报告的信息披露文件主要有:投资组合报告、基金资产净值报告、年度报告和中期报告。公开说明书是应当定期披露的文件,但并不属于定期报告。

三、判断题(正确的填 A,不正确的填 B)

1.《证券投资基金信息披露管理办法》对公开披露基金信息的主要原则、主要文件、公开披露基金信息的禁止性行为作了明确的规定。(　　)

【答案】B

【解析】《证券投资基金法》对公开披露基金信息的主要原则、主要文件、公开披露基金信息的禁止性行为作了明确的规定。

2. 基金份额上市交易公告书是基金募集阶段需要披露的文件。(　　)

【答案】B

3. 基金托管人的信息披露事项具体涉及基金资产保管、代理清算交割、会计核算、净值复核、投资运作监督等环节。(　　)

【答案】A

4. 封闭式证券投资基金可以上市交易。(　　)

【答案】A

【解析】封闭式基金成立后,可申请上市交易;上市前 2 天刊登上市公告书。

5. 每个季度结束后 10 个工作日内,基金管理人应编制完成投资组合公告,经基金托管人复核后予以公告,同时分别报送中国证监会和基金上市的证券交易所备案。(　　)

【答案】B

【解析】应当是每个季度结束后 15 个工作日内。

6. 基金信息披露义务人将不存在的事实在基金信息披露文件中予以记载属于严重的违法犯罪行为。(　　)

【答案】A

7. 证券业协会是基金信息披露的主要义务人。(　　)

【答案】B

【解析】证券业协会是自律性组织,不是基金信息披露的主要义务人。

8. 基金合同成立的前提是投资人缴纳基金份额认购款项。(　　)

【答案】A

【解析】投资者缴纳基金份额认购款项时,即表明其对基金合同的承认和接受,此时基金合同成立。

9. 年度报告的披露时间为每个基金会计年度结束后 60 日内,基金管理人应当在指定的全国性报刊上刊登,并一式五份报送中国证监会和基金上市的证券交易所备

案。( )

【答案】B

【解析】年度报告的披露时间应当为每个基金会计年度结束后 90 日内。

10. 封闭式基金的资产净值应至少每月在指定的全国性报刊上公告一次。( )

【答案】B

【解析】封闭式基金的资产净值应至少每周在指定的全国性报刊上公告一次,开放式基金由基金管理人在每个开放日后的第一天公告。

11. 本期利润是目前较为合理的评价基金业绩表现的指标。( )

【答案】B

12. 不同运作方式的基金,基金产品的流动性不同。( )

【答案】A

13. 基金管理人只能在指定报刊上披露信息。( )

【答案】B

【解析】基金管理人除在中国证监会指定的全国性报刊上披露信息外,还可以根据需要在其他报刊上披露信息,但应当保证:指定报刊不晚于非指定报刊披露信息;在不同报刊上披露同一信息的内容一致。

14. 在任何公共传播媒介中出现或在市场上流传的信息可能对基金价格产生误导性影响或引起较大波动时,相关的信息披露义务人应当立即对该信息进行公开澄清,并将有关情况立即报送中国证监会和基金上市交易的证券交易所。( )

【答案】A

【解析】基金的不定期信息披露包括临时报告和澄清公告与说明两项,本题考查了后者的具体表现。

15. 对报表内未提供的、或披露不详尽的内容需要在基金财务报表附注中作进一步的解释说明。( )

【答案】A

第十章 基金监管

第一节　本章知识框架

- 基金监管概述
  - 基金监管的含义与作用
  - 基金监管的目标
  - 基金监管的原则
  - 基金监管法律体系
- 基金监管机构和自律组织
  - 中国证监会对基金的监管
  - 中国证券业协会的行业自律管理
  - 证券交易所的一线监管
- 基金服务机构监管
  - 基金管理公司市场准入监管
  - 基金管理公司的日常监管
  - 日常监督的主要方式与处罚措施
  - 对基金托管人的监管
  - 基金销售机构和注册登记机构的监管
- 基金运作监管
  - 对基金募集申请的核准
  - 对证券投资基金投资范围的规定
  - 基金销售活动的监管
  - 对证券投资基金投资比例的规定
  - 对货币市场基金投资的相关规定
- 基金行业高级管理人员监管
  - 对基金高管人员资格管理的重要性
  - 对基金行业高级管理人员的资格管理
  - 独立董事应具备的条件
  - 监管手段

第二节 本章复习提示

了解基金监管的含义与作用,熟悉基金监管的目标,掌握基金监管的原则,了解我国基金行业监管的法规体系。

熟悉基金监管机构对基金市场的监管,了解行业协会、证券交易所对基金行业的自律管理。

掌握对基金管理公司市场准入监管与日常监管的内容;了解对基金托管银行的监管;掌握对基金代销机构的监管;了解对基金登记机构的监管。

掌握基金募集申请核准的主要程序和内容;掌握基金销售活动监管的内容;熟悉基金信息披露监管的内容;掌握基金投资与交易行为监管的内容。

了解加强对基金行业高级管理人员监管的重要性;了解基金行业高级管理人员的任职资格条件;掌握对基金行业高级管理人员的基本行为规范;掌握对投资管理人员的基本行为规范;了解对基金管理公司督察长的监督管理。

第三节 基金监管概述

一、基金监管的含义与作用

基金监管是指监管部门运用法律的、经济的以及必要的行政手段,对基金市场参与者行为进行的监督与管理。

基金监管对于维护证券市场的良好秩序、提高证券市场的效率、保护基金持有人利益均具有重大意义,是证券市场监管体系中不可缺少的组成部分。由于基金这一投资工具的大众性,世界各国普遍都建立了一套行之有效的监管体系,对基金采取相对严格的监管措施。监管体系由监管目标、监管原则、监管机构、监管对象、监管内容、监管手段等组成。

二、基金监管的目标

国际证监会组织于 1998 年《证券监管目标与原则》中规定,证券监管的目标主要有三个:第一,保护投资者的利益;第二,保证市场的公平、效率和透明;第三,降低系统风险。这三个目标同样适用于基金监管。

我国基金监管的具体目标包括:(1)保护投资者利益;(2)保证市场的公平、效率和透明;(3)降低系统风险;(4)推动基金业的规范发展。

三、基金监管的原则

我国基金监管的原则包括:(1)依法监管原则;(2)“三公”原则;(3)监管与自律并重

原则;(4)监管的连续性和有效性原则。

【提示】对一些经常考查的原则作一些补充说明:"三公"原则是指证券市场的公开、公平、公正的原则,同样适用于基金市场。

四、基金监管法律体系

基金监管作为一种政府行政行为,必须依法开展。基金监管的法律体系是基金监管体系的重要组成部分。我国基金业经过近 10 年时间的规范发展,已经初步形成了一套以《证券投资基金法》为核心、各类部门规章和规范性文件为配套的完善的基金监管法律法规体系。

第四节　基金监管机构和自律组织

一、中国证监会对基金的监管

监管对象:中国证监会对证券投资基金的监管包括对基金管理公司、基金托管人和证券投资基金设立申请的核准以及对已设立的基金管理公司、基金托管人和证券投资基金的日常监管。日常持续监管一般是对基金从业机构日常经营活动、相关人员从业行为、基金运作各环节的监管。日常持续监管方式主要有现场检查和非现场检查两种。

二、中国证券业协会的行业自律管理

中国证券业协会是具有独立法人地位的、由经营证券业务的金融机构自愿组成的行业性自律组织。2002 年 12 月 4 日,中国证券业协会证券投资基金业委员会成立,承接原基金公会的职能和任务。

证券投资基金业委员会的作用:成为联系基金业的纽带;成为收集、反映基金业情况的重要渠道;成为集中行业智慧与力量的平台。

证券投资基金业委员会的主要职责:调查、收集、反映业内意见和建议;研究、论证业内相关政策与方案;草拟或审议证券投资基金业务有关规则、执业标准、工作指引和自律公约;协助开展业内教育培训、国际交流与合作等,其宗旨是推动业务创新,完善行业自律,维护会员合法权益,集中全行业的智慧和资源,为基金业的发展服务。

自律监管的方式与内容:主要是通过制订工作计划,大力开展基金业宣传活动,树立行业形象,正确引导社会公众对基金市场的认识;建立行业教育培训体系,全面提高基金从业人员素质;加大研究力度,对关系基金业发展的重点、难点、热点问题进行深入研究,促进基金业的健康发展。

自律监管的核心内容是从业人员资格管理。

三、证券交易所的一线监管

证券交易所最基本的功能有两个:一是提供交易市场;二是维护市场秩序。

证券交易所对基金的监管相应地表现为对基金上市的管理和对基金投资行为的监管。

1. 证券交易所对基金上市的管理

我国沪、深交易所均制定了《证券投资基金上市规则》和其他类型基金的业务指引，对在证券交易所挂牌上市的封闭式证券投资基金、交易型开放式指数基金、上市开放式基金的上市条件、上市申请、上市公告书、信息披露的原则和要求、上市费用等作出了详细规定。

2. 证券交易所对基金投资的监管

监管内容包括两个方面：一方面是对投资者买卖基金的交易行为的合法、合规性进行监管；另一方面是对证券投资基金在证券市场的投资行为进行监控和管理。

证券交易所可视情况进行以下处理：

(1) 电话提示，要求基金管理公司或有关基金经理作出解释；

(2) 书面警告；

(3) 公开谴责；

(4) 对异常交易程度和性质的认定有争议的，书面报告证监会。

第五节 基金服务机构监管

一、基金管理公司市场准入监管

(一) 基金管理公司设立审核

设立基金管理公司应经中国证监会批准。设立基金管理公司必须在股东资格、公司章程、注册资本、从业人员资格、内部制度、组织机构、营业场所等方面符合《证券投资基金法》和《证券投资基金管理公司管理办法》规定的条件，同时向中国证监会提交书面申请。

(二) 基金管理公司重大事项变更审核

基金管理公司下列重大事项变更需经中国证监会批准：变更股东、注册资本或者股东出资比例，变更名称、住所，修改章程。

(三) 基金管理公司分支机构设立审核

基金管理公司可以设立分公司，或者中国证监会规定的其他形式的分支机构，如办事处，并得到中国证监会批准。基金管理公司设立分支机构，应向中国证监会报送申请材料。

(四) 基金管理公司股权处置监管

2006 年 5 月，中国证监会发布《关于规范基金管理公司设立及股权处置有关问题的通知》，对基金管理公司的股权处置作了详细规范。

第一，在股权出让或受让方面，法规要求：持有基金管理公司股权未满 1 年的股东，不得将所持股权出让；股东持有的基金管理公司股权被出质、被人民法院采取财产保全或者执行措施期间，中国证监会不受理其设立基金管理公司或受让基金管理公司股权的申请；出让基金管理公司股权未满3年的机构，中国证监会不受理其设立基金管理公司或受让基金管理公司股权的申请。

第二，在持股目的方面，法规规定，基金管理公司股东不得为其他机构代持基金管理公司的股权，不得委托其他机构代持基金管理公司的股权。股东及其实际控制人不得以任何形式占用基金管理公司资产。

第三，当基金管理公司主要股东被采取责令停业整顿、指定托管、接管或撤销等监管措施，或进入破产、清算程序时，法规要求基金管理公司董事、高级管理人员、股东及有关各方应遵循相关要求。

二、基金管理公司的日常监管

（一）公司治理监管

第一，公司是否按照有关法律法规的要求建立起了组织机构健全、职责划分清晰、制衡监督有效、激励约束合理的法人治理结构。

第二，公司是否明确股东会的职权范围和议事规则，股东是否严格履行义务。

第三，公司是否明确董事会的职权范围和议事规则；董事会是否按照法律法规和公司章程规定制定公司基本制度、决策有关重大事项，监督、奖惩经营管理人员。

第四，公司董事是否具有履行职责所必需的素质、能力和时间，独立董事是否独立并有效履行职权。

第五，公司监事会或执行监事是否切实履行监督职责。

第六，公司是否明确经理层的职权，经理层人员是否独立、合规、勤勉、审慎地行使职权。

第七，公司是否建立健全督察长制度，督察长是否坚持原则、独立客观地履行职责。

第八，公司是否建立有效制度防范不正当关联交易。

（二）内部控制监管

中国证监会对基金管理公司内部控制情况的监督检查是日常监管的重点。

（三）经营运作

中国证监会在对基金管理公司的日常监管中，应密切关注公司本身的日常经营运作及风险状况。

三、日常监督的主要方式与处罚措施

中国证监会对基金管理公司进行日常监管的主要方式包括非现场检查和现场检查。

四、对基金托管人的监管

基金托管人资格审批必须经中国证监会和中国银监会审查批准，目前具有基金托管资格的商业银行包括中国工商银行、中国建设银行、中国农业银行、中国银行、交通银行、招商银行、光大银行、浦发银行、中信银行、民生银行、华夏银行、兴业银行、北京银行和深圳发展银行14家银行。

五、基金销售机构和注册登记机构的监管

（一）基金代销机构市场准入监管

根据《基金销售管理办法》的规定，机构拟开办基金代销业务应当首先经中国证监会审核和批准，取得基金代销资格。

（二）基金登记机构准入监管

由于封闭式基金在证券交易所的交易系统内进行竞价交易，因此其登记业务同上市公司的股票一样，由中国证券登记结算有限责任公司办理。

从开放式基金实践的情况来看，目前具备办理开放式基金登记业务资格的机构主要包括基金管理公司和中国证券登记结算有限责任公司。

（三）对基金代销机构和登记机构的日常监管

第六节 基金运作监管

一、对基金募集申请的核准

基金募集申请的核准的主要程序和内容包括：

首先，对基金设立申报材料进行齐备性审查。

其次，对基金设立申报材料进行合格性审查。

再次，由基金发行审核专家评议会对基金设立申报材料进行评议。

最后，由中国证监会作出批准或者不予批准的决定。决定批准的，出具批复文件；不予批准的，书面通知基金管理人，并说明理由。

二、对证券投资基金投资范围的规定

1. 股票基金应有60%以上的资产投资于股票，债券基金应有80%以上的资产投资于债券。

2. 货币市场基金仅投资于货币市场工具，不得投资于股票、可转债、剩余期限超过397天的债券、信用等级在AAA级以下的企业债、国内信用等级在AAA级以下的资产支持证券、以定期存款利率为基准利率的浮动利率债券。

3. 基金投资不得有锁定期，但锁定期不明确的证券、货币市场基金、中短债基金不得投资流通受限证券。封闭式基金投资流通受限证券的锁定期不得超过封闭式基金的剩余存续期。

4. 基金投资的资产支持证券必须在全国银行间债券交易市场或证券交易所交易。

三、基金销售活动的监管

基金募集申请获得中国证监会核准前，基金管理人、代销机构不得办理基金销售业务，不得向公众分发、公布基金宣传推介材料或者发售基金份额。基金管理人应当自签

订代销协议之日起7日内，将代销协议报送中国证监会。基金管理人的督察长应当检查基金募集期间基金销售活动的合法、合规情况，并自基金募集行为结束之H起10日内编制专项报告，予以存档备查。

在基金持续销售期间，基金管理人的督察长应当定期检查基金销售活动的合法、合规情况，在监察稽核季度报告中作专项说明，并报送中国证监会。

四、对证券投资基金投资比例的规定

1. 开放式基金应当保持不低于基金资产净值5%的现金或者到期日在1年以内的政府债券，以备支付基金份额持有人的赎回款项，但中国证监会规定的特殊基金品种除外。

2. 基金管理人运用基金财产进行证券投资，不得有下列情形：①一只基金持有一家上市公司的股票，其市值超过基金资产净值的10%；②同一基金管理人管理的全部基金持有一家公司发行的证券，超过该证券的10%；③基金财产参与股票发行申购，单只基金所申报的金额超过该基金的总资产，单只基金所申报的股票数量超过拟发行股票公司本次发行股票的总量；④违反基金合同关于投资范围、投资策略和投资比例等约定；⑤中国证监会规定禁止的其他情形。完全按照有关指数的构成比例进行证券投资的基金品种可以不受第①、②项规定的比例限制。

3. 如果基金名称显示投资方向的，应当有80%以上的非现金基金资产属于投资方向确定的内容。

4. 单只基金在任何交易日买入权证的总金额不得超过上一交易日基金资产净值的5%，单只基金持有的全部权证市值占基金资产净值的比例不得超过3%。

5. 单只基金持有的同一信用级别资产支持证券的比例，不得超过该资产支持证券规模的10%；单只基金投资于同一原始权益人的各类资产支持证券的比例，不得超过该基金资产净值的10%；同一基金管理人管理的全部基金投资于同一原始权益人的各类资产支持证券，不得超过其各类资产支持证券合计规模的10%；单只基金持有的全部资产支持证券，其市值不得超过该基金资产净值的20%，中国证监会规定的特殊品种除外。因市场波动、基金规模变动等基金管理人之外的因素致使基金投资资产支持证券不符合前述第二项、第四项规定的比例，基金管理人应当在10个交易日内调整完毕。

6. 基金管理人应当自基金合同生效之日起6个月内使基金的投资组合比例符合基金合同的有关约定。

7. 1家基金公司通过1家证券公司的交易席位买卖证券的年交易佣金，不得超过其当年所有基金买卖证券交易佣金的30%（新成立的基金管理公司，自管理的首只基金成立后第二年起执行）。

五、对货币市场基金投资的相关规定

按目前法规，货币市场基金的投资应当符合下列规定：

1. 所投资银行存款的存款银行应当是具有证券投资基金托管人资格、证券投资基金代销业务资格或合格境外机构投资者托管人资格的商业银行。存放在具有基金托管资格的同一商业银行的存款,不得超过基金资产净值的30%;存放在不具有基金托管资格的同一商业银行的存款,不得超过基金资产净值的5%。投资于定期存款的比例,不得超过基金资产净值的30%。

2. 投资组合的平均剩余期限在每个交易日均不得超过180天。投资于同一公司发行的短期企业债券的比例,不得超过基金资产净值的10%。不得与基金管理人的股东进行交易,不得通过交易上的安排人为降低投资组合平均剩余期限的真实天数。

3. 在全国银行间债券市场债券正回购的资金余额不得超过基金资产净值的40%。除发生巨额赎回的情形外,货币市场基金的投资组合中,债券正回购的资金余额在每个交易日均不得超过基金资产净值的20%。因发生巨额赎回致使货币市场基金债券正回购的资金余额超过基金资产净值20%的,基金管理人应当在5个交易日内进行调整。

4. 持有的剩余期限不超过397天但剩余存续期超过397天的浮动利率债券的摊余成本总计不得超过当日基金资产净值的20%。

5. 不得投资于以定期存款利率为基准利率的浮动利率债券。买断式回购融入基础债券的剩余期限不得超过397天。

6. 投资于同一公司发行的短期融资券及短期企业债券的比例,合计不得超过基金资产净值的10%。因市场波动、基金规模变动等基金管理人之外的因素致使基金投资不符合上述比例的,基金管理人应当在10个交易日内调整完毕。

7. 投资于同一商业银行发行的次级债的比例不得超过基金资产净值的10%。不得投资于股票、可转换债券、剩余期限超过397天的债券、信用等级在AAA级以下的企业债券等金融工具。

第七节　基金行业高级管理人员监管

基金管理行业的最大特点是受人之托、代人理财。其委托代理机制强化了社会分工,提高了投资效率,但也可能产生严重的道德风险。因此,需要保证基金行业高级管理人员在公司运作和投资管理的决策与执行过程中,始终以基金份额持有人利益最大化为唯一目标。

一、对基金高管人员资格管理的重要性

对基金高管人员的监管具有积极的重要意义,主要表现在以下方面:

1. 有利于规范基金管理公司的运作,保护基金份额持有人利益;

2. 有利于提高基金高管人员的执业素质,加强职业道德教育,促进其自律意识的发挥;

3. 有利于防范基金管理公司的经营风险,及时发现、改正经营管理中的漏洞;

4. 有利于实现信息资源的高效集中与共享,为全面、科学、动态的监管决策提供依据。

二、对基金行业高级管理人员的资格管理

依据《证券投资基金行业高级管理人员任职管理办法》(以下简称《办法》)(于2004年10月1日正式实施)规定，证券投资基金行业高级管理人员是指基金管理公司的董事长、总经理、副总经理、督察长以及实际履行上述职务的其他人员，基金托管银行基金托管部门的总经理、副总经理以及实际履行上述职务的其他人员。

《办法》规定，申请高级管理人员任职资格，应当具备下列条件：

1. 取得基金从业资格；
2. 通过中国证监会或者其授权机构组织的高级管理人员证券投资法律知识考试；
3. 具有3年以上基金、证券、银行等金融相关领域的工作经历及与拟任职务相适应的管理经历，督察长还应当具有法律、会计、监察、稽核等工作经历；
4. 最近3年没有受到证券、银行、工商和税务等行政管理部门的行政处罚。
5. 没有《公司法》、《证券投资基金法》等法律、行政法规规定的不得担任公司董事、监事、经理和基金从业人员的情形；

同时该《办法》第12条规定，基金管理公司董事应当具备上述第4项、第5项的条件。

三、独立董事应具备的条件

依据《证券投资基金行业高级管理人员任职管理办法》规定，独立董事还应当具备下列条件：

1. 具有5年以上金融、法律或者财务的工作经历；
2. 没有《公司法》、《证券投资基金法》等法律、行政法规规定的不得担任公司董事、监事、经理和基金从业人员的情形；
3. 最近3年没有在拟任职的基金管理公司及其股东单位、与拟任职的基金管理公司存在业务联系或者利益关系的机构任职；
4. 与拟任职的基金管理公司的高级管理人员、其他董事、监事、基金经理、财务负责人没有利害关系；
5. 直系亲属不在拟任职的基金管理公司任职；
6. 有履行职责所需要的时间；
7. 最近3年没有受到证券、银行、工商和税务等行政管理部门的行政处罚。

四、监管手段

1. 高级管理人员所在单位以及监管部门的考核。
2. 督察长发现异常情况及时报告。
3. 中国证监会出具警示函，进行监管谈话。
4. 中国证监会建议任职机构暂停或者免除职务。
5. 离任审计、离任审查。
6. 违法违规处理。

第八节 同步强化训练

一、单选题

1. 对基金信息披露进行监管最权威的部门是( )。

A. 中国证监会　　B. 中国人民银行

C. 证券交易所　　D. 证券投资基金业委员会

【答案】A

2. 对基金监管的原则说法不正确的是( )。

A. 基金监管必须依法

B. 基金监管必须做到公正、公平、公开

C. 基金监管只需保证监管效率,不必考虑成本

D. 基金监管必须审慎

【答案】C

3. 基金管理公司应当建立、健全独立董事制度,独立董事人数不得少于( )人。

A. 1　　B. 3　　C. 5　　D. 9

【答案】B

【解析】公司应当建立、健全独立董事制度。独立董事人数不得少于 3 人,且不得少于董事会人数的 1/3。

4. 中国证监会基金监管部对证券投资基金进行日常持续监管的主要方式是( )。

A. 现场检查与非现场检查　　B. 定期与非定期

C. 现场检查与定期检查　　D. 核准与报批

【答案】A

5. ( )作为基金管理人办理开放式基金的登记结算业务,是目前大多数开放式基金采用的模式。

A. 基金管理公司　　B. 商业银行

C. 中国证监会　　D. 中国证券登记结算公司

【答案】A

【解析】基金管理公司作为基金管理人办理开放式基金的登记结算业务,是目前大多数开放式基金采用的模式。基金管理公司的该项业务资格无须另外批准。

6. 基金在全国银行间同业拆借市场中的债券回购最长期限为( )。

A. 1 个月　　B. 半年　　C. 1 年　　D. 2 年

【答案】C

【解析】在全国银行间同业拆解市场进行债券回购的资金不得超过基金资产净值的 40%;基金在全国银行间同业拆解市场中的债券回购最长期限为 1 年,债券回购到期后不得展期。

7. 对证券公司申请基金代销业务资格应具备的条件,下列说法不正确的是( )。

A. 有专门负责基金代销业务的部门

B. 最近 2 年没有挪用客户资产等损害客户利益的行为

C. 净资本等财务风险监控指标符合有关规定

D. 最近 3 年没有代理投资人从事证券买卖的行为

【答案】D

8. 基金份额持有人的认购、申购、赎回资金以(　　)名义单独立户管理。

A. 基金管理公司资金　　B. 基金

C. 投资资金　　D. 以上都错误

【答案】B

【解析】基金份额持有人的认购、申购、赎回资金以基金名义单独立户管理,并全额存入托管银行。

9. 基金行业高级管理人员在公司运作和投资管理的决策与执行过程中,应该始终以(　　)为唯一目标。

A. 基金管理公司财富最大化

B. 实现基金市场“三公”原则

C. 基金份额持有人利益最大化

D. 基金管理公司价值最大化

【答案】C

【解析】高级管理人员应当维护所管理基金的合法权益,在基金份额持有人的利益与基金管理公司、基金托管银行的利益发生冲突时,应当坚持基金份额持有人利益优先的原则。

10. 我国对基金募集申请实行的是(　　)。

A. 核准制　　B. 注册制　　C. 公司制　　D. 契约制

【答案】A

11. 在下列基金信息披露制度框架体系中,不属于部门规章的是(　　)。

A.《基金管理公司治理准则》

B.《基金运作管理办法》

C.《基金信息披露管理办法》

D.《基金行业高级管理人员任职管理办法》

【答案】A

二、多选题

1. 基金销售活动监管所关注的内容主要涉及(　　)。

A. 销售的基金产品是否经过核准

B. 销售主体是否具备相应资格

C. 基金销售过程中是否遵循适用性原则

D. 基金宣传推介材料的制作、分发和发布是否合规,是否充分揭示相关投资风险

【答案】ABCD

2. 中国证监会基金监管部的主要职能包括(　　)。

A. 负责涉及基金行业的重大政策研究

B. 草拟或制定基金行业的监管规则

C. 对有关基金的行政许可项目进行审核

D. 全面负责对基金管理公司、基金托管行及基金代销机构的监管

【答案】ABCD

3. 我国基金监管的手段主要包括(　　)。

A. 法律手段　　B. 行政手段　　C. 经济手段　　D. 自律手段

【答案】ABC

【解析】基金监管是指监管部门运用法律的、经济的以及必要的行政手段,对基金市场参与者行为进行的监督与管理。因此,监管的手段主要包括法律手段、经济手段和行政手段。

4. 目前,我国基金管理公司的组织形式可以是(　　)。

A. 有限责任公司　　B. 股份有限公司

C. 无限责任公司　　D. 以上都对

【答案】AB

【解析】基金管理公司可以采取有限责任公司、也可以采取股份有限公司的组织形式;基金管理公司采用股份有限公司形式的,应当以发起方式设立。

5. 督察长不得有下列行为(　　)。

A. 擅离职守,无故不履行职责

B. 违反规定授权他人代为履行职责

C. 兼任可能影响其独立性的职务或者从事可能影响其独立性的活动

D. 对基金及公司运作中存在的违法违规行为或者重大风险隐患隐瞒不报或者作出虚假报告

【答案】ABCD

6. 基金公司会员部的职责包括(　　)。

A. 负责基金管理公司和基金托管银行特别会员的联络与业务交流工作

B. 组织推动基金管理公司会员诚信建设,管理诚信信息

C. 调查、收集、反映业内意见和建议,研究、论证业内相关政策与方案

D. 负责基金业务数据统计分析,组织影子定价和权证估值

【答案】ABD

7. 下列具有自律管理职责的机构有(　　)。

A. 基金管理公司　　B. 中国证券业协会

C. 中国证监会　　D. 证券交易所

E. 中国银监会

【答案】BD

【解析】A 项基金管理公司属于中介机构;C、E 两项属于政府监管机构。

8. 基金行业自律管理的方式主要包括(　　)。

A. 通过制订切实可行的工作计划,大力开展基金业宣传活动,树立行业形象,正确

引导社会公众对基金市场的认识

B. 建立行业教育培训体系，全面提高基金从业人员素质

C. 加大研究力度，对关系基金业发展的重点、难点、热点问题进行深入研究，促进基金业的健康发展

D. 通过督察长进行定期检查

【答案】ABC

9. 对基金管理公司的市场准入监管主要包括(　　)。

A. 基金管理公司设立审核　　B. 基金管理公司重大事项变更审核

C. 基金管理公司分支机构设立审核　　D. 公司治理监管

E. 内部控制监管

【答案】ABC

【解析】基金管理公司的市场准入监管主要包括基金管理公司的设立审核、基金管理公司申请境内机构投资者资格审批、基金管理公司重大事项变更审核、基金管理公司分支机构设立审核、基金管理公司股权处置监管。DE两项属于基金管理公司的日常监管内容。

10. 中国证监会于2006年8月发布了《关于基金管理公司提取风险准备金有关问题的通知》，要求公司每月计提风险准备金，用于赔偿因公司(　　)等给基金财产或基金份额持有人造成的损失。

A. 违法违规　　B. 违反基金合同

C. 技术故障　　D. 突发事件

【答案】ABC

11. 目前我国拥有基金托管资格的金融机构包括(　　)。

A. 中国工商银行　　B. 中国银行

C. 中国人民银行　　D. 国家开发银行

【答案】AB

【解析】目前拥有基金托管资格的机构仅限于商业银行。很明显，国家开发银行属于政策性银行；中国人民银行属于中央银行。

12. 货币市场基金仅投资于货币市场工具，不得投资于(　　)。

A. 股票

B. 剩余期限超过397天的债券

C. 可转债

D. 信用等级在AAA级以下的企业债

【答案】ABCD

【解析】货币市场基金仅投资于货币市场工具，不得投资于股票、可转债、剩余期限超过397天的债券、信用等级在AAA级以下的企业债、国内信用等级在AAA级以下的资产支持证券、以定期存款利率为基准利率的浮动利率债券。A、B、C、D四项都不得投资。

三、判断题(正确的填A，不正确的填B)

1. 基金行业高级管理人员的直系亲属拟移居海外，基金公司督察长要向中国证监会

报告。(　　)

【答案】A

2. 基金管理公司可以作为基金管理人办理开放式基金的登记结算业务。(　　)

【答案】A

3. 基金获准设立后,基金管理人应在基金募集前10日将招募说明书登载于至少一种由中国证监会指定的全国性报刊上,同时就发行具体事宜发布基金发行公告。(　　)

【答案】B

【解析】基金获准设立后,基金管理人应在基金募集前3日(不是前10日)将招募说明书登载于至少一种由中国证监会指定的全国性报刊上。

4. 基金持续信息披露监管主要包括基金定期报告和临时报告的披露监管。(　　)

【答案】A

5. 基金管理公司的独立董事人数不得少于3人,且不得少于董事会人数的1/4。(　　)

【答案】B

6. 保证市场的公平、效率和透明是我国基金监管的首要目标。(　　)

【答案】B

【解析】投资者是市场的支撑者,保护和维护投资者的利益是我国基金监管的首要目标。

7. 督察长连续3次考试成绩不合格的,中国证监会可建议公司董事会免除其职务。(　　)

【答案】B

【解析】督察长连续2次考试成绩不合格的,中国证监会可建议公司董事会免除其职务。

8. 基金业的行业自律管理由中国证券业协会和证券交易所具体负责组织实施。(　　)

【答案】B

【解析】基金业的行业自律管理由中国证券业协会具体负责组织实施,证券交易所则对在交易所上市的基金履行一线监管的职责。

9. 基金管理公司只能采用股份有限公司方式,而且应当以发起方式设立。(　　)

【答案】B

【解析】基金管理公司可以采取有限责任公司、也可以采取股份有限公司的组织形式;基金管理公司采用股份有限公司形式的,应当以发起方式设立。

10. 证券公司开办开放式基金单位代销业务,应当经中国人民银行和中国证监会审查批准。(　　)

【答案】B

11. 基金宣传推介材料中必须含有明确、醒目的风险提示和警示性文字以提醒投资者注意投资风险。(　)

【答案】A

12. 目前我国基金从业人员资格管理职能由中国证监会基金管理部承担。(　　)

【答案】B

【解析】中国证券业实行从业人员资格管理制度，由中国证券业协会在中国证监会指导监督下对证券从业人员实施资格管理。

13. 专业基金销售机构申请基金代销业务资格，取得基金从业资格的人员不少于30人，且不低于员工人数的1/3。（　　）

【答案】B

【解析】专业基金销售机构申请基金代销业务资格，取得基金从业资格的人员不少于30人，且不低于员工人数的1/2。

14. 同一基金管理人管理的全部基金持有的全部权证市值占基金资产净值的比例不得超过5%。（　　）

【答案】B

15. 中国证监会是具有独立法人地位的、由经营证券业务的金融机构自愿组成的行业性自律组织。（　　）

【答案】B

【解析】中国证券业协会是具有独立法人地位的、由经营证券业务的金融机构自愿组成的行业性自律组织。

16. 基金经理离任时，基金管理公司应当立即对其进行离任审查。（　　）

【答案】A

17. 基金从业人员拟任基金管理公司、基金托管部高级管理人员，只需要取得中国证监会基金经理从业资格即可任职。（　　）

【答案】B

【解析】基金从业人员拟任基金管理公司、基金托管部高级管理人员，应当经过中国证监会核准其任职资格后，方可任职。

第十一章 证券组合管理基础

第一节　本章知识框架

- 证券组合管理概述
  - 证券组合管理的基本概念
  - 现代投资理论的产生与发展
  - 证券组合管理的基本步骤
- 证券组合分析
  - 证券组合理论中的四个基本假设
  - 证券组合理论中单个证券的收益与风险的衡量
  - 证券组合理论中风险分散原理
  - 证券组合理论中组合的可行域
  - 证券组合的有效边界
  - 无差异曲线的概念
- 套利定价理论
  - 起源
  - 理论基础
  - 套利机会与套利组合
- 有效市场假设理论及其运用
  - 基本内容
  - 有效市场形式
  - 反应不足与反应过度
  - 四种市场异常现象
- 行为金融理论及其应用
  - 行为金融理论的形成背景与理论基础
  - 投资者心理偏差与投资者非理性行为
  - 几种主要的行为金融模型

第二节　本章复习提示

熟悉证券组合的含义、类型、划分标准及其特点；熟悉证券组合管理的意义、特点、基本步骤；熟悉现代证券组合理论体系形成与发展进程；熟悉马柯威茨、夏普、罗斯对现代证券组合理论的主要贡献。

掌握单个证券和证券组合期望收益率、方差的计算以及相关系数的意义。熟悉证券组合可行域和有效边界的含义；熟悉证券组合可行域和有效边界的一般图形；掌握有效证券组合的含义和特征；熟悉投资者偏好特征；掌握无差异曲线的含义、作用和特征；熟悉最优证券组合的含义；掌握最优证券组合的选择原理。

熟悉资本资产定价模型的假设条件；熟悉无风险证券的含义；掌握最优风险证券组合与市场组合的含义及两者的关系；掌握资本市场线和证券市场线的定义、图形及其经济意义；掌握证券β系数的定义和经济意义。

熟悉资本资产定价模型的应用效果。

熟悉套利定价理论的基本原理，掌握套利组合的概念及计算，能够运用套利定价方程计算证券的期望收益率，熟悉套利定价模型的应用。

掌握有效市场的基本概念、形式以及运用。

了解行为金融理论的背景、理论模型及其运用。

第三节　证券组合管理概述

一、证券组合管理的基本概念

证券组合管理，又称证券投资组合管理，是指对投资进行计划、分析、调整和控制，从而将投资资金分配给若干不同的证券资产，如股票、债券及证券衍生产品，形成合理的资产组合，以期实现资产收益最大化和风险最小化的经济行为。

投资组合管理的前提是：

1. 投资是有风险的，而且各类投资的风险不完全相关。

2. 投资者一般是风险厌恶型的。

二、现代投资理论的产生与发展

现代投资理论主要由投资组合理论、资本资产定价模型、套利定价模型、有效市场理论以及行为金融理论等部分组成，使现代投资管理日益朝着系统化、科学化、组合化的方向发展。

1952年3月，哈里·马柯威茨发表的题为《投资组合选择》的著名论文标志着现代投资理论的产生。

1963年，威廉·夏普提出了单因素模型，极大地推动了投资组合理论的实践应用。

20世纪60年代初，资本资产定价模型(简称CAPM模型)产生。该模型不仅提供了评价收益—风险相互转换特征的可运作的框架，也为投资组合分析、基金绩效评价提供了重要的理论基础。

1976年罗斯提出了一种替代性的资本资产定价模型——套利定价模型(简称A门模型)。

三、证券组合管理的基本步骤

(一) 证券组合目标的决定

建立并管理一个“证券组合”,首先必须确定组合应达到的目标。证券组合的目标,不仅是构建和调整证券资产组合的依据,同时也是考核组合管理业绩好坏的基准。总体而言,证券组合的目标包括两个方面:一是收益目标,包括保证本金的安全,获得一定比例的资本回报以及实现一定速度的资本增长等;二是风险控制目标,包括对资产流动性的要求以及最大损失范围的确定等。

确定证券资产组合目标,必须因人因时因地而宜。因人而宜,是指必须综合考虑投资者的各种制约条件和偏好;因时制宜,主要应考虑两个方面:一是市场发展的阶段,二是各个时期的政治、经济和社会环境;因地制宜,主要应考虑所在地区的证券交易费用、政府对证券组合管理的政策规范以及税收政策等。

(二) 证券组合的构建

这是实施证券组合管理的核心步骤,直接决定组合效益和风险的高低。证券组合的构建过程一般包括如下环节:

1. 界定证券组合的范围。大多数投资者的证券组合主要是债券、股票。但是,近年来,国际上投资组合已出现综合化和国际化的趋势。

2. 分析判断各个证券和资产的类型的预期回报率及风险。在分析比较各证券及资产投资收益和风险的基础上,选择何种证券进行组合则要与投资者的目标相适应。

3. 确定各种证券资产在证券资产组合中的权重。这是构建证券组合的关键性步骤。

(三) 证券组合调整

证券市场是复杂多变的,每种证券的预期收益和风险,都要受到多种内外因素变动的影响。为了适合既定的投资组合目标要求,必须选择恰当时机,对证券组合中的具体证券品种作出必要的调整变换,包括增加有利于提高证券组合效益或降低证券组合风险的证券品种;剔除对提高证券组合效益或降低证券组合风险不利的证券品种。

(四) 证券组合资产业绩的评估

这是证券组合管理的最后一环。证券组合资产业绩评价是对整个证券资产组合收益与风险的评价。评价的对象是证券组合整体,而不是组合中的某个或某几个证券资产;评价的内容不仅包括收益的高低,还包括风险的大小。

上述四个阶段是相互联系的,在时间上相互衔接,前一阶段为下一个阶段的工作创造条件,后一个阶段则是上一个阶段的继续。从长期看,证券组合的四个阶段又是循环往复的,一个时期证券组合的绩效评估反过来又是确定新的时期证券组合目标的依据。

第四节 证券组合分析

【提示】从本节开始,我们要重点学习证券组合理论、资本资产定价理论、套利定价理论、有效市场假设理论以及行为金融理论这五种理论的原理及其应用。这五大理论都具有应用大量的数学分析、抽象难以理解的特点。要清晰地理解这五大理论，决非易事。

大家一定要明确，证券从业考试对这五大理论考什么？怎么考？依据我们对历年考试真题的分析，对这五大理论进行的考查具有以下特点：第一，多考定性的判断，很少考定量计算；第二，多考记忆性内容，很少考分析性内容。

由此出发，我们建议在学习中重点掌握以下内容：每个理论由谁提出；解决了什么问题；具有什么意义。在考点的提炼过程中，我们也不再拘泥理论的完整性，只对常考的内容进行了归纳与点明。

另外，每个理论的英语简称也经常考。至于每个理论的数学公式、推导过程、如何应用大家可视兴趣和学习的能力、时间而定，考试中极少涉及。

一、证券组合理论中四个基本假设

1. 投资者仅以期望收益率和方差（或标准差）评价单个证券或证券组合；
2. 投资者是不知足的和厌恶风险的；
3. 投资者的投资为单一投资期；
4. 投资者总是希望持有有效资产组合。

用期望收益率和标准差两个指标对证券的相关信息进行描述是马柯威茨的几大贡献之一。

根据投资者对风险偏好的不同可以将投资者分为风险厌恶者、风险中立者与风险追求者。典型的投资者是风险厌恶型的投资者，因此，风险厌恶型的投资者也被称为理性投资者。

二、证券组合理论中单个证券的收益与风险的衡量

（一）单个证券的期望收益率

数学上，单个证券的期望收益率（或称为事前收益率）是对各种可能收益率的概率加权，用公式可表示为

$$\text{期望收益率}\ E(r)=\sum_{i=1}^{n} r_i p_i$$

上式中：p_i——各种可能收益率的概率；r_i——各种可能收益率。

假设收益率的概率分布恒定，给定证券的月或年实际收益率，期望收益率可用下式加以估计：

$$\bar{r}=\frac{1}{n}=\sum_{t=1}^{n} r_t$$

上式中：$\bar{r}$——样本平均收益率；n——实际收益率的个数；r_t——实际收益率的时间序列值。

（二）概率一致的情况下，证券风险的衡量

已知收益率的概率分布，可以用方差或标准差衡量证券的风险：

$$\text{方差}\ \sigma^2(r)=\sum_{i=1}^{n}[r_i-E(r)]^2 p_i$$

$$\text{标准差}\ \sigma = \sqrt{\sum_{i=1}^{n}[r_i - E(r)]^2 p_i}$$

标准差越大,说明证券的收益率的波动性越大,风险也就越大。

三、证券组合理论中风险分散原理

选择相关程度较低、不相关或负相关的证券构建多样化的证券组合,组合的总体方差就会得到改善,这就是通常所说的风险分散原理。随着证券数量的不断增加,也就是说,随着组合分散程度的增加,组合的风险将会不断趋于下降。

四、证券组合理论中组合的可行域

(一) 两种证券组合的可行域

组合线实际上在期望收益率和标准差的坐标系中描述了证券 A 和证券 8 所有可能的组合。

1. 完全正相关下的组合线。由证券 A 与证券 B 构成的组合线是连接这两点的直线。

2. 完全负相关下的组合线。在完全负相关的情况下,按适当比例买入证券 A 和证券 B 可以形成一个无风险组合,得到一个稳定的收益率。

因为证券 A 和 B 完全负相关,二者完全反向变化,因而同时买入两种证券可抵消风险。

3. 不相关的情形下的组合线。C 点为最小方差组合。结合线上介于 A 与 B 之间的点代表的组合由同时买入证券 A 和 B 构成,越靠近 A,买入 A 越多,买入 B 越少。而 A 点的东北部曲线上的点代表的组合由卖空 B、买入 A 形成,越向东北部移动,组合中卖空 B 越多;反之,B 的东南部曲线上的点代表的组合卖空 A、买入 B 形成,越向东南部移动,组合中卖空 A 就越多。

4. 组合线的一般情形。在不卖空的情况下,组合降低风险的程度由证券间的关联程度决定。

(二) 多种证券组合的可行域

在允许卖空的情况下,如果只考虑投资于两种证券 A 和 B,投资者可以在组合线上找到自己满意的任意位置,即组合线上的组合是可行的(合法的)。如果不允许卖空,则投资者只能在组合线上介于 A、B 之间(包括 A 和 B)获得一个组合,因而投资组合的可行域就是组合线上的 AB 曲线段。每一个合法的组合称为一个可行组合。区域内的每一点可以通过三种证券组合得到。比如区域内的 F 点可以通过证券 C 点与某个 A 与 B 的组合 D 点的再组合得到。如果允许卖空,三种证券组合的可行域不再是有限区域,而是包含该有限区域的一个无限区域。可行域满足一个共同的特点:左边界必然向外凸或呈线性,即不会出现凹陷。

五、证券组合的有效边界

投资者普遍喜好期望收益率而厌恶风险,因而人们在投资决策时希望期望收益率越大越好，风险越小越好。这种态度反映在证券组合的选择上可由下述规则来描述：

1. 如果两种证券组合具有相同的收益率方差和不同的期望收益率，投资者选择期望收益率更高的组合，即 A。

2. 如果两种证券组合具有相同的期望收益率和不同的收益率方差，那么他选择方差较小的组合，即 A。

这种选择原则，我们称为投资者的共同偏好规则。它是可行域的上边界部分，我们称它为“有效边界”，因而有效组合相当于有可能被某位投资者选作最佳组合的候选组合，不同投资者可以在有效边界上获得任一位置。一个厌恶风险理性投资者，不会选择有效边界的以外的点。此外，A 点是一个特殊的位置，这是上边界和下边界的交汇点，这一点所代表的组合在所有可行组合中方差最小，因而被称为“最小方差组合”。

六、无差异曲线的概念

无差异曲线是指具有相等效用水平的所有组合连成的曲线。该曲线具有以下特点：

1. 无差异曲线是由左至右向上弯曲的曲线。
2. 每个投资者的无差异曲线形成密布整个平面又互不相交的曲线簇。
3. 同一条无差异曲线上的组合给投资者带来的满意程度相同。
4. 不同无差异曲线上的组合给投资者带来的满意程度不同。
5. 无差异曲线的位置越高，其上的投资组合带来的满意程度就越高。
6. 无差异曲线向上弯曲的程度大小反映投资者承受风险的能力强弱。

对风险厌恶者而言，风险越大，对风险的补偿要求越高，因此，无差异曲线表现为一条向右凸的曲线。曲线越陡，投资者对风险增加要求的收益补偿越高，投资者对风险的厌恶程度越强烈；曲线越平坦，投资者的风险厌恶程度越弱。

对风险中性者，无差异曲线为水平线，表示风险中性者，对投资风险的大小毫不在意，他们只关心期望收益率的大小。

对风险爱好者而言，他们只在意可能收益率的大小，不要求对风险的补偿，因此即使预期收益率下降，风险增大，只要可能收益率不变，他们的效用水平就不会降低，这时，无差异曲线将成为一条向右上凸的曲线。

第五节　资本资产定价模型及其运用

概念：资本资产定价模型是关于在均衡条件下风险与预期收益率之间的关系，即资产定价的一般均衡理论。

起源：该模型最早是由威廉·夏普、林特纳（Lintner，1965）和莫辛（Mossin，1966）在马柯威茨资产组合理论的基础上分别独立提出的。夏普因此而获得了诺贝尔经济学奖。

运用：CAPM 模型尽管结构简单，却蕴涵着非常丰富的经济思想，并具有很强的解释力，从而给投资管理实践带来了深刻的影响：

1. CAPM 模型表明在风险和收益之间存在一种简单的线性替换关系，从而在投资收益与风险之间建立了一种非常明确的关系。

2. 不同于方差对投资风险的衡量,CAPM 提出了衡量风险大小的新的思想,这就是资产的β值。β值反映了资产收益率受市场组合收益率变动影响的敏感性,衡量了单个资产不可分散风险(亦可称为市场风险、系统风险)的大小。

3. 资本资产定价模型突出了市场投资组合的重要性,并在此基础上得到了著名的分离定理。

4. 资本定价模型可以用来评价证券的定价是否合理。

5. CAPM 模型也提供了对投资组合绩效加以衡量的标准。对基金组合绩效衡量的经典性指标夏普指数、特瑞纳指数以及詹森指数就建立在 CAPM 模型之上。

第六节 套利定价理论

一、起源

套利定价模型(简称:APT 模型)是由罗斯提出的另一个有关资产定价的均衡模型。它用套利概念定义均衡,所需要的假设比 CAPM 模型更少且更为合理,但却得到了与 CAPM 模型类似的结果。

二、理论基础

APT 模型建立在"一价原理"的基础上:即两种具有相同风险的证券投资组合不能以不同的期望收益率出售。

三、套利机会与套利组合

套利是指人们利用同一资产在不同市场间定价不一致,通过资金的转移而实现无风险的收益行为。

在套利定价理论中,套利机会被套利组合所描述。投资者如果能发现套利组合并持有它,那他就可以实现不需要追加投资又可获得收益的套利交易,如果市场上不存在(即找不到)套利组合,那么市场就不存在套利机会。

套利组合理论认为,当市场上存在套利机会时,投资者会不断地进行套利交易,从而不断推动证券的价格向套利机会消失的方向变动,直到套利机会消失为止,此时证券价格即为均衡价格,市场也就进入均衡状态。

第七节 有效市场假设理论及其运用

有效市场假设理论的相关考点。

一、基本内容

有效市场假设理论认为，证券在任一时点的价格均对所有相关信息作出了反应。股票价格的任何变化只会由新信息引起。由于新信息是不可预测的，因此股票价格的变化也就是随机变动的。在一个有效的市场上，将不会存在证券价格被高估或被低估的情况，投资者将不可能根据已知信息获利。

有效市场理论下的有效市场概念指的是信息有效，它既不同于通常所指称的资源有效配置的有效，也不同于马柯威茨关于组合均值方差有效组合的概念。

二、有效市场形式

市场不可能是严格有效的，也不可能是完全无效的，市场有效性只是一个程度问题。该理论首先将信息分为历史价格信息、公开信息以及全部信息（包括内幕信息）三类，并在此基础上将市场的有效性分为三种形式：弱式有效市场、半强式有效市场以及强式市场。

弱势有效市场假设认为，当前的股票价格已经充分反映了全部历史价格信息和交易信息，如果是弱势有效的，那么投资分析中的技术分析方法将不再有效。

半强势有效市场假设认为，当前股票价格充分反映了与公司前景有关的全开信息，又进一步否定了基本分析存在的基础。

强势有效市场假设认为，当前的股票价格反映了全部信息的影响，对任何内幕信息持否定态度。

三、反应不足与反应过度

如果市场是严格有效的，一旦有新信息出现，证券价格就应立即作出“一步到位”式的正确反应。但实际上，市场不会是严格有效的，因此其对新信息的反应速度和程度就会存在不同。在有效市场下，证券价格对新利好信息进行了迅速的调整。但在无效市场下，尽管证券价格的反应方向正确，但却会出现过度反应或反应延迟情况。

四、四种市场异常现象

市场异常现象对有效市场理论的一大挑战来自一些无法解释的市场异常现象，即表明市场无效。异常现象可以存在于有效市场的任何形式之中，但更多的时候它们出现在半强势市场之中。市场异常可以被分为日历异常、事件异常、公司异常以及会计异常等。

第八节　行为金融理论及其应用

一、行为金融理论的形成背景与理论基础

行为金融理论是在对现代投资理论的挑战和质疑的背景下形成的。该理论以心理

学的研究成果为依据，认为投资者行为常常表现出不理性，因此会犯系统性的决策错误，而这些非理性行为和决策错误将会影响到证券的定价，投资者的实际投资决策行为往往与投资者应该（理性）的投资行为存在较大的不同。

二、投资者心理偏差与投资者非理性行为

行为金融的研究表明，投资者在进行投资决策时常常会表现出以下一些心理特点：

1. 过分自信。投资者总是过分相信自己的能力和判断，常常导致人们低估证券的实际风险，进行过度交易。

2. 重视当前和熟悉的事物。人们总是对近期发生的事件和最新的经验以及熟悉的东西更为重视，导致人们在决策和作出判断时过分看重近期事件和受熟悉事物的影响。

3. 回避损失和"心理"盈亏。对于收益和损失，投资者更注重损失所带来的不利影响，而这将造成投资者在投资决策时主要按照心理上的盈亏，而不是实际的得失采取行动。

4. 避免"后悔"心理。投资失误将会使投资者产生后悔心理，对未来可能的后悔将会影响到投资者目前的决策，因此，投资者总是存在推卸责任、减少后悔的倾向。

5. 相互影响。社会性的压力使人们的行为趋向一致。

三、几种主要的行为金融模型

BSV 模型：BSV 模型认为，人们在进行投资决策时会存在两种心理认知偏差：一是选择性偏差，即投资者过分重视近期实际的变化模式，而对产生这些数据的总体特征重视不够；二是保守性偏差，即投资者不能根据变化了的情况修正增加的预测模型。这两种偏差常常导致投资者产生两种错误决策：反应不足或反应过度。

DHS 模型：该模型将投资者分为有信息与无信息两类。无信息的投资者不存在判断偏差，有信息的投资者则存在着过度自信和对自己所掌握信息过分偏爱两种判断偏差。证券价格由有信息的投资者决定。

第九节　同步强化训练

一、单选题

1. β 系数越高的证券，其实际收益率（　　）。

A. 越高　　B. 越低　　C. 不变　　D. 不一定

【答案】D

2. 现代投资理论的产生以 1952 年 3 月（　　）所发表的《投资组合选择》的著名论文为标志。

A. 哈里·马柯威茨　　B. 威廉·夏普

C. 罗斯　　D. 法玛

【答案】A

【解析】现代投资理论的产生以 1952 年 3 月哈里·马柯威茨(Harry Markowitz)所发表的题为《投资组合选择》的著名论文为标志，至今只有 50 多年的发展历史。

3. 下列证券组合中，追求基本收益(即利息、股息收益)的最大化的是(　　)。

A. 避税型证券组合　B. 收入型证券组合

C. 增长型证券组合　D. 收入和增长混合型证券组合

【答案】B

【解析】收入型证券组合追求基本收益最大化，增长型证券组合以资本升值为目标，收入和增长混合型证券组合则追求在基本收入与资本增长之间达到某种均衡。

4. CAPM 模型的汉语全称是(　　)。

A. 资产组合模型　B. 资本资产定价模型

C. 套利定价模型　D. 行为金融模型

【答案】B

【解析】Capital Asset Pricing Mode，简称 CAPM 模型，汉语全称是资本资产定价模型。

5. 建立在"一价原理"的基础上，认为两种具有相同风险的证券投资组合不能以不同的期望收益率出售的理论是(　　)。

A. 资产组合理论　B. 资本资产定价模型

C. 套利定价模型　D. 有效市场假说

【答案】C

6. 单因素模型的提出者是(　　)。

A. 哈里·马柯威茨　B. 威廉·夏普

C. 斯蒂芬·罗斯　D. 尤金·法玛

【答案】B

7. 某投资者买入证券 A 每股价格 14 元，一年后卖出价格为每股 16 元，其间获得每股税后红利 0.8 元，不计其他费用，投资收益率为(　　)。

A. 14%　B. 17.5%　C. 20%　D. 24%

【答案】C

8. 投资组合管理中的核心环节(　　)。

A. 投资风险控制　B. 投资组合风险预测

C. 资产配置　D. 资产风险控制

【答案】C

【解析】在基金的投资组合管理过程中，资产配置决策最为重要，对基金投资组合的最终表现有着决定性的影响，是投资管理中的核心环节。

9. 在有效市场假说的(　　)情形下，当前的股票价格已经充分反映了与公司前景有关的全部公开信息。公开信息除包括历史价格信息外，还包括公司的公开信息、竞争对手的公开信息、经济以及行业的公开信息等。因此，试图通过分析公开信息，是不可能取得超额收益的。

A. 弱势有效市场假设　B. 半强势有效市场假设

C. 强势有效市场假设　　D. 超强势有效市场假设

【答案】B

二、多选题

1.（　　）的证券构建多样化的证券组合，组合的总体方差就会得到改善，这就是通常所说的风险分散原理。

A. 正相关　　B. 不相关

C. 相关程度较低　　D. 负相关

【答案】BCD

【解析】从组合的方差公式可以看出，要分散风险，其成分证券之间应当不是完全正相关。

2. 证券组合按不同的投资目标可以分为（　　）等。

A. 避税型　　B. 收入型

C. 货币市场型　　D. 国际型

【答案】ABCD

3. 行为金融的研究表明，投资者在进行投资决策时常常会表现出以下一些心理特征（　　）。

A. 过分自信　　B. 重视当前和熟悉的事物

C. 回避损失和心理盈亏　　D. 避免后悔心理

【答案】ABCD

4. 资本资产定价模型的主要假设有（　　）。

A. 投资者是风险爱好者，并以期望收益率和风险（用方差或标准差衡量）为基础选择投资组合。

B. 投资者可以相同的无风险利率进行无限制的借贷。

C. 所有投资者的投资均为单一投资期，投资者对证券回报均值、方差以及协方差具有相同的预期。

D. 资本市场是均衡的。

【答案】BCD

【解析】本题 A 项中，应当是投资者是风险回避者，并以期望收益率和风险（用方差或标准差衡量）为基础选择投资组合。此外，资本资产定价模型的主要假设还包括：市场是完美的，无通货膨胀，不存在交易成本和税收引起的“价格错定”现象。

5. 根据资本市场线，以下说法正确的是（　　）。

A. 无风险利率 r，是由时间创造的，是对放弃即期消费的补偿

B. 无风险利率 r，是由时间创造的，是对放弃未来消费的补偿

C. 风险溢价是对承担风险的补偿，与承担的风险的大小成反比

D. 风险溢价是对承担风险的补偿，与承担的风险的大小成正比

【答案】AD

6. 根据组合管理者对市场效率的不同看法，其采用的管理方法可大致分为（　　）两种类型。

A. 被动管理　　B. 主动管理　　C. 分散管理　　D. 集中管理

【答案】AB

7. 投资组合理论的基本假设是(　)。

A. 投资者仅以期望收益率和方差(或标准差)评价单个证券或证券组合

B. 投资者是不知足的和厌恶风险的

C. 投资者总是希望持有有效资产组合

D. 投资者的投资为多个投资期

【答案】ABC

【解析】投资组合理论的基本假设包括四项:(1)投资者仅以期望收益率和方差(或标准差)评价单个证券或证券组合;(2)投资者是不知足的和厌恶风险的;(3)投资者的投资为单一投资期;(4)投资者总是希望持有有效资产组合。

8. 以下关于贝塔系数的说法中,正确的有(　　)。

A. 当贝塔系数大于1时,投资组合的系统风险低于市场风险

B. 当贝塔系数大于1时,投资组合的系统风险高于市场风险

C. 当贝塔系数小于1时,投资组合的系统风险低于市场风险

D. 当贝塔系数小于1时,投资组合的系统风险高于市场风险

【答案】BC

【解析】贝塔系数是衡量资产不可分散风险(亦可称为市场风险、系统风险)的大小的指标,一般说来,当贝塔系数大于1时,投资组合的系统风险高于市场风险;当贝塔系数小于1时,投资组合的系统风险低于市场风险。

9. 以下关于有效市场假设的说法正确的是(　　)。

A. 有效市场假设理论认为,证券在任一时点的价格均对所有相关信息作出了反应

B. 股票价格的任何变化只会由新信息引起

C. 由于新信息是不可预测的,因此股票价格的变化也是随机变动的

D. 在一个有效的市场上,将不会存在证券价格被高估或被低估的情况,投资者将不可能根据已知信息获利

【答案】ABCD

三、判断题(正确的填A,不正确的填B)

1. 资本资产套利模型认为:当市场存在套利机会时,投资者对这一机会的利用便会改变对原来各种证券的持有比例,逐渐使得套利机会消失,最终各种证券价格自动归位。(　　)

【答案】A

【解析】当投资者不需要任何投资就可以获得无风险收益时,他们就是在套利。套利机会只有当一项资产能够以不同的价格在两个市场进行交易时才会存在。现实生活中,套利机会即使有,也不会长久。因为人们对套利机会的利用,将会影响到资产在不同市场的供求状况,市场价格的随之改变将会使套利空间逐渐减少直至消失。

2. 收入型证券组合的收益主要来源于资本利得。(　　)

【答案】B

【解析】收入型证券组合追求基本收益(即利息、股息收益)的最大化。增长型证券组合以资本升值(即未来价格上升带来的价差收益)为目标。

3. 在风险—收益二维平面中,无风险证券与风险证券的所有组合都处于由无风险证券与风险证券两点相连的直线的下方。( )

【答案】B

4. 有效集不一定是可行集的子集。( )

【答案】B

5. 证券组合收益率取决于各个证券的投资收益率。( )

【答案】B

【解析】证券组合收益率一方面取决于各个证券的投资收益率;另一方面取决于在各个证券上的投资比例。因此,证券组合收益率就等于组合中各种证券的收益率与各自投资比例的乘积之和。

6. 对一个特定的投资者而言,其对应的无差异曲线只能有一条。( )

【答案】B

【解析】对于某一个特定的投资者来说,无差异曲线形成密布整个平面又互不相交的曲线簇。

7. 一旦市场情况发生变化,必须立即调整资产组合状况。( )

【答案】B

8. 套利定价模型需要的假设比资本资产定价模型少且更为合理,但却得到了与CAPM模型相类似的结果。( )

【答案】A

9. 行为金融的一个研究重点在于确定在怎样的条件下,投资者会对新信息反应过度或不足。( )

【答案】A

【解析】行为金融理论以心理学的研究成果为依据,认为投资者行为常常表现出不理性,因此会犯系统性的决策错误,而这些非理性行为和决策错误将会影响到证券的定价,投资者的实际投资决策行为往往与投资者"应该"(理性)的投资行为存在较大的不同。因此,建立在理性投资者假设和有效竞争市场的假设基础之上的现代投资理论,也就不能对证券市场的实际运行情况作出合理的解释。

10. 基金管理业的基本业务活动是提供和管理基金的证券投资组合。( )

【答案】A

11. 资本市场线上的投资组合都是有效组合。( )

【答案】A

12. 在强势有效市场中,可以通过内幕信息来获益。( )

【答案】B

【解析】强势有效市场假设对任何内幕信息的价值持否定态度。因此,在强势有效市场中,无法通过内幕信息来获益。

13. 资本资产定价模型是关于在均衡条件下风险与预期收益率之间的关系,即资产

定价的一般均衡理论。该模型最早是由鲁宾在马柯威茨的投资组合理论的基础上独立提出的。(　　)

【答案】B

【解析】该模型最早是由威廉·夏普、林特纳和莫辛(Mossin,1966)在马柯威茨的投资组合理论的基础上分别独立提出的。

14. 对那些仅投资于单个资产类别的基金如股票基金、债券基金而言,细类资产配置事实上等同于类别资产配置。(　　)

【答案】A

15. 如果市场是有效的,资产组合管理仍有其存在的价值。(　　)

【答案】A

16. 切点证券组合 T 由市场和投资者的偏好共同决定。(　　)

【答案】B

【解析】切点证券组合 T 完全由市场决定,和投资者的偏好无关。

17. 行为金融可以利用人们的心理及行为特点获利。尽管人类的心理及行为基本上是稳定的,但是投资者不可以利用人们的行为偏差而长期获利。(　　)

【答案】B

【解析】行为金融可以利用人们的心理及行为特点获利。由于人类的心理及行为基本上是稳定的,因此投资者可以利用人们的行为偏差而长期获利。

第十二章 资产配置管理

第一节 本章知识框架

资产配置管理概述
- 资产配置的含义
- 资产配置管理的原因与目标
- 资产配置的主要考虑因素
- 资产配置的步骤

资产配置的基本方法

资产配置主要类型及其比较
- 资产配置的主要类型
- 各种资产配置策略的主要特点
- 买入并持有策略、恒定混合策略、投资组合保险策略之比较
- 战术性资产配置与战略性资产配置之比较

第二节 本章复习提示

熟悉资产配置的含义和主要考虑因素；了解资产配置管理的原因及目标；熟悉资产配置的基本步骤。

了解资产配置的基本方法；熟悉历史数据法和情景综合分析法的主要特点及其在资产配置过程中的运用；熟悉有效市场前沿的确定过程和方法。

了解资产配置的主要分类方法和类型；熟悉各类资产配置策略的一般特征以及在资产配置中的具体运用；熟悉战略性资产配置与战术性资产配置之间的异同。

第三节 资产配置管理概述

一、资产配置的含义

资产配置是指根据投资需求将投资资金在不同资产类别之间进行分配，通常是将资

则投资组合保险策略的结果将因为风险资产比例的提高而受到更大的影响，从而劣于买入并持有策略的结果。

战术性资产配置策略是根据资本市场环境及经济条件对资产配置状态进行动态调整，从而增加投资组合价值的积极战略。大多数战术性资产配置一般具有如下共同特征：

1. 一般建立在一些分析工具基础上的客观、量化过程。这些分析工具包括回归分析或优化决策等。

2. 资产配置主要受某种资产类别预期收益率的客观测度驱使，因此属于以价值为导向的过程。可能的驱动因素包括在现金收益、长期债券的到期收益率基础上计算股票的预期收益，或按照股票市场股息贴现模型评估股票实用收益变化等。

3. 资产配置规则能够客观地测度出哪一种资产类别已经失去市场的注意力，并引导投资者进入不受人关注的资产类别。

4. 资产配置一般遵循“回归均衡”的原则，这是战术性资产配置中的主要利润机制。

三、买入并持有策略、恒定混合策略、投资组合保险策略之比较

上述三类资产配置策略是在投资者风险承受能力不同的基础上进行的积极管理，具有不同特征，并在不同的市场环境变化中具有不同的表现，同时它们对实施该策略提出了不同的市场流动性要求。具体表现在以下三个方面：

（一）支付模式

上述恒定混合策略和投资组合保险策略为积极性资产配置策略，当市场变化时需要采取行动，其支付模式为曲线。而买入并持有策略为消极性资产配置策略，在市场变化时不采取行动，支付模式为直线。恒定混合策略在下降时买入股票并在上升时卖出股票，其支付曲线为凹型；反之，投资组合保险策略在下降时卖出股票并在上升时买入股票，其支付曲线为凸型。

（二）收益情况与有利的市场环境

当股票价格保持单方向持续运动时，恒定混合策略的表现劣于买入并持有策略，而投资组合保险策略的表现优于买入并持有策略。当股票价格由升转降或由降转升，即市场处于易变的、无明显趋势的状态时，恒定混合策略的表现优于买入并持有策略，而投资组合保险策略的表现劣于买入并持有策略。反之，当市场具有较强的保持原有运动方向趋势时，投资组合保险策略的效果将优于买入并持有策略，进而将优于恒定混合策略。

（三）对流动性的要求

买入并持有策略只在构造投资组合时要求市场具有一定的流动性。固定混合策略要求对资产配置进行实时调整，但调整方向与市场运动方向相反，因此对市场流动性有一定的要求但要求不高。对市场流动性要求最高的是投资组合保险策略，它需要在市场下跌时卖出而市场上涨时买入，该策略的实施有可能导致市场流动性的进一步恶化，甚至最终导致市场的崩溃。1987 年美国股票市场中众多投资组合保险策略的实施就加剧了当时市场环境恶化的过程。

四、战术性资产配置与战略性资产配置之比较

（一）对投资者的风险承受和风险偏好的认识和假设不同

与战略性资产配置过程相比，战术性资产配置策略在动态调整资产配置状态时，需要根据实际情况的改变重新预测不同资产类别的预期收益情况，但未再次估计投资者偏好与风险承受能力是否发生了变化。也就是说，战术性资产配置实质上假定投资者的风险承受能力与效用函数是较为稳定的，在新形势下没有发生大的改变，于是只需要考虑各类资产的收益情况变化。因此，战术性资产配置的核心在于对资产类别预期收益的动态监控与调整，而忽略了投资者是否发生变化。

（二）对资产管理人把握资产投资收益变化的能力要求不同

战术性资产配置的风险收益特征与资产管理人对资产类别收益变化的把握能力密切相关。因此，运用战术性资产配置的前提条件是资产管理人能够准确地预测市场变化，并且能够有效实施战术性资产配置投资方案。

第六节　同步强化训练

一、单选题

1. 一般而言，划分系统风险和非系统风险采用的方法是（　　）。

A. 历史数据法　　B. 情景综合分析法

C. 系统分析法　　D. 积极投资法

【答案】A

2. 有效的资产配置（　　）降低投资风险，提高投资收益。

A. 可以　　B. 不能　　C. 不确定　　D. 以上皆错误

【答案】A

【解析】资产配置是投资过程中最重要的环节之一，也是决定投资组合相对业绩的主要因素。据有关研究显示，资产配置对投资组合业绩的贡献率达到90%以上。资产配置可以通过分析和组合减少风险，起到降低风险、提高收益的作用。

3. 行业资产配置的时间（　　）。

A. 1年以上

B. 半年

C. 一般根据季度周期或行业波动特征进行调整

D. 1个月

【答案】C

【解析】一般而言，全球资产配置的期限在1年以上；股票、债券资产配置的期限为半年；行业资产配置的时间最短，一般根据季度周期或行业波动特征进行调整。

4. 忽略短期市场波动，着眼于长期投资的投资者应采取（　　）。

A. 买入并持有策略　　B. 恒定混合策略

C. 投资组合保险策略　　D. 动态资产配置策略

【答案】A

5. 下列资产配置方法中，最消极的是(　　)。

A. 动态资产配置策略　　B. 恒定混合策略

C. 买入并持有策略　　D. 投资组合保险策略

【答案】C

6. (　　)适用于资本市场环境和投资者的偏好变化不大或改变资产配置状态的成本大于收益时的状态。

A. 买入并持有策略　　B. 恒定混合策略

C. 投资组合保险策略　　D. 战术性资产配置策略

【答案】A

【解析】根据资产配置调整的依据不同，可以将资产配置的动态调整过程分为四种主要类型：买入并持有策略、恒定混合策略、投资组合保险策略和战术性资产配置策略。其中，买入并持有策略是消极型的长期再平衡方式，适用于有长期投资计划，并满足于战略性资产配置的投资者。由于该策略下，在构造了某个投资组合后，在诸如 3～5 年的适当持有期间内不改变资产配置状态，投资组合完全暴露于市场风险之下，因此，适用于资本市场环境和投资者的偏好变化不大或改变资产配置状态的成本大于收益时的状态。

7. 以下属于确定资产类别收益预期的主要方法的是(　　)。

A. 风险收益法　　B. 情景综合分析法

C. 界面法　　D. 成本收益法

【答案】B

【解析】确定资产类别收益预期的主要方法包括历史数据法和情景综合分析法两类。

8. 下列资产中，流动性最强的是(　　)。

A. 国库券　　B. 商业票据　　C. 现金　　D. 房地产

【答案】C

9. 当市场具有较强的保持原有运动方向趋势时，下列说法正确的是(　　)。

A. 投资组合保险策略的效果优于买入并持有策略，进而将优于恒定混合策略

B. 买入并持有策略的效果优于投资组合保险策略，进而将优于恒定混合策略

C. 恒定混合策略的效果优于买入并持有策略，进而将优于投资组合保险策略

D. 恒定混合策略的效果优于投资组合保险策略，进而将优于买入并持有策略

【答案】A

10. 动态调整策略中属于消极型长期再平衡资产配置策略的是(　　)。

A. 恒定混合策略　　B. 投资组合保险策略

C. 买入并持有策略　　D. 战术性资产配置策略

【答案】C

【解析】买入并持有策略是消极型的长期再平衡方式，适用于有长期计划水平并满足于战略性资产配置的投资者。根据资产配置调整的依据不同，可以将资产配置的动态调整过程分为以下四种主要类型，即买入并持有策略、恒定混合策略、投资组合保险策略和

战术性资产配置策略。

11. 恒定混合策略在股价下降时买入股票并在上升时卖出股票，其支付曲线为（　　）。

A. 直线
B. 凸形曲线
C. 凹形曲线
D. 不规则，有时平直有时弯曲

【答案】C

【解析】恒定混合策略在下降时买入股票并在上升时卖出股票，其支付曲线为凹型；投资组合保险策略在下降时卖出股票并在上升时买入股票，其支付曲线为凸型。

12.（　　）是在将一部分资金投资于无风险资产从而保证资产组合最低价值的前提下，将其余资金投资于风险资产，并随着市场的变动调整风险资产和无风险资产的比率，同时不放弃资产升值潜力的一种动态调整策略。

A. 买入并持有策略
B. 投资组合策略
C. 投资组合保险策略
D. 战术性资产配置策略

【答案】C

【解析】投资组合保险策略是在将一部分资金投资于无风险资产从而保证资产组合最低价值的前提下，将其余资金投资于风险资产，并随着市场的变动调整风险资产和无风险资产的比例，同时不放弃资产升值潜力的一种动态调整策略。当投资组合价值因风险资产收益率的提高而上升时，风险资产的投资比例也随之提高；反之则下降。

13. 以不同资产类别的收益情况与投资人的风险偏好、实际需求为基础，构造一定风险水平上的资产比例，并保持长期不变，这种资产配置方式是（　　）。

A. 战略性资产配置
B. 恒定混合策略
C. 战术性资产配置
D. 投资组合保险策略

【答案】A

14. 与恒定混合策略相反，（　　）在股票市场上涨时提高股票投资比例，而在股票市场下跌时降低股票投资比例，从而既保证资产组合的总价值不低于某个最低价值，同时又不放弃资产升值潜力。

A. 战术性资产配置策略
B. 买入并持有策略
C. 变动混合策略
D. 投资组合保险策略

【答案】D

【解析】投资组合保险策略的目的是既保证资产组合的总价值不低于某个最低价值，同时又不放弃资产升值潜力。

15. 情景综合分析法更有效地着眼于社会政治变化趋势及其对股票价格和利率的影响，同时也为短期投资组合决策提供了适当的视角，为（　　）资产配置提供了运行空间。

A. 战术性
B. 混合
C. 变动组合
D. 战略性

【答案】A

【解析】历史数据法和情景综合分析法是资产配置的两种基本方法。前者假定未来与过去相似，以长期历史数据为基础，根据过去的经历推测未来的资产类别收益。有助于确认未来可能发生的类似的经济事件和资产类别表现。

一般说来，情景综合分析法的预测期间在3～5年左右，因而有助于短期投资组合决策、战术性资产配置。

16. 能体现投资资产时间尺度和价格尺度之间关系的是资产的(　　)。

A. 流动性　B. 风险性　C. 收益性　D. 波动性

【答案】 A

【解析】 资产的流动性是指资产以公平价格售出的难易程度，它体现投资资产时间尺度和价格尺度之间的关系。

17. 动态资产配置策略的主要利润机制是(　　)。

A. 回归均衡原则　B. 价值投资原则

C. 风格轮换原则　D. 逆时针曲线原则

【答案】 A

二、多选题

1. 关于投资组合保险策略与买入并持有策略的比较，以下说法正确的是(　　)。

A. 如果风险资产市场继续上升，投资组合保险策略将取得优于买入并持有策略的结果

B. 如果风险资产市场继续上升，投资组合保险策略将取得劣于买入并持有策略的结果

C. 如果市场由上升转而下降，则投资组合保险策略的结果劣于买入并持有策略的结果

D. 如果市场由上升转而下降，则投资组合保险策略的结果优于买入并持有策略的结果

【答案】 AC

2. 投资组合保险策略在市场变动时的行动方向是(　　)。

A. 下降时买入　B. 上升时卖出

C. 下降时卖出　D. 上升时买入

【答案】 CD

【解析】 投资组合保险策略在股票市场上涨时提高股票投资比例，而在股票市场下跌时降低股票投资比例，其目的是既保证资产组合的总价值不低于某个最低价值，同时又不放弃资产升值潜力。

3. 以下不属于资产配置基本步骤的是(　　)。

A. 明确投资目标和限制因素　B. 确定有效资产组合的边界

C. 明确资本市场的方差值　D. 寻找最佳的资产组合

【答案】 ABD

【解析】 一般情况下，资产配置的过程包括以下几个步骤：(1)明确投资目标和限制因素；(2)明确资本市场的期望值；(3)明确资产组合中包括哪几类资产；(4)确定有效资产组合的边界；(5)寻找最佳的资产组合。

4. 当股票价格由升转降或由降转升，即市场处于易变的、无明显趋势的状态时，以下

说法正确的是(　　)。

A. 恒定混合策略的表现优于买入并持有策略

B. 恒定混合策略的表现劣于买入并持有策略

C. 投资组合保险策略的表现优于买入并持有策略

D. 投资组合保险策略的表现劣于买入并持有策略

【答案】AD

5. 影响投资者风险承受能力和收益要求的各项因素包括(　　)。

A. 投资者的年龄或投资周期　　B. 资产负债状况

C. 财务变动状况与趋势　　D. 财富净值和风险偏好

【答案】ABCD

6. 运用战术性资产配置的前提条件是(　　)。

A. 资产管理人对风险的偏好

B. 资产管理人对风险的规避

C. 资产管理人能够准确地预测市场变化

D. 资产管理人能够有效实施战术性资产配置投资方案

【答案】CD

【解析】战术性资产配置假设投资者的风险承受能力不随市场和自身资产负债状况的变化而改变,因而排除 A、B 项。战术性资产配置的风险、收益特征与资产管理人对资产类别收益变化的把握能力密切相关,因此,运用战术性资产配置的前提条件是 C 和 D。

7. 进行资产配置时构造最优组合的内容有(　　)。

A. 确定不同资产投资之间的相关程度

B. 确定不同资产投资之间的投资收益率相关程度

C. 计算组合的期望收益率

D. 计算资产配置的风险

【答案】ABCD

【解析】构造最优投资组合的内容包括:确定不同资产投资之间的相关程度;确定不同资产投资之间的投资收益率相关程度;明确单一资产的投资收益率、风险状况这两者之间的相关程度以及与收益的相关关系,则可计算资产组合的期望收益率和风险,从而确定有效市场前沿。

8. 关于战术性资产配置与战略性配置对投资者的风险承受和风险偏好的认识和假设不同,以下说法正确的是(　　)。

A. 与战略性资产配置过程相比,战术性资产配置策略在动态调整资产配置状态时,需要根据实际情况的改变重新预测不同资产类别的预期收益情况,但没有再次估计投资者偏好与风险承受能力是否发生了变化

B. 动态资产配置实质上假定投资者的风险承受能力与效用函数是较为稳定的,在新形势下没有发生大的改变,于是只需要考虑各类资产的收益情况变化

C. 在风险承受能力方面,动态资产配置假设投资者的风险承受能力不随市场和自身资产负债状况的变化而改变。这一类投资者将在风险收益报酬较高时比战略

性投资者更多地投资于风险资产

D. 动态资产配置的核心在于对资产类别预期收益的动态监控与调整，而忽略了投资者是否发生变化

【答案】 ABCD

9. 资产配置在不同层面上具有不同含义，可以大致分为(　　)三类。

A. 战略性资产配置　　B. 战术性资产配置

C. 资产混合配置　　D. 资产分散管理

【答案】 ABC

【解析】 资产配置在不同层面有不同含义，从时间跨度和风格类别上看，可分为战略性资产配置、战术性资产配置和资产混合配置。

【答案】 ABCD

10. 运用情景综合分析法进行预测的基本步骤包括(　　)。

A. 分析目前与未来的经济环境，确认经济环境可能存在的状态范围，即情景

B. 预测在各种情景下，各类资产可能的收益与风险，各类资产之间的相关性

C. 确定各情景发生的概率

D. 以情景的发生概率为权重，通过加权平均的方法估计各类资产的收益与风险

【答案】 ABCD

11. 以下资产配置方案中介于最积极与最消极之间的方案是(　　)。

A. 战术性资产配置

B. 买入并持有策略

C. 固定比例战略

D. 组合保险策略

【答案】 CD

【解析】 根据资产配置调整的依据不同，可以将资产配置的动态调整过程分为战术性资产配置、买入并持有策略、固定比例战略和投资组合保险策略。其中，买入并持有策略是消极型的长期再平衡方式，战术性资产配置策略是积极型方式。

三、判断题(正确的填 A，不正确的填 B)

1. 一般而言，采取买入并持有策略的投资者通常忽略市场的短期波动，而着眼于长期投资。(　　)

【答案】 A

2. 资产配置实际上反映了基金经理对各个市场走势的预测能力，因此，资产配置能力实际上反映了基金在宏观上的择时能力。(　　)

【答案】 A

【解析】 资产配置是指根据投资需求将投资资金在不同资产类别之间进行分配，通常是将资产在低风险、低收益证券与高风险、高收益证券之间进行分配。择时能力是指基金经理对个股的预测能力。资产配置的优劣实际上反映了基金经理对各个市场走势的预测能力，因此，资产配置能力实际上反映了基金经理在宏观上的择时能力。

3. 恒定混合策略和投资组合保险策略是消极型资产配置策略。(　　)

【答案】B

【解析】买入并持有策略属于消极型的长期再平衡策略，恒定混合策略、投资组合保险策略和动态资产配置策略则相对较为积极。

4. 动态投资组合保险策略的交易成本一般比买入持有策略要高。（ ）

【答案】A

5. 基金资产配置既包括资金在股票、债券等资产类型之间的分配，也包括资金在各自资产类型之内的配置。（ ）

【答案】A

【解析】资产配置是指根据投资需求将投资资金在不同资产类别之间进行分配，通常是将资产在低风险、低收益证券与高风险、高收益证券之间进行分配。

6. 一般而言，划分系统风险和非系统风险采用的是情景综合分析法。（ ）

【答案】B

【解析】一般而言，划分系统风险和非系统风险采用的是历史数据法。

7. 资产管理中最重要的规则之一就是在投资人的风险承受能力范围内运作。（ ）

【答案】A

8. 买入并持有策略在市场变动时不行动。（ ）

【答案】A

9. 资产配置过程是围绕投资收益率目标，考查不同资产类别并据以确定投资组合的资产配置比例的过程。（ ）

【答案】A

【解析】资产配置是指根据投资需求将投资资金在不同资产类别之间进行分配，通常是将资产在低风险、低收益证券与高风险、高收益证券之间进行分配。因而，其过程是围绕投资收益率目标，考查不同资产类别并据以确定投资组合的资产配置比例的过程。

10. 在投资组合保险策略下，资产在投资组合中所占比重与该资产的相对价格反方向变动。（ ）

【答案】B

【解析】投资组合保险策略是在将一部分资金投资于无风险资产从而保证资产组合最低价值的前提下，将其余资金投资于风险资产，并随着市场的变动调整风险资产和无风险资产的比例，同时不放弃资产升值潜力的一种动态调整策略。当投资组合价值因风险资产收益率的提高而上升时，风险资产的投资比例也随之提高；反之则下降。

11. 不同范围资产配置在时间跨度上往往不同，一般而言，全球资产配置的期限在1年以上，行业资产配置的期限为半年，股票债券资产配置的时间最短一般根据季度周期或行业波动特征进行调整。（ ）

【答案】B

12. 历史数据法假定未来与过去相似，因此，运用时需以长期数据为基础。（ ）

【答案】A

13. 买入并持有策略要求的市场有适度的流动性。（ ）

【答案】 B

【解析】 买入并持有策略是指按确定恰当的资产配置比例构造了某个投资组合后，在诸如3～5年的适当持有期间内不改变资产配置状态，保持这种组合。因而，在该策略下投资组合完全暴露于市场风险之下，所以，它要求的市场流动性小。

14. 一般情况下，对于个人投资者而言，资产负债状况是影响资产配置的最主要因素。（　　）

15. **【答案】** B

【解析】 一般情况下，对于个人投资者而言，个人的生命周期是影响资产配置的最主要因素。

16. 采用投资组合保险策略时，风险资产收益率上升，风险资产的投资比例随之上升，如果风险资产市场继续上升，投资组合保险策略将取得优于买入并持有策略的结果。（　　）

【答案】 A

17. 战术性资产配置的核心在于对资产类别预期收益的动态监控与调整，而忽略了投资者是否发生变化。（　　）

【答案】 A

【解析】 战术性资产配置实质上假定投资者的风险承受能力与效用函数是较为稳定的，在新形势下没有发生大的改变，于是只需要考虑各类资产的收益情况变化。因此，战术性资产配置的核心在于对资产类别预期收益的动态监控与调整，而忽略了投资者是否发生变化。

18. 资产管理者进行资产配置时，不能脱离投资人的风险承受能力而无约束地进行。（　　）

【答案】 A

【解析】 资产管理中最重要的一条规则就是在投资人的风险承受能力范围内运作，因此，在确定资产配置之前，应该衡量投资人的风险承受能力。

19. 如果股票市场价格处于震荡、波动状态之中，恒定混合策略劣于买入并持有策略。（　　）

【答案】 B

【解析】 恒定混合策略是指保持投资组合中各类资产的固定比例，在各类资产的市场表现出现变化时，资产配置应当进行相应的调整以保持各类资产的投资比例不变。因而，如果股票市场价格处于震荡、波动状态之中，恒定混合策略可能优于买入并持有策略。

20. 相对于情景综合分析法，历史数据法要求更高的预测技能。（　　）

【答案】 B

【解析】 与历史数据法相比，情景综合分析法在预测过程中的分析难度和预测的适当时间范围不同，也要求更高的预测技能，由此得到的预测结果在一定程度上也更有价值。

第十三章 股票投资组合管理

第一节 本章知识框架

- 股票投资组合的目的
  - 股票投资组合管理的概念
  - 股票投资组合管理的目的
- 股票投资风格管理
  - 股票投资风格的概念与特征
  - 股票投资风格分类体系
  - 股票投资风格指数的概念
- 积极型股票投资策略
  - 积极型股票投资策略的简单分类
  - 道氏理论的简介
  - 简单过滤器规则简介
  - 移动平均法
  - 价量关系指标简介
  - 低市盈率(P/E 比率)理论简介
  - 股利贴现模型简介
  - 小公司效应
  - 低市盈率效应
  - 日历效应
  - 以技术分析为基础和以基本分析为基础的投资策略比较

第二节 本章复习提示

了解股票投资组合的目的。

熟悉股票投资组合管理基本策略。

熟悉股票投资风格分类体系、股票投资风格指数及股票风格管理。

了解积极型股票投资策略的分析基础；了解技术分析的基本理论；了解基本分析的

主要指标和理论模型;熟悉技术分析和基本分析的主要区别。

了解消极型股票投资的策略;熟悉指数型投资策略的理论和实践基础、跟踪误差的问题和加强指数法。

第三节　股票投资组合的目的

一、股票投资组合管理的概念

发展由来:股票投资组合管理是在组合管理投资理念的基础上发展起来的。

基本目标:分散风险和最大化投资收益是组合管理的基本目标。

积极型与消极型两类投资策略根据对市场有效性的不同判断,股票投资组合管理又演化出积极型与消极型两类投资策略。

积极型投资策略旨在通过基本分析和技术分析构造投资组合,并通过买卖时机的选择和投资组合结构的调整,获得超过市场组合收益的回报。

消极型投资策略则以拟合市场投资组合为主要目的,通过跟踪误差,尽量缩小投资组合与市场组合的差异,并以获得市场组合平均收益为主要目标。

二、股票投资组合管理的目的

股票投资组合管理的目的就是分散风险和实现收益最大化。所谓风险就是指预期投资收益的不确定性。资产组合理论表明,证券组合的风险随着组合所包含的证券数量的增加而降低,资产间关联性低的多元化证券组合可以有效降低个别风险。股票的投资组合管理的目标之一是通过多样化的股票投资使投资者获得最大收益。在给定的风险水平下,通过多样化的股票选择,可以在一定程度上减轻股票价格的过度波动,从而在一个较长的时期内获得最大收益。

第四节　股票投资组合管理基本策略

根据对市场有效性的不同判断,分为两大类:积极型和消极型股票投资组合策略。

前者认为如果股票市场并不是有效市场,股票的价格不能完全反映影响价格的信息,那么市场中存在着错误定价的股票。在无效的市场条件下,基金管理人有可能通过对股票的分析和其良好的判断力以及信息方面的优势,识别出错误定价的股票,通过买入价值低估的股票、卖出价值高估的股票,获取超出市场平均水平的收益率,或者在获得同等收益的情况下承担较低的风险水平。

后者认为如果股票市场是一个有效的市场,股票的价格反映了影响它的所有信息,那么股票市场上不存在价值低估或价值高估的股票,投资者也不可能通过寻找错误定价的股票获取超出市场平均的收益水平。在这种情况下,基金管理人不应当尝试获得超出市场的投资回报，而是努力获得与大盘同样的收益水平，减少交易成本。

第五节 股票投资风格管理

一、股票投资风格的概念与特征

股票投资风格是指基金经理人以股票的行为模式为基准确定基金投资类型的一种组合管理模式。具有相同特征的股票集合可以看做是股票市场中的子市场，这些子市场的存在使得基金经理人可以根据不同股票集合的行为模式规划投资策略。常见的股票投资风格管理模式包括两大类：消极型和积极型股票投资风格管理。

二、股票投资风格分类体系

首先，可以对股票按公司规模分类，即基于不同规模公司的股票具有不同的流动性，而股票投资回报往往和它的流动性存在一定关系的角度进行考虑的。从实践经验来看，人们通常用公司股票的市场价值所表示的公司规模作为流动性的近似衡量标准。通常小型资本股票的流动性较低，而大型资本股票的流动性则相对较高。股票投资收益是对投资者承担风险和放弃收益的综合补偿。鉴于小型股票的流动性偏低，因此，从长期来看，小型资本股票的回报率实际上要比大型资本股票更高。

虽然小型资本股票的回报率长期内较高，但是在实践中人们也观察到，小型资本股票无论是个体还是作为一个整体，其波动性均很高。但若是把选取资本额较低的小公司股票战略和选取资本额较高的大公司股票战略结合起来，就可以改进整个投资计划的风险回报情况，这就是所谓的混合战略。因此，按公司规模划分的股票投资风格通常包括小型资本股票、大型资本股票和混合型资本股票三种类型。

其次，可以按股票的基本特点进行分类，基于基本分析基础上的股票投资风格分类方法，而观察股票价格的市场表现则可以使人们对股票运行形成更为直观的认识。因此，通过分析股票在市场上的不同价格行为，并以此作为分类标准似乎更加直观。按股票价格行为所表现出来的行业特征，可以将股票分为增长类、周期类、稳定类和能源类等类型。其划分依据主要是各个股票之间的相关系数，从而使每一类股票内部的相关系数均为正而且较大，而不同类型的股票之间的相关性则不高。这种分析方法是用来确定股票的价格行为是否和增长类股票与非增长类股票（周期类、稳定类、能源类股票）的分类相一致。

最后，按照公司成长性可以将股票分为增长类股票和非增长类（收益类）股票。通常我们将增长类股票定义为以超过经济发展速度的较高速度增长的股票；收益类股票则是随经济发展速度同步增长的股票。为了便于分析，我们通常选取一定的指标来描述公司的成长性：净资产收益率乘以盈余保留率，也称为持续增长率和红利收益率。

运用红利收益率和持续增长率这两个变量，我们可以将增长类股票和收益类进行简单划分。首先，我们估计增长类股票有较高的盈余保留率和高的赢利性（或是二者兼而有之)；非增长类股票有较低的盈余保留率和赢利性。因此，我们预计具有高增长率的公司只会支付较低的红利。相对于股价的高增长而言，这类公司只会有较低的红利收益率。反之，非增长类公司支付较高的红利，相对于未反映出公司成长性的股价而言，将会有较高的红利收益率。

三、股票投资风格指数的概念

股票投资风格指数就是对股票投资风格进行业绩评价的指数。比如，前面我们已经分析过，增长类股票和非增长类股票的基本特点有很大的不同，因而，专门投资于增长类或收益类股票的经理的业绩很大程度上取决于所选取股票类型的发展趋势。由此人们引入了风格指数的概念作为评价投资管理人业绩的标准。以公司成长性为标准设计的风格指数为例。在按照一定的指标，如市盈率和市净率指标将股票分为增长类和非增长类之后，就可以按照一定的权重构建指数，反映各自的回报情况。风格指数可以使基金经理更清楚地了解某类股票在一定时间内的走向，其所起到的作用就像对市场状况有广泛代表性的标准普尔 500 种股票指数一样。相应地，这些指数为精确地评估投资经理管理由增长类股票和收益类股票组成的投资组合的业绩提供了一个标准。

第六节　积极型股票投资策略

积极型股票投资战略是投资经理人在长期的实践摸索中逐步形成的多样化投资策略的集合表现形式，在长期的发展过程中形成了各种不同的理论基础和具体的操作方法。

一、积极型股票投资策略的简单分类

1. 在否定弱势效率市场前提下的以技术分析为基础的投资策略，如道氏理论、移动平均法、价格与交易量的关系等理论；

2. 在否定半强势市场前提下的以基本分析为基础的投资策略，如低市盈率法和股利贴现模型等；

3. 结合对弱势效率市场和半强势效率市场的挑战，人们提出的市场异常策略，如小公司效应、日历效应等。

二、道氏理论的简介

理论的提出：道氏理论是技术分析的鼻祖，美国人查尔斯·道是道氏理论的创始人。他与爱德华·琼斯创立了著名的道琼斯平均指数。

意义：道氏理论的最具历史价值之处在于其精确的科学化的思想方法，这是成功投资的必要条件。

主要观点：

1. 市场价格指数可以解释和反映市场的大部分行为，这既是道氏理论的核心思想，

也是技术分析理论的三大基本假设之一。目前世界资本市场应用最广的道琼斯工业指数、标准普尔 500 指数、金融时报指数、日经指数等都是源于道氏理论的思想。

2. 市场波动具有三种趋势,即主要趋势、次要趋势和短暂趋势。三种趋势的划分为其后出现的波浪理论打下了基础。

3. 交易量在确定趋势中的作用。通过对交易量的放大或萎缩的观察,再配合对股票价格形态的分析,增加了对趋势反转点判断的准确性。

4. 收盘价是最重要的价格。对于股票价格表现而言,一般一天有开盘价、收盘价、全天最高价、全天最低价。而道氏理论认为在所有价格中,收盘价最重要。

三、简单过滤器规则简介

简单过滤器规则是以某一时点的股价作为参考基准,预先设定一个股价上涨或下跌的百分比作为买入和卖出股票的标准,即如果股票价格相对于参考基准上升的幅度达到了预先设定的百分比,就买入该股票;反之就卖出该股票。

这一事先设定的股票价格变化的百分比就称为过滤器,它将股价上涨或下跌幅度达到标准的股票筛选出来作为投资组合的选择对象。

四、移动平均法

移动平均法其实质是简单过滤器规则的一种变形。它是以一段时期内的股票价格移动平均值为参考基础,考查股票价格与该平均价之间的差额,并在价格超过平均价的某一百分比时买入该股票,在股票价格低于平均价的一定百分比时卖出该股票。

移动平均法可以参考乖离率(BIAS)的计算公式来测定股价的背离程度。

乖离率是描述股价与股价移动平均线距离远近程度的一个指标。

五、价量关系指标简介

市场行为最基本的表现就是成交价和成交量。通常认为,交易量和价格的上升是投资者对某只股票感兴趣而且将这一兴趣持续下去的信号。反之,价格上升而交易量下降则是股票价格随后将下跌的信号。由此,人们总结出逆时针曲线理论的八大循环,即价稳量增、价量齐升、价涨量稳、价涨量缩、价稳量缩、价跌量缩、价跌量稳、价稳量稳。葛兰碧在对成交量和股价趋势关系研究之后,总结出九大法则,被称为葛兰碧九大法则。价量关系的对比分析已经成为技术分析的基本手段。

六、低市盈率(P/E 比率)理论简介

选择“双低”股票作为自己的目标投资对象是目前机构投资者普遍运用的投资策略。所谓“双低”,就是低市盈率、低市净率。市盈率是股票价格与每股净利润的比值,市净率则是股票价格与每股净资产的比值。选择市盈率和市净率较低股票的理论基础在于,这两类股票的股价有较高的实际收益的支持。也就是说,这类股票价格被高估的可能性较低,被低估的可能性则较高。选取这两个指标有利于投资经理筛选价值被低估或风险较小的股票。从目前世界市场的股价表现来看,在美国曾一度出现的股市泡沫使得人们对

高市盈率和高市净率的股票缺乏投资信心。因此,低市盈率指标受到普遍欢迎正是在股市过热之后,投资理念向价值回归的一种表现。

七、股利贴现模型简介

股利贴现模型(简称 DDM)就是将未来各期支付的股利(通常还包括未来某时股票的预期售价)通过选取一定的贴现率折合为现值的方法,考查即期资产价格与预期未来现金流量折现后的现值之间的差异,即净现值(NPV),据此判断股票是否被错误定价。如果净现值大于 0,即股票价值被低估,应买入;如果净现值小于 0,即股票价格被高估,应卖出。

另外,我们也可以从内含报酬率的角度来判断买入或卖出。内含报酬率就是在净现值等于 0 时的折现率,它反映了股票投资的内在收益情况。如果内含报酬率高于资本的必要收益率则买入,如果内含报酬率低于资本的必要收益率则卖出。

八、小公司效应

小公司效应(Small-firm effect)也称规模效应(Size effect),是指以股票市值为衡量标准的公司规模的大小与该股票的市场收益率之间呈相反的关系。也就是说,从统计规律看,总市值较小的公司股票有较高的收益率,而总市值较大的股票有较低的收益率。

九、低市盈率效应

指由低市盈率股票组成的投资组合的表现要优于由高市盈率股票组成的投资组合的表现。低市盈率股票往往是价值被低估的、暂时性非热点的公司,其股价上涨的空间和概率都比较大。

十、日历效应

人们在长期的投资实践中发现,在每一年的某个月份或每个星期的某一天,市场走势往往表现出一些特定的规律。例如在过年前的一段时间里,在假期消费心理和大资金回笼的影响下,股价走势往往比较弱,因此,一些有经验的投资经理会选择股价走势通常较好的时期,某月或一个星期的某一天作为买入时点,而在股价走势较弱的月份选择卖出。

十一、以技术分析为基础和以基本分析为基础的投资策略比较

表 13-1　以技术分析为基础和以基本分析为基础的投资策略比较

比较项目	以技术分析为基础的投资策略	以基本分析为基础的投资策略
对市场有效性的判定不同	以否定弱式有效市场为前提的,认为投资者可以通过对以往价格进行分析而获得超额利润	以否定半强式有效市场为前提的,认为公开资料没有完全包括有关公司价值的信息、有关宏观经济形势和政策方面的信息,通过基本分析可以获得超额利润
分析基础不同	以市场上历史的交易数据(股价和成交量)为研究基础,认为市场上的一切行为都反映在价格变动中	基本分析是以宏观经济、行业和公司的基本经济数据为研究基础,通过对公司业绩的判断确定其投资价值

续表

比较项目	以技术分析为基础的投资策略	以基本分析为基础的投资策略
使用的分析工具不同	以市场历史交易数据的统计结果为基础，通过曲线图的方式描述股票价格运动的规律	基本分析则主要以宏观经济指标、行业基本数据和公司财务指标等数据为基础进行综合分析

第七节　消极型股票投资策略

消极型股票投资策略以有效市场假说为理论基础，可以分为简单型和组合型两类策略。

简单型策略以买入并长期持有策略为主，一旦确定了投资组合，就不再发生积极的股票买入或卖出行为。

坚持组合型消极投资战略的投资管理人并不试图用基本分析的方法来分值高估或低估的股票，也不试图预测股票市场的末期变化，而是在长期持有并预期发生的股票市场整体价格统计特征的基础之上，模拟时常构造投资组合，以吸取得以比较基准相一致的风险收益结果。对于组合型消极投资战略来说，进出场时同样不是投资者关注的重点。

与简单型消极投资战略相比，组合型投资战略更强调严格遵循并尽可能模拟市场结构，因此组合型投资战略也被直接称为“指数法”，通过跟踪一组股票数的整体业绩来设计投资组合。

第八节　同步强化训练

一、单选题

1. 从红利收益率和市场对优秀增长类公司发出的价格信号来看，红利收益率通常和公司增长能力呈（　　）。

A. 反向变化关系　　B. 同向变化关系

C. 无相关性　　D. 无法确定相关性

【答案】C

2. 如果股票价格中已经反映了影响价格的全部信息，我们就称该股票市场是（　　）。

A. 半弱势有效市场　　B. 强势有效市场

C. 弱势有效市场　　D. 半强势有效市场

【答案】D

3. 消极型股票投资策略的理论基础在于（　　）。

A. 有效市场假说　　B. 若有效市场假设

C. 无效市场假说　　D. 市场信息不对称假设

【答案】A

【解析】消极型股票投资策略下，基金管理人不应当尝试获得超出市场的投资回报，其原因在于股票市场是有效市场，不存在“价值低估”或“价值高估”的股票。因此，其理论基础在于有效市场假说。

4. 从内含报酬率判断买入或卖出，如果内含报酬率（　）资本的必要收益率则卖出。

A. 高于　　B. 等于　　C. 低于　　D. 不低于

【答案】C

5. 所谓（　）就是证券价格充分反映了历史上一系列交易价格和交易量中所隐含的信息，从而投资者不可能通过对以往价格进行的分析获得超额利润。

A. 半弱势有效市场　　B. 强势有效市场

C. 弱势有效市场　　D. 半强势有效市场

【答案】C

6. 要通过股票组合更好地分散非系统风险，应当（　）。

A. 选择同一行业的股票　　B. 选择每股收益差别很大的股票

C. 选择不同行业的股票　　D. 选择相关性较差的股票

【答案】D

【解析】资产组合理论表明，证券组合的风险随着组合所包含的证券数量的增加而降低，资产间关联性低的多元化证券组合可以有效地降低个别风险（非系统风险）。

7. 股票投资组合的目的有（　）。

A. 分散风险　　B. 实现与大盘同样的收益水平

C. 实现资产的多元化　　D. 实现超额利润

【答案】A

【解析】股票投资组合的目的有二：分散风险和实现收益最大化。

8. 一般买卖双方对价格的认同程度通过成交量的大小得到确认，认同程度大，成交量（　）；认同程度小，成交量（　）。

A. 大；大　　B. 小；小　　C. 大；小　　D. 小；大

【答案】C

9. 小型资本股票回报率和大型资本股票回报率相比（　）。

A. 更低　　B. 一样　　C. 更高　　D. 二者回报率没有可比性

【答案】C

【解析】通常小型资本股票的流动性较低，而大型资本股票的流动性则相对较高。股票投资收益是对投资者承担风险和放弃收益者综合补充。鉴于小型股票的流动性偏低，因此从长期来看，小型资本股票的回报率实际上要比大型资本股票高。

10.（　）消极投资策略具有交易成本和管理费用最小化的优势，但同时也放弃了从市场环境变化中获利的可能。

A. 简单型　　B. 复杂型　　C. 行业型　　D. 指数型

【答案】A

11. 基金管理人试图将指数化管理方式与积极型股票投资策略相结合,在盯住选定的股票指数的基础上,作适当的主动性调整,这种股票投资策略被称为(　　)。

A. 数量法　　B. 加强指数法　　C. 市值法　　D. 分层法

【答案】B

【解析】加强指数法的重点是在复制组合的基础上加强风险控制,其目的不在于积极寻求投资收益的最大化,因此通常不会引起投资组合特征与基准指数之间的实质性背离。

12. 除去各股票完全正相关的情况,组合资产的标准差将(　　)各股票标准差的加权平均。

A. 大于　　B. 小于　　C. 等于　　D. 大于等于

【答案】B

二、多选题

1. 投资者进行股票投资组合管理的目的是(　　)。

A. 降低证券投资风险　　B. 实现资源优化配置

C. 实现投资收益最大化　　D. 为资产进行定价

【答案】AC

【解析】构建股票投资组合的原因有二:一是为降低证券投资风险;二是为实现证券投资收益最大化。

2. 按照对未来股利支付的不同假定,股利贴现模型(DDM)可演化为(　　)等具体表现形式。

A. 固定增长模型　　B. 负增长模型

C. 三阶段 DDM　　D. 随机 DDM

【答案】ACD

3. 对于股票价格表现而言,一般一天几个比较重要的价格有(　　)。

A. 开盘价　　B. 收盘价

C. 全天最高价　　D. 全天最低价

【答案】ABCD

4. 一般来说,积极型股票投资策略包括(　　)。

A. 小公司效应　　B. 低市盈率法　　C. 日历效应　　D. 指数投资法

【答案】ABC

【解析】积极型股票投资策略是投资经理人在长期的实践摸索中逐步形成的多样化投资策略的集合表现形式,在长期的发展过程中形成了各种不同的理论基础和具体的操作方法。归纳起来大致包括以下几种:在否定弱式效率市场前提下的以技术分析为基础的投资策略,如道氏理论、移动平均法、价格与交易量的关系等理论;在否定半强式市场前提下的以基本分析为基础的投资策略,如低市盈率法和股利贴现模型等;结合对弱式效率市场和半强式效率市场的挑战,人们提出的市场异常策略,如小公司效应、日历效应等。

5. 在否定弱势有效市场前提下，以技术分析为基础的投资策略包括(　　)。

A. 道氏理论　　B. 移动平均法
C. 价格与交易量的关系　　D. 股利贴现模型
E. 低市盈率法

【答案】ABC

6. 以基本分析为基础的投资策略包括(　　)。

A. 低市盈率　　B. 超买超卖型指标
C. 价量关系指标　　D. 股利贴现模型

【答案】AD

7. 以技术分析为基础的投资策略与以基本分析为基础的投资策略的区别主要包括的方面有(　　)。

A. 对市场有效性的判定不同　　B. 分析基础不同
C. 分析结论不同　　D. 使用的分析工具不同

【答案】ABD

8. 下列哪些指标可以用来描述公司成长性(　　)。

A. 市盈率　　B. 持续增长率
C. 资本债率　　D. 红利收益率

【答案】BD

【解析】为了便于分析，我们通常选取一定的指标来描述公司的成长性：(1)净资产收益率乘以盈余保留率，或称为持续增长率；(2)红利收益率。

9. 根据对市场有效性的不同判断，可以将股票投资组合策略分为(　　)。

A. 积极型组合管理　　B. 避税型组合管理
C. 收入型组合管理　　D. 消极型组合管理
E. 增长型组合管理

【答案】AD

【解析】积极型股票投资组合策略是以战胜市场为目的的一种投资组合策略；消极型股票投资组合策略是以获得市场组合收益为目的的一种投资组合策略。

10. 常见的股票投资风格管理模式包括(　　)两大类。

A. 消极型股票投资风格管理　　B. 积极型股票投资风格管理
C. 集中型股票投资风格管理　　D. 分散型股票投资风格管理

【答案】AB

11. 下面有关消极型股票投资战略描述中正确的是(　　)。

A. 消极型股票投资战略的理论基础在于无效市场假说
B. 理论认为不能获得超过其风险承担水平之上的超额收益
C. 否定了“时机抉择”技术的有效性
D. 消极型股票投资战略就是放弃市场的选择权

【答案】BCD

【解析】消极型股票投资战略以有效市场假说为理论基础，有效市场就是股票的市场价格反映了影响它的所有信息，股票市场上不存在价值低估或价值高估，这种投资策略认为不能获得超过其风险承担水平之上的超额收益，否认了时机抉择技术的有效性，放弃了市场的选择权。由此可以得出 BCD 三项是正确的。

三、判断题（正确的填 A，不正确的填 B）

1. 在股利贴现模型中，市盈率或市净率是判断股票是否被错误定价的最关键指标。（　　）

【答案】 B

【解析】 股利贴现模型就是将未来各期支付的股利（通常还包括未来某时股票的预期售价）通过选取一定的贴现率折合为现值的方法，考查即期资产价格与预期未来现金流量折现后的现值之间的差异，即净现值来判断股票是否被错误定价。如果净现值大于 0，即股票价值被低估，应买入；如果净现值小于 0，即股票价格被高估，应卖出。

2. 积极型管理的唯一目标是利润最大化。（　　）

【答案】 B

【解析】 积极型管理的目标是超越市场，获取超过市场平均水平的收益率，或在获得同等收益的情况下承担较低的风险水平。

3. 对于投资者而言，其投资风险分散化和投资收益最大化这两重目标是相互冲突的，往往无法同时实现。（　　）

【答案】 B

【解析】 资产组合理论表明，证券组合的风险随着组合所包含的证券数量的增加而降低，资产间关联性低的多元化证券组合可以有效地降低个别风险。投资收益最大化是指在给定的风险水平下，通过多样化的股票选择，可以在一定程度上减轻股票价格的过度波动，从而在一个较长的时期内获得最大收益。因此这两重目标可以同时实现。

4. 在技术分析预测股票的价格走势时，价量关系可以作为一个信号。（　　）

【答案】 A

5. 道氏理论认为价格的波动尽管表现形式不同，但是最终可以将它们分为三种趋势，即主要趋势、次要趋势和短暂趋势。三种趋势的划分为其后出现的波浪理论打下了基础。（　　）

【答案】 A

【解析】 道氏理论的主要观点包括：(1)市场价格指数可以解释和反映市场的大部分行为；(2)市场波动具有三种趋势；(3)交易量在确定趋势中的作用；(4)收盘价是最重要的价格。

6. 按股票价格行为分类将股票分为增长类和非增长类股票。（　　）

【答案】 B

【解析】 按股票价格行为所表现出来的行业特征，可以将股票分为增长类、周期类、稳定类、能源类等类型。按公司成长性可以将股票分为增长类股票和非增长类（收益类）股票。

7. 道氏理论认为开盘价是最重要的价格。(　　)

【答案】B

【解析】道氏理论认为收盘价是最重要的价格。

8. 小公司投资组合的表现要优于股票市场的表现。(　　)

【答案】A

第十四章 债券投资组合管理

第一节 本章知识框架

- 债券收益率及收益率曲线
  - 单一债券收益率的衡量
  - 债券投资组合收益率的衡量
  - 影响收益率的因素
  - 收益率曲线
- 债券风险的测量
  - 债券投资的主要风险
  - 测算债券价格波动性的方法
- 积极债券组合管理
  - 水平分析
  - 债券互换
  - 应急免疫
  - 骑乘收益率曲线
- 消极债券组合管理
  - 消极债券组合管理概述
  - 指数化投资策略的目标
  - 指数化的衡量标准
  - 满足单一负债要求的投资组合免疫策略
  - 投资者的选择
  - 满足单一负债要求的投资组合免疫策略
  - 投资者的选择

第二节 本章复习提示

了解单一债券收益率的衡量方法;熟悉债券投资组合收益率的衡量方法;了解影响债券收益率的主要因素;了解收益率曲线的概念;熟悉几种主要的期限结构理论。

了解债券风险种类;熟悉测算债券价格波动性的方法;熟悉债券流通性价值的衡量。

了解积极债券组合管理和消极债券组合管理的理论基础和多种策略。

第三节　债券收益率及收益率曲线

一、单一债券收益率的衡量

在对单一债券收益率的衡量上，可以采用多种方法，其中债券到期收益率是被普遍采用的计算方法。

债券到期收益率被定义为使债券的支付现值与债券价格相等的贴现率，即内部收益率。债券的到期收益率被看做是债券自购买日起至到期日为止的平均收益率。对于一年付息一次的债券而言，其计算公式为

$$P=\frac{C}{(1+y)}+\frac{C}{(1+y)^2}+\cdots+\frac{C}{(1+y)^n}+\frac{F}{(1+y)^n}$$

式中：P——债券价格；

C——债券利息；

y——到期收益率；

n——到期年数；

F——债券面值。

对于持有一定期限的债券来说，可以根据假定的再投资利率计算该债券的总的息票支付以及再投资收益，同时根据计划投资期限到期时的预期必要收益率计算该时点上的债券价格，两者之和即为该债券的总的未来价值，并代入以下公式求得现实复利收益率：

$$\text{现实复利收益率}=\left[\frac{\text{总的未来债券价值}}{\text{债券的购买价格}}\right]^{\frac{1}{n}}-1=\left[\frac{\text{总息票支付}+\text{再投资收益}+\text{债券价格}}{\text{债券的购买价格}}\right]^{1/\text{投资期限}}-1$$

现实复利收益率也称为期限收益率，它允许资产管理人根据计划的投资期限、预期的有关再投资利率和未来市场收益率预测债券的表现其中，利息再投资收益率是获取票息时的现实收益率，而不是一个固定的数值。

二、债券投资组合收益率的衡量

一般用两种常规性方法来计算投资组合的收益率，即加权平均投资组合收益率与投资组合内部收益率。

1. 加权平均投资组合收益率

加权平均投资组合收益率是对投资组合中所有债券的收益率按所占比重作为权重进行加权平均后得到的收益率，是计算投资组合收益率最通用的方法，但其缺陷也很明显。例如，对于一个计划投资期限为 2 年的投资者来说，如果投资组合的 99％都集中在 6 个月期的债券上，使用加权平均的方式计算的投资组合收益率将很难对投资决策形成有效支持。

2. 投资组合内部收益率

债券投资组合的内部收益率是通过计算投资组合在不同时期的所有现金流,然后计算使现金流的现值等于投资组合市场价值的利率,即投资组合内部收益率。

与加权平均投资组合收益率相比,投资组合内部收益率具有一定优势,但投资组合内部收益率的计算需要满足以下两个假定,这一假定也是使用到期收益率需要满足的假定,即:(1)现金流能够按计算出的内部收益率进行再投资。(2)投资者持有该债券投资组合直至组合中期限最长的债券到期。

三、影响收益率的因素

债券投资收益可能来自于息票利息、利息收入的再投资收益和债券到期或被提前赎回或卖出时所得到的资本利得三个方面。

影响债券投资收益率的因素主要是基础利率和风险溢价。

(一) 基础利率

基础利率是投资者所要求的最低利率,一般使用无风险的国债收益率作为基础利率的代表,并应针对不同期限的债券选择相应的基础利率基准。

(二) 风险溢价

债券收益率与基础利率之间的利差反映了投资者投资于非国债的债券时面临的额外风险,因此也称为风险溢价。可能影响风险溢价的因素详见表 14-1。

14-1 影响风险溢价的因素分析一览表

发行人种类	不同种类的发行人代表了不同的风险与收益率,他们以不同的能力履行契约所规定的义务。例如,工业公司、公用事业公司、金融机构、外国公司等不同的发行人发行的债券与基础利率之间存在一定的利差,这种利差有时也称为市场板块内利差
发行人的信用度	债券发行人的信用度越低,投资人所要求的收益率越高;反之则较低
提前赎回等其他条款	一般来说,如果条款对债券发行人有利,比如提前赎回条款,则投资者将要求较高的利率;反之,如果条款对债券投资者有利,则投资者可能要求较低的利率
税收负担	不同税收负担影响了投资者的税后收益率
债券的预期流动性	一般来说,债券流动性越大,投资者要求的收益率越低;反之,则要求的收益率越高
到期期限	期限越长,债券的利率风险也越大。因此投资者一般会对长期债券要求更高的收益率

四、收益率曲线

将不同期限债券的到期收益率按偿还期限连接成一条曲线,即是债券收益率曲线,它反映了债券偿还期限与收益的关系。理论上,应当采用零息债券的收益率来得到收益率曲线,以此反映市场的实际利率期限结构。由于付息债券的到期收益率计算中采用了相同的折现率,所以不能准确反映债券的利率期限结构。对于收益率曲线不同形状的解释产生了不同的期限结构理论,主要包括预期理论、市场分割理论与优先置产理论。

（一）预期理论

预期理论假定对未来短期的预期可能影响市场对未来利率的预期，即远期利率。根据是否承认还存在其他可能影响远期利率的因素，可将预期理论划分为完全预期理论与有偏预期理论两类。

完全预期理论认为，远期利率相当于市场参与者对未来短期利率的预期，流动性溢价为零；而长期债券的收益率可以直接和远期利率相联系。

有偏预期理论中，最被广泛接受的是流动性偏好理论。它认为市场是由短期投资者所控制的，一般来说远期利率超过未来短期利率的预期，即远期利率包括了预期的未来利率与流动溢价。

（二）市场分割理论与优先置产理论

市场分割理论则认为，长、中、短期债券被分割在不同的市场上，各自有其独立的市场均衡状态。长期借贷活动决定长期债券的利率，而短期交易决定了短期债券利率。市场分割理论具有明显的缺陷，持这种观点的投资者也越来越少。

不同期限的债券都在借贷双方的考察范围之内，这说明任何一种期限的债券利率都与其他债券的利率相联系，这种理论被称为优先置产理论。它认为债券市场不是分割的，投资者会考察整个市场并选择溢价最高的债券品种进行投资。

第四节　债券风险的测量

一、债券投资的主要风险

债券投资的风险主要包括：利率风险、再投资风险、流动性风险、经营风险、购买力风险、汇率风险、赎回风险等七大类风险。

（一）利率风险

利率风险是由于利率水平变化而引起的债券报酬的变化，它是债券投资者所面临的主要风险。由于市场利率是用以计算债券现值的折现率的一个组成部分，所有证券价格趋于与利率水平变化反向运动，在利率水平变化时，长期债券价格的变化幅度大于短期债券价格的变化幅度。

（二）再投资风险

在债券投资分析过程中，我们通常都假设在此期间实现的利息收入将按照初始投资利率重新再投资，并没有考虑到再投资收益率实际上要依赖于利率的未来走势。在利率走低时，再投资收益率就会降低，再投资的风险加大。当利率上升时，债券价格会下降，但是利息的再投资收益会上升。一般而言，期限较长的债券和息票率较高的债券的再投资风险相对较大。

（三）流动性风险

流动性风险主要用于衡量投资者持有债券的变现难易程度。在实践中，可以根据某种债券的买卖价差来判断其流动性风险的大小，一般来说，买卖价差越大，流动性风险就越高。在一个交易非常活跃的市场中,债券交易的买卖价差通常很小,一般只有几个基点。当然,对于那些打算将债券长期持有至到期日为止的投资者来说,流动性风险就不再重要。

(四)经营风险

经营风险与公司经营活动引起的收入现金流的不确定性有关。它可以通过公司期间运营收入的分布状况来度量。也就是说,运营收入变化越大,经营风险就越大;运营收入越稳定,经营风险就越小。经营风险被分为外部经营风险和内部经营风险。内部经营风险通过公司的运营效率得到体现;外部经营风险则与那些超出公司控制的环境因素(如公司所处的政治环境和经济环境)相联系。政府债券不存在经营风险,高质量的公司债券的持有者承受有限的经营风险,而低质量债券的持有者则承受比较多的经营风险。

(五)购买力风险

债券投资的名义收益率包括实际回报率和持有期内的通货膨胀率。由于通货膨胀率处于变化过程中,因此投资者并不总能预料到通胀率的变化程度。未预期的通货膨胀使债券投资的收益率产生波动,在通货膨胀加速的情况下,将使债券投资者的实际收益率降低。

因此,债券和其他固定收益证券,如优先股,易于受到加速通胀的影响,即购买力风险的影响。另一方面,债券在通货紧缩时期或通胀减速期是较具有价值的投资。事实上,在资产配置方案中,固定收益证券的基本优点是在通货的条件下可以套期保值。

(六)汇率风险

当投资者持有债券的利息及本金以外币偿还,或者以外币计算但要换算成本币偿还的时候,投资者就面临着汇率风险。若外币相对于本币升值,债券投资带来的现金流可以兑换到更多的本币,从而有利于债券投资者提高其收益率;而当外币相对于本币贬值时,债券投资带来的现金流可以兑换的本币就会减少,这样将会降低债券投资者的收益率。

(七)赎回风险

对于有附加赎回选择权的债券来说,投资者面临赎回风险。这种风险来源于三个方面:首先,可赎回债券的利息收入具有很大的不确定性;其次,债券发行人往往在利率走低时行使赎回权利,从而加大了债券投资者的再投资风险;最后,由于存在发行者可能行使赎回权的价位,因此限制了可赎回债券的上涨空间,使得债券投资者的资本增价潜力受到限制。

二、测算债券价格波动性的方法

债券投资者需要对债券价格波动性和债券价格利率风险进行计算。通常使用的计量指标有基点价格值、价格变动收益率值和久期。

基点价格值:指应计收益率每变化1个基点时引起的债券价格的绝对变动额。对于收益率的上升还是下降的微小变动,特定债券的价格将大致呈相同幅度的百分比变动。

价格变动的收益率值:要计算该指标,首先需要计算当债券价格下降 x 元时的到期收益率值。新的收益率值与初始收益率(价格变动前的收益率)的差额即是债券价格变动 x 元时的收益率值。其他条件相同时，债券价格收益率值越小，说明债券的价格波动性越大。

久期：它是有一个测量债券价格相对于收益率变动的敏感性的指标。其中最重要的一种久期是 1938 年弗雷德里克·麦考莱首先提出的麦考莱久期，其次是修正的麦考莱久期。

凸性：大多数债券价格与收益率的关系都可以用一条向下弯曲的曲线来表示，这条曲线的曲线率就是债券的凸性。

凸性的作用在于可以弥补债券价格计算的误差，更准确地衡量债券价格对收益变化的敏感程度。凸性对于投资者是有利的，在其他情况相同时，投资者应当选择凸性更大的债券进行投资。尤其当预期利率波动较大时，较高的凸性有利于投资者提高债券投资收益。

第五节 积极债券组合管理

一、水平分析

水平分析(horizon analysis)是一种基于对未来利率预期的债券组合管理策略，主要的一种形式被称为利率预期策略(Interest Rate Expectations Strategies)。在这种策略下，债券投资者基于其对未来利率水平的预期来调整债券资产组合，以使其保持对利率变动的敏感性。由于久期是衡量利率变动敏感性的重要指标，这意味着如果预期利率上升，就应当缩短债券组合的久期；如果预期利率下降，则应当增加债券组合的久期。

对于以债券指数作为评价基准的资产管理人来说，预期利率下降时，将增加投资组合的持续期与基准指数之间的相关程度；反之，当预期利率上升时，将缩短投资组合的持续期。如果投资人对投资组合的持续期与基准指数的持续期之间的差距不作出任何规定的话，资产管理人就产生了对利率变动进行赌博的内在动力。按照对利率的预期调整债券投资组合持续期，将有可能给资产管理人带来出色的表现，也有可能造成更大的损失。为了可能获得的超额收益，资产管理人有动力对债券利率进行自身的预期，即使这种预期在某些时候是错误的。

在利率预期策略下，关键点在于能否准确地预测未来利率水平。部分学术文献指出利率难以被准确预期，并进一步推断出，在利率预期策略下，经风险调整后的超额收益是难以持续的。

二、债券互换

债券互换(bond swaps)就是同时买入和卖出具有相近特性的两个以上债券品种，从而获取收益级差的行为。在进行积极债券组合管理时使用债券互换有多种目的，但其主要目的是通过债券互换提高组合的收益率。

(一) 替代互换

替代互换是指在债券出现暂时的市场定价偏差时,将一种债券替换成另一种完全可替代的债券,以期获取超额收益。

(二) 市场间利差互换

市场间利差互换是不同市场之间债券的互换。投资者进行这种互换操作的动机,是由于投资者认为不同市场间债券的利差偏离了正常水平并以某种趋势继续运行。与替代互换相区别的是,市场间利差互换所涉及的债券是不同的。

例如,这种互换可能在国债和企业债之间进行。

(三) 税差激发互换

税差激发互换的目的就在于通过债券互换来减少年度的应付税款,从而提高债券投资者的税后收益率。

三、应急免疫

应急免疫(contingent immunization)是利伯维茨和温伯格于 1982 年提出的一种债券组合投资策略。

四、骑乘收益率曲线

骑乘收益率曲线(riding the yield curve)策略,又称收益率曲线追踪策略,可以被视作水平分析的一种特殊形式。债券的收益曲线随时间变化而变化,因此债券投资者就能够以债券收益曲线形状变动的预期为依据来建立和调整组合头寸。

经验显示,收益曲线的变化方式有平行移动和非平行移动两种。非平行移动又分为两种情况:收益曲线的斜度变化和收益曲线的谷峰变动。一般认为,较平缓的收益曲线说明长期债券与短期债券之间的收益差额趋于递减;而较陡峭的收益曲线预示长短期债券之间的收益差额是递增的。

常用的收益率曲线策略包括子弹式策略、两极策略和梯式策略三种。

但是,这种投资策略也会导致风险的提高。投资者必须权衡更高的预期收益与更高的价格波动风险,以调整其债券投资组合。

第六节 消极债券组合管理

一、消极债券组合管理概述

消极的债券组合管理者通常把市场价格看做均衡交易价格,因此,他们并不试图寻找低估的品种,而只关注于债券组合的风险控制。通常使用两种消极管理策略:一种是指数策略,目的是使所管理的资产组合尽量接近于某个债券市场指数的表现;另一种是免疫策略,目的是使所管理的资产组合免于市场利率波动的风险。

指数策略和免疫策略都假定市场价格是公平的均衡交易价格。它们的区别在于处理利率暴露风险的方式不同。

二、指数化投资策略的目标

指数化投资策略的目标是使债券投资组合达到某个特定指数相同的收益，它以市场充分有效的假设为基础，属于消极型债券投资策略之一。

三、指数化的衡量标准

跟踪误差是衡量资产管理人管理绩效的指标。由于跟踪误差有可能来自于建立指数化组合的交易成本、指数化组合的组成与指数组成的差别、建立指数机构所用的价格与指数债券的实际交易价格的偏差等三个方面，不同的组合构造方法将对跟踪误差产生不同的影响。

一般来说，指数构造中所包含的债券数量越少，由交易费用所产生的跟踪误差就越小，但由于投资组合与指数之间的不匹配所造成的跟踪误差就越大；反之，如果投资组合中所包含的债券数量越多，由交易费用所产生的跟踪误差就越大，但由于投资组合与指数之间的配比程度的提高而可以降低跟踪误差。

四、满足单一负债要求的投资组合免疫策略

债券价格波动风险与再投资风险之间存在替代关系，为了保证至少能够实现目标收益，投资者应当构造买入这样一种债券：当市场利率下降时，债券价格上升带来的收益抵消再投资收益的下降导致的损失之后还有盈余。

为使债券组合最大限度地避免市场利率变化的影响，组合应首先满足以下两个条件：债券投资组合的久期等于负债的久期，投资组合的现金流量现值与未来负债的现值相等。投资者首先要确定准确的规避收益，然后确定一个能满足目标收益的可规避的安全收益水平。

五、投资者的选择

1. 经过对市场的有效性进行研究，如果投资者认为市场效率较强时，可采取指数化的投资策略。

2. 当投资者对未来的现金流量有着特殊的需求时，可采用免疫和现金流匹配策略，此匹配策略需要同时考察市场的流通性。

3. 当投资者认为市场效率较低，而自身对未来现金流没有特殊的需求时，可采取积极的投资策略。

第七节　同步强化训练

一、单选题

1. 具有相同麦考莱久期的债券，其(　　)是相同的。

A. 利率风险　　B. 流动性风险　　C. 赎回风险　　D. 再投资风险

【答案】A

2. 在通货膨胀加速的情况下，债券投资者的实际收益率会(　　)。

A. 降低　　B. 上升　　C. 不变　　D. 上下波动

【答案】A

【解析】实际收益率＝名义收益率－通货膨胀率。

未预期的通货膨胀使债券投资的收益率产生波动，在通货膨胀加速的情况下，将使债券投资者的实际收益率降低。

3. 证券投资交易的买卖价差越小，投资人为达成交易所需要付出的成本和代价(　)。

A. 越大　　B. 不变　　C. 越小　　D. 不能判定

【答案】C

【解析】投资者持有债券的变现难易程度主要用于衡量流动性风险。在实践中，可以根据某种债券的买卖价差来判断其流动性风险的大小。一般来说，买卖价差越大，流动性风险就越高。在一个交易非常活跃的市场中，债券交易的买卖价差通常很小。所以，证券投资交易的买卖价差越小，越容易成交，投资人为达成交易所需要付出的成本和代价也就越低。

4. 相比于替代互换，市场间利差互换的风险(　　)。

A. 更大　　B. 更小　　C. 相同　　D. 无法比较

【答案】A

5. 收益率曲线的变化方式可以大致分为(　　)。

A. 平行移动和非平行移动两种

B. 收益曲线的斜度变化和收益曲线的谷峰变动

C. 平行移动和收益曲线的斜度变化

D. 平行移动和收益曲线的谷峰变动

【答案】A

【解析】收益率曲线的变化方式有平行移动和非平行移动两种；而非平行移动又分为两种情况：收益率曲线的斜度变化和收益率曲线的谷峰变动。

6. 包含不同期限的债券投资组合直接使用加权平均收益率(　　)准确反映该投资组合的真实价值。

A. 可以　　B. 不能　　C. 不能判断　　D. 以上皆错误

【答案】B

【解析】加权平均投资组合收益率是对投资组合中所有债券的收益率按所占比重作为权重进行加权平均后得到的收益率，是计算投资组合收益率最通用的方法，但其缺陷也很明显。例如，对于一个计划投资期限为 2 年的投资者来说，如果投资组合的 99%都集中在 6 个月期的债券上，使用加权平均的方式计算的投资组合收益率将很难对投资决策形成有效支持。

从指定教材的这段论述中显而易见，当这个债券组合中债券的期限长短差异很大时，是不能准确反映该投资组合的真实价值的。

7. 用数学规划的方法，在满足分层抽样法要达到的目标的同时，还满足一些其他的条件，并使其中的一个目标实现最优化。该方法为(　　)。

A. 分层抽样法　　B. 优化法

C. 方差最小化法　　D. 方差最大化法

【答案】B

8. 债券发行人的信用度越低，投资者所要求的收益率(　　)；债券发行人的信用度越高，投资者所要求的收益率(　　)。

A. 越高；越低　　B. 越高；越高

C. 越低；越低　　D. 越低；越高

【答案】A

9. 关于收益率曲线叙述不正确的是(　　)。

A. 将不同期限债券的到期收益率按偿还期限连接成一条曲线，即是债券收益率曲线

B. 它反映了债券偿还期限与收益的关系

C. 理论上，应当采用零息债券的收益率来得到收益率曲线，以此反映市场的实际利率期限结构

D. 收益率曲线的斜率总是大于零

【答案】D

【解析】收益率曲线的斜率可以为正，可以为负，也可以为零。

10. 在资产配置方案中，固定收益证券的基本优点是(　　)。

A. 在通货膨胀的条件下可以套期保值

B. 在通货紧缩的条件下可以套期保值

C. 在市场波动的条件下可以防范风险

D. 在投机气氛的条件下可以进行理性投资

【答案】B

【解析】债券和其他固定收益证券，如优先股，易于受到加速通胀的影响，即购买力风险的影响。另一方面，债券在通货紧缩时期或通胀减速期是较具价值的投资。事实上，在资产配置方案中固定收益证券的基本优点是在通货紧缩的条件下可以套期保值。

11. (　　)就是同时买入和卖出具有相近特性的两个以上债券品种，从而获取收益级差的行为。

A. 水平分析　　B. 债券互换　　C. 应急免疫　　D. 骑乘收益率曲线

【答案】B

12. 债券投资组合的现金流量匹配策略为了达到现金流量与债务的配比而必须投入(　　)必要资金量的资金。

A. 高于　　B. 低于　　C. 等于　　D. 低于或等于

【答案】A

【解析】现金流匹配策略为了达到现金流与债务的配比而必须投入高于必要资金量的资金，这一部分超额资金将以保守的再投资利率进行再投资。

13. 债券基金收益与市场利率的关系是(　　)。

A. 同方向变动　　B. 反方向变动　　C. 无关的　　D. 不确定的

【答案】 B

【解析】 由于市场利率是用以计算债券现值折现率的一个组成部分,所以证券价格趋于与利率水平变化反向运动。

二、多选题

1. 进行市场间利差互换时投资者会面临风险,包括(　　)。

A. 过渡期会延长

B. 过渡期会缩短

C. 新买入债券的价格及到期收益率走势和预期的趋势不同

D. 新买入债券的价格及到期收益率走势和预期的趋势相同

【答案】 AC

2. 经验显示,收益率曲线的变化方式有(　　)两种。

A. 垂直移动　　B. 非垂直移动

C. 平行移动　　D. 非平行移动

【答案】 CD

3. 计算债券投资组合的收益率的方法有(　　)。

A. 加权平均投资组合收益率　　B. 算数平均投资组合收益率

C. 投资组合内部收益率　　D. 投资组合平均收益率

【答案】 AC

【解析】 一般用两种常规性方法来计算投资组合的收益率,即加权平均投资组合收益率与投资组合内部收益率。

4. 付息式债券的投资回报主要组成部分有(　　)。

A. 本金　　B. 利息　　C. 利率　　D. 利息的再投资收益

【答案】 ABD

5. 市场间利差互换有两种操作思路,分别是(　　)。

A. 买入一种收益相对较高的债券,卖出当前持有的债券

B. 买入一种利率相对较高的债券,卖出当前持有的债券

C. 买入一种收益相对较低的债券而卖出当前持有的债券

D. 买入一种利率相对较低的债券而卖出当前持有的债券

【答案】 AC

【解析】 债券互换就是同时买入和卖出具有相近特性的两个以上债券品种,从而获取收益级差的行为。

市场间利差互换有两种操作思路:其一,买入一种收益相对较高的债券,卖出当前持有的债券。其操作依据是预期市场间的债券利差会缩小,新购买的债券价格相比于原先持有的债券具有更快的上升速度。其二,买入一种收益相对较低的债券而卖出当前持有的债券。其操作依据是市场间的债券利差会延续原来的趋势继续扩大,这样新购买的债券的价格会继续上升,其到期收益率还将下降,通过债券互换就能够实现更高的资本

增值。

6. 替代互换也存在风险，其风险主要来自于(　　)。

A. 基准利率变动的风险

B. 全部利率反向变化

C. 再投资风险

D. 纠正市场定价偏差的过渡期比预期的更长

E. 价格走向与预期相反

【答案】BDE

【解析】替代互换也存在风险，其风险主要来自于：(1)纠正市场定价偏差的过渡期比预期的更长；(2)价格走向与预期相反；(3)全部利率反向变化。

7. 资期分析法把债券互换各个方面的回报率分解为几个组成成分，包括(　　)。

A. 源于时间成分所引起的收益率变化

B. 源于票息因素所引起的收益率变化

C. 由于到期收益率变化所带来的资本增值或损失(收益成分)

D. 票息的再投资收率

【答案】ABCD

8. 流通性较强的债券(　　)。

A. 与流通型一般的债券在收益上没有折让

B. 在收益率上往往有一定折让

C. 折让的幅度反映了债券流通性的价值

D. 比流通性差的债券曲度都小

【答案】BC

【解析】流通性或变现能力是投资者规避投资风险的必要条件，因此在收益率上往往有一定折让，折让的幅度反映了债券流通性的价值。

9. 影响风险溢价的因素是(　　)。

A. 发行人种类　　B. 税收负担

C. 债券的预期流动性　　D. 到期期限

E. 提前赎回等条款

【答案】ABCD

【解析】债券收益率与基础利率之间的利差反映了投资者投资于非国债的债券时面临的额外风险，因此也称为“风险溢价”。可能影响风险溢价的因素包括发行人种类、发行人的信用度、提前赎回等其他条款、税收负担、债券的预期流动性和到期期限。

10. 不同债券品种在(　　)等方面的差别，决定了债券互换的可行性和潜在获利可能。

A. 利息　　B. 违约风险　　C. 流动性　　D. 税收特性

【答案】ABCD

11. 常用的收益率曲线策略包括(　　)。

A. 水平策略　　B. 梯式策略

C. 子弹式策略　　D. 两极策略

【答案】BCD

【解析】常用的收益率曲线策略包括子弹式策略、两极策略和梯式策略三种。其中，子弹式策略是使投资组合中债券的到期期限集中于收益曲线的一点；两极策略则将组合中债券的到期期限集中于两极。

三、判断题(正确的填A，不正确的填B)

1. 债券市场的收益率曲线反映的是不同偿还期限债券在不同时点上的收益率。(　　)

【答案】B

【解析】债券收益率曲线是将不同期限债券的到期收益率按偿还期限连接成一条曲线，它反映了债券偿还期限与收益的关系。但上面判断的错误在于，收益率曲线反映的是不同偿还期限债券在相同时点上的收益率，而不是不同时点上的收益率。

2. 消极的债券组合管理者通常把市场价格看做均衡交易价格，因此他们并不试图寻找低估的品种，也不用进行债券组合的风险防范。(　　)

【答案】B

3. 加权平均投资组合收益率是对投资组合中所有债券的收益率按各自所占比重作为权重进行加权平均后得到的收益率。(　　)

【答案】A

4. 买卖价差大，流动性风险就越低。(　　)

【答案】B

【解析】买卖价差大，流动性风险就越高。

5. 水平分析是一种基于对过去利率分析的债券组合管理策略。(　　)

【答案】B

【解析】水平分析是一种基于对未来利率预期的债券组合管理策略。

6. 优先置产理论认为债券市场不是分割的，投资者会考察整个市场并选择溢价最高的债券品种进行投资，因此，它同市场预期理论的理论基础相同。(　　)

【答案】B

7. 债券发行人的信用度越低，投资者要求的收益率也相应较低。(　　)

【答案】B

8. 指数构造中所包含的债券数量越多，跟踪误差就越大。(　　)

【答案】B

【解析】指数构造中所包含的债券数量越多，跟踪误差就越小。

9. 在利率水平变化时，长期债券价格的变化幅度小于短期债券的变化幅度。(　　)

【答案】B

【解析】在利率水平变化时，长期债券价格的变化幅度大于短期债券的变化幅度。

10. 具有可提前赎回条款的债券，其收益率较之其他条件相同的普通债券所要求的收益率要高。(　　)

【答案】B

11. 在现实复利收益率的计算中，每位投资者对未来利率的预测与投资计划等各不相同，所以很难得出市场普遍认可的结论。（　　）

【答案】A

12. 在其他条件不变的情况下，债券的信用等级越低，所要求的风险补偿及相应的债券收益率则越低。（　　）

【答案】B

【解析】在其他条件不变的情况下，债券的信用等级越低，所要求的风险补偿及相应的债券收益率则越高。

第十五章 基金绩效衡量

第一节　本章知识框架

- 基金绩效衡量概述
  - 对基金绩效衡量需要考虑的因素
  - 基金绩效衡量的目的
  - 绩效衡量问题的不同视角
- 基金净值收益率的计算
  - 简单(净值)收益率计算
  - 时间加权收益率
  - 算术平均收益率
  - 几何平均收益率
- 基金绩效的收益率衡量
  - 分组比较法简介
  - 基准比较法的简介
- 风险调整绩效衡量方法
  - 三大经典风险调整收益衡量方法
  - 三种风险调整衡量方法的区别与联系
- 择时能力衡量
  - 选股能力和择时能力的概念
  - 衡量择时能力的几种方法
- 绩效贡献分析
  - 资产配置选择能力与证券选择能力的衡量
  - 行业或部门选择能力的衡量

第二节　本章复习提示

了解基金绩效衡量的目的与意义;了解基金绩效衡量需要考虑的因素,掌握基金绩效衡量的原则。

熟悉基金净值收益率的几种计算方法。

了解基金绩效收益率的衡量方法。

熟悉风险调整绩效衡量的方法。

了解择时能力衡量的方法。

熟悉绩效贡献的分析方法。

第三节　基金绩效衡量概述

一、对基金绩效衡量需要考虑的因素

为了对基金绩效作出有效的衡量，下列因素必须加以考虑：

（一）基金的投资目标；

（二）基金的风险水平；

（三）比较基准；

（四）时期选择；

（五）基金组合的稳定性。

二、基金绩效衡量的目的

基金绩效衡量是对基金经理投资能力的衡量，其目的在于将具有超凡投资能力的优秀基金经理鉴别出来。基金绩效衡量不同于对基金组合本身表现的衡量。基金组合表现本身的衡量着重在于反映组合本身的回报情况，并不考虑投资目标、投资范围、投资约束、组合风险、投资风格的不同对基金组合表现的影响。但为了对基金经理的投资能力作出正确的衡量，基金绩效衡量必须对投资能力以外的因素加以控制或进行可比性处理。

三、绩效衡量问题的不同视角

表 15-1　绩效衡量问题的不同视角

内部衡量与外部衡量	①基金公司可以从内部对基金的绩效表现进行评价；②研究者、投资者以及基金评价机构只能从外部对基金的绩效作出分析评判
实务衡量与理论衡量	①实务上对基金业绩的考察主要包括两点：一是对选定的基金表现与市场指数的表现加以比较；二是将选定的基金表现与该基金相似的一组基金的表现进行对比；②理论上对基金绩效表现的衡量以各种风险调整收益指标以及各种绩效评估模型为基础，理论方法在应用上也存在一定的局限性
短期衡量与长期衡量	①短期衡量通常是对近 3 年表现的衡量；②长期衡量则通常将考察期设定在 3 年（含）以上。实际上短期表现往往更会受到投资者的重视
事前衡量与事后衡量	①事后衡量是对基金过去表现的衡量，过去的表现并不代表未来的表现，事后衡量的有用性常常受到质疑；②对人们更有用的是对基金绩效的未来变化能够起到预测作用的事前绩效衡量，但迄今为止还没有可靠的事前绩效衡量方法
微观衡量与宏观衡量	①微观绩效衡量主要是对个别基金绩效的衡量；②宏观绩效衡量则力求反映全部基金的整体表现

续表

绝对衡量与相对衡量	①仅依据基金自身的表现进行的绩效衡量为绝对衡量；②通过与指数表现或相似基金的相互比较进行的绩效衡量则被称为相对衡量
基金衡量与公司衡量	①基金衡量侧重于对基金本身表现的数量分析；②公司衡量则更看重管理公司本身素质的衡量

第四节 基金净值收益率的计算

一、简单(净值)收益率计算

简单(净值)收益率的计算不考虑分红再投资影响，其计算公式与股票持有期收益率的计算类似：

$$R=\frac{NAV_t+D-NAV_{t-1}}{NAV_{t-1}}\times 100\%$$

式中：R——简单收益率；

NAV_t，NAV_{t-1}——期末、期初基金的份额净值；

D——在考察期内，每份基金的分红金额。

二、时间加权收益率

时间加权收益率的假设前提是红利以除息前一日的单位净值减去单位基金分红后的单位净值立即进行了再投资。分别计算分红前后的分段收益率，时间加权收益率可由分段收益率的连乘得到：

$$R=[(1+R_1)(1+R_2)\cdots(1+R_n)-1]\times 100\%$$

$$=\left[\frac{NAV_1}{NAV_0}\cdot\frac{NAV_2}{NAV_1-D_1}\cdot\cdots\cdot\frac{NAV_{n-1}}{NAV_{n-2}-D_{n-2}}\cdot\frac{NAV_n}{NAV_{n-1}-D_{n-2}}-1\right]\times 100\%$$

上式中：R_1——第一次分红之前的收益率；

R_2——第一次分红至第二次分红期间的收益率，以此类推；

NAV_0——基金期初份额净值；

NAV_1、…、NAV_{n-1}分别表示除息前一日基金份额净值；

NAV_n——期末份额净值；

D_1、D_2、…、D_{n-1}——份额基金分红。

时间加权收益率由于考虑到了分红再投资，更能准确地对基金的真实投资表现作出衡量。

在对多期收益率的衡量与比较上，常常会用到平均收益率指标。平均收益率的计算有两种方法：算术平均收益率与几何平均收益率。

三、算术平均收益率

算术平均收益率法与几何平均收益率法的区别：算术平均收益率法将所有的收益率加起来除以收益率的个数；几何平均收益率是将所有收益率相乘再开方，所以几何平均收益率更科学一些。一般来说，算术平均收益率要大于几何平均收益率，每期的收益率差距越大，两种平均方法的差距越大。

假设某基金第一年的收益率为50%，第二年的收益率为－50%，该基金的年算术平均收益率为0，年几何平均收益率为－13.40%，可以看出，几何平均收益率能正确地算出投资的最终价值，而算术平均数则高估了投资的收益率。

四、几何平均收益率

几何平均收益率可以准确地衡量基金表现的实际收益情况，常用于对基金过去收益率的衡量。算术平均收益率是对平均收益率的一个无偏估计，常用于对将来收益率的估计。

第五节　基金绩效的收益率衡量

一、分组比较法简介

基金表现的优劣只能通过相对表现才能作出评判。分组比较与基准比较是两个最主要的比较方法。

分组比较就是根据资产配置的不同、风格的不同、投资区域的不同等，将具有可比性的相似基金放在一起进行业绩的相对比较，其结果常以排序、百分位、星号等形式给出。这种比较要比不分组的全域比较更能给出有意义的衡量结果。

二、基准比较法的简介

基准比较法是通过给被评价的基金定义一个适当的基准组合，比较基金收益率与基准组合收益率的差异来对基金表现加以衡量的一种方法。基准组合是可投资的、未经管理的、与基金具有相同风格的组合。

一个良好的基准组合应具有如下五个方面的特征：

1. 明确的组成成分，即构成组合的成分证券的名称、权重是非常清晰的；
2. 可实际投资的，即可以通过投资基准组合来跟踪积极管理的组合；
3. 可衡量的，即指基准组合的收益率具有可计算性；
4. 适当的，即与被评价基金具有相同的风格与风险特征；
5. 预先确定的，即基准组合的构造先于被评估基金的设立。

第六节　风险调整绩效衡量方法

一、三大经典风险调整收益衡量方法

对基金收益率进行风险调整的必要性直接以收益率的高低进行绩效的衡量就存在

很大的问题。表现好的基金可能是由于所承担的风险较高使然，并不表明基金经理在投资上有较高的投资技巧；而表现差的基金可能是风险较小的基金，也并不必然表明基金经理的投资技巧不尽如人意。风险调整衡量指标的基本思路就是通过对收益加以风险调整，得到一个可以同时对收益与风险加以考虑的综合指标，以期能够排除风险因素对绩效评价的不利影响。

（一）特雷诺指数

第一个风险调整衡量方法是由特雷诺提出的，因此也就被人们称为“特雷诺指数”。特雷诺指数给出了基金份额系统风险的超额收益率。

特雷诺指数用的是系统风险而不是全部风险，因此，当一项资产只是资产组合中的一部分时，特雷诺指数就可以作为衡量绩效表现的恰当指标加以应用。

特雷诺指数的问题是无法衡量基金经理的风险分散程度。贝塔值并不会因为组合中所包含的证券数量的增加而降低，因此当基金分散程度提高时，特雷诺指数可能并不会变大。

（二）夏普指数

夏普指数是由诺贝尔经济学得主威廉·夏普于 1966 年提出的另一个风险调整衡量指标。夏普指数以标准差作为基金风险的度量，给出了基金份额标准差的超额收益率。

可以根据夏普指数对基金绩效进行排序，夏普指数越大，绩效越好。

夏普指数调整的是全部风险，因此，当某基金就是投资者的全部投资时，可以用夏普指数作为绩效衡量的适宜指标。

（三）詹森指数

詹森指数是由詹森在 CAPM 模型基础上发展出的一个风险调整差异衡量指标。

根据 CAPM 模型，可以构建一个与施加积极管理的基金组合的系统风险相等的、由无风险资产与市场组合组成的消极投资组合，詹森认为将管理组合的实际收益率与具有相同风险水平的消极（虚构）投资组合的期望收益率进行比较，二者之差可以作为绩效优劣的一种衡量标准。

二、三种风险调整衡量方法的区别与联系

夏普指数与特雷诺指数给出的是单位风险的超额收益率，因而是种比率衡量指标，而詹森指数给出的是差异收益率。比率衡量指标与差异衡量指标在对基金绩效的排序上有可能给出不同的结论。

1. 夏普指数与特雷诺指数尽管衡量的都是单位风险的收益率，但二者对风险的计量不同。夏普指数考虑的是总风险，而特雷诺指数考虑的是市场风险。

2. 夏普指数与特雷诺指数在对基金绩效的排序结论上有可能不一致。当分散程度较差的组合与分散程度较好的组合进行比较时，用两个指标衡量的结果就可能不同。

3. 特雷诺指数与詹森指数只对绩效的深度加以考虑，而夏普指数则同时考虑了绩效的深度与广度。深度指的是基金经理所获得的超额回报的大小，而广度则对组合的分散程度加以了考虑。

4. 詹森指数要求用样本期内所有变量的赝本数据进行回归计算。

但是，特雷诺和夏普指数却不同，它们只用整个时期全部变量的平均慢益率（投资组合、市场组合和无风险资产）。

第七节　择时能力衡量

一、选股能力和择时能力的概念

基金经理的投资能力可以被分为股票选择能力（简称“选股能力”）与市场选择能力（简称“择时能力”）两个方面。所谓选股能力，是指基金经理对个股的预测能力。具有选股能力的基金经理能够买入价格低估的股票，卖出价格高估的股票。所谓择时能力，是指基金经理对市场整体走势的预测能力。具有择时能力的基金经理能够正确地估计市场的走势，因而可以在牛市时，降低现金头寸或提高基金组合的β值；在熊市时，提高现金头寸或降低基金组合的β值。

二、衡量择时能力的几种方法

现金比例变化法：在市场繁荣期，成功的择时能力表现为基金的现金比例或持有的债券比例应该较小；在市场萧条期，基金的现金比例或持有的债券比例应较大。

现金比例变化法就是一种较为直观的、通过分析基金在不同市场环境下现金比例的变化情况来评价基金经理择时能力的一种方法。

成功概率法：成功概率法是根据对市场走势的预测而正确改变现金比例的百分比来对基金择时能力进行衡量的方法。设P_1表示基金经理正确地预测到牛市的概率，P_2表示基金经理正确地预测到熊市的概率，成功概率可由下式给出：

$$成功概率=P_1+P_2-1$$

数值大于零说明基金经理具有优秀的择时能力。

第八节　绩效贡献分析

一、资产配置选择能力与证券选择能力的衡量

基金在不同资产类别上的实际配置比例对正常比例的偏离，代表了基金经理在资产配置方面所进行的积极选择。因此，不同类别资产实际权重与正常比例之差乘以相应资产类别的市场指数收益率的积，就可以作为资产配置选择能力的一个衡量指标。

二、行业或部门选择能力的衡量

用于考查基金资产配置能力类似的方法，可以对基金在各类资产内部细类资产的选择能力进行进一步的衡量。这里仅在股票投资上对基金在行业或部门上的选择能力进

行说明。

从基金股票投资收益率中减去股票指数收益率，再减去行业或部门选择贡献，就可以得到基金股票选择的贡献。

第九节　同步强化训练

一、单选题

1. 某基金詹森指数为2%，表示其表现(　　)。

A. 不如市场的平均水平　　B. 优于市场的平均水平

C. 等于市场的平均水平　　D. 不确定

【答案】B

【解析】詹森指数与0作比较：$r=0$，表示等于市场的平均水平。$r<0$，表示不如市场的平均水平。$r>0$，表示基金绩效表现优于市场的平均水平。

2. 当基金组合中包含不同的资产类别时，如同时投资于股票和债券的平衡型基金，使用单一市场指数对组合绩效表现加以评价也是不适宜的，这时用(　　)则更具合理性。

A. 单因素模型　B. 多因素模型　C. CAPM模型　D. APT模型

【答案】B

3. (　　)是一种较为直观的、通过分析基金在不同市场环境下现金比例的变化情况来评价基金经理择时能力的一种方法。

A. 现金比例变化法　　B. 现金变化法

C. 银行存款比例变化法　　D. 比例变化法

【答案】A

【解析】在市场繁荣期，成功的择时能力表现为基金的现金比例或持有的债券比例应该较小；在市场萧条期，基金的现金比例或持有的债券比例应较大。现金比例变化法就是一种较为直观的、通过分析基金在不同市场环境下现金比例的变化情况来评价基金经理择时能力的一种方法。

4. 下列说法错误的是(　　)。

A. 基金在不同资产类别上的实际配置比例对正常比例的偏离，代表了基金经理在资产配置方面所进行的积极选择

B. 不同类别资产实际权重与正常比例之差乘以相应资产类别的市场指数收益率的积，就可以作为资产配置选择能力的一个衡量指标

C. 基金在不同类别资产上的实际收益率与相应类别资产指数收益率的差乘以基金在相应资产的实际权重的积，就可以作为证券择时能力的一个衡量指标

D. 用于考查基金资产配置能力类似的方法，不可以对基金在各类资产内部细类资产的选择能力进行进一步的衡量

【答案】D

【解析】用于考查基金资产配置能力类似的方法，也可以对基金在各类资产内部细类资产的选择能力进行进一步的衡量，D项的说法错误。

5. 特雷诺指数与詹森指数对风险的考虑只涉及（　　）。

A. 方差　B. 均方差　C. 期望值　D. β值

【答案】D

6. 信息比率越大，说明基金经理单位跟踪误差所获得的超额收益（　　）。

A. 越低　B. 越高　C. 不变　D. 无法判断

【答案】B

7. 一般来说，夏普比率受非系统风险（　　）的影响。

A. 同方向　B. 反方向　C. 方向不定　D. 以上选项皆错误

【答案】C

【解析】夏普指数考虑的是总风险，也就是系统风险和非系统风险之和的影响。由以上的结论可以推断，首先夏普比率受非系统风险的影响，其次，由于总风险是系统风险和非系统风险之和，所以影响的方向不定。

8. 当某基金就是投资者的全部投资时，可以用（　　）作为绩效衡量的适宜指标。

A. 特雷诺指数　B. 夏普指数　C. 信息比率　D. 詹森指数

【答案】B

【解析】夏普指数调整的是全部风险，因此，当某基金就是投资者的全部投资时，可以用夏普指数作为绩效衡量的适宜指标。

9. （　　）同时考虑了绩效的深度与广度。

A. 特雷诺指数　B. 夏普指数　C. 詹森指数　D. β值

【答案】B

二、多选题

1. 关于简单收益率和时间加权收益率，以下说法正确的是（　　）。

A. 简单（净值）收益率的计算不考虑分红再投资时间价值的影响

B. 时间加权收益率由于考虑到了分红再投资，能更准确地对基金的真实投资表现作出衡量

C. 时间加权收益率的假设前提是红利以除息前一日的单位净值减去每份基金分红后的份额净值不进行再投资

D. 简单收益率准确反映基金经理的投资表现，最为常用

【答案】AB

2. 关于择时能力衡量方法，下列说法正确的有（　　）。

A. 在市场繁荣期，成功的择时能力表现为基金的现金比例或持有的债券比例应该较大；在市场萧条期，基金的现金比例或持有的债券比例应较小

B. 使用成功概率法对择时能力进行评价的一个重要步骤是需要将市场划分为牛市和熊市两个不同的阶段

C. 一个成功的市场选择者，能够在市场处于涨势时提高其组合的β值，而在市场处于下跌时降低其组合的β值

D. T. M. 模型和 H. M. 模型只是对管理组合的 SML 的非线性处理有所不同

【答案】BC

3. 为了对基金绩效作出有效的衡量，必须加以考虑的因素包括（　　）。

A. 基金的投资目标　　B. 基金的风险水平

C. 比较基准　　D. 基金组合的稳定性

【答案】ABCD

【解析】为了对基金绩效作出有效的衡量，必须加以考虑的因素包括：(1)基金的投资目标；(2)基金的风险水平；(3)比较基准；(4)时期选择；(5)基金组合的稳定性。

4. 关于基金绩效衡量，以下说法正确的是（　　）。

A. 债券基金和股票基金在基金绩效衡量上具有可比性

B. 专门投资小型股票的基金与专门投资大型股票的基金在基金绩效衡量上不具有可比性

C. 不同类型基金可能由于市场周期性影响而在不同阶段表现出不同的特征

D. 基金经理的更换可能会影响基金组合的稳定性

【答案】BCD

【解析】债券型基金与股票型基金由于投资对象不同，在基金绩效衡量上就不具有可比性。

5. 在市场繁荣期，成功的择时能力表现为（　　）或（　　）应该较小。

A. 基金的现金比例　　B. 持有的债券比例

C. 持有货币市场票据的比率　　D. 衍生品的比率

【答案】AB

6. 平均收益率的计算方法有（　　）。

A. 算术平均收益率　　B. 几何平均收益率

C. 时间加权法　　D. 分段计算法

E. 组合法

【答案】AB

【解析】在对多期收益率的衡量与比较上，常常会用到平均收益率指标。平均收益率的计算有两种方法：算术平均收益率与几何平均收益率。

7. 基金业绩衡量存在不同的视角，其中实务衡量对基金业绩的考查主要采取的方法有（　　）。

A. 将选定的基金表现与行业指数的表现加以比较

B. 将选定的基金表现与不同投资类型的一组基金的表现进行相对比较

C. 将选定的基金表现与市场指数的表现加以比较

D. 将选定的基金表现与该基金相似的一组基金的表现进行相对比较

【答案】CD

【解析】基金绩效衡量问题的不同视角，其中实务上对基金业绩的考查主要采用两种方法：一是将选定的基金表现与市场指数的表现加以比较，二是将选定的基金表现与该基金相似的一组基金的表现进行相对比较。

8. 三大经典风险调整收益衡量方法是(　　)。

A. 特雷诺指数　B. 夏普指数　C. 詹森指数　D. 信息比率

【答案】ABC

9. 基金管理者一般需要在(　　)等大类资产方面作出关于资产配置的方向性决定。

A. 股票　B. 债券　C. 个股　D. 货币市场工具

【答案】ABD

【解析】基金管理者一般既需要在股票、债券、货币市场工具等大类资产方面作出关于资产配置的方向性决定,又需要在资产配置的基础上进行细类资产的选择,如在股票投资方面进行行业的选择,在债券投资方面进行短、中、长期债券的选择等,最后还必须进行具体证券的选择,如个股的选择等。

10. 基金组合表现本身的衡量着重在于反映组合本身的回报情况,并不考虑(　　)的不同对基金组合表现的影响。

A. 投资目标　B. 投资约束　C. 投资范围　D. 组合风险

【答案】ABCD

11. 一个良好的基准组合应该具有的特征包括(　　)。

A. 可实际投资的　B. 可衡量的

C. 可预先确定的　D. 具有明确的构成

【答案】ABCD

【解析】一个良好的基准组合应具有如下几个方面的特征:(1)明确的组成成分,即构成组合的成分证券的名称、权重是非常清晰的;(2)可实际投资的,即可以通过投资基准组合来跟踪积极管理的组合;(3)可衡量的,即指基金组合的收益率具有可计算性;(4)适当的,即与被评价基金具有相同的风格与风险特征;(5)预先确定的,即基准组合的构造先于被评估基金的设立。

三、判断题(正确的填A,不正确的填B)

1. 特雷诺指数给出了基金单位系统风险的平均收益率。(　　)

【答案】B

2. 特雷诺指数衡量的是系统风险而不是全部风险,因此,当一项资产只是资产组合的一部分时,特雷诺指数就可以作为衡量绩效表现的恰当指标来运用。但它的问题在于无法衡量基金经理的风险分散程度。(　　)

【答案】A

【解析】第一个风险调整衡量方法是由特雷诺提出的,因此也就被人们称为"特雷诺指数"。特雷诺指数给出了基金单位系统风险的超额收益率。从几何上看,在收益率与系统风险所构成的坐标系中,特雷诺指数实际上是无风险收益率与基金组合连线的斜率。可以根据特雷诺指数对基金的绩效加以排序。特雷诺指数越大,基金的绩效表现越好。但是特雷诺指数用的是系统风险而不是全部风险,因此,当一项资产只是资产组合中的一部分时,特雷诺指数就可以作为衡量绩效表现的恰当指标加以应用。

3. 对一年以下的收益率一般需要进行年平均收益率的计算。(　　)

【答案】B

【解析】一年以上的长期收益率往往需要转换为便于比较的年平均收益率。

4. 在一定范围内对投资组合进行排序和绩效比较时，一般应当考虑风险因素对排序结果的扭曲影响。（　　）

【答案】A

【解析】现代投资理论表明，投资收益是由投资风险驱动的，因此，投资组合的风险水平深深地影响着组合的投资表现，所以，需要在风险调整的基础上对基金的绩效加以衡量。

5. 基金业绩分组比较隐含假设同组基金具有不同的风险水平。（　　）

【答案】B

【解析】基金业绩分组比较隐含假设同组基金具有相同的风险水平。

6. 为了对基金的绩效进行准确的衡量，必须对不同风险水平的基金进行风险调整的基础上进行业绩比较。（　　）

【答案】A

7. 基金的投资目标不同，但是其投资范围、操作策略及其所受的投资约束是相同的。（　　）

【答案】B

8. 当 TP＜0 时，说明基金经理在资产配置上具有良好的选择能力（　　）。

【答案】B

【解析】当 TP＞0 时，说明基金经理在资产配置上具有良好的选择能力；当 TP＜0 时，说明基金经理在资产配置上不具有良好的选择能力。

9. 资产配置实际上反映了基金经理对各个市场走势的预测能力，因此，资产配置能力实际上反映了基金在宏观上的择时能力。（　　）

【答案】A

【解析】资产配置是指根据投资需求将投资资金在不同资产类别之间进行分配，通常是将资产在低风险、低收益证券与高风险、高收益证券之间进行分配。择时能力是指基金经理对个股的预测能力。资产配置的优劣实际上反映了基金经理对各个市场走势的预测能力，因此，资产配置能力实际上反映了基金在宏观上的择时能力。

10. 夏普指数以贝塔值作为基金风险的度量，给出了基金单位标准差的超额收益率。（　　）

【答案】B

11. 对绩效表现好坏的衡量涉及比较基准的选择问题，采用不同的比较基准结论常常会相同。（　　）

【答案】B

12. 基金绩效衡量的基础在于假设投资者具有同基金经理一样的信息水平。（　　）

【答案】B

【解析】基金绩效衡量的基础在于假设基金经理比普通投资大众具有信息优势。

13. 特雷诺指数考虑的是总风险（以标准差衡量），而夏普指数考虑的是市场风险（以 p 值衡量）。（　　）

【答案】B

14. 在对基金管理人进行绩效评估时，单纯依赖历史的业绩就可以对未来业绩作出准确的预计。(　　)

【答案】B

【解析】在对基金管理人进行绩效评估时，单纯依赖历史的业绩不可能对未来业绩作出准确的预计。

15. 基金业绩全域比较要比分组比较更能给出有意义的衡量结果。(　　)

【答案】B

16. 基准比较法是通过给被评价的基金定义一个适当的基准组合，比较基金收益率与基准组合收益率的差异来对基金表现加以衡量的一种方法。(　　)

【答案】A

17. 对基金业绩的短期衡量是指对其近一年表现的衡量。(　　)

【答案】B

【解析】对基金业绩的短期衡量是指对其近3年表现的衡量。

18. 基金衡量侧重于对基金本身表现的数量分析，而公司衡量则更看重管理公司本身素质的衡量。(　　)

【答案】A

19. 由于股票市场周期性波动的影响，一段时间以来，价值性基金的表现普遍较好，而成长性基金的表现较差。(　　)

【答案】B

20. 基金的投资表现实际上反映了投资技巧与投资运气的综合影响，绩效表现好的基金可能是高超的投资技巧使然，也可能是运气使然。(　　)

【答案】A

【解析】基金的投资表现实际上反映了投资技巧与投资运气的综合影响，绩效表现好的基金可能是高超的投资技巧使然，也可能是运气使然。理论上尽管可以通过统计方法对两种情况的影响作出一定的分析判断，但实际上很难将二者的影响完全区分开来。换言之，统计干扰问题很难解决。

21. 设 P_1 表示基金经理正确地预测到牛市的概率，P_2 表示基金经理正确地预测到熊市的概率，成功概率可由下式给出：成功概率$=P_1+P_2-1$。(　　)

【答案】A

【解析】设 P_1 表示基金经理正确地预测到牛市的概率，P_2 表示基金经理正确地预测到熊市的概率，成功概率可由下式给出：成功概率$=P_1+P_2-1$。

22. 为了对基金经理的投资能力作出正确的衡量，基金业绩衡量必须对投资能力以外的因素加以控制或进行可比性处理。(　　)

【答案】A

23. 现代投资理论的研究表明，收益的高低在决定组合的表现上具有基础性作用。(　　)

【答案】B

组合试题

真题、模拟题

一、真题、模拟题组合试卷

一、单选题

1. 我国证券投资基金托管费以(　　)为基础计提。

A. 基金资产总值　　B. 基金资产净值

C. 基金发行规模　　D. 固定金额

【答案】B

【解析】在我国,基金托管费按前一日基金资产净值的一定比例逐日计提。

2. 基金管理过程中发生的费用从(　　)中支付。

A. 管理人收益　　B. 托管人收益　　C. 基金资产　　D. 投资人收益

【答案】C

【解析】基金管理过程中发生的费用,主要包括基金管理费、基金托管费、信息披露费等。这些费用由基金资产承担。

3. 在我国香港特别行政区和英国,证券投资基金一般被称为(　　)。

A. 共同基金　　B. 单位信托基金

C. 证券投资信托基金　　D. 私募基金

【答案】B

【解析】单位信托基金是在中国香港和英国的称谓。

4. 下列关于资产配置主要类型的论述,正确的是(　　)。

A. 买入并持有策略是积极型的长期再平衡方式,适用于有长期计划水平并满足于战略性资产配置的投资者

B. 恒定混合策略是指保持投资组合中各项资产的收益率水平固定,调整各项资产的比例

C. 投资组合保险策略是在将一部分资金投资于风险资产,从而保证资产组合的最高价值,将其余资产投资于无风险资产,并随市场的变动调整风险资产和无风险资产的比例

D. 大多数动态资产配置过程一般具有相同原则,但结构与事实标准各不相同

【答案】D

【解析】大多数动态资产配置过程一般具有相同原则,但结构与事实标准各不相同。

5. 证券投资基金运作中的制衡机制指的是(　　)。

A. 监管部门对基金管理人和托管人的制衡机制

B. 投资人拥有所有权，管理人管理和运作基金资产，托管人保管基金资产，三方当事人之间相互监督、相互制约的机制

C. 基金投资者通过公众舆论监督基金管理人和托管人的制衡机制

D. 基金管理人内部相互制约的制衡机制

【答案】B

6.（　　）的主要任务是使客户在需要的时间和地点获得产品。

A. 促销　　B. 渠道　　C. 代销　　D. 包销

【答案】B

【解析】渠道的主要任务是使客户在需要的时间和地点获得产品。

7. 证券投资基金在美国被称为（　　）。

A. 共同基金　　B. 单位信托基金

C. 证券投资信托基金　　D. 集合投资基金

【答案】A

【解析】证券投资基金在美国被称为共同基金；在英国和我国香港特别行政区被称为单位信托基金；在欧洲一些国家被称为集合投资基金或集合投资计划；在日本和我国台湾地区则被称为证券投资信托基金。

8.（　　）是指对计划中的主要目标和建议进行简短的概述，使相关部门和人员能快速地浏览整个计划的内容。

A. 计划实施概要

B. 市场营销现状

C. 市场威胁和市场机会

D. 目标市场和可能存在的问题

【答案】A

9. 封闭式基金份额要达到上市交易的条件，基金募集金额不得低于（　　）人民币。

A. 5 000 万元　　B. 1 亿元　　C. 2 亿元　　D. 5 亿元

【答案】C

【解析】封闭式基金份额上市交易，应符合基金募集金额不低于 2 亿元人民币的条件。

10. 封闭式基金至少每周公告（　　）资产净值和份额净值。

A. 1 次　　B. 2 次　　C. 3 次　　D. 5 次

【答案】A

【解析】封闭式基金至少每周公告 1 次资产净值和份额净值。

11. 截至 2008 年年底，我国的合资基金公司数量为（　　）。

A. 14　　B. 28　　C. 33　　D. 44

【答案】C

12. 投资管理的目标可以表述为：在既定的收益水平下（　　）风险。

A. 降低　　B. 保持不变　　C. 提高　　D. 不能判断

【答案】A

【解析】证券组合管理是一种以实现投资组合整体风险、收益最优化为目标，由投资管理的目标出发，自然是在既定的收益水平下降低风险。

13. 开放式基金赎回费收入在扣除基本手续费后，余额应当归（　　）所有。

A. 基金管理公司　B. 基金托管人　C. 基金　D. 基金发行人

【答案】C

【解析】基金管理人办理开放式基金份额的赎回，应当收取赎回费，但中国证监会另有规定的除外。赎回费率不得超过基金份额赎回金额的5%。赎回费在扣除手续费后，余额不得低于赎回费总额的25%，并应归入基金财产。

14. 下列不属于股票分类的是（　　）。

A. 大盘股　B. 小盘股　C. 中盘股　D. 货币性

【答案】D

【解析】货币性是基金的分类方式，不是股票的分类方式。

15. 开放式基金的基金合同生效要求所募集金额不少于（　　）亿元人民币。

A. 1　B. 2　C. 5　D. 10

【答案】B

16.（　　）是使投资组合中债券的到期期限集中于收益曲线的一点。

A. 两极策略　B. 子弹式策略　C. 梯式策略　D. 以上三种均可

【答案】B

【解析】子弹式策略是使投资组合中债券的到期期限集中于收益曲线的一点。

17. 依据《证券投资基金法》的规定，基金份额持有人大会由（　　）召集。

A. 基金管理人

B. 基金托管人

C. 基金发起人

D. 持有基金受益凭证10%以上的持有人联合

【答案】A

【解析】《证券投资基金法》第72条规定基金份额持有人大会由基金管理人召集；基金管理人未按规定召集或者不能召集时，由基金托管人召集。

18. 封闭式基金溢价发行是指（　　）。

A. 基金按高于面值的价格发行　B. 基金按低于面值的价格发行

C. 基金按等于面值的价格发行　D. 以上都不是

【答案】A

【解析】溢价和折价是证券发行中的一个基本常识，发行价高过面值就叫溢价发行；发行价低于面值就叫折价发行。

19. 关于全球基金业发展的趋势与特点，表述错误的是（　　）。

A. 美国占据主导地位，其他国家和地区发展迅猛

B. 开放式基金成为证券投资基金的主流产品

C. 基金市场竞争加剧，行业集中趋势突出

D. 基金资产的资金来源总体上无大变化

【答案】D

20. 相对于实质性审查制度，强制性信息披露的基本推论是（　　）。

A. 监管当局对基金投资者承担的风险负责

B. 基金投资者在公开信息的基础上，买者自负

C. 基金管理人对基金投资者承担的风险负责

D. 基金托管人对基金投资者承担的风险负责

【答案】B

21. 在固定利率的付息债券收益率计算中，到期收益率（也就是内含收益率）是被普遍采用的计算方法，以下叙述不正确的是（　　）。

A. 它的含义是将未来的现金流按照一个固定的利率折现，使之等于当前的价格，这个固定的利率就是到期收益率

B. 这种方法能准确地衡量债券的实际回报率

C. 在到期收益率的计算中，利息的再投资收益率被假设为固定不变的当前到期收益率

D. 到期收益率的计算没有考虑税收的因素

【答案】B

22. 我国证券投资基金持有的未上市的首次公开发行的股票以（　　）估值。

A. 平均价　　B. 成本价　　C. 开盘价　　D. 收盘价

【答案】B

【解析】未上市的首次公开发行的股票是按成本估值。

23. 通过计算投资组合在不同时期的所有现金流，然后计算使现金流的现值等于投资组合市场价值的利率，即为（　　）。

A. 加权平均投资组合收益率　　B. 投资组合复利收益率

C. 投资组合期限收益率　　D. 投资组合内部收益率

【答案】D

24.（　　）是指根据投资需求将投资资金在不同资产类别之间进行分配。

A. 股票投资综合管理　　B. 套利理论

C. 资产配置　　D. 基金绩效衡量

【答案】C

【解析】资产配置是指根据投资需求将投资资金在不同资产类别之间进行分配。

25. 把货币市场基金每天运作的净收益平均摊到每一份额上，然后以 1 万份为标准进行衡量和比较的一个数据是（　　）。

A. 日每万份基金净收益　　B. 日年化收益率

C. 基金净值增长率　　D. 基金的分红收益率

【答案】A

26. 目前，我国的证券投资基金主要是（　　）。

A. 公司型基金　　B. 契约型基金

C. 单位信托基金　　D. 对冲基金

【答案】B

【解析】目前，我国的证券投资基金全部是契约型基金。

27.（　　）是指基金管理人要对有关信息进行收集、总结并认真评价，以找到有吸引力的机会和避开环境中的危险因素。

A. 市场营销分析　　B. 市场营销计划

C. 市场营销实施　　D. 市场营销控制

【答案】A

【解析】市场营销分析是指基金管理人要对有关信息进行收集、总结并认真评价，以找到有吸引力的机会和避开环境中的危险因素。

28. 下列不属于证券交易所的监管职责的是（　　）。

A. 对基金上市交易的管理

B. 对投资者买卖基金交易行为的合法、合规性进行管理

C. 对基金在证券市场的投资行为进行监管

D. 对基金托管人的托管行为的管理

【答案】D

29. 关于到期收益率计算方法和现实复利收益率法不正确的叙述是（　　）。

A. 现实收益率来源于投资者自己对未来市场收益率的预期和再投资的计划，可以得出比内含收益率更接近投资者实际情况的复利收益率

B. 在现实复利收益率的计算中，每位投资者对未来利率的预测与投资计划等各不相同，所以很难得出市场普遍认可的结论

C. 到期收益率计算简便，易于进行比较，在交易与报价中可操作性较强

D. 市场收益率曲线波动平缓且票息较低时，到期收益率潜在的误差较大

【答案】D

【解析】市场收益率曲线波动平缓且票息较低时，到期收益率潜在的误差较小。

30. 国内第一只契约型开放式证券投资基金是（　　）。

A. 基金金泰　　B. 基金开元

C. 华安创新证券投资基金　　D. 南方稳健发展证券投资基金

【答案】C

【解析】此题为常识性记忆，国内第一只契约型开放式证券投资基金是华安创新证券投资基金。

31. 我国证券投资基金托管费以（　　）为基础计提。

A. 基金资产总值　　B. 基金资产净值

C. 基金发行规模　　D. 固定金额

【答案】B

【解析】在我国，基金托管费按前一日基金资产净值的一定比例逐日计提。可见，基金资产净值是计提托管费用的基础。

32. 复制的组合包含的股票数越少跟踪误差（　　），调整所花费的交易成本（　　）。

A. 越小；越低　　B. 越大；越低　　C. 越小；越高　　D. 越大；越高

【答案】D

【解析】复制的组合包含的股票数越少，跟踪误差越大，调整所花费的交易成本越高。

33. 下列不是反映基金风险指标的是(　　)。

A. 标准差　　B. 贝塔值　　C. 持股集中度　　D. 基金净值

【答案】D

【解析】基金净值不能反映基金风险指标。

34. 基金公司的内部机构中最高投资决策机构是(　　)。

A. 基金持有人大会　　B. 董事会

C. 基金总经理　　D. 投资决策委员会

【答案】D

35. 一国的证券基金组织在他国发行证券基金单位，并将募集的资金投资于本国或第三国证券市场的证券投资基金是(　　)。

A. 全球基金　　B. 国际基金　　C. 离岸基金　　D. 在岸基金

【答案】C

【解析】根据基金的资金来源和用途的不同，可以将基金分为在岸基金和离岸基金。

36. 从资金的性质上来看，契约型基金的资金是通过发行基金受益凭证筹集起来的(　　)。

A. 信托资产　　B. 债务资产　　C. 法人资本　　D. 借贷资产

【答案】A

【解析】从资金的性质上来看，契约型基金的资金是通过发行基金受益凭证筹集起来的信托资产；公司型基金的资金是通过发行普通股股票筹集起来的公司法人的资本。

37. 开放式基金份额的发售，由(　　)负责办理。

A. 基金管理人　　B. 商业银行

C. 证券公司　　D. 专业基金销售机构

【答案】A

【解析】开放式基金份额的发售，由基金管理人负责办理。基金管理人可以委托商业银行、证券公司等经认定的其他机构代理基金份额的发售。

38. 包含不同期限的债券投资组合直接使用加权平均收益率(　　)准确反映该投资组合的真实价值。

A. 可以　　B. 不能　　C. 不能判断　　D. 以上皆错误

【答案】B

【解析】加权平均投资组合收益率是对投资组合中所有债券的收益率按所占比重作为权重进行加权平均后得到的收益率，是计算投资组合收益率最通用的方法，但其缺陷也很明显。例如，对于一个计划投资期限为2年的投资者来说，如果投资组合的99%都集中在6个月期的债券上，使用加权平均的方式计算的投资组合收益率将很难对投资决策形成有效支持。

从上面的这段论述中显而易见，当这个债券组合中债券的期限长短差异很大时，是不能准确反映该投资组合的真实价值的。

39. 目前，我国一只基金投资于股票、债券的比例，不得低于该基金资产总值的(   )。

A. 40% B. 60% C. 80% D. 90%

【答案】C

【解析】《证券投资基金管理暂行办法》第33条规定，一只基金投资于股票、债券的比例，不得低于该基金资产总值的80%。

40. 封闭式基金募集期限届满要成立时，基金份额总额必须达到核定规模(   )以上。

A. 100% B. 80% C. 60% D. 50%

【答案】B

【解析】封闭式基金成立的条件：募集期限届满时，基金份额总额达到核定规模80%以上方可成立。

41. 通过基金管理人指定的营业网点的承销商的指定账户，向机构或个人投资者发售基金份额的方式称为(   )。

A. 网上发售 B. 网下发售 C. 回拨机制 D. 回购机制

【答案】B

【解析】在发售方式上，主要有网上发售与网下发售两种方式。网上发售是指通过与证券交易所的交易系统联网的全国各地的证券营业部，向机构或个人投资者发售基金份额的方式。网下发售方式是指通过基金管理人指定的营业网点和承销商的指定账户，向机构或个人投资者发售基金份额的方式。

42. 建立基金品牌的最重要的因素是(   )。

A. 基金营销 B. 基金个性

C. 基金业绩 D. 基金产品和服务的能见度

【答案】C

【解析】基金业绩是塑造基金品牌的最重要标准。对基金业绩有效的考察主要采用两种方法：一是将选定的基金表现与市场指数的表现加以比较；二是将选定的基金表现与该基金相似的一组基金的表现进行相对比较。理论上对基金绩效表现的衡量则以各种风险调整收益指标以及各种绩效评估模型为基础。

43. 当市场具有较强的保持原有运动方向趋势时，下列何种说法正确？(   )

A. 投资组合保险策略的效果优于买入并持有策略，进而将优于恒定混合策略

B. 买入并持有策略的效果优于投资组合保险策略，进而将优于恒定混合策略

C. 恒定混合策略的效果优于买入并持有策略，进而将优于投资组合保险策略

D. 恒定混合策略的效果优于投资组合保险策略，进而将优于买入并持有策略

【答案】A

【解析】当市场具有较强的保持原有运动方向趋势时，投资组合保险策略的效果优于买入并持有策略，进而将优于恒定混合策略。

44. (   )是指保持资产组合的各类资产的固定比例。

A. 投资组合保险策略 B. 买入并持有战略

C. 动态资产配置　　D. 恒定混合策略

【答案】D

【解析】恒定混合策略是指保持资产组合的各类资产的固定比例。

45. 在基金申购时不支付基金的申购费用,在基金赎回时再收取申购费用,目的在于鼓励投资者长期持有基金,这种收费模式称之为(　　)。

A. 前端收费模式　　B. 后端收费模式

C. 全额收费模式　　D. 净额收费模式

【答案】B

【解析】在基金份额认购上存在两种收费模式:前端收费模式和后端收费模式。前端收费模式是指在认购基金份额时就支付申购费用的付费模式;后端收费模式是指在认购基金份额时不收费,在赎回基金时才支付认购费用的收费模式。后端收费模式设计的目的是为鼓励投资者能够长期持有基金,因为后端收费的认购费率一般会随着投资时间的延长而递减,甚至不再收取认购费用。

46. 随着新会计准则的实施,基金未实现估值增值(减值)作为公允价值变动损益计入当期损益,在会计上成为(　　)的。

A. 可分配　　B. 不可分配　　C. 可增值　　D. 不可增值

【答案】A

【解析】随着新会计准则的实施,基金未实现估值增值(减值)作为公允价值变动损益计入当期损益,在会计上成为可分配的。

47. 证券投资基金反映的经济关系是(　　)。

A. 所有权关系　　B. 债权债务关系　　C. 信托关系　　D. 合伙投资关系

【答案】C

48. 采用投资组合保险技术,保证投资者在投资到期时至少能够获得投资本金或一定回报的证券投资基金是(　　)。

A. 成长型基金　　B. 收入型基金　　C. 平衡型基金　　D. 保本基金

【答案】D

【解析】本题考查保本基金的定义。保本基金是指通过采用投资组合保险技术,保证投资者在投资到期时至少能够获得投资本金或一定回报的证券投资基金。保本基金的投资目标是在锁定下跌风险的同时力争有机会获得潜在的高回报。

49. 以下说法正确的是(　　)。

A. 封闭式基金的交易不是在基金投资人之间进行

B. 封闭式基金的交易只能在基金投资人之间进行

C. 开放式基金投资人向交易所申购或赎回基金单位

D. 开放式基金投资人向托管人申购或赎回基金单位

【答案】B

【解析】封闭式基金,可以在市场上变现,也就是在新旧投资者之间进行转让;开放式基金没有存续期限,投资人可随时向基金管理人要求赎回。

50. (　　)假设认为,当前的股票价格已经充分反映全部历史价格信息和交易信息。

A. 强势有效市场　　B. 有效市场
C. 半强势有效市场　　D. 弱势有效市场

【答案】D

【解析】弱势有效市场假设认为，当前的股票价格已经充分反映全部历史价格信息和交易信息。

51. 我国《证券投资基金法》颁布的日期是(　　)。

A. 1997年11月14日　　B. 2003年10月28日
C. 2000年10月8日　　D. 2004年6月1日

【答案】B

52. (　　)适用于资本市场环境和投资者的偏好变化不大或改变资产配置状态的成本大于收益时的状态。

A. 买入并持有战略　　B. 恒定混合策略
C. 投资组合保险策略　　D. 战术性资产配置

【答案】A

【解析】买入并持有战略适用于资本市场环境和投资者的偏好变化不大或改变资产配置状态的成本大于收益时的状态。

53. 律师事务所和(　　)作为专业独立的中介服务机构，为基金提供法律、会计服务。

A. 会计师事务所　　B. 投资咨询公司
C. 基金监管机构　　D. 基金行业自律组织

【答案】A

【解析】会计师事务所可以为基金管理公司提供会计服务。

54. 投资者常常使用折(溢)价率反映封闭式基金份额净值与封闭式基金二级市场价格之间的关系。折(溢)价率的计算公式为(　　)。

A. 折(溢)价＝(二级市场价格－基金份额净值)/市场价格×100％
B. 折(溢)价＝(二级市场价格－基金份额净值)/基金份额净值×100％
C. 折(溢)价＝(二级市场价格－基金份额净值)/基金总值×100％
D. 折(溢)价＝(二级市场价格－基金份额净值基金)/资产净值×100％

【答案】B

【解析】投资者常常使用折(溢)价率反映封闭式基金份额净值与其二级市场价格之间的关系。它的计算公式是：

折(溢)价＝(二级市场价格－基金份额净值)/基金份额净值×100％，当基金二级市场价格高于基金份额净值时，为溢价交易，对应的是溢价率；当二级市场价格低于基金份额净值时，为折价交易，对应的是折价率。

55. 根据我国《证券投资基金管理暂行办法》的规定，计算并公告基金资产净值及每一基金单位资产净值是下列哪个基金主体的义务(　　)。

A. 基金发起人　　B. 基金托管人　　C. 基金持有人　　D. 基金管理人

【答案】D

【解析】计算并发布基金单位净值是由基金管理人作出的，基金托管人的职责是对其发布净值信息进行复核。

56. 目前，我国的基金管理费、基金托管费是按（　　）的一定比例逐日计提，按月支付。

A. 前一日基金资产净值　　B. 当日基金资产净值
C. 7 日基金平均资产净值　　D. 单位基金资产平均值

【答案】A

57. 资产组合理论的提出者是（　　）。

A. 哈里·马科维兹　　B. 威廉·夏普
C. 斯蒂芬·罗斯　　D. 尤金·法玛

【答案】A

【解析】哈里马科维兹是资本资产模型即 CAPM 模型的提出者，而威廉夏普提出的是“单因素模型”，斯蒂芬·罗斯对哈里·马科维兹的 CAPM 提出质疑，尤金·法玛是有效市场理论的提出者。

58. 根据基金的发展情况，多家基金管理公司在 2000 年修改了管理费的收取方法，将原来的 2.5％的固定收费变为 1.5％的固定收费加（　　），引进市场化的收费方法。

A. 业绩报酬　　B. 津贴　　C. 奖金　　D. 申购费

【答案】A

59. 当股票价格保持单方向持续运动时，下列说法正确的是（　　）。

A. 恒定混合策略的表现劣于买入并持有策略
B. 恒定混合策略的表现优于买入并持有策略
C. 投资组合保险策略的表现劣于买入并持有策略
D. 以上都不对

【答案】A

60. 一般情况下，对于个人投资者而言，影响资产配置的最主要因素是（　　）。

A. 个人的生命周期
B. 投资者的资产负债状况
C. 投资者的财务变动状况与趋势
D. 投资者的财富净值

【答案】A

二、多选题

1. 在基金销售过程中，基金管理公司、基金代销机构及其工作人员禁止从事下列行为（　　）。

A. 通过基金销售从投资人处获取或者给予投资人与基金销售无关的利益
B. 违反法律、法规和基金合同、基金招募说明书的规定，向投资人收取额外费用
C. 向任何个人或者机构以强制、抽奖等不正当方式销售基金
D. 向投资人作虚假陈述、欺骗性宣传，误导投资人买卖基金

【答案】ABCD

【解析】在基金销售过程中，基金管理公司、基金代销机构及其工作人员禁止从事下列行为：

(1)向投资人作虚假陈述、欺骗性宣传，误导投资人买卖基金；

(2)违反法律、法规和基金合同、基金招募说明书的规定，向投资人收取额外费用；

(3)向任何个人或者机构以强制、抽奖等不正当方式销售基金；

(4)通过基金销售从投资人处获取或者给予投资人与基金销售无关的利益；

(5)除基金合同、基金招募说明书规定的情形外，拒绝投资人的认购、申购或者赎回申请。

2. 采用估值技术确定公允价值的有(　　)。

A. 首次发行未上市的股票　　B. 停止交易但未行权的权证

C. 发行未上市的债券　　D. 全国银行间债券市场交易的债券

【答案】ABCD

【解析】采用估值技术确定公允价值的有首次发行未上市的股票、停止交易但未行权的权证、发行未上市的债券和全国银行间债券市场交易的债券。

3. 下列属于基金公司采取的适当的会计核算是(　　)。

A. 公司应当建立凭证制度

B. 公司应当建立严格的成本控制和业绩考核制度

C. 公司应当严格制定财务收支审批制度和费用报销管理办法

D. 公司应当建立复核制度，通过复核制度和业务复核防止会计差错的产生

【答案】ABCD

【解析】题干四项属于基金管理公司会计复核的内容。

4. 在各类资产的市场表现出现变化时，资产配置进行相应的调整以保持各类资产的投资比例不变，这种资产配置方式不属于(　　)。

A. 战略性资产配置　　B. 恒定混合策略

C. 战术性资产配置　　D. 投资组合保险策略

【答案】ACD

5. 完善基金管理公司治理结构，应避免(　　)。

A. 大股东利益优先　　B. 管理人利益最大化

C. 利益公平　　D. 责任到位

【答案】AB

【解析】基金管理公司完善的治理结构必须体现"利益公平、信息透明、信誉可靠、责任到位"的基本原则。以这个原则为基准，A、B两项自然是最佳选项。

6. 基金管理公司收取的管理费和基金业绩报酬直接取决于(　　)。

A. 所管理的基金资产规模

B. 基金投资取得的业绩

C. 基金管理公司对基金资产的运作和管理能力

D. 对基金持有人提供的产品及相关服务

【答案】ABCD

【解析】基金的管理费是由基金按基金的规模计提的，而业绩报酬取决于基金公司管理能力和相关产品的报酬率。

7. 基金托管人在基金运作中具有非常重要的作用，主要体现在（　　）。

A. 监督基金管理人的投资运作行为是否符合法律、法规及基金合同的规定

B. 基金资产由独立于基金管理人的基金托管人保管，可以防止基金财产挪作他用，有利于保障基金资产的安全

C. 基金托管人对基金管理人的投资运作（包括投资对象、投资范围、投资比例、禁止投资行为等）进行监督，可以促使基金管理人按照有关法律、法规和基金合同的要求运作基金资产，有利于保护基金份额持有人的权益

D. 基金托管人对基金资产所进行的会计复核和净值计算，有利于防范、减少基金会计核算中的差错，保证基金份额净值和会计核算的真实性和准确性

【答案】BCD

【解析】中国证监会监督基金管理人的投资运作行为是否符合法律、法规及基金合同的规定。

8. 基金管理公司设立的组织机构有（　　）。

A. 股东会　　B. 董事会　　C. 监事会　　D. 工会

【答案】ABC

【解析】基金管理公司的组织机构包括董事会、监事会和股东会。

9.《证券投资基金法》规定有下列情形之一的，基金管理人职责终止（　　）。

A. 被依法取消基金管理资格

B. 被基金份额持有人大会解任

C. 依法解散、被依法撤销或者被依法宣告破产

D. 基金合同约定的其他情形

【答案】ABCD

【解析】根据《证券投资基金法》第22条的规定，有下列情形之一的，基金管理人职责终止：(1)被依法取消基金管理资格；(2)被基金份额持有人大会解任；(3)依法解散、被依法撤销或者被依法宣告破产；(4)基金合同约定的其他情形。

10. 个人投资者申请开立基金账户，需提供下列资料（　　）。

A. 本人法定身份证件

B. 委托他人代为开户的，代办人须持授权委托书、代办人有效身份证件

C. 在基金代销银行或证券公司开设的资金账户

D. 开户申请表

【答案】ABCD

【解析】本题考查个人投资者申请开立基金账户需提供的资料：(1)本人法定身份证件（身份证、军官证、士兵证、武警证、护照等）；(2)委托他人代为开户的，代办人须携带授权委托书、代办人有效身份证件；(3)在基金代销银行或证券公司开设的资金账户；(4)开户申请表。

11. 基金管理公司董事会审议下列事项（　　）应当经过2/3以上的独立董事通过。

A. 公司及基金投资运作中的重大关联交易

B. 公司和基金的审计事务

C. 聘请或者更换会计师事务所

D. 公司管理的基金的半年度报告和年度报告

E. 法律、行政法规和公司章程规定的其他事项

【答案】 ABCDE

12. 下列不属于《证券投资基金法》规定的巨额赎回的是(　　)。

A. 开放式证券投资基金单个开放日,基金净赎回申请超过基金总份额的10%

B. 单笔赎回单位超过1亿

C. 当日累计赎回单位超过2亿

D. 开放式证券投资基金连续7个开放日,只有赎回清单,没有申购申请

【答案】 BCD

【解析】 开放式证券投资基金单个开放日,基金净赎回申请超过基金总份额的10%属于《证券投资基金法》规定的巨额赎回。

13. 封闭式基金的变更行为主要有(　　)。

A. 基金合并　　B. 基金管理人、基金托管人变更

C. 转换基金运作方式　　D. 基金扩募或延长基金合同的期限

【答案】 ACD

【解析】 封闭式基金发生变更行为必须报主管机关核准。通常的变更行为有:(1)基金分立;(2)基金合并;(3)转换基金运作方式;(4)基金扩募或延长基金合同的期限。

14. 下列哪些是基金管理人的具体职责?(　　)

A. 依法募集基金,办理或者委托经中国证监会认定的其他机构代为办理基金份额的发售、申购、赎回和登记事宜

B. 办理基金备案手续

C. 对所管理的不同基金财产分别管理、分别记账,进行证券投资

D. 按照基金合同的约定确定基金收益分配方案,及时向基金份额持有人分配收益

【答案】 ABCD

15. 以下投资策略不属于债券互换策略的是(　　)。

A. 子弹式策略　　B. 两极策略　　C. 免疫互换　　D. 税差激发互换

【答案】 ABC

16. 常见的市场异常策略包括(　　)。

A. 小公司效应　　B. 低市盈率效应

C. 日历效应　　D. 遵循公司内部人的交易活动

【答案】 ABCD

【解析】 常见的市场异常策略包括小公司效应、低市盈率效应、日历效应及遵循公司内部人的交易活动。

17. 基金年投资组合报告应披露的信息有(　　)。

A. 期末按市值占基金资产净值比例大小排序的前5名债券明细

B. 期末按市值占基金资产净值比例大小排序的所有股票明细

C. 报告期内股票投资组合的重大变动

D. 期末基金资产组合

【答案】ABCD

【解析】题干四个选项都是基金年投资组合报告应披露的信息。

18. 资产配置的买入并持有策略的特征包括(　　)。

A. 在市场变动时,不采取行动

B. 支付模式为直线

C. 在熊市时较为有利

D. 对市场流动性要求小

【答案】ABD

【解析】买入并持有策略是指按确定恰当的资产配置比例构造了某个投资组合后,在诸如3～5年的适当持有期间内不改变资产配置状态,保持这种组合。它属于消极性资产配置策略,在市场变化时不采取行动,支付模式为直线,A、B选项正确;就收益情况与有利的市场环境而言,买入并持有策略在各种资产配置策略中处于中间地位,C选项错误;买入并持有策略只在构造投资组合时要求市场具有一定的流动性,因此对市场流动性要求小,D选项正确。

19. 资本资产定价模型的主要假设有(　　)。

A. 投资者可以以相同的无风险利率进行无限制的借贷

B. 投资者是风险回避者,并以期望收益率和风险(用方差或标准差衡量)为基础选择投资组合

C. 资本市场是均衡的

D. 所有投资者的投资均为单一投资期,投资者对证券的回报率的均值、方差以及协方差具有相同的预期

E. 市场是完美的,无通货膨胀,不存在交易成本和税收引起的"价格错定"现象

【答案】ABCDE

20. 以下关于证券投资基金中的专业理财含义描述正确的是(　　)。

A. 专业理财就是由拥有超常能力的基金经理理财

B. 理财的主要方法是由投资者决定的

C. 理财机构的从业人员由专业人士组成

D. 理财是由专业机构运作的

【答案】CD

【解析】专业理财,即证券投资基金由通过监管机构认可的、专业化的投资管理机构来管理和运作。这类机构由具有专门资格的专家团队组成。专业管理还表现在:证券市场中的各类证券信息由专业人员进行收集、分析;各种的证券组合方案由专业人员进行研究、模拟和调整;分散投资风险的措施由专业人员进行计算、测试等。

21. 根据我国证券交易所规定,封闭式基金交易委托实行(　　)优先原则。

A. 价格　　B. 数量　　C. 时间　　D. 个人投资人

【答案】AC

【解析】封闭式基金的买卖采用“价格优先，时间优先”的优先原则。

22. ETF 的收益率与所跟踪指数的收益率之间往往会存在跟踪误差。产生跟踪误差的原因主要是(　　)。

A. 抽样复制　　B. 现金留存　　C. 基金分红　　D. 基金费用

E. 主动投资

【答案】ABCD

23. 基金管理公司在制定内部控制制度中，下列有关审慎性原则的说法正确的是(　　)。

A. 审慎性原则的核心是风险控制

B. 审慎性原则要求公司追求利润最大化

C. 以审慎经营、防范和化解风险为出发点

D. 审慎性原则要求公司以避免投资风险为唯一目标

【答案】AC

【解析】审慎性原则要求公司内部控制的核心是风险控制，制定内部控制制度要以审慎经营、防范和化解风险为出发点。从审慎性原则的含义出发，选 AC 项最为恰当。

24. 下列关于基金份额冻结的说法中，正确的是(　　)。

A. 基金份额冻结由基金托管人受理

B. 基金份额冻结由国家有权机关提出

C. 基金份额冻结时产生的权益一并冻结

D. 基金份额冻结由基金注册与过户登记人受理

【答案】BCD

【解析】基金注册与过户登记人只受理国家有权机关依法要求的基金账户或基金份额的冻结与解冻。基金账户或基金份额被冻结的，被冻结部分产生的权益(包括现金分红和红利再投资)一并冻结。

基金份额冻结时还应注意以下三点：第一，基金份额冻结由基金注册与过户登记人受理；第二，基金份额冻结由国家有权机关提出；第三，基金份额冻结时产生的权益一并冻结。

25. 以下关于封闭式基金和开放式基金说法正确的是(　　)。

A. 封闭式基金一般有固定的存续期限

B. 开放式基金一般没有固定的存续期限

C. 封闭式基金一般有固定的基金份额

D. 开放式基金的基金份额处于变动之中

【答案】ABCD

【解析】封闭式基金和开放式基金二者的划分标准就是基金规模和基金存续期限是否可变，前者一般是固定的，而后者由于可以自由地申购和赎回，基金规模和基金存续期限总处于变动之中。

26. 基金管理公司和一般公司法人的不同之处在于(　　)。

A. 基金资产是基于信托关系形成的

B. 基金资产是基于债务关系形成的

C. 通常管理几十倍于自身注册资本的资产

D. 基金管理公司不能独立运用其资产进行投资

E. 基金管理公司不具备公司法人资格

【答案】AC

27. 依照《证券投资基金法》的规定,封闭式基金扩募或续期应具备( )条件。

A. 基金运营业绩良好　　B. 基金份额持有人大会决议通过

C. 经国务院证券监督管理机构核准　　D. 基金管理人、托管人核准

【答案】ABC

【解析】《证券投资基金法》第 66 条规定:封闭式基金扩募或者延长基金合同期限,应当符合下列条件,并经国务院证券监督管理机构核准:(1)基金运营业绩良好;(2)基金管理人最近 2 年内没有因违法违规行为受到行政处罚或者刑事处罚;(3)基金份额持有人大会决议通过;(4)本法规定的其他条件。

28. 基金管理公司的法人治理结构确定( )等相关利益主体间的关系。

A. 基金管理公司股东　　B. 基金管理公司董事会

C. 基金管理公司管理层　　D. 监管机构

【答案】ABC

【解析】公司法人治理结构总的来说是指在协调公司管理层、董事会、股东(流通股股东及非流通股股东)之间相互关系基础上,规范公司运营的管理体制。显而易见,基金管理公司的法人治理结构确定基金管理公司股东、基金管理公司董事会、基金管理公司管理层等相关利益主体间的关系。

29. 封闭式基金的变更行为主要有( )。

A. 基金合并　　B. 基金管理人、基金托管人变更

C. 转换基金运作方式　　D. 基金扩募或延长基金合同的期限

【答案】ACD

【解析】封闭式基金发生变更行为必须报主管机关核准。通常的变更行为有:(1)基金分立;(2)基金合并;(3)转换基金运作方式;(4)基金扩募或延长基金合同的期限。

30. ETF 基金的三大特点是( )。

A. 被动操作的指数基金

B. 独特的实物申购赎回机制

C. 实行一级市场与二级市场并存的交易制度

D. 拥有独特的套利机制

E. 每个交易日的实时净值公布

【答案】ABC

31. 基金管理公司要申报的材料包括( )。

A. 筹建情况验资证明　　B. 人员情况内部机构设置及职能

C. 管理制度公司章程　　D. 营业场所及技术设施

【答案】ABCD

【解析】四个选项均为基金管理公司要申报的材料。

32. 全面性要求信息披露当事人依法充分、完整地公开所有法定项目的信息，不得有遗漏和短缺；要充分披露可能对(　　)产生重大影响的信息，不得有任何隐瞒或重大遗漏。

A. 基金管理人自身财务状况　　B. 基金托管人经营状况

C. 基金份额持有人权益　　D. 基金单位的交易价格

【答案】CD

【解析】全面性是对基金信息披露范围的要求。完整披露要求信息披露当事人依法充分、完整地公开所有法定项目的信息，不得有遗漏和短缺；要充分披露可能对基金份额持有人权益或基金单位的交易价格产生重大影响的信息，不得有任何隐瞒或重大遗漏。

33. 货币市场基金具有的特点包括(　　)。

A. 以流动性较强的货币市场工具作为投资对象，具有一定的流动性和安全性

B. 基金价格比较稳定，投资成本低

C. 投资收益一般低于银行存款

D. 与银行等金融机构的各种现金投资工具相比，收益率较高而风险较低

E. 一般具有固定的存续期限

【答案】ABD

34. 影响债券收益率的因素包括(　　)。

A. 基础利率　　B. 票面利率　　C. 风险溢价　　D. 到期期限

【答案】ABD

【解析】风险溢价不是影响债券收益率的因素。

35. 以下关于证券投资基金的正确表述是(　　)。

A. 证券投资基金主要投资于证券市场

B. 证券投资基金是投资基金的一种

C. 私募证券投资基金可以向社会公开发行

D. 证券投资是一种获取固定收益的证券

【答案】AB

【解析】私募基金不可以向社会公开发行，证券投资并不能获取固定收益。

36. 基金份额持有人享有基金(　　)。

A. 资产所有权　　B. 资产管理权

C. 剩余资产分配权　　D. 资产保管权

【答案】AC

【解析】基金份额持有人即基金投资人，对其持有的基金份额享有所有权、收益权、转让权或处分权，以及取得基金清算后的剩余资产的权利。基金管理人享有基金资产管理权，基金托管人享有基金保管权。

37. 完善基金管理公司治理结构，应避免(　　)。

A. 大股东利益优先　　B. 管理人利益最大化

C. 利益公平　　D. 责任到位

【答案】AB

【解析】基金管理公司完善的治理结构必须体现利益公平、信息透明、信誉可靠、责任到位的基本原则。以这个原则为基准。

38. 以下属于证券投资基金的特点的有（　　）。

A. 风险分散　　B. 集合投资

C. 专业管理　　D. 严格监管与透明性

【答案】ABCD

【解析】证券投资基金具有以下五大特点：(1)集合理财、专业管理；(2)组合投资、分散风险；(3)利益共享、风险共担；(4)严格监管、信息透明；(5)独立托管、保障安全。

39. 下列属于基金管理公司投资管理部门的是（　　）。

A. 投资部　　B. 研究部

C. 投资决策委员会　　D. 交易部

【答案】ABD

【解析】属于基金管理公司投资管理部门的是投资部、研究部和交易部。

40. 基金管理公司公司治理的基本原则有（　　）。

A. 基金份额持有人利益优先原则　　B. 公司独立运作原则

C. 股东诚信与合作原则　　D. 业务与信息融合原则

【答案】ABC

【解析】关于基金管理公司公司治理的基本原则 D 项表述错误，应为业务与信息隔离原则，主要为了防范不正当关联交易和利益输送。

41. 在我国，基金的会计核算由（　　）负责。

A. 证券公司　　B. 中国证券登记结算公司

C. 基金管理公司　　D. 基金托管人

E. 商业银行

【答案】CD

42.《证券投资基金法》规定有下列情形之一的，基金管理人职责终止（　　）。

A. 被依法取消基金管理资格

B. 被基金份额持有人大会解任

C. 被依法解散、被依法撤销或者被依法宣告破产

D. 基金合同约定的其他情形

【答案】ABCD

【解析】根据《证券投资基金法》第 22 条的规定，有下列情形之一的，基金管理人职责终止：①被依法取消基金管理资格；②被基金份额持有人大会解任；③被依法解散、被依法撤销或者被依法宣告破产；④基金合同约定的其他情形。

43. 目前披露上市交易公告书的基金品种主要有（　　）。

A. 封闭式基金　　B. 上市开放式基金

C. 交易型开放式指数基金　　D. 股票基金

【答案】ABC

【解析】股票基金是基金的风格，不是基金品种。

44. 超买超卖指标包括（ ）。

A. 简单过滤器规则 B. 移动平均法

C. 价量关系 D. 股利贴现

【答案】AB

【解析】超买超卖指标包括简单过滤器规则和移动平均法。

45. 反映股票基金投资风险的指标主要有（ ）。

A. 标准差 B. 贝塔值

C. 持股集中度 D. 行业投资集中度

【答案】ABCD

【解析】反映股票基金投资风险的指标主要有标准差、贝塔值、持股集中度和行业投资集中度。

46. 基金投资组合公告的披露事项主要包括（ ）。

A. 按行业分类的股票投资组合及股票市价合计

B. 期末基金资产组合

C. 期末按券种分类的债券投资组合

D. 报告期内股票投资组合的重大变动

E. 报告附注

【答案】ABCDE

47. 契约型基金的当事人包括（ ）。

A. 委托人 B. 受托人 C. 投资顾问 D. 受益人

【答案】ABD

【解析】从基金的组织形式可将基金分为公司型基金和契约型基金。契约型基金是基于一定信托关系而成立的基金类型，一般由基金管理公司、基金托管机构和投资者三方通过信托投资契约建立。其当事人包括委托人和受托人，委托人即投资人，同时也是受益人。

48. 行为金融理论对有效市场理论的挑战有（ ）。

A. 投资者受信息处理能力、信息不完全、时间不足以及心理偏差的限制，将不能立即对全部公开信息作出反应

B. 投资者常常会对非相关信息作出反应，其交易不是依据信息而是根据噪音作出的

C. 从投资者的行为入手，认为异常是一种普遍现象

D. 投资者如何操作以避免自己与众不同

【答案】ABCD

【解析】选项属于行为金融理论的应用，而不是对有效市场理论的挑战。

49. 在营销环境的诸多因素中，基金管理人最需要关注以下哪几个方面？（ ）

A. 公司的股权结构 B. 公司本身的情况

C. 影响投资者决策的因素 D. 监管机构对基金营销的监管

【答案】CD

50. 我国基金交易的委托特点有(　　)。

A. 基金单位的买卖采用"三公"原则、价格优先原则和时间优先原则

B. 基金交易委托以标准手数为单位进行,价格变化单位为0.01元

C. 在证券市场的营业日可以随时委托买卖基金单位

D. 基金实行T+1交割制度

【答案】ABCD

51. 我国基金管理公司可以采取的组织形式包括(　　)。

A. 无限责任公司　　B. 有限合伙企业

C. 有限责任公司　　D. 股份有限公司

【答案】CD

【解析】我国基金管理公司可以采取有限责任公司和股份有限公司。

52. 开放式基金在认购费用的收取上,目前的两种收费方式是(　　)。

A. 前端模式　　B. 后端模式　　C. 金额费率　　D. 净额费率

【答案】AB

【解析】开放式基金在认购费用的收取上,目前计费方式有两种。一种按照认购金额的一定比例收取,为金额费率,另一种按照净认购金额的一定比例收取,为净额费率。收费方式也有两种,一种是认购时收取的前端收费方式;另一种是赎回时收取的后端收费方式。

53. 下列的说法中,符合保本基金的特点的有(　　)。

A. 适合中长期稳健投资者

B. 可以保证投资者到期的投资本金和一定的回报

C. 通常将大部分资金投资到和基金到期日一致的债券

D. 为确保保本,不投资于股票

【答案】ABC

【解析】保本基金的最大特点是其招募说明书中明确规定有相关的担保条款,即在满足一定的持有期限后,为投资者提供本金或收益的保障。为能够做到本金安全或实现最低回报,保本基金通常会将大部分资金投资于与基金到期日一致的债券;同时,为提高收益水平,保本基金会将其余部分投资于股票、衍生工具等高风险资产上,使得市场不论是上涨还是下跌,该基金于投资期间到期时,都能保障其本金不遭受损失。保本基金的投资目标是在锁定风险的同时力争有机会获得潜在的高回报。

54. 关于基金宣传推介材料的报送,下列说法正确的有(　　)。

A. 基金推介的书面材料应报送基金管理公司所在地证监局

B. 基金推介的书面材料应报送中国证监会

C. 报送内容包括基金管理督察长出具的合规性意见书

D. 报送内容包括业绩复核函

【答案】ACD

【解析】基金书面推介材料应报送基金管理公司所在地证监局。

55. 以下关于基金投资比例监督的叙述中，正确的是（　　）。

A. 每只基金通过一个证券经营机构买卖证券的年成交量，不得超过该基金买卖证券年成交量的 30%

B. 在全国银行间同业拆借市场进行债券回购资金不得超过基金资产净值的 40%

C. 基金在全国银行间同业拆借市场中的债券回购最长期限为 1 年，债券回购到期后不得展期

D. 货币市场基金存放在不具有基金托管资格的同一商业银行的存款，不得超过基金资产净值的 5%

E. 单只基金持有 1 家上市公司的股票，不得超过该基金资产净值的 10%

【答案】ABCDE

三、判断题（正确的填 A，不正确的填 B）

1. 与其他类型基金相比，货币市场基金具有风险低、流动性好的特点。（　　）

【答案】A

【解析】货币市场基金投资对象流动性好、风险低。

2. 混合基金的风险低于股票基金，预期收益则要高于债券基金。它为投资者提供了一种在不同资产类别之间进行分散投资的工具，比较适合较为保守的投资者。（　　）

【答案】A

【解析】混合基金同时以股票、债券等为投资对象，以期通过在不同资产类别上的投资，实现收益与风险之间的平衡。其风险与收益处于高风险高收益的股票基金和低风险低收益的债券基金之间。

3. 如果某一只股票的贝塔值小于 1，说明它是一只活跃或激进型的基金。（　　）

【答案】B

【解析】如果某基金的贝塔值大于 1，说明该基金是一只活跃或激进型基金。如果某基金的贝塔值小于 1，说明该基金是一只稳定或防御型的基金。

4. 开放式基金发生巨额赎回时无须向中国证监会报告，但必须及时公告。（　　）

【答案】B

5. 通过市场营销达到一定的销售目标和资产规模，是基金营销的职责所在。（　　）

【答案】A

【解析】市场营销是达到销售目的的手段。

6. 基金托管人有权对基金资产进行投资运作。（　　）

【答案】B

【解析】基金托管人是承担基金资产保管等职责的专业机构。我国禁止基金托管人有以下行为：从事基金投资；挪用基金资产；在基金公司信息披露前，向他人泄露基金有关信息等。

7. 债券市场的收益率曲线反映的是不同偿还期限债券在不同时点上的收益率。（　　）

【答案】B

【解析】债券收益率曲线是将不同期限债券的到期收益率按偿还期限连接成一条曲

线，它反映了债券偿还期限与收益的关系。

此题判断的错误在于，收益率曲线反映的是不同偿还期限债券在相同时点上的收益率，而不是不同时点上的收益率。

8. 夏普指数调整的是部分风险，因此当某基金就是投资者的全部投资时，可以用夏普指数作为绩效衡量的适宜指标。（ ）

【答案】B

9. 资产配置是投资过程中最重要的环节之一。（ ）

【答案】A

【解析】题干表述正确。

10. 基金管理公司应当建立健全独立董事制度。独立董事人数不得少于3人，且不得少于董事会人数的1/3。（ ）

【答案】A

【解析】基金管理公司应当建立、健全独立董事制度。独立董事人数不得少于3人，且不得少于董事会人数的1/3。

董事会审议下列事项应当经过2/3以上的独立董事通过：(1)公司及基金投资运作中的重大关联交易；(2)公司和基金审计事务，聘请或者更换会计师事务所；(3)公司管理的基金的半年度报告和年度报告；(4)法律、行政法规和公司章程规定的其他事项。

11. 开放式基金不是目前国际上的主流基金组织形式。（ ）

【答案】B

【解析】开放式基金和封闭式基金，是就基金产品的特征进行的划分；契约型基金和公司型基金是就基金的组织形式划分。上面的判断犯了概念混淆的错误。例如，"当前开放式基金是证券投资基金的主流产品"就是一个正确的判断。

12. 基金估值时，基金持有的未上市的配股和增发新股，按估值日在证券交易所挂牌的同一股票的市价估值。（ ）

【答案】A

13. LOF与ETF并不都具备开放式基金场外申购、赎回和场内交易的特点。（ ）

【答案】B

【解析】LOF与ETF均可以在交易所交易和申购。

14. 资产管理者进行资产配置时，不能脱离投资人的风险承受能力而无约束地进行。（ ）

【答案】A

【解析】资产管理中最重要的一条规则就是在投资人的风险承受能力范围内运作，因此，在确定资产配置之前，应该衡量投资人的风险承受能力。

15. 证券投资基金的管理人不仅负责基金的投资操作，而且经手基金财产的保管，但基金托管人负责对基金的保管与运作负责监督。这种相互制约、相互监督的制衡机制从另一方面对投资者的利益提供了重要的保护。（ ）

【答案】B

【解析】证券投资基金的管理人只负责基金的投资操作，本身并不经手基金财产的保管，基金财产的保管由独立于基金管理人的基金托管人负责。这种相互制约、相互监督的制衡机制从另一方面对投资者的利益提供了重要的保护。

16. 基金公司内部控制机制一般包括两个层次：一是，x一r 自律；二是部门各级主管的检查监督。（ ）

【答案】B

【解析】公司内部控制机制一般包括四个层次：一是员工自律；二是部门各级主管的检查监督；三是公司总经理及其领导的监察稽核部对各部门和各项业务的监督控制；四是董事会领导下的审计委员会和督察员的检查、监督、控制和指导。

17. 所有的基金管理公司投资管理的基本目标是追求高额增长。（ ）

【答案】B

【解析】对于基金本身来说，就有追求成长型或收入型等不同的投资目标，基金管理公司投资管理的目标最主要的还是基金持有人收益的最大化，而不是追求高额增长。

18. 如果股票市场是一个有效的市场，股票的价格反映了影响它的所有信息，那么股票市场上不存在"价值低估"或"价值高估"的股票，那么基金管理人不应当尝试获得超出市场的投资回报，而是努力获得与大盘同样的收益水平，减少交易成本。（ ）

【答案】A

【解析】市场有效性就是股票的市场价格反映影响股票价格信息的充分程度。如果股票价格中已经反映了影响价格的全部信息，我们就称该股票市场是强势有效市场。如果股票市场是一个有效的市场，股票的价格反映了影响它的所有信息，那么股票市场上不存在"价值低估"或"价值高估"的股票，投资者也不可能通过寻找"错误定价"的股票获取超出市场平均的收益水平。在这种情况下，基金管理人不应当尝试获得超出市场的投资回报，而是努力获得与大盘同样的收益水平，减少交易成本。本题的说法是正确的。

19.《证券投资基金法》规定，在有利于基金份额投资增值的前提下，基金管理人可以将其固有财产或者他人财产混同于基金财产从事证券投资。（ ）

【答案】B

【解析】《证券投资基金法》第 20 条规定基金管理人不得将其固有财产或者他人财产混同于基金财产从事证券投资。

20. 附息债券的麦考莱久期和修正的麦考莱久期小于其到期期限。对于零息券而言，麦考莱久期与到期期限相同。（ ）

【答案】A

21. 在实际市场条件之下，通过适时改变长期配置的资产权重，增加基金投资组合的获利机会。（ ）

【答案】A

【解析】实际市场条件下，会通过适时改变长期配置的资产权重，增加基金投资组合的获利机会。

22. 证券投资基金的管理人不仅负责基金的投资操作，而且经手基金财产的保管，但基金托管人负责对基金的保管与运作负责监督。这种相互制约、相互监督的制衡机制从另一方面对投资者的利益提供了重要的保护。（ ）

【答案】B

【解析】证券投资基金的管理人只负责基金的投资操作，本身并不经手基金财产的保管，基金财产的保管由独立于基金管理人的基金托管人负责。这种相互制约、相互监督的制衡机制从另一方面对投资者的利益提供了重要的保护。本题的说法是错误的。

23. 当市场收益率曲线大幅波动时，债券到期收益率与其实际回报率之间的误差较小。

【答案】B

【解析】在市场收益率曲线波动平缓且票息较低时，债券到期收益率与其实际回报率之间潜在的误差较小。

24. 在股票市场的急剧降低或缺乏流动性时，投资组合保险策略至少保持最低价值的目标可能无法达到，甚至可能由于投资组合保险策略的实施反而加剧了市场向不利方向的运动。（　　）

【答案】A

25. 佣金与杂费属于固定成本，有时也合称为买卖价差，一般按照交易金额的固定比例收取。（　　）

【答案】B

【解析】佣金和杂费属于变动成本。

26. 如果基金的平均市盈率、平均市净率小于市场指数的市盈率，可以认为该股票基金属于成长型基金。（　　）

【答案】B

【解析】平均市盈率、平均市净率小于市场指数的市盈率、市净率，说明股票的价值被低估，可以通过价值的重新发现而升值，因此该股票基金属于价值型基金。本题的说法是错误的。

27. 在资本资产定价模型中，投资人的偏好与风险承受能力表现为资产在无风险证券与市场投资组合的比例划分上。（　　）

【答案】A

【解析】在资本资产定价模型中，投资人的偏好与风险承受能力表现为资产在无风险证券与市场投资组合上的比例划分上。

28. 信息比例大的基金其表现要好于信息比例低的基金。（　　）

【答案】A

29. 基金管理人的职责之一是计算、公告基金资产净值，因此，因基金估值错误给投资者造成的损失应由基金管理人承担。（　　）

【答案】B

【解析】基金对基金净值的计算和公告应当由托管人复核，因此如果出现错误则应当由基金管理人和基金托管人负责。

30. 目前，我国开放式基金由注册登记机构确定基金申购、赎回费率。（　　）

【答案】B

【解析】申购费是指投资人在申购或赎回时直接支付给基金管理人的一次性申购费

用。赎回费是指投资者赎回时向投资者收取的略带惩罚性质的费用。两种费用都是在国家规定的最高费率基础上由基金管理人自己确定。本题的说法是错误的。

31. 开放式基金发生巨额赎回申请时，基金管理人应当在当日受理并执行全部赎回申请。（　　）

【答案】B

【解析】根据《开放式证券投资基金试点办法》的规定，巨额赎回申请发生时，在基金管理人当日接受赎回比例不低于基金总份额10%的前提下，可以对其余赎回申请延期办理。

32. 货币市场基金不得采用“摊余成本法”对持有的投资组合进行会计核算。（　　）

【答案】B

33. 基金管理公司采取股份有限公司的组织形式的，应当以发起方式成立。（　　）

【答案】A

34. 当市场收益率曲线大幅波动时，债券到期收益率与其实际回报率之间的误差较小。（　　）

【答案】B

【解析】在市场收益率曲线波动平缓且票息较低时，债券到期收益率与其实际回报率之间潜在的误差较小。

35. 基金净值公告要求封闭式基金每周公告 2 次，开放式基金净值每天公告。（　　）

【答案】B

【解析】基金净值公告要求封闭式基金每周公告 1 次，开放式基金净值每天公告。

36. 到期收益率能准确地衡量债券的实际回报率。（　　）

【答案】B

37. 目前我国上网定价发行结束后，上交所和深交所按各参加上网定价发行的证券营业部的实际认购量，将该笔手续费自动划转到各证券营业部账户。（　　）

【答案】A

【解析】题干表述正确。

38. 基金合同期限为10年以上的封闭式基金，方可申请基金份额上市交易。（　　）

【答案】B

【解析】封闭式基金份额上市交易，应符合以下的条件：

(1)基金份额总额达到核准规模的80%以上；

(2)基金合同期限为5年以上；

(3)基金募集金额不低于5亿元人民币；

(4)基金份额持有人不少于1 000人；

(5)基金上市交易规则规定的其他条件。

本题的说法是错误的。

39. 市场营销的控制过程包括三个步骤：首先，管理部门设定具体的营销目标；其次，衡量企业在市场中的业绩；最后，估计期望业绩和实际业绩之间存在差异的原

因。(　)

【答案】B

【解析】市场营销的控制过程主要包括以下四个步骤:①管理部门设定具体的市场营销目标,通常对不同的营销活动或单独的项目,如新基金的发行等制定不同的预算;②衡量企业在市场中的销售业绩,检查销售时间表是否得到执行;③分析目标业绩和实际业绩之间存在差异的原因以及预算收支不平衡的原因等;④管理部门评估广告投入效果、不同渠道的资源投入,及时采取正确的行动,以此弥补目标与业绩之间的差距。这可能要求改变行动方案,甚至改变目标。

40. 混合型基金根据股票和债券投资比例以及投资策略的不同,又可以分为偏股型基金、偏债型基金、配置性基金等。(　)

【答案】A

41. 主要投资于建立时间长、股利分配高的公司股票的基金类别为收入型基金。(　)

【答案】A

【解析】收入型基金主要投资于稳定股利分配的高的公司。

42. 股票价格会由于投资者买卖股票数量的大小和强弱的对比而受到影响;基金份额净值不会由于买卖数量或申购、赎回数量的多少而受到影响。(　)

【答案】A

【解析】基金份额净值是由基金所持有的各类资产的价值所决定的,不受基金份额买卖数量或申购、赎回数量的多少的影响。当然,对于可自由转让的基金份额(以封闭式基金份额为主)而言,基金份额的买卖数量将影响基金份额的转让价格。本题的说法是正确的。

43. 保本基金从本质上讲是一种伞形基金,此类基金之间可以进行转换。(　)

【答案】B

【解析】保本基金是通过采用组合投资的手段,保证投资者获得至少本金的一类投资基金。

44. 基金收益分配会造成基金份额净值的下降,给投资者带来损失。(　)

【答案】B

45. 基金转托管在转入方进行申报,基金份额转托管一次完成。(　)

【答案】A

【解析】基金转托管在转入方进行申报,基金份额转托管一次完成。一般情况下,投资者于T日转托管基金份额成功后,转托管将份额于T+1日后转入被托管对方,T+2日可以赎回。

46. 在投资组合保险策略下,资产在投资组合中所占比重与该资产的相对价格反方向变动。(　)

【答案】B

【解析】投资组合保险策略是在将一部分资金投资于无风险资产从而保证资产组合最低价值的前提下,将其余资金投资于风险资产,并随着市场的变动调整风险资产和无风险资产的比例,同时不放弃资产升值潜力的一种动态调整策略。当投资组合价值因风险资产收益率的提高而上升时，风险资产的投资比例也随之提高；反之则下降。本题的说法是错误的。

47. 基金产品设计包含三方面重要的信息输入：客户需求信息、投资运作信息和产品市场信息。（ ）

【答案】A

【解析】题干表述正确。

48. 基金投资管理人员应当公平对待不同基金份额的持有人，不得在不同基金财产之间、基金财产与其他受托资产之间进行利益输送，但是对于受托管理的全国社保基金资产不受此项条款约束。（ ）

【答案】B

49. 离岸基金是指一国的证券基金组织在他国发行证券基金单位并将募集的资金投资于本国或第三国的证券投资基金。（ ）

【答案】A

【解析】题干表述正确。

50. 基金管理公司会计控制制度是内部控制制度的重要方面。（ ）

【答案】A

【解析】公司内部控制制度由内部控制大纲、基本管理制度、部门业务规章、业务操作手册等部分组成，基本管理制度主要包括风险控制制度、投资管理制度、基金会计制度、信息披露制度、监察稽核制度、信息技术管理制度、公司财务制度、资料档案管理制度、业绩评估考核制度和紧急应变制度。本题的说法是正确的。

51. 买入并持有资产配置策略是消极型的策略，在市场发生变化时不采取行动，其支付模式为曲线。（ ）

【答案】A

【解析】买入并持有资产配置是典型的消极型策略，在市场变化时并不采取行动，其支付模式在收益上升时不及市场收益，因此呈现出曲线变化。

52. 加强指数法与积极型股票投资战略之间在风险控制程度方面存在着显著的区别。（ ）

【答案】A

53. 公允价值变动损益一般在估值日次日予以确认。（ ）

【答案】B

【解析】公允价值变动损益是指基金持有的采用公允价值计量的交易性金融资产交易性金融负债等公允价值变动形成的应计入当期损益的利得或损失，并于估值日对基金资产按公允价值估值时予以确认。

54. 基金资产配置既包括资金在股票、债券等资产类型之间的分配，也包括资金在各自资产类型之内的配置。（ ）

【答案】A

【解析】资产配置是指根据投资需求将投资资金在不同资产类别之间进行分配，通常是将资产在低风险、低收益证券与高风险、高收益证券之间进行分配。本题的说法是正确的。

55. 基金管理部门的主要业务和岗位要进行物理隔离、相互制约、交易和清算、基金会计和公司会计等重要部门不得有人员兼职。

【答案】A

【解析】基金管理公司必须建立完善的岗位责任和科学、严格的岗位分离制度。

56. 从几何图形上看,詹森指数表现为基金组合的实际收益率与SMl。直线上具有相同风险水平组合的期望收益率之间的偏离。(　　)

【答案】A

57. 水平分析是一种基于对未来利率预期的债券组合管理策略。(　　)

【答案】A

【解析】题干叙述符合水平分析的定义。

58. 买入并持有策略要求的市场有较强的流动性。(　　)

【答案】B

【解析】对于买入并持有策略,只需要在构建资产组合时需要一定的流动性,日常并不需要进行频繁的买入卖出操作,因此该策略并不需要市场有很强的流动性。

59. 我国目前基金交易佣金为成交金额的0.25%,不足5元的按5元收取。(　　)

【答案】A

【解析】题干叙述符合我国法律规定。

60. 基金托管人有责任按照规定对基金管理人的会计核算进行复核并出具复核意见。(　　)

【答案】A

二、真题、模拟题组合试卷

一、单选题

1. 对证券投资基金招募说明书内容的真实性、准确性、完整性及合规性承担个别及连带责任的是(　　)。

A. 中国证监会　　B. 基金全体发起人

C. 基金托管人　　D. 基金代销机构

【答案】B

【解析】凡在我国境内募集证券投资基金的发起人,在申请募集资金时,应当根据有关规定编制招募说明书。基金的全体发起人必须保证招募说明书不得含有虚假内容、误导性陈述或重大遗漏,并就其保证承担个别及连带责任。

2. 特雷诺指数的问题是无法衡量基金经理的(　　)程度。

A. 收益高低　　B. 资产组合　　C. 风险分散　　D. 行业分布

【答案】C

【解析】特雷诺指数,主要衡量市场总体风险,无法衡量基金经理风险分散程度。

3. 科学的分散化投资可以消除(　　)。

A. 非系统性风险　　B. 政治风险　　C. 政策风险　　D. 利率风险

【答案】A

【解析】非系统性风险是指个别证券特有的风险,包括企业的信用风险、经营风险、财务风险等。非系统性风险可以通过分散投资加以规避,因此又被称为可分散风险。

4. 关于免疫策略叙述不正确的是(　　)

A. F. M. Reddington 于 1952 年最早提出免疫策略

B. 免疫策略可以消除任何债券风险

C. 免疫策略可以用来消除利率变动的风险

D. 免疫策略假定市场价格是公平的均衡交易价格

【答案】B

5. 关于基金托管费计提标准,以下说法不正确的是哪一项?(　　)

A. 开放式基金根据基金契约的规定比例计提,但是,通常要低于 0.25%

B. 基金托管费用收取的比例与基金规模、基金类型等条件都有一定的关系,不能一概而论

C. 目前,在我国,封闭式基金应当按照 0.25%的比例计提基金托管费用

D. 一般情况下，基金规模越大，基金托管费率就越高

【答案】D

【解析】基金规模越大，基金托管费率就越低。

6. 一般来说，在其他条件相同的情况下，如果债券条款对发行人有利而对投资人不利，则债券收益率（　　）。

A. 较高　　B. 不变　　C. 较低　　D. 不能判断

【答案】A

【解析】如果债券发行条款中赋予发行人或投资者针对对方采取某种行动的期权，一般来说，如果条款对债券发行人有利，比如提前赎回条款，则投资者将要求相对较高的收益率；如果条款对债券投资者有利，则投资者可能要求一个较低的利率。

7. 基金管理公司不得聘任从其他公司离任未满（　　）个月的基金经理从事投资、研究、交易等业务。

A. 3　　B. 6　　C. 9　　D. 12

【答案】A

8. 如果股票价格波动越大，则投资组合的算术平均收益率与几何平均收益率之间的差异（　　）。

A. 越大　　B. 越小　　C. 不变　　D. 不能判断

【答案】A

【解析】一般地，算术平均收益率要大于几何平均收益率，每期的收益率波动越大，两种平均方法的差距越大。

9.《中华人民共和国证券基金法》正式实施的日期是（　　）。

A. 2004 年 6 月 1 日　　B. 2004 年 10 月 1 日

C. 2004 年 7 月 1 日　　D. 2004 年 1 月 1 日

【答案】A

【解析】识记基本知识点。

10. 关于投资组合业绩评价基准的表述，正确的是（　　）。

A. 只能使用市场指数作为业绩评价基准

B. 可以使用包括市场指数在内的多种业绩评价基准

C. 只能使用市场指数或投资风格指数作为业绩评价基准

D. 以上均错误

【答案】B

【解析】基准比较法是通过给被评价的基金定义一个适当的基准组合，比较基金收益率与基准组合收益率的差异来对基金表现加以衡量的一种方法。基准组合可以是完全市场指数、风格指数，也可以是由不同指数复合而成的复合指数，表达的最佳答案为 B 选项。

11. 基金银行存款的定义是（　　）。

A. 以基金名义在银行开立的，用于基金名下资金往来的结算账户

B. 以托管人名义在中国证券登记结算有限责任公司上海分公司和深圳分公司分别

开立的，用于所托管基金在交易所买卖证券的资金结算账户

C. 以托管人和基金联名的方式在中国证券登记结算有限责任公司开立的证券账户，用于登记存管基金持有的、在交易所交易的证券

D. 以个人名义在银行开立的，用于基金名下资金往来的结算账户

【答案】A

【解析】基金银行存款是以基金名义在银行开立的，用于基金名下资金往来的结算账户。

12. 在市场下降期间，高贝塔系数的投资组合的表现一般（　　）低贝塔系数的投资组合。

A. 优于　　B. 等于　　C. 不如　　D. 不能判断

【答案】C

【解析】在具有择时能力的情况下，资产组合的β值只取两个值：市场上升时期β取较大值，市场下降时期β取较小的值。因此，在市场下降期间，高贝塔系数的投资组合的表现一般不如低贝塔系数的投资组合。

13.（　　）是基金投资运作的支撑部门，主要从事宏观经济分析、行业发展状况分析和上市公司投资价值分析。

A. 交易部　　B. 投资部　　C. 研究部　　D. 市场部

【答案】C

【解析】研究部是基金投资运作的支撑部门，主要从事宏观经济分析、行业发展状况分析和上市公司投资价值分析。

14. 假设一个投资者购买了一张面值100元，期限为三年的可提前退还债券，市场上同期限、同面值、并且其他条件与上述可提前退还债券完全一致的普通债券的年收益率为10%，那么上述可提前退还债券的年收益率最有可能是下列选项中的（　　）。

A. 10%　　B. 11%　　C. 9%　　D. 无法判断

【答案】C

15.（　　）是基金进行收益分配后的剩余额。

A. 基金净收益　　B. 基金经营业绩

C. 未分配基金净收益　　D. 期末可供分配基金收益

【答案】C

【解析】未分配基金净收益是基金进行收益分配后的剩余额。

16. 在影响投资人风险承受能力的各项因素中，（　　）较难用数字化的方式衡量。

A. 投资人的资产状况　　B. 投资人的负债状况

C. 财务变动状况与趋势　　D. 投资人的风险偏好

【答案】D

【解析】本题不需死记，只要分析出前三项都是量化数据即可选出D项。

17. 关于基金托管费计提标准，以下说法不正确的是（　　）。

A. 通常基金规模越大，基金托管费越高

B. 开放式基金根据基金契约的规定比例计提，通常低于2.5%

C. 目前,我国封闭式基金根据 2.5%的比例计提

D. 基金托管费收取的比例与基金规模、基金类型有一定关系

【答案】 A

【解析】 通常基金规模越大,基金托管费越低。

18. 建立在一价原理的基础上,认为两种具有相同风险的证券投资组合不能以不同的期望收益率出售的理论是(　　)。

A. 资产组合理论　　B. 资本资产定价模型

C. 套利定价模型　　D. 有效市场假说

【答案】 C

19. 基金买卖股票时,印花税税率为(　　)。

A. 1.0‰　　B. 1.5‰　　C. 2.0‰　　D. 2.5‰

【答案】 A

【解析】 我国股票买卖的印花税率是 1.0‰。

20. 积极型股票投资战略的重要标志之一是(　　)。

A. 时机抉择　　B. 长期持有　　C. 指数化投资　　D. 以上都不是

【答案】 A

【解析】 积极性股票投资策略的理论基础是无效市场的条件下基金管理人有可能通过对股票的分析和其良好的判断力,以及信息方面的优势,通过采取积极式管理策略,挑选"价值低估"股票超越大盘。因而,其重要标志之一是时机抉择。

21. 我国,根据《证券投资基金管理暂行办法》的规定,封闭式基金的设立主体为(　　)。

A. 基金持有人　　B. 基金发起人　　C. 基金管理人　　D. 基金托管人

【答案】 B

【解析】 封闭式基金的设立主体主要是基金发起人。

22. 关于到期收益率计算方法和现实复利收益率法,不正确的叙述是(　　)。

A. 现实收益率来源于投资者自己对未来市场收益率的预期和再投资的计划,可以得出比内含收益率更接近投资者实际情况的复利收益率

B. 在现实复利收益率的计算中,每位投资者对未来利率的预测与投资计划等各不相同,所以很难得出市场普遍认可的结论

C. 到期收益率计算简便,易于进行比较,在交易与报价中可操作性较强

D. 市场收益率曲线波动平缓且票息较低时,到期收益率潜在的误差较大

【答案】 D

23. 我国封闭式基金的存续期一般为(　　)年。

A. 5～10　　B. 5～15　　C. 10～15　　D. 10～20

【答案】 B

【解析】 我国封闭式基金的存续期一般为 5～15 年。

24. 积极的股票风格管理,若股票前景不妙则应该(　　),若前景良好则(　　)。

A. 降低权重;增加权重　　B. 增加权重;降低权重

C. 降低权重；降低权重　　D. 增加权重；增加权重

【答案】A

【解析】积极的股票风格管理是通过对不同类型股票的收益状况作出的预测和判断，主动改变投资组合中增长类、周期类、稳定类和能源类股票权重的股票风格管理方式。例如，预测某一类股票前景良好，那么就增加它在投资组合中的权重，且一般高于它在标准普尔500种股票指数中的权重；如果某类股票前景不妙，那么就降低它在投资组合中的权重。

25. 债券投资组合的现金流量匹配策略为了达到现金流量与债务的配比而必须投入(　　)必要资金量的资金。

A. 高于　　B. 低于　　C. 等于　　D. 低于或等于

【答案】A

【解析】需掌握的基本知识点。

26. 基金资产的估值是指通过对基金所拥有的全部资产及所有负债按一定的原则和方法进行重新估算，进而确定(　　)的过程。

A. 基金资本净值　　B. 基金资产公允价值

C. 基金负债净值　　D. 单位基金负债净值

【答案】B

27. 在使用指数法投资时，股票组合中包括的股票数越少，股票投资组合与跟踪对象之间的误差(　　)。

A. 越大　　B. 不变　　C. 越小　　D. 不能判断

【答案】A

【解析】一般来说，复制的组合包括的股票数越少，跟踪误差越大，调整所花费的交易成本越高。

28. 基金管理人应当自基金合同生效之日起(　　)个月内使基金的投资组合比例符合基金合同的有关约定。

A. 4　　B. 5　　C. 6　　D. 7

【答案】C

【解析】基金管理人应当自基金合同生效之日起6个月内使基金的投资组合比例符合基金合同的有关约定。

29. 公司甲准备全部赎回某基金，当日该基金份额净值为1.3元，赎回费率为1.8%，又已知该公司在申购该基金时采取收费模式的后端收费模式，申购日当日该基金份额净值为1.1元，公司共出资16.5万元，且后端申购费率为1%。则该公司的赎回金额为(　　)元。

A. 189 856.34　　B. 193 350　　C. 191 490　　D. 189 840

【答案】A

30.《证券投资基金法》规定基金托管人由依法设立并取得基金托管资格的(　　)担任。

A. 证券公司　　B. 商业银行

C. 信托投资公司　　D. 非基金管理人的其他基金管理公司

【答案】B

【解析】基金托管人是指按照法律法规的规定，承担基金资产保管等职责的专业机构。《证券投资基金法》规定基金托管人由依法设立并取得基金托管资格的商业银行担任。

31. 证券投资基金的主要当事人是依据(　　)运作的。

A. 信托关系　B. 买卖关系　C. 合同关系　D. 合作关系

【答案】A

【解析】信托是证券投资基金运作的基础。

32. 当市场具有较强的保持原有运动方向趋势时，下列说法正确的是(　　)。

A. 投资组合保险策略的效果优于买入并持有策略，进而将优于恒定混合策略

B. 买入并持有策略的效果优于投资组合保险策略，进而将优于恒定混合策略

C. 恒定混合策略的效果优于买入并持有策略，进而将优于投资组合保险策略

D. 恒定混合策略的效果优于投资组合保险策略，进而将优于买入并持有策略

【答案】A

33. 从近年来我国开放式基金的发展看，以下说法错误的是(　　)。

A. 基金品种日益丰富，基本涵盖了国际上主要的基金品种

B. 营销和服务创新活跃

C. 封闭式基金和开放式基金的发展齐头并进

D. 法律规范进一步完善

【答案】C

【解析】我国开放式基金的发展要快于封闭式基金。

34. 我国开放式基金的赎回费率不超过赎回金额的(　　)。目前各基金管理公司的赎回费率基本设定在0.5%左右。

A. 1%　B. 1.5%　C. 2%　D. 3%

【答案】D

【解析】我国开放式基金的赎回费率不超过赎回金额的3%，申购费率不得超过申购金额的5%。

35. 我国(　　)第25条规定，基金托管人由依法成立并取得基金托管资格的商业银行担任。

A.《证券投资基金法》　　B.《中华人民共和国公司法》

C.《中华人民共和国证券法》　　D.《中华人民共和国刑法》

【答案】A

【解析】常识内容。

36. 基金业绩评估的成功概率法是根据对市场走势的预测而正确改变(　　)的百分比来对基金择时能力所进行的一种衡量方法。

A. 现金比例　B. 资产比率　C. 债券比例　D. 股票比例

【答案】A

37. (　　)是基金管理公司投资决策的最高决策机构。

A. 投资决策委员会　　B. 风险控制委员会

C. 总经理办公会　　D. 基金托管人

【答案】A

【解析】投资决策委员会是基金管理公司管理基金投资的最高决策机构，是非常设的议事机构，在遵守国家有关法律法规、条例的前提下，拥有对所管理基金的投资事务的最高决策权。投资决策委员会一般由基金管理公司的总经理、研究部、投资部经理及其他相关人员组成，负责决定公司所管理基金的投资计划、投资策略、投资原则、投资目标、资产分配及投资组合的总体计划等。

38. 在资本资产定价模型中，当投资者的风险承受能力较高时，通常(　　)。

A. 资产中较大比例投资于无风险资产

B. 不愿意投资于市场资产组合

C. 平均分配市场资产组合和无风险资产

D. 愿意将资金投资于市场资产组合

【答案】B

【解析】资本市场模型中，投资者按照自己的风险承受能力在两者之间配置，风险承受能力高则配置更多的市场投资组合。

39. 某基金的β值为1.2，收益率为15%，市场组合的收益率为12%，无风险率为8%，其詹森指数为(　　)。

A. 2.2%　　B. 2%　　C. 3%　　D. 7%

【答案】A

40. 基金会计的计量属性属于(　　)。

A. 历史成本　　B. 公允价值　　C. 重置成本　　D. 直接成本

【答案】B

【解析】基金会计用公允价值计量。

41. 产品定价首要考虑的因素是(　　)。

A. 产品类型　　B. 市场环境　　C. 客户特性　　D. 渠道特性

【答案】A

【解析】产品类型是产品定价首要考虑的因素。

42. 当收益率为9%时，某债券的价格为98元，当收益率变为9.01%时，价格为97.05元，收益率变为10%时，价格为92元，其基点价格值是(　　)。

A. 0.95　　B. －0.05　　C. 6　　D. －6

【答案】A

43. 如果股票市场价格处于震荡波动状态之中，恒定混合策略就可能(　　)买入并持有策略。

A. 优于　　B. 劣于　　C. 相同于　　D. 不可比较

【答案】A

【解析】在震荡市场中恒定混合策略优于买入并持有策略。

44. 基金管理人保存基金会计账册记录必须在(　　)以上。

A. 3 年　　B. 10 年　　C. 15 年　　D. 30 年

【答案】C

【解析】基金管理人保存基金会计账册记录必须在 15 年以上。

45. 根据基金所持有的全部股票市值的平均规模与性质的不同,可以将股票型基金分为九种基本类型,下列(　　)不是其中的划分类型。

A. 小盘价值基金　　B. 中盘成长基金

C. 大盘混合基金　　D. 全球股票基金

【答案】D

【解析】根据基金所持有的全部股票市值的平均规模与性质,可以将股票型基金分为九种基本类型:大盘价值基金、大盘成长基金、大盘混合基金、中盘价值基金、中盘成长基金、中盘混合基金、小盘价值基金、小盘成长基金、小盘混合基金。

46. 目前,我国货币市场基金的管理费率为(　　)。

A. 1.5%　　B. 1%　　C. 2%　　D. 0.33%

【答案】D

【解析】我国现行制度的规定。

47. 下面关于封闭式基金发行价格的论述中,不正确的是(　　)。

A. 封闭式基金的发行价格是指投资者购买基金证券的单价

B. 根据相关规定,发行费用在扣减基金发行之中的会计师事务所的相关审计费、律师费、发行公告费、材料制作费、上网发行费等等之后的余额要记入基金的资产

C. 基金发行价格主要由基金面值和认购费用两部分构成

D. 在我国,封闭式基金的发行主要采用网上定价发行的方式

【答案】C

【解析】封闭式基金没有认购费。

48. 基金监察稽核的目的是检查和评价公司(　　)制度的合规性。

A. 董事会　　B. 监事会　　C. 内部控制　　D. 独立董事

【答案】C

【解析】监察稽核的目的是检查、评价公司内部控制制度和公司投资运作的合法性、合规性和有效性,监督公司内部控制制度的执行情况,揭示公司内部管理及投资运作中的风险,及时提出改进意见,确保国家法律、法规和公司内部管理制度的有效执行,维护基金投资人的正当权益。本题的最佳答案是 C 选项。

49. 我国的证券投资基金收益分配比例不得低于基金净收益的(　　)。

A. 70%　　B. 80%　　C. 90%　　D. 60%

【答案】C

【解析】我国的证券投资基金收益分配比例不得低于基金净收益的 90%。

50. 当股票价格由升转降或由降转升,即市场处于易变的、无明显趋势的状态时,下列说法正确的是(　　)。

A. 恒定混合策略的表现优于买入并持有策略

B. 投资组合保险策略的表现优于买入并持有策略

C. 恒定混合策略的表现劣于买入并持有策略

D. 以上都不对

【答案】A

51. 偏股型基金中股票的配置比例一般为（　　）。

A. 20％～40％　　B. 40％～60％　　C. 50％～70％　D. 70％～90％

【答案】C

【解析】偏股型基金中股票的配置比例较高，债券的配置比例相对较低。通常，股票的配置比例在50％～70％，债券的配置比例在20％～40％。

52. 依据（　　），证券投资基金可以分为主动型基金和被动型基金。

A. 投资理念的不同　　B. 投资期限的不同

C. 投资人对风险的态度不同　　D. 投资基本理论依据的不同

【答案】A

【解析】依据投资理念的不同，证券投资基金可以分为主动型基金和被动型基金。前者力图取得超越基金组合表现的基金，而后者一般选取特定的指数作为跟踪对象，能取得该指数的增长率即可。

53. 个人投资者开立基金账户时，每个有效证件允许开设（　　）个基金账户。

A. 1　　B. 2　　C. 3　　D. 4

【答案】A

【解析】个人投资者开立基金账户需持本人身份证到证券登记机构办理开户手续。办理资金账户需持本人身份证和已经办理的股票账户卡或基金账户卡，到证券经营机构办理。每个有效证件只允许开设1个基金账户，已开设证券账户的不能再重复开设基金账户。每位投资者只能开设和使用1个资金账户，并只能对应1个股票账户或基金账户。

54. 关于凸性说法不正确的有（　　）。

A. 由于存在凸性，债券价格随着利率的变化而变化的关系就接近于一条凸函数而不是直线函数

B. 凸性的作用在于可以弥补债券价格计算的误差，更准确地衡量债券价格对收益率变化的敏感程度

C. 凸性对于投资者是有利的，在其他情况相同时，投资者应当选择凸性更大的债券进行投资

D. 凸性对于投资者是不利的，在其他情况相同时，投资者应当选择凸性较小的债券进行投资

【答案】D

55. 下列不属于美国公司治理结构特征的是（　　）。

A. 股东大会基本上是流于形式

B. 董事会一般由内部董事和外部董事组成

C. 美国公司一般不设监事会，监督的职能由董事会履行

D. 大股东因法律限制不直接出面干预公司的运营，经营管理者有较大的自主权

【答案】A

【解析】美国的股东大会拥有实权。

56. 在证券投资基金信托关系中，(　　)是基金资产的监护人。

A. 基金管理人　　B. 基金托管人　　C. 基金公司　　D. 基金董事会

【答案】B

【解析】基金托管人是指按法律、法规的规定，承担基金资产保管等职责的专业机构。其主要职责是：资产保管；执行基金的投资指令；复核审查管理人计算的基金净资产；监督基金管理人的行为，是基金资产的监护人。

57. 根据行为金融学理论，投资者所具有的重视当前和熟悉的事物的心理特征会导致(　　)。

A. 低估证券的实际风险，进行过度交易

B. 对不熟悉的股票、资产敬而远之

C. 选择过快地卖出有浮盈的股票，而将具有浮亏的股票保留下来

D. 追涨杀跌

【答案】B

58. 内部控制的实质是(　　)。

A. 控制信息　　B. 合理评价和控制风险

C. 监督财务　　D. 控制内部活动

【答案】B

【解析】证券公司或基金公司的内部控制指的是通过分析财务及评价手段来控制投资风险，以避免投资风险过大。

59. 股票投资战略中积极管理与消极管理的根本区别在于(　　)。

A. 投资者的风险承受能力不同

B. 对"投资者是否能够战胜市场"这一问题的回答不同

C. 是否构造投资组合

D. 是否采取系统化的投资战略

【答案】B

60. 使 ETF 的价格与净值趋于一致的是(　　)。

A. 基金的套利机制　　B. 基金的被动投资

C. 实物申购赎回机制　　D. 完全复制指数

【答案】A

二、多选题

1. 营销计划是指对有助于公司实现战略总目标的营销战略作出决策。每一类业务、产品或品牌都需要一个详细的营销计划。产品或品牌计划应包括以下几个部分(　　)。

A. 计划实施概要　　B. 市场营销现状

C. 威胁和机会　　D. 目标和问题，市场营销和战略

【答案】ABCD

2. 公募发行的发行方式包括(　　)。

A. 承销　　B. 包销　　C. 代销　　D. 自销

【答案】ABCD

【解析】四个选项均为公募发行的发行方式。

3. 个人投资者开立基金账户需要的文件包括(　　)。

A. 个人身份证　　B. 已经办理股票账户卡

C. 已经办理基金账户卡　　D. 基金公司

【答案】ABC

【解析】个人投资者开立基金账户需要的文件包括个人身份证、已经办理股票账户卡和已经办理基金账户卡等。

4. 按照基金组织形式,证券投资基金可以划分为(　　)。

A. 私募基金　　B. 公募基金　　C. 契约型基金　　D. 公司型基金

【答案】CD

【解析】私募基金和公募基金的划分标准是基金的募集方式,契约型基金和公司型基金是按照基金组织形式所作的划分。

5. 基金资产估值需要考虑的因素有(　　)。

A. 估值频率　　B. 交易价格的利用价值

C. 会计方法的使用　　D. 价格操纵及滥估问题

E. 估值方法的一致性及公开性

【答案】ABDE

6. 基金持有人大会可以由(　　)召集。

A. 基金管理人

B. 基金托管人

C. 代表10%以上基金份额的基金持有人

D. 基金主要发起人

【答案】ABC

【解析】ABC项均是基金持有人大会的召集人。

7. 系列基金的特点主要表现在(　　)。

A. 以其他基金为投资对象　　B. 子基金独立运作

C. 子基金之间可以进行相互转换　　D. 多个基金共用一个基金合同

【答案】BCD

【解析】基金中的基金是以其他基金为投资对象。

8. 封闭式基金募集期限届满时,满足(　　)的条件下方可聘请法定机构验资,在收到验资报告10日内,办理基金备案手续。

A. 基金份额总额达到核定规模90%以上

B. 基金份额持有人人数达到200人以上

C. 基金份额总额达到核定规模80%以上

D. 基金份额持有人人数达到100人以上

【答案】BC

【解析】封闭式基金成立的条件有:(1)募集期限届满时。基金份额总额达到核定规模80%以上;(2)基金份额持有人人数达到200人以上。可聘请法定机构验资,在收到验资报告10日内,办理基金备案手续。

9. 基金持有人信息的披露包括( )。

A. 上市基金前10名持有人的名称、持有份额及占总份额的比例

B. 持有人结构

C. 持有人集中度

D. 持有人前10名份额的变化情况

E. 持有人户数、户均持有基金单位

【答案】ABE

10. 根据《证券投资基金法》,( )等事项均需要通过基金份额持有人大会审议通过。

A. 基金投资的具体对象

B. 提高管理人或托管人的报酬标准

C. 转换基金运作方式

D. 提前终止基金合同

【答案】BCD

【解析】根据《证券投资基金法》,提前终止基金合同、转换基金运作方式、提高管理人或托管人的报酬标准、更换管理人或托管人等事项均需要通过基金份额持有人大会审议通过。基金投资的具体对象不是由基金份额持有人大会审议的。

11. 以下属于证券投资基金与银行储蓄不同点的有( )。

A. 信息的披露程度
B. 投资者的期望收益不同
C. 风险不同
D. 募集资金的投向

【答案】AC

【解析】证券投资基金与银行储蓄的比较,首先,性质不同;其次,风险不同,证券投资基金需要承担投资的损失,前者风险大于后者;最后,信息的披露程度不同,基金管理人、托管人具有严格的基金信息披露义务。

12. 关于最优证券组合的选择,下列说法正确的是( )。

A. 最优证券组合是无差异曲线簇与有效边界的切点所表示的组合

B. 特定投资者可以在有效组合中选择他自己最满意的组合,这种选择依赖于他的偏好,投资者的偏好通过他的无差异曲线来反映

C. 根据不同投资者的无差异曲线簇可获得各自的最佳证券组合

D. 一个只关心风险的投资者将选取最小方差组合作为最佳组合

【答案】ABCD

【解析】题干四项均是最优组合选择的因素。

13. 在我国,下列关于基金销售宣传有关规定错误的是( )。

A. 基金代销机构以低于成本的销售费率销售基金

B. 基金销售宣传引用的数据和统计资料应当真实、准确，但无须注明出处

C. 基金销售宣传资料应当事前报中国证监会备案

D. 基金销售宣传引用过往业绩的，应同时声明过往业绩并不预示基金的未来表现

【答案】ABC

【解析】AB 项为基金销售禁止行为，C 项宣传资料在分发或公布之日起 5 个工作日内向证监局递送。

14. 开放式基金的成立需满足以下条件（ ）。

A. 基金份额总额超过核准的最低基金份额总额

B. 基金份额总额达到核准的份额总额的 80%

C. 基金份额持有人人数达到 1 000 人以上

D. 基金份额持有人人数达到 200 人以上

【答案】AD

【解析】开放式基金募集期限届满时，基金份额总额超过核准的最低基金份额总额；基金份额持有人人数达到 200 人以上。可聘请法定机构验资，在收到验资报告 10 日内，办理基金备案手续。

切记，开放式基金和封闭式基金的许多规定是不一致的，一定要分清种类后再看条件。

15. 关于 LOF 的交易规则，正确的是（ ）。

A. 买入 LOF 申报数量应当为 1 000 份或其整数倍

B. 买入 LOF 申报数量应当为 100 份或其整数倍

C. 申报价格最小变动单位为 0.001 元人民币

D. 申报价格最小变动单位为 0.01 元人民币

E. 涨跌幅限制为 10%，自上市首日起执行

【答案】BCE

16. 董事会审议下列（ ）事项应当经过 2/3 以上的独立董事通过。

A. 公司及基金投资运作中的重大关联交易

B. 聘请或者更换会计师事务所

C. 公司管理的基金的半年度报告

D. 公司制定的月底预算

【答案】ABC

【解析】董事会审议下列事项应当经过 2/3 以上的独立董事通过：(1)公司及基金投资运作中的重大关联交易；(2)公司与基金审计事务，聘请或者更换会计师事务所；(3)公司管理的基金的半年度报告和年度报告；(4)法律、行政法规和公司章程规定的其他事项。

17. 对管理人运用固有资金进行基金投资的事项，基金管理人应履行相关披露义务，包括（ ）。

A. 在基金季度报告中披露运用固有资金投资封闭式基金的情况

B. 持有封闭式基金超过基金总份额 5%的，应按规定进行临时公告

C. 在指定报刊上登载基金合同生效公告

D. 将更新的招募说明书登载在管理人网站上

【答案】AB

【解析】对管理人运用固有资金进行基金投资的事项。基金管理人应履行相关披露义务，包括：在基金季度报告中披露运用固有资金投资封闭式基金的情况，持有封闭式基金超过基金总份额5%的，应按规定进行临时公告；拟申购、赎回开放式基金的，或已投资其他公司管理的开放式基金的，应按规定提前披露相关信息。

18. 按照《证券投资基金法》的规定，应当经参加大会的基金份额持有人所持表决权的2/3以上通过的事项包括(　　)。

A. 转换基金运作方式　　B. 更换基金管理人或者基金托管人

C. 更换基金投资经理　　D. 提前终止基金合同

【答案】ABD

【解析】《证券投资基金法》第75条第1款规定：转换基金运作方式、更换基金管理人或者基金托管人、提前终止基金合同，应当经参加大会的基金份额持有人所持表决权的2/3以上通过。

19. 下列(　　)内容属于基金管理公司内部控制的范畴。

A. 合理授权　B. 内部稽核控制　C. 岗位分工　D. 政府指令

【答案】ABC

【解析】基金管理公司内部控制要求：职责明确、相互制约；严格授权控制；内部稽核控制；岗位分离制度等。

20. 基金托管人的职责主要体现为(　　)。

A. 基金资产保管　　B. 基金资产清算

C. 基金的会计复核　　D. 基金投资运作的监督

E. 基金的对外信息披露

【答案】ABCD

21. 基金管理公司内部控制的总体目标是(　　)。

A. 保证公司经营运作严格遵守国家有关法律法规和行业监管规则

B. 防范和化解经营风险，提高经营管理效益

C. 确保基金、公司财务和其他信息真实、准确、完整、及时

D. 确保股东获得投资收益

【答案】ABC

【解析】确保股东获得投资收益不是基金管理公司内部控制的总体目标。

22. 申请基金行业高级管理人员任职资格，应当具备的条件有(　　)。

A. 取得基金从业资格

B. 通过中国证监会或者授权机构组织的高级管理人员证券投资法律知识考试

C. 最近1年没有受到证券、银行、工商和税务等行政管理部门的行政处罚

D. 具有3年以上基金、证券、银行等金融相关领域的工作经历及与拟任职务相适应的管理经历

【答案】ABD

23. 以下关于封闭式证券投资基金和开放式证券投资基金的差异之处的说法，正确的是（　　）。

A. 封闭式基金有固定的存续期限，开放式基金没有固定的存续期限

B. 封闭式基金的规模是固定的，开放式基金在运作中的规模不固定

C. 封闭式基金通过交易所交易，开放式基金通过专门渠道申购和赎回

D. 封闭式基金是投资人与投资人之间交易的，开放式基金是管理人和投资人之间进行申购和赎回的

【答案】ABCD

【解析】封闭式证券投资基金和开放式证券投资基金的划分依据是基金规模和存续期限，由这一根本区别形成了二者的交易方式的差异。

24. 在 ETF 的募集期内，根据投资者认购渠道不同，可分为（　　）。

A. 网上认购　　B. 网下认购

C. 确定价原则　　D. 金额申购、份额赎回原则

E. 份额申购、金额赎回原则

【答案】AB

25. 债券基金是指主要投资于（　　）的基金类型。

A. 国债　　B. 金融债券　　C. 公司债券　　D. 股票

【答案】ABC

【解析】债券基金是指主要投资于国债、金融债券和公司债券的基金类型。

26. 投资决策制定通常包括（　　）。

A. 投资决策的依据　　B. 决策的方式和程序

C. 投资决策委员会的权限　　D. 投资决策委员会的责任

【答案】ABCD

【解析】投资决策制定通常包括投资决策的依据、决策的方式和程序、投资决策委员会的权限和责任等内容。在决策的制定过程中涉及公司研究发展部、基金投资部、投资决策委员会和风险控制委员会等部门。

27. 基金管理公司监察稽核的作用包括（　　）。

A. 实现内部人控制　　B. 保护基金份额持有人利益

C. 改进内部控制制度　　D. 规范基金运作

【答案】BCD

【解析】监察稽核部在规范公司运作、保护基金持有人合法权益、完善公司内部控制制度、查错防弊、堵塞漏洞方面起到了相当重要的作用。内部控制和内部人控制是两个概念。

28. 以下属于资产配置需要考虑的因素是（　　）。

A. 影响投资者风险承受能力和收益需求的各项因素

B. 投资期限

C. 税收考虑

D. 资产总额

【答案】ABC

29. 封闭式基金与开放式基金主要有哪些区别？（　　）

A. 期限不同　　B. 份额限制不同

C. 交易场所不同　　D. 价格形成方式不同

【答案】ABCD

【解析】四项均为封闭式基金与开放式基金的主要区别。

30. 采用被动管理的管理者认为(　　)。

A. 证券市场是有效率的市场，凡是能够影响证券价格的信息均已在当前证券价格中得到反映

B. 坚持“买入并长期持有”的投资策略

C. 市场不总是有效的，加工和分析某些信息可以预测市场行情趋势和发现定价过高或过低的证券，进而对买卖证券的时机和种类作出选择，以实现尽可能高的收益

D. 经常预测市场行情或寻找定价错误证券，并借此频繁调整证券组合

【答案】AB

【解析】采用被动管理的管理者认为证券市场是有效率的市场，且坚持“买入并长期持有”的投资策略赢得市场收益率。

31. 已知基金期末份额净值的情况下，要求计算本期的基金净值增长率，还需要以下哪些数据(　　)。

A. 期初份额净值　　B. 本期、分红金额

C. 利率　　D. 基金总份额

【答案】AB

【解析】基金净值增长率＝(期末份额净值－期初份额净值＋本期分红)/期初基金份额净值。

32. 关于收益率曲线叙述正确的是(　　)。

A. 将不同期限债券的到期收益率按偿还期限连接成一条曲线，即是债券收益率曲线

B. 它反映了债券偿还期限与收益的关系

C. 理论上，应当采用零息债券的收益率来得到收益率曲线，以此反映市场的实际利率期限结构

D. 收益率曲线总是斜率大于零

E. 由于付息债券的到期收益率计算中采用了相同的折现率，所以不能准确反映债券的利率期限结构

【答案】ABCE

33. 中外合资基金管理公司的境外股东应当具备下列哪些条件？（　　）

A. 为依其所在国家或者地区法律设立、合法存续并具有金融资产管理经验的金融机构，财务稳健，资信良好，最近 3 年没有受到监管机构或者司法机关的处罚

B. 所在国家或者地区具有完善的证券法律和监管制度，其证券监管机构已与中国证监会或者中国证监会认可的其他机构签订证券监管合作谅解备忘录，并保持着有效的监管合作关系

C. 实缴资本不少于3亿元人民币的等值可自由兑换货币

D. 经国务院批准的中国证监会规定的其他条件

【答案】 ABCD

【解析】 四个选项均是中外合资基金管理公司的境外股东应具备的条件。

34. LOF与ETF都具备开放式基金场外申购、赎回和场内交易的特点，但两者存在着本质区别，主要表现在（　　）。

A. 申购、赎回的标的不同　　B. 申购、赎回的场所不同

C. 对申购、赎回限制不同　　D. 基金投资策略不同

【答案】 ABCD

【解析】 LOF与ETF都具备开放式基金场外申购、赎回和场内交易的特点，但两者存在着本质区别。主要表现在：申购、赎回的标的不同；申购、赎回的场所不同；对申购、赎回限制不同；基金投资策略不同；二级市场净值报价的频率不同。

35. 基金管理公司、基金代销机构在销售基金时不得从事下列不正当竞争行为（　　）。

A. 捏造、散布虚假事实，诋毁竞争对手的商业信誉或者损害行业声誉

B. 以排挤竞争对手为目的，恶意压低基金的服务收费

C. 在销售基金时给予投资人折扣

D. 在销售基金时给予中间人佣金

【答案】 AB

【解析】 基金管理公司、基金代销机构不得从事下列不正当竞争行为：(1)捏造、散布虚假事实，诋毁竞争对手的商业信誉或者损害行业声誉；(2)以排挤竞争对手为目的，恶意压低基金的服务收费；(3)中国证监会规定的其他行为。在销售基金时给予投资人折扣、给予中间人佣金是允许的。

36. 经典绩效衡量方法存在的问题是（　　）。

A. CAPM模型的有效性问题

B. SML误定可能引致的绩效衡量误差

C. 基金组合的风险水平并非一成不变

D. 以单一市场组合为基准的单一参量衡量指数会使绩效评价有失偏颇

E. 风险指标的不确定

【答案】 ABCD

37. 基金的运作费用有以下几类（　　）。

A. 营销费用　　B. 过户费　　C. 交易佣金　　D. 其他手续费

【答案】 BCD

【解析】 营销费用不是基金运作费用。

38. 资产配置的历史数据法假定未来与过去相似，不以（　　）历史数据为基础，根据

过去的经历推测未来的资产类别收益。

A. 短期　　B. 长期　　C. 即期　　D. 远期

【答案】ACD

【解析】资产配置的历史数据法以长期历史数据为依据。

39. 买入并持有策略、恒定混合策略和投资组合保险策略不同的特征主要表现在(　　)三个方面。

A. 支付模式　　B. 收益情况

C. 有利的市场环境　　D. 对流动性的要求

【答案】ACD

40. 投资组合保险策略在市场变动时的行动方向是(　　)。

A. 下降时卖出　　B. 上升时卖出　　C. 下降时买入　　D. 上升时买入

【答案】AD

【解析】投资组合保险策略在市场下降时卖出,上升时买入。

41. 基金管理人对基金契约的变更必须建立在(　　)的基础上,并对基金持有人提供相应的保护。

A. 公平　　B. 公正　　C. 自愿　　D. 诚实信用

【答案】ACD

【解析】基金管理人对基金契约的变更必须建立在公平、自愿和诚实信用的基础上。故选 ACD。

42. 按照《证券投资基金法》的规定,基金管理人的职责包括(　　)。

A. 办理基金备案手续

B. 编制中期和年度基金报告

C. 以基金管理人名义,代表基金份额持有人利益行使诉讼权利或者实施其他法律行为

D. 召集基金份额持有人大会

【答案】ABCD

【解析】《证券投资基金法》第 19 条规定基金管理人应当履行下列职责:

(1) 依法募集基金,办理或者委托经国务院证券监督管理机构认定的其他机构代为办理基金份额的发售、申购、赎回和登记事宜;

(2) 办理基金备案手续;

(3) 对所管理的不同基金财产分别管理、分别记账,进行证券投资;

(4) 按照基金合同的约定确定基金收益分配方案,及时向基金份额持有人分配收益;

(5) 进行基金会计核算并编制基金财务会计报告;

(6) 编制中期和年度基金报告;

(7) 计算并公告基金资产净值,确定基金份额申购、赎回价格;

(8) 办理与基金财产管理业务活动有关的信息披露事项;

(9) 召集基金份额持有人大会;

(10) 保存基金财产管理业务活动的记录、账册、报表和其他相关资料;

(11) 以基金管理人名义,代表基金份额持有人利益行使诉讼权利或者实施其他法律行为;

(12) 国务院证券监督管理机构规定的其他职责。

43. 在我国,(　　)可以向中国证监会申请基金代销业务资格,从事基金的代销业务。

A. 商业银行　　B. 证券公司

C. 证券投资咨询机构　　D. 专业基金销售机构

【答案】 ABCD

【解析】 在我国商业银行、证券公司、证券投资咨询机构、专业基金销售机构以及中国证监会规定的其他机构,均可以向中国证监会申请基金代销业务资格,从事基金的代销业务。

44. 督察员的职责包括(　　)。

A. 全面负责公司日常的监察稽核工作

B. 列席公司任何会议

C. 调阅公司任何档案资料

D. 直接调整不合理的股票投资

【答案】 ABCD

【解析】 基金管理公司实行督察员制度,督察员直接对董事会负责,督察员全权负责基金管理公司的监察稽核工作,定期出具监察稽核报告,报送董事长和中国证监会。

45. 对基金管理公司股权处置监管说法正确的是(　　)。

A. 持有基金管理公司股权未满 1 年的股东,不得将所持股权出让

B. 出让基金管理公司股权未满 3 年的机构,中国证监会不受理其设立基金管理公司的申请

C. 不得委托其他机构代持基金管理公司股权

D. 股权转让必须遵循审慎监管的原则

E. 股东持有的基金管理公司股权被出质不影响其申请设立基金管理公司

【答案】 ABCD

46. 基金托管人的信息披露义务有(　　)。

A. 将基金契约报中国证监会审核批准

B. 复核基金年度报告、中期报告、投资组合报告

C. 复核开放式基金公开说明书

D. 编制并公告临时报告书,按规定出具基金业绩和基金托管情况的报告,并报中国证监会和中国人民银行

【答案】 ABCD

【解析】 题干四项均为基金托管人的信息披露义务。

47. 资本资产定价模型与套利定价模型的区别包括以下哪几项?(　　)

A. 资本资产定价模型的假设多,但模型本身简单,将影响风险的因子归为市场

B. 套利定价模型在历史数据处理与分析中的表现优于资本资产定价模型

C. 套利定价模型无法识别支配资产预期收益率的因子

D. 套利定价模型假设少,模型复杂,需评估多个因子及其参数

【答案】ABCD

【解析】四个选项均为区别。

48. 常见的市场异类现象包括(　　)。

A. 小公司效应　　B. 低市盈率效应

C. 替代效应　　D. 被忽略的公司效应

E. 日历效应

【答案】ABDE

49. 按照基金流通方式分类,证券投资基金可分为(　　)。

A. 公募基金　　B. 私募基金　　C. 上市基金　　D. 不上市基金

【答案】CD

【解析】按照基金的募集方式可以划分为公募基金和私募基金;按照基金的流通方式可以划分为上市基金和非上市基金。

50. 保本基金的主要特点包括(　　)。

A. 采用投资组合保险策略

B. 在保本期间内都可以获得本金安全的保证

C. 基金资产大部分投资于与基金到期日一致的债券

D. 投资目标是在锁定下跌风险的同时力争获得潜在的高回报

【答案】ACD

【解析】保本基金是指通过采用投资组合保险技术,保证投资者在投资到期时至少能够获得投资本金或一定回报的证券投资基金。保本基金有一个保本期,投资者只有持有到期后才获得本金保证或收益保证。如果投资者在到期前急需资金,提前赎回,则不享有保证承诺,投资可能发生亏损。

51. 基金公司实行内部监察稽核的目的是(　　)。

A. 揭示基金内部运作中潜在的风险

B. 评价公司内部控制的合法性和有效性

C. 评价基金经理的工作业绩

D. 维护基金持有者的利益

【答案】AB

【解析】评价基金经理的工作业绩是基金评级机构的责任。

52. 以下关于基金托管人与基金管理人的关系的说法正确的是(　　)。

A. 基金管理人由投资专家组成,负责基金资产的经营,本身不实际接触及拥有基金资产

B. 托管人由主管机关认可的金融机构担任,负责基金资产的保管,依据基金管理机构的指令处置基金资产并监督管理人的投资运作是否合法合规

C. 基金管理人不对基金份额持有人负责,基金托管人对基金份额持有人负责

D. 基金托管人与基金管理人可由同一机构的不同部门担任

【答案】AB

【解析】无论基金托管人，还是基金管理人只要履行了尽职管理的义务，一般都不会对基金的盈亏负责(保本基金例外)，因此C项错误；出于相互监督的目的，基金管理人和托管人必须是相互独立的，不能由同一机构的不同部门担任，因此D项错误。

53. 下列哪些文件属基金定期报告？(　　)

A. 基金资产净值公告　　B. 年度报告

C. 中期报告　　D. 投资组合报告

【答案】ABCD

【解析】四项均属基金定期报告。

54. 夏普指数、詹森指数、特雷诺指数的区别有(　　)。

A. 夏普指数与特雷诺指数对风险的计量不同

B. 夏普指数与特雷诺指数在对基金绩效的排序上结论有可能不一致

C. 特雷诺指数与詹森指数只对绩效的深度加以了考虑，而夏普指数则同时考虑了绩效的深度与广度

D. 詹森指数要求用样本期内所有变量的样本数据进行回归计算，这与只用整个时期全部变量的平均收益率的特雷诺指数和夏普指数是不一样的

E. 各个指标的风险运用相同

【答案】ABCD

55. 基金经理的投资能力可以被分为(　　)。

A. 战略性资产配置　　B. 股票选择能力

C. 资产混合效率　　D. 市场时机选择能力

【答案】BD

【解析】基金经理的投资能力可以被分为股票选择能力与市场选择能力两个方面。所谓“选股能力”，是指基金经理对个股的预测能力；所谓“择时能力”，是指基金经理对市场整体走势的预测能力。二者是投资组合超额收益的来源。

56. 基金管理公司、银行托管部门应当加强对本单位基金从业人员投资基金行为的管理，建立本单位基金从业人员投资基金的相关管理制度，对(　　)、违规处理方式等作出明确规定。

A. 行为操守　　B. 投资方式

C. 投资限制　　D. 报告与备案管理

【答案】ABCD

【解析】在允许基金从业人员投资基金的同时，证监会要求有关单位必须建立相应的监督和报备机制。该通知规定，基金管理公司、银行托管部门应当在允许本单位基金从业人员投资基金前，制定相关管理制度并报中国证监会及其派出机构备案。管理制度应包括从业人员的行为操守、投资方式、投资限制、报告与备案管理、违规处理方式等方面的明确规定。

三、判断题(正确的填A，不正确的填B)

1. 一般情况下，管理人可以受托管理基金资产，托管人可以受托保管基金资产，也可

以约定承担基金投资的盈亏。（　　）

【答案】B

【解析】一般情况下，管理人可以受托管理基金资产，托管人可以受托保管基金资产，但没有人可以替代投资者承担基金投资的盈亏。

2. 开放式证券投资基金的申购、赎回和登记，只能由基金管理人直接办理。（　　）

【答案】B

【解析】《证券投资基金法》第 51 条规定，开放式基金的基金份额的申购、赎回和登记，由基金管理人负责办理；基金管理人可以委托经国务院证券监督管理机构认定的其他机构代为办理。

3. 凸性对于投资者不利，在其他情况相同时，投资者应当选择凸性更小的债券进行投资。（　　）

【答案】A

4. 内部监控是指通过建立科学严密的风险评估体系，对托管业务内、外部风险进行识别、评估和分析。（　　）

【答案】B

【解析】内部监控是指托管人通过建立有效的稽核监督体系、内部监控制度、稽核检查制度、内部控制制度的评审和反馈机制，设置专业人员和独立的监察稽核部门，对内部控制制度的执行情况进行持续的监督，保证内部控制落实。风险评估是指通过建立科学严密的风险评估体系，对托管业务内、外部风险进行识别、评估和分析。

5. 根据《证券投资基金法》的要求，开放式基金的设立募集期限自基金设立申请批准之日起计算，不超过 3 个月。（　　）

【答案】B

【解析】根据《证券投资基金法》第 43 条的要求，基金募集期限自基金份额发售之日起计算。开放式基金的募集期限自基金份额发售之日起计算，不得超过 3 个月。

6. 证券投资基金是指通过发售基金份额，将众多投资者的资金集中起来，形成独立财产，由基金托管人托管，基金管理人管理以投资组合的方式进行证券投资的一种利益共享、风险共担的集合投资方式。（　　）

【答案】A

【解析】证券投资基金是一种利益共享而风险共担的投资方式。

7. 替代互换指在债券出现暂时市场定价偏差时，将一种债券换成另一种完全可替代的债券，以期获得超额收益。（　　）

【答案】A

8. 久期可以较准确地衡量利率的微小变动对债券价格的影响。（　　）

【答案】A

【解析】久期是定量化测度利率的变化对债券价格变化影响程度的指标。

9. 证券投资基金与股票、债券同属证券范畴，都具有将社会上彼此分散的资金集中起来的功能。（　　）

【答案】A

【解析】证券投资基金是一种集合投资方式，即通过向投资人发行基金份额或基金单位，在短期内募集大量的资金用于投资。同时，在投资过程中发挥资金集中的优势，以利于降低投资成本，获取投资的规模效益。股票与债券也是如此。

10. 在基金份额发售前 5 日，应将基金合同、托管人协议登载在托管人网站上。（ ）

【答案】B

【解析】在基金份额发售前 3 日，应将基金合同、托管人协议登载在托管人网站上。

11. 一般来说，在其他条件相同的情况下，债券条款对发行人有利，则债券收益率较低。（ ）

【答案】B

【解析】一般来说，如果条款对债券发行人有利，比如提前赎回条款，则投资者将要求相对于同类国债来说较高的利差；反之，如果条款对债券投资者有利，比如提前退回期权和可转换期权，则投资者可能要求一个小的利差，甚至在某些特定条款下，企业债券的票面利率可能低于相同期限的国债利率。

12. 债券基金的分析主要集中于对债券基金久期与债券信用等级的分析。（ ）

【答案】A

【解析】债券的分析主要集中于久期和债券信用等级的分析。

13. 个人投资者买卖基金份额暂免征收印花税，企业投资者买卖基金份额需要缴纳印花税。（ ）

【答案】B

【解析】个人投资者、企业投资者买卖基金份额均暂免征收印花税。本题的说法是错误的。

14. 证券投资基金主要投资于政策允许范围内的有价证券，包括股票、债券、权证等有价证券的买卖及回购交易等。（ ）

【答案】A

【解析】股票、债券、权证等有价证券的买卖及回购交易等均属于证券投资基金主要投资于政策允许范围。

15. 根据中国证监会对基金类别的划分标准，80%以上的基金资产投资于货币市场工具的为货币市场基金。（ ）

【答案】B

16. 基金管理公司、基金代销机构向投资人提供专业基金投资咨询服务的工作人员应该具备相应的投资咨询和基金从业资格。（ ）

【答案】B

【解析】基金管理公司向投资人提供专业基金投资咨询服务的工作人员应该具备相应的投资咨询和基金从业资格。

17. 消极战略力图使投资组合中的股票所占的权重与其在市场指数中的权重一致。（ ）

【答案】A

【解析】消极战略力图使投资组合中的股票所占的权重与其在市场指数中的权重一

致。积极战略则会将那些被认为价格偏离价值从而具有很大吸引力的证券在组合中所占的权重提高到其在市场指数中所占权重之上，而不持有那些被认为不具吸引力的证券或使其所占的权重比在市场指数中所占的权重小。

18. 从历史上看，小盘股票的总体表现要好于大盘股票的表现，但投资风险也较高。（　　）

【答案】 A

【解析】 研究表明，小盘股票的表现与大盘股票的表现显著不同，而且从历史上看，小盘股票的总体表现要好于大盘股票的表现，但投资风险也较高。

19. 证券投资基金由专家来经营管理，他们精通专业知识，投资经验丰富，信息资料齐备，分析手段先进，通常在市场上频繁进出博取差价。（　　）

【答案】 B

20. 恒定混合策略对资产配置的调整基础在于资产收益率的变动或者投资者的风险承受能力变动。（　　）

【答案】 B

【解析】 恒定混合策略对资产配置假设投资者风险承受能力不变。

21. 根据利率期限结构的完全预期理论，上升的收益率曲线意味着预期未来的短期利率会上升。（　　）

【答案】 A

【解析】 完全预期理论认为，远期利率相当于市场参与者对未来短期利率的预期，流动性溢价为零；而长期债券的收益率可以直接和远期利率相联系。

由此推论，上升的收益率曲线意味着市场预期短期利率水平会在未来上升；水平的收益率曲线则意味着预期短期利率会在未来保持不变；而下降的收益率曲线意味着市场预期短期利率水平会在未来下降。

22. 基金托管人只负责对基金管理人计算的基金单位净值、累计基金单位净值进行核对，基金期初单位净值不需要核对。（　　）

【答案】 B

【解析】 基金期初单位净值需要核对。

23. 银行间市场债券托管账户是指以基金名义在中央国债登记结算有限公司开立的乙类债券托管账户，用于登记存管基金持有的、在全国间银行同业拆借市场交易的债券。（　　）

【答案】 A

24. 证券投资基金的营销渠道有直销和代销两类渠道。（　　）

【答案】 A

【解析】 题干表述正确。

25. 对投资者从基金分配中获得的股票的股息、红利收入以及企业债券的利息收入，由基金向个人投资者分配股息、红利、利息时，代扣代缴 20%的个人所得税。（　　）

【答案】 B

【解析】 对投资者从基金分配中获得的股票的股息、红利收入以及企业债券的利息收入，由上市公司和发行债券的企业在向基金派发股息、红利、利息时，代扣代缴 20%的个人所得税。基金向个人投资者分配股息、红利、利息时，不再代扣代缴个人所得税。

26. 现金流贴现模型下股票永远支付固定的股利。(　　)

【答案】 B

【解析】 在价值的计算方法模型中，只有零增长模型股票永远支付固定的股利。

27. 投资组合保险策略在下降时卖出股票并在上升时买入股票，其支付曲线为凹型。(　　)

【答案】 B

28. 根据规定，更换基金管理人须经持有人大会通过，但更换基金托管人无须经持有人大会通过。(　　)

【答案】 B

【解析】 更换基金托管人也需要基金持有人大会通过。

29. 契约型基金的投资者没有管理基金资产的权利。(　　)

【答案】 A

【解析】 契约型基金是基于一定信托关系成立的基金类型，基金资产由基金管理人管理，由基金托管人保管，基金投资者享有收益分配权、转让权和处分权。

30. 今天，以技术分析为主，辅以基本分析，是投资策略的主流。(　　)

【答案】 B

【解析】 现在投资分析的主流是基本分析，辅以技术分析。

31. 消极的债券组合管理者通常把市场价格看做均衡交易价格，因此他们并不试图寻找低估的品种，也不用进行债券组合的风险防范。(　　)

【答案】 B

32. 基金营销主要由基金管理公司内设的市场部门承担，不可以委托外部机构承担。(　　)

【答案】 B

【解析】 基金营销可由基金管理公司自己承担也可委托取得基金代销业务资格的其他机构代为办理。

33. 一般情况下，开放式基金的单位价格与净资产值趋于一致，即净资产值增长，基金价格也随之提高。(　　)

【答案】 A

【解析】 开放式基金的发行价格由单位基金资产净值加一定的认购手续费用构成，一般情况下，开放式基金的单位价格与净资产值趋于一致，即净资产值增长，基金价格也随之提高。

34. 严格授权要贯穿于公司经营活动的始终，建立健全公司授权标准和程序，确保授权制度的贯彻执行。(　　)

【答案】 A

【解析】 严格授权是基金公司内部控制的主要手段。

35. 在基金宣传推介材料介绍基金历史业绩时，对于基金合同生效 1 年以上但不满

10年的，可以选择基金业绩最佳和基金业绩最差的各半年的业绩进行披露。（ ）

【答案】B

36. 中国证券业协会是具有独立法人地位的、由经营证券业务的金融机构自愿组成的行业性自律组织。（ ）

【答案】A

【解析】证券业协会是具有独立法人地位，有证券经营业务的金融机构自愿组成的组织。

37. 完善的公司法人治理结构可以实现依法最大限度地保护公司股东权益。（ ）

【答案】A

【解析】公司治理结构总的来说是指在协调公司管理层、董事会、股东（流通股股东及非流通股股东）之间相互关系基础上，规范公司运营的管理体制。这种体制包括两方面内容：一是公司目标的制订、实施措施的落实以及效果监控的体系结构；二是为公司管理层及董事会提供恰当的激励措施使其充分利用资源，追求公司及股东的利益最大化，并实施有效监控。

38. 私募基金允许公开进行宣传，向投资人以多种方式进行推介。（ ）

【答案】B

【解析】私募基金是只能采取非公开方式面向特定投资者募集发售的基金。与公募基金相比，私募基金不能进行公开的发售和宣传推广，投资金额要求高，投资者的资格和人数常常受到严格的限制。

39. 久期是测量债券收益率相对于市场利率变动的敏感性的指标。（ ）

【答案】B

40. 基金的市场部负责证券投资基金托管业务的市场开拓、市场研究、客户管理关系维护等。（ ）

【答案】A

41. 开放式证券投资基金申购费用只能在基金投资人申购基金单位时收取。（ ）

【答案】B

【解析】申购费是指投资人在申购或赎回时直接支付给基金管理人的一次性申购费用。此申购费用可在申购基金时支付，也可在赎回时支付。如在申购时支付，则称为前端收费；如在赎回时支付，则称为后端收费。

42. 基金管理公司的赢利模式与银行、保险公司等金融机构和一般的投资公司一样。（ ）

【答案】B

【解析】基金管理公司管理的是投资者的资产，一般并不进行负债经营，因此基金管理公司的经营风险相对具有较高负债的银行、保险公司等其他金融机构要低得多。其赢利模式与银行、保险公司等金融机构和一般的投资公司并不一样。

43. 为了对基金经理的投资能力作出正确的衡量，基金业绩衡量必须对投资能力以外的因素加以控制或进行可比性处理。

【答案】A

44. 基金监管机构为基金提供法律、会计等方面的服务。(　　)

【答案】 B

【解析】 律师事务所和会计师事务所作为专门独立的中介服务机构，为基金提供法律、会计服务。

45. 高管人员和基金经理有三代以内亲属在基金监管部门工作的，其中的一方应当回避。(　　)

【答案】 B

【解析】 高管人员和基金经理有直系亲属在基金监管部门工作的，其中的一方应当回避。

46. 封闭式基金发起设立后，需满6个月后方能上市。(　　)

【答案】 B

【解析】 封闭式基金发起设立后，在1～3个月内即可上市。

47. 我国的封闭式基金的估值频率是每个交易日，并于当日公告基金份额净值。(　　)

【答案】 B

48. 基金向投资者分配股息、红利、利息时，不再代扣代缴个人所得税。(　　)

【答案】 A

【解析】 我国法律规定基金向投资人分配的股息、红利暂不收个人所得税。

49. 税差激发互换的目的就在于通过债券互换来减少年度的应付税款，从而提高债券投资者的税后收益率。(　　)

【答案】 A

【解析】 债券互换就是同时买入和卖出具有相近特性的2个以上债券品种，从而获取收益级差的行为。根据债券互换的目的不同，可以划分为：替代互换、市场间利差互换以及税差激发互换。税差激发互换的目的就在于通过债券互换来减少年度的应付税款，从而提高债券投资者的税后收益率。

50. 卖出银行间市场交易债券于实际收到价款时确认债券差价收入，并按实际收到的全部价款与其成本、应收利息的差额入账。(　　)

【答案】 A

【解析】 题干表述正确。

51. 基金资产的估值是指根据相关规定对基金资本和基金负债按一定的价格进行评估与计算，进而确定基金资产净值与单位基金资产净值的过程。(　　)

【答案】 B

52. 中国证券业协会和证券交易所将定期或不定期检查基金从业人员投资基金有关管理制度的制定、完善及执行情况。

【答案】 B

【解析】 中国证监会及相关派出机构将定期或不定期检查基金从业人员投资基金有关管理制度的制定、完善及执行情况。基金管理公司、银行托管部门及基金从业人员违反有关规定的，中国证监会将根据有关规定对相关单位及人员采取行政监管措施。

53. 资产组合理论建立在“一价原理”的基础上，认为两种具有相同风险的证券投资组合不能以不同的期望收益率出售。(　　)

【答案】 B

【解析】 套利定价模型建立在“一价原理”的基础上，认为两种具有相同风险的证券投资组合不能以不同的期望收益率出售。

54. 如果股票市场是一个有效的市场，股票的价格反映了影响它的所有信息，那么股票市场上不存在“价值低估”或“价值高估”的股票，那么基金管理人不应当尝试获得超出市场的投资回报，而是努力获得与大盘同样的收益水平，减少交易成本。(　　)

【答案】 A

【解析】 消极型股票投资管理战略认为，股票市场是一个有效的市场，股票的价格反映了影响它的所有信息，那么股票市场上不存在“价值低估”或“价值高估”的股票，投资者也不可能通过寻找“错误定价”的股票获取超出市场平均的收益水平。在这种情况下，基金管理人不应当尝试获得超出市场的投资回报，而是努力获得与大盘同样的收益水平，减少交易成本。

55. 市场营销控制包括估计市场营销战略和计划的成果并采取正确的行动以保证实现目标。(　　)

【答案】 A

【解析】 题干表述正确。

56. 2009 年以来我国 ETF 基金的收益率普遍很好，如易方达深证 IOOETF，这是由于基金收益大幅度超越了标的指数的收益。(　　)

【答案】 B

57. 契约型基金的投资者既是基金持有人，又是公司的股东，可以参加股东大会，行使股东权利。(　　)

【答案】 B

【解析】 公司型基金的投资者既是基金持有人，又是公司的股东，可以参加股东大会，行使股东权利。

58. 设立基金管理公司的主要股东注册资本不低于 3 亿元人民币。(　　)

【答案】 A

【解析】 我国《证券投资基金法》第 13 条规定，设立基金管理公司的主要股东具有从事证券经营、证券投资咨询、信托资产管理或者其他金融资产管理的较好的经营业绩和良好的社会信誉，最近 3 年没有违法记录，注册资本不低于 3 亿元人民币。

59. 基金清算费用由基金清算小组优先从基金资产中支付。(　　)

【答案】 A

【解析】 基金清算费用优先支付给基金清算小组。

60. 同一基金管理人管理的全部基金持有的全部权证市值占基金资产净值的比例不得超过 5%。(　　)

【答案】 B

三、真题、模拟题组合试卷

一、单选题

1. 开放式基金的基金合同生效要求基金份额持有人不少于(　　)人。

A. 100　　B. 200　　C. 500　　D. 1 000

【答案】 B

2. 关于基金销售行为的规范，下列说法错误的是(　　)。

A. 在基金的销售活动中，应当遵守法律、行政法规和中国证监会的有关规定

B. 承诺利用基金资产进行利益输送

C. 为基金份额持有人保守秘密，不得泄露投资者买卖、持有基金份额的信息或其他信息

D. 不得以排挤竞争对手为目的，压低基金的收费水平

【答案】 B

【解析】 基金的销售不得承诺利用基金资产进行利益输送。

3. 目前，我国封闭式基金发行时，发行价格主要由(　　)构成。

A. 基金面值和基金认购费用　　B. 基金面值和基金管理费用

C. 基金面值和注册登记费用　　D. 基金面值和销售代理费用

【答案】 A

【解析】 在我国，封闭式基金的发行主要采用网上定价发行的方式。其发行价格主要由以下两部分组成：基金面值人民币 1.00 元和发行费用人民币 0.01 元。

4. 报告期内累计买入、累计卖出价值超出期初基金资产净值(　　)时，基金管理人需要在基金股票投资组合重大变动事项中披露股票明细。

A. 1%　　B. 2%　　C. 30%　　D. 5%

【答案】 B

【解析】 报告期内累计买入、累计卖出价值超出期初基金资产净值 2%时，基金管理人需要在基金股票投资组合重大变动事项中披露股票明细。

5. 证券投资基金运作中的制衡机制指的是(　　)。

A. 监管部门对基金管理人和托管人的制衡机制

B. 投资人拥有所有权、管理人管理和运作基金资产、托管人保管基金资产，三方当事人之间相互监督、相互制约的机制

C. 基金投资者通过公众舆论监督基金管理人和托管人的制衡机制

D. 基金管理人内部相互制约的制衡机制

【答案】B

6. 基金(　　)是指基金托管人对基金管理人出具的资产负债表、基金经营业绩表、基金收益分配表、基金净值变动表等报表内容进行核对的过程。

A. 账务复核　　B. 头寸复核

C. 资产净值复核　　D. 财务报表复核

【答案】D

【解析】基金财务报表复核是指基金托管人对基金管理人出具的资产负债表、基金经营业绩表、基金收益分配表、基金净值变动表等报表内容进行核对的过程。

7. 下列关于市场间利差互换的说法中,错误的是(　　)。

A. 投资者进行这种互换操作的动机,是由于投资者认为不同市场间债券的利差偏离了正常水平并以某种趋势继续运行

B. 这种互换是不同市场之间债券的互换

C. 相比于替代互换,这种互换的风险要更大一些

D. 买入一种收益相对较高的债券,卖出当前持有的债券是其唯一的操作思路

【答案】D

【解析】债券的市场间利差互换是不同市场之间债券的互换。投资者进行这种互换操作的动机,是由于投资者认为不同市场间债券的利差偏离了正常水平并以某种趋势继续运行。与替代互换相区别的是,市场间利差互换所涉及的债券是不同的。市场间利差互换有两种操作思路:其一,买入一种收益相对较高的债券,卖出当前持有的债券。其二,买入一种收益相对较低的债券而卖出当前持有的债券。相比于替代互换,市场间利差互换的风险要更大一些。

8. 下列针对有效市场假说的看法中,基本分析流派赞同哪一种?(　　)

A. 市场是强有效的　　B. 市场是次强有效的

C. 市场未达到弱有效程度　　D. 市场未达到次强有效程度

【答案】D

【解析】市场弱有效指的是不能根据公司已发行公布的历史价格信息获得投资的机会,而基本分析认为可以分析公司发布的信息中发现未被市场发现的信息,从而获得投资机会,即市场未达到半(次)强有效程度。

9. 根据我国《货币市场基金管理暂行办法》的规定,除非发生巨额赎回,货币市场基金债券正回购的资金余额不得超过基金资产净值的(　　)。

A. 20%　　B. 30%　　C. 40%　　D. 50%

【答案】A

10. 基金管理人作为专门(　　)的机构,只有在接受基金持有人委托的条件下,才能从业基金资金的管理工作。

A. 专家理财　　B. 专业理财　　C. 个人理财　　D. 代客理财

【答案】D

【解析】基金是一种间接投资,体现的是由基金管理公司代替众多投资者投资,是代

客理财。

11. 基金托管人资格由中国证监会和（　　）核准。

A. 中国人民银行　　B. 中国证监会的当地派出机构

C. 财政部　　D. 中国银监会

【答案】D

【解析】由于基金托管人一般由商业银行担任，因此基金托管人资格由中国证监会和中国银监会共同核准。

12. 基金管理公司是以（　　）为经营宗旨。

A. 取信于市场、取信于社会　　B. 利益公平、信息透明

C. 信誉可靠、责任到位　　D. 利益公平、信誉可靠

【答案】A

【解析】基金管理公司的经营宗旨是取信于市场、取信于社会。

13. 基金管理公司的高级管理人员拟因私出境（　　）个月以上或者出境逾期未归，督察长需要向中国证监会报告。

A. 1　　B. 2　　C. 3　　D. 6

【答案】A

14.（　　）要贯穿于公司经营活动的始终，建立健全公司授权标准和程序，确保授权制度的贯彻执行。

A. 风险控制　　B. 严格授权　　C. 明确责任　　D. 权利制衡

【答案】B

【解析】严格授权要贯穿于公司经营活动的始终，建立健全公司授权标准和程序，确保授权制度的贯彻执行。

15. 下列指标中，（　　）是用于衡量投资基金风险调整的绩效指标。

A. 净值增长率　　B. 收益方差　　C. 特雷诺比率　　D. 收益率标准差

【答案】C

【解析】风险调整衡量指标的基本思路就是通过对收益加以风险调整，得到一个可以同时对收益与风险加以考虑的综合指标，以期能够排除风险因素对绩效评价的不利影响。三大经典风险调整收益衡量方法：特雷诺指数；夏普指数；詹森指数。

16. 投资者将上市开放式基金份额从证券登记系统转入 TA 系统自（　　）日始，投资者可以在转入方代销机构基金管理人处申报赎回基金份额。

A. T＋0　　B. T＋1　　C. T＋3　　D. T＋2

【答案】D

17. 关于基金托管人保管基金财产的说法不正确的是（　　）。

A. 基金财产的债权应与基金管理人的债务相抵消

B. 对管理人不合规的投资指令拒绝执行

C. 严守基金商业秘密

D. 与管理人的共同行为给基金财产造成损害的，应承担连带赔偿责任

【答案】A

18. 下列关于债券型基金说法错误的是(　　)。

A. 债券基金的收益不如债券稳定　　B. 债券基金没有固定的到期日

C. 投资风险比债券分散　　D. 债券基金风险比债券高

【答案】D

【解析】债券基金的投资风险比较分散,没有固定的到期日,收益不如债券稳定。

19. 基金信息披露义务人不依法披露基金信息或者披露的信息有虚假记载、误导性陈述或者重大遗漏的,责令改正,没收违法所得,并处(　　)罚款。

A. 10 万元以上 100 万元以下　　B. 20 万元以上 200 万元以下

C. 30 万元以上 300 万元以下　　D. 50 万元以上 500 万元以下

【答案】A

【解析】《证券投资基金法》第 93 条规定,基金信息披露义务人不依法披露基金信息或者披露的信息有虚假记载、误导性陈述或者重大遗漏的,责令改正,没收违法所得,并处 10 万元以上 100 万元以下罚款;给基金份额持有人造成损害的,依法承担赔偿责任;对直接负责的主管人员和其他直接责任人员给予警告,暂停或者取消基金从业资格,并处 3 万元以上 30 万元以下罚款;构成犯罪的,依法追究刑事责任。

20. 对于集中投资于某一种风格股票的基金经理人来说,以下哪种管理风格最具有意义?(　　)

A. 消极的和积极的股票管理均有意义

B. 消极的和积极的管理均无意义

C. 消极的股票管理

D. 积极的股票管理

【答案】C

【解析】如果集中投资于某一种风格的股票,则消极的股票管理更有意义。

21. 对任何内幕消息的价值持否定态度的是(　　)。

A. 弱势有效市场假设　　B. 半强势有效市场假设

C. 强势有效市场假设　　D. 超强势有效市场假设

【答案】C

22. 封闭式基金(　　)披露一次基金份额净值,但每个交易日都进行估值。

A. 每天　　B. 每月　　C. 每周　　D. 每 5 天

【答案】C

【解析】封闭式基金至少每周披露一次基金的资产净值和基金份额净值,但每个交易日都进行估值。

23. 证券投资基金的审批制是指(　　)。

A. 基金发起人向证券监管当局报送法律材料,即可发起设立基金的制度

B. 证券监管当局对基金的设立进行实质性审查,并同意设立的制度

C. 证券监管当局对基金的设立进行非实质性审查,并批准设立的制度

D. 基金在证券监管当局登记注册,即可发起设立的制度

【答案】B

【解析】根据有关规定，基金设立应符合规定的条件，并经中国证监会批准。

24. (　　)属于低风险、低回报的基金产品。

A. 保本基金　　B. 期货基金　　C. 伞型基金　　D. 对冲基金

【答案】A

【解析】保本基金属于低风险、低回报的基金产品。

25. 某零息债券面值 100 元，票面收益率 10%，两年后到期，当前市价 95 元，两年期市场利率为 15%，则该债券的久期为(　　)。

A. 1　　B. 2　　C. 0.15　　D. 1.1

【答案】B

26. 基金管理公司的督察长是由(　　)聘任的。

A. 公司总经理　　B. 公司董事会

C. 公司独立董事　　D. 中国证监会

【答案】B

27. 目前，我国基金管理人编制基金年报由(　　)复核。

A. 中国证监会　　B. 基金发起人　　C. 证券交易所　　D. 基金托管人

【答案】D

【解析】基金托管人与基金管理人相互监督，基金管理人编制基金年报由基金托管人复核。

28. 根据《证券投资基金法》的有关规定，开放式基金的销售业务由基金管理人负责。基金管理人可以委托经(　　)认定的其他机构代为办理。

A. 中国人民银行　　B. 证券交易会

C. 中国证券业协会基金业委员会　　D. 中国证监会

【答案】D

【解析】常识内容。

29. 后端收费属于(　　)，只不过在形式、时间上不是在申购时而是在赎回时收取。

A. 销售费用　　B. 管理费用　　C. 惩罚性收费　　D. 托管费

【答案】A

【解析】前端和后端收费均是销售费用。

30. 当发生对基金份额持有人权益或者基金价格产生重大影响的事项时，应在(　　)日内编制并披露临时报告书。

A. 2　　B. 3　　C. 4　　D. 5

【答案】A

31. 根据(　　)的要求，中国证监会应当自受理封闭式基金募集申请之日起 6 个月内作出核准或者不核准的决定。

A.《中华人民共和国证券法》　　B.《证券投资基金法》

C.《证券投资基金管理暂行办法》　　D.《开放式证券投资基金试点办法》

【答案】B

【解析】常识内容。

32. 封闭式基金份额上市交易的条件要求基金合同的期限最少为(　　)年。

A. 5　　B. 10　　C. 15　　D. 20

【答案】A

【解析】封闭式基金份额上市交易,应符合下列条件:(1)基金份额总额达到核准规模的80%以上;(2)基金合同期限为5年以上;(3)基金募集金额不低于2亿元人民币;(4)基金份额持有人不少于1 000人;(5)基金份额上市交易规则规定的其他条件。

33. 一般来说,开放式证券投资基金的买卖价格是以(　　)为基础计算的。

A. 基金单位资产净值　　B. 基金市场供求关系

C. 基金发行时的面值　　D. 基金发行时的价格

【答案】A

【解析】无论是封闭式基金或开放式基金,基金单位资产净值都是形成或决定基金价格的基础。其中,开放式基金的买卖价格依据基金单位资产净值的大小扣除一定的费用计算,即开放式基金的价格是以基金单位资产净值为基础计算的。

34. 国内第一只契约型开放式证券投资基金是(　　)。

A. 基金金泰　　B. 基金开元

C. 华安创新证券投资基金　　D. 南方稳健证券投资基金

【答案】C

35. 交易所上市股票和权证以(　　)估值。

A. 开盘价　　B. 成本　　C. 收盘价　　D. 平均价

【答案】C

【解析】交易所上市股票和权证以收盘价估值。

36. (　　)是指基金资产因投资于各种债券(国债、地方政府债券、企业债、金融债等)而定期取得的利息收入。

A. 股票股利收入　　B. 债券利息收入

C. 证券买卖差价收入　　D. 存款利息收入

【答案】B

【解析】债券利息收入是指基金资产因投资于各种债券(国债、地方政府债券、企业债、金融债等)而定期取得的利息收入。

37. (　　)在基金募集期间募集的资金应当存入专门账户,在基金募集行为结束前,任何人不得动用。

A. 封闭式基金　　B. 开放式基金　　C. 契约型基金　　D. 公司型基金

【答案】A

【解析】封闭式基金在基金募集期间任何人不得动用。

38. 根据我国的相关法规,在全国银行间同业拆借市场进行债券回购资金不得超过基金资产净值的(　　)。

A. 50%　　B. 40%　　C. 30%　　D. 20%

【答案】B

39. 根据我国《证券投资基金管理暂行办法》、《开放式证券投资基金试点办法》的规定，开放式基金的设立主体为（　　）。

A. 基金持有人　B. 基金发起人　C. 基金管理人　D. 基金托管人

【答案】C

【解析】开发式基金的设立主体为基金管理人。

40. 契约型证券投资基金份额持有人与基金管理人之间的关系是（　　）。

A. 所有者与保管者的关系　B. 持有与监督的关系

C. 持有与托管的关系　D. 委托人与受托人的关系

【答案】D

【解析】基金份额持有人与基金管理人的关系是通过信托关系而形成的所有者与经营者之间的关系，是委托人、受益人与受托人之间的关系。

41. 契约型基金投资者的权利主要体现在基金合同的条款上，而基金合同条款的主要方面通常由（　　）来规范。

A. 宪法　B. 民法　C. 刑法　D. 基金法律

【答案】D

【解析】契约型基金投资者的权利主要体现在基金合同的条款上，而基金合同条款的主要方面通常由基金法律来规范。

42. 损益平准金指在申购或赎回基金份额时，申购或赎回款项中包含的按（　　）占基金净值比例计算的金额。

A. 累计未分配基金净收益（或累计净损失）

B. 基金净收益

C. 基金总收益

D. 可供分配基金收益

【答案】A

43. 将股票分为增长类、周期类、稳定类和能源类等类型的划分依据是（　　）。

A. 单个股票的方差　B. 股票市场有效性

C. 各股票之间的相关系数　D. 股票的收益率

【答案】C

44. 我国的证券投资基金收益分配比例至少达到基金净收益的多少比例？（　　）

A. 70%　B. 80%　C. 90%　D. 60%

【答案】C

【解析】我国《证券投资基金管理暂行办法》规定，基金收入分配比例不得低于基金净收益的90%。

45. 从基金的营运依据来看，契约型基金的营运依据是（　　）。

A. 基金管理公司的公司章程　B. 托管协议

C. 基金契约　D. 基金招募书

【答案】C

【解析】从基金的营运依据来看，契约型基金的营运依据是基金契约；公司型基金的营运依据是公司契约。

46. 以下(　　)不是基金合同的当事人。

A. 基金销售机构　　B. 基金份额持有人

C. 基金管理人　　D. 基金托管人

【答案】A

47. 以追求当期高收入为基本目标，以能带来稳定收入的证券为主要投资对象的证券投资基金是(　　)。

A. 指数基金　　B. 成长型基金　　C. 收入型基金　　D. 平衡型基金

【答案】C

【解析】成长性基金主要投资增长速度较高的潜在收益高的证券，因此其收益比较高，但风险也比较大；追求当期高收入，能带来稳定收入的证券为主要投资对象的基金是收入型基金。

48. 一般情况下，基金银行存款账户、基金清算备付金余额、基金证券账户的各类证券资产数量、余额(　　)核对。

A. 三个小时　　B. 半天　　C. 每两天　　D. 每日

【答案】D

【解析】与此相关，基金债券托管账户在交易当日进行核对，如无交易每周核对一次。

49. 以下有关证券组合被动管理方法的说法，不正确的是(　　)。

A. 长期稳定持有模拟市场指数的证券组合

B. 证券市场不总是有效的

C. 期望获得市场平均收益

D. 寻找定价错误证券

【答案】B

【解析】被动管理方法认为证券市场是有效的。

50. 截至2008年年底，我国开放式基金的总只数(包括ETF、QDII基金)为(　　)。

A. 310　　B. 406　　C. 307　　D. 438

【答案】A

51. 监察稽核采取(　　)相结合的方式进行。

A. 不定期检查与事先的临时检查

B. 不定期检查与不通知的临时检查

C. 定期检查与事先通知的临时检查

D. 定期检查与事先不通知的临时检查

【答案】D

【解析】基金的监察稽核采取定期检查与事先不通知的临时检查相结合的方式进行。

52. 独立的理财顾问不可以是(　　)。

A. 律师事务所　　B. 商业银行

C. 会计师事务所　　D. 证券公司

【答案】B

【解析】独立的理财顾问可以是律师事务所、会计师事务所和证券公司。

53. ETF 基金最大的特色是(　　)。

A. 被动操作　　B. 指数型基金

C. 实物申购赎回　　D. 一级市场与二级市场并存

【答案】C

54. 下列关于契约型证券投资基金性质的说法中,正确的是(　　)。

A. 证券投资基金属于债权类合同或契约,基金管理人对持有人负有完全的法定偿债责任

B. 证券投资基金属于信托契约,基金管理人只是代替投资者管理资金,并不保证资金的收益率,投资人也要承担一定的风险和费用

C. 证券投资基金实行专家理财,基金管理人没有义务向基金持有人披露有关基金运作信息

D. 证券投资基金的收益主要来源于持有证券的股息、红利和利息收入

【答案】B

55. 在我国现阶段,关于契约型证券投资基金的运作关系,以下说法正确的是(　　)。

A. 基金由基金管理人设立,然后委托管理人管理,托管人托管

B. 基金由基金份额持有人设立,然后委托管理人管理,托管人托管

C. 基金由基金份额持有人大会设立,然后委托管理人管理,托管人托管

D. 基金由托管人设立,然后委托管理人管理,托管人托管

【答案】A

【解析】基金均是由基金管理人负责设立,基金设立以后,基金管理人和托管人均作为受托人,分别负责管理基金和保管基金。

56. 优先置产理论认为(　　)。

A. 远期利率相当于市场参与者对未来短期利率的预期

B. 利率期限结构和债券收益率曲线是由不同市场的供求关系决定的

C. 流动溢价的存在使收益率曲线向右上方倾斜

D. 债券市场不是分割的,投资者会考察整个市场并选择溢价最高的债券品种进行投资

【答案】D

【解析】A 项是预期利率期限结构的内容,B 项是供求利率期限结构的内容,C 项是流动性溢价的内容。

57. 在风险—收益二维平面上,不考虑做空机制,由风险证券 A 和无风险证券 B 建立的证券组合一定位于(　　)。

A. 连接 A 和 B 的直线上

B. 连接 A 和 B 的直线的延长线上

C. 连接 A 和 B 的曲线上,且该曲线凹向原点

D. 连接 A 和 B 的曲线上,且该曲线凸向原点

【答案】A

58.（　　）是基金投资运作的具体执行部门，负责组织、制订和执行交易计划。

A. 交易部　　B. 投资部　　C. 研究部　　D. 市场部

【答案】A

【解析】交易部是基金投资运作的具体执行部门，负责组织、制订和执行交易计划。

59.（　　）在公司型证券投资基金中是一个有形机构，在契约型证券投资基金中是一个无形机构。

A. 基金管理人　　B. 基金托管人

C. 基金组织　　D. 基金份额持有人

【答案】C

【解析】公司型证券投资基金和契约型证券投资基金是以基金的组织形式为划分基础的，前者具有法人资格，后者是虚拟公司，不存在有形的基金组织。

60. 依照《证券投资基金管理暂行办法》实施准则，基金费用从（　　）中支付。

A. 管理费　　B. 托管费　　C. 基金资产　　D. 投资人收益

【答案】C

【解析】基金费用从基金资产中支付。

61. 目前我国证券投资基金持有的交易所上市的股票和权证的估值，采用的是（　　）。

A. 收盘价

B. 当日加权平均价格

C. 开盘价

D. 当日最高价和最低价的算术平均价

【答案】A

二、多选题

1. 关于消极投资策略的正确表述是（　　）。

A. 简单型消极投资策略在投资组合确定后，不再进行频繁的股票买入和卖出活动

B. 简单型消极投资策略在投资组合确定后，仍将进行频繁的股票买入和卖出活动

C. 组合型消极投资策略在投资组合确定后，不再进行股票买入和卖出活动

D. 组合型消极投资策略在投资组合确定后，仍可能进行股票买入和卖出活动

【答案】AD

【解析】简单型消极投资战略一般是在确定了恰当的股票投资组合之后，在3～5年的持有期内不再发生积极的股票买入或卖出行为，而进出场时机也不是投资者关注的重点。而采取组合型战略的投资管理人力图模拟市场构造投资组合，以取得与市场组合相一致的风险收益结果，在投资组合确定后，仍可能进行股票买入和卖出。

2. 基金管理公司在董事会中引进一定比例的独立董事主要目的在于（　　）。

A. 在制度上制衡大股东的力量

B. 监督公司经营层严格履行契约承诺，强化内控机制

C. 切实保护基金投资者的合法权益

D. 提高投资决策水平

【答案】ABC

【解析】投资决策水平不是独立董事应管理的内容。

3. 基金的运作流程包括（　　）。

A. 投资决策　　B. 投资的执行与调整

C. 投资执行结果评估与报告　　D. 基金的结算

【答案】ABCD

【解析】基金的运作流程包括投资决策、投资的执行与调整、投资执行结果评估与报告和基金的结算。

4. 出现以下（　　）情况时，基金管理人将被取消管理资格。

A. 规定比例的投资人要求更换

B. 托管人要求更换

C. 监管机构要求更换

D. 基金管理人解散、破产或者由接管人接管其资产

E. 所管理的基金资产缩水幅度达到20%以上

【答案】ABCD

5. 资产配置的基本方法通常包括（　　）。

A. 买入并持有法　　B. 恒定混合法

C. 历史数据分析法　　D. 情景综合分析法

【答案】CD

【解析】历史数据法和情景综合分析法是贯穿资产配置过程的两种主要方法。历史数据法假定未来与过去相似，以长期历史数据为基础，根据过去的经历推测未来的资产类别收益。与历史数据法相比，情景综合分析法在预测过程中的分析难度和预测的适当时间范围不同，也要求更高的预测技能，由此得到的预测结果在一定程度上也更有价值。

6. 下列说法正确的是（　　）。

A. 投资人应充分了解基金定期定额投资和零存整取等储蓄方式的区别

B. 定期投资是一种长期投资

C. 定期的投资平均成本比较低

D. 定期定额投资并不能规避基金投资所固有的风险

【答案】ABCD

【解析】题干四项均是定期定额投资要考虑到的因素。

7. 以技术分析为基础的投资策略包括（　　）。

A. 超买超卖型指标　　B. 道氏理论

C. 股利贴现模型　　D. 价量关系指标

【答案】ABD

【解析】股利贴现模型是基本分析的方法。

8. 目前，基金高级管理人员日常监管的主要手段有（　　）。

A. 年检登记制度　　B. 定期检查制度

C. 谈话提醒制度　　D. 持续教育制度

【答案】ABCD

【解析】目前，基金高级管理人员日常监管的主要手段有年检登记制度、定期检查制度、谈话提醒制度、持续教育制度和禁止性行为、离任审计、违规处理。

9. 下面属于系统性风险的有（　　）。

A. 经济政策风险　B. 企业信用风险　C. 购买力风险　D. 汇率风险

【答案】ACD

【解析】系统性风险即市场风险，是指由整体政治、经济、社会等环境因素对证券价格所造成的影响。系统性风险包括政策风险、经济周期性波动风险、利率风险、购买力风险、汇率风险等。B项描述的是个别证券持有的风险即非系统性风险。

10. 公司财务会计应保存的包括（　　）。

A. 密押　B. 业务用章　C. 支票　D. 会计档案

【答案】ABCD

【解析】密押、业务用章、支票、会计档案均是公司会计应保存的内容。

11. 以下不属于基本分析的优点是（　　）。

A. 能够比较全面地把握证券价格的基本走势，应用起来相对简单

B. 同市场接近，考虑问题比较直接

C. 预测的精度较高

D. 获得利益的周期短

【答案】BCD

12. 积极型股票投资战略中的市场异常策略包括（　　）。

A. 小公司效应　B. 低市盈率效应

C. 被忽略的公司效应　D. 遵循公司内部人交易

【答案】ABCD

【解析】常见的市场异常策略包括小公司效应、低市盈率效应、被忽略的公司效应以及其他的日历效应、遵循公司内部人交易等策略。

13. 关于个人投资者投资基金的税收，以下说法正确的是（　　）。

A. 在对个人买卖股票的差价收入未恢复征收个人所得税以前，对个人投资者申购和赎回基金单位取得的差价收入征收个人所得税

B. 投资者从基金分配中获得的股票股利收入以及企业债券利息收入，由上市公司和发行债券的企业再向基金派发股息、红利、利息时代扣代缴33%的个人所得税

C. 目前个人投资者投资基金暂免征收印花税

D. 对投资者从基金分配中获得的国债利息、买卖股票收入，在国债利息收入、个人买卖股票差价收入未恢复征收所得税以前，暂不征收所得税

【答案】CD

【解析】个人投资者投资基金暂不收印花税，对投资者从基金分配中获得的国债利息、买卖股票收入，在国债利息收入、个人买卖股票差价收入未恢复征收所得税以前，暂不征收所得税。

14. 下列因素中，会影响投资者风险承受能力和收益需求的有（　　）。

A. 投资者的年龄或投资周期　　B. 投资者的资产负债状况

C. 投资者的财务变动状况与趋势　　D. 投资者的财富净值

【答案】ABCD

【解析】影响投资者风险承受能力和收益要求的各项因素包括投资者的年龄或投资周期、资产负债状况、财务变动状况与趋势、财富净值和风险偏好等因素。一般情况下，对于个人投资者而言，个人的生命周期是影响资产配置的最主要因素。

15. 按基金运作不同阶段的身份和性质，基金发起人可以归类为(　　)。

A. 基金投资人　B. 基金托管人　C. 基金管理人　D. 基金监管人

【答案】AC

【解析】基金托管人和基金监管人不是基金发起人。

16. 经中国证监会批准，封闭式基金可以转为开放式基金的情形包括(　　)。

A. 基金管理人申请　　B. 基金持有人大会决议通过

C. 出现基金契约或基金规定的情形　　D. 基金托管人申请

【答案】BC

【解析】封闭式基金可以转为开放式基金的情形包括基金持有人大会决议通过或出现基金契约或基金规定的情形。

17. 基金宣传推介材料必须真实、准确，与基金合同、基金招募说明书相符，与备案的材料一致，不得有下列情形(　　)。

A. 违规承诺收益或者承担损失　　B. 预测该基金的证券投资业绩

C. 登载单位或者个人的推荐性文字　　D. 向投资者描述基金投资风险

【答案】ABC

【解析】基金宣传推介材料必须真实、准确，与基金合同、基金招募说明书相符，与备案的材料一致，不得有下列情形：

(1) 虚假记载、误导性陈述或者重大遗漏；

(2) 预测该基金的证券投资业绩；

(3) 违规承诺收益或者承担损失；

(4) 诋毁其他基金管理人、基金托管人或基金代销机构，或者其他基金管理人募集或管理的基金；

(5) 夸大或者片面宣传基金，违规使用安全、保证、承诺、保险、避险、有保障、高收益、无风险等可能使投资者认为没有风险的词语；

(6) 登载单位或者个人的推荐性文字；

(7) 中国证监会规定禁止的其他情形。

对于D选项，向投资者描述基金投资风险是基金宣传时应尽的告知义务，不属于禁止性行为。

18. 存在活跃市场的情况下，有关股票投资公允价值表述正确的是(　　)。

A. 当日没有市价或现行出价，且最近交易日后经济环境发生了重大变化的，应该参考类似投资的现行价格或利率，调整最近交易的市价或出价，以确定股票投资的公允价值

B. 有确凿证据表明最近交易的市价或出价不是公允价值的，应对最近交易的市价或出价进行调整，以确定股票投资的公允价值

C. 当日没有市价或现行出价，且最近交易日后经济环境没有发生重大变化的，应采用最近交易日的市价或现价出价确定股票投资的公允价值

D. 当日有市价或现行出价，应当采用市价或出价确定股票投资的公允价值

【答案】ABCD

19. 基金管理公司的客户服务手段通常有（　　）。

A. 电话服务中心　　B. 一对一专人服务

C. 利用互联网　　D. 利用宣传手册

【答案】ABCD

【解析】基金管理公司的客户服务手段通常有电话服务中心、自动传真、电子信箱与手机短信、一对一专人服务、利用互联网、利用媒体和宣传手册、召开讲座、推介会和座谈会。

20. ETF 基金交易中的 T 日申购、赎回清单公告内容包括（　　）。

A. 最小申购、赎回单位所对应的组合证券内各证券数据

B. 现金替代

C. T 日预估现金部分

D. T－1 日现金差额

E. T－1 日的基金份额净值

【答案】ABCDE

21. 基金产品的投资涉及思路包括（　　）。

A. 确定目标客户

B. 选择与目标客户风险收益相适应的金融工具及其组合

C. 考虑相关法律

D. 基金产品线控制

【答案】ABC

【解析】基金产品的投资涉及思路包括确定目标客户、选择与目标客户风险收益相适应的金融工具及其组合、考虑相关法律及基金管理水平等。

22. 下列（　　）可以从基金财产中列支。

A. 基金管理人的管理费　　B. 基金托管人的托管费

C. 销售服务费　　D. 基金合同生效前的信息披露费

【答案】ABC

【解析】前三项费用可以从基金财产中列支。

23. 影响债券收益率的因素包括（　　）。

A. 市场利率　　B. 违约风险度

C. 基础利率　　D. 发行人的类型与信誉

【答案】CD

【解析】债券投资收益可能来自于息票利息、利息收入的再投资收益和债券到期或被

提前赎回或卖出时所得到的资本利得三个方面。因此，息票利率、再投资利率和未来到期收益率是债券收益率的构成因素；而基础利率、发行人类型、发行人的信用度、期限结构、流动性、税收负担等可能影响上述三个方面，从而最终影响债券投资收益率。

24. 在基金管理公司组织架构下，属于后台支持部门的机构是（　　）。

A. 行政管理部　　B. 信息技术部　　C. 财务部　　D. 市场部

【答案】ABC

【解析】基金管理公司的后台支持部门主要包括：行政管理部、信息技术部、财务部。

行政管理部是基金公司的后勤部门，为基金公司的日常运作提供文件管理、文字秘书、劳动保障、员工聘用、人力资源培训等行政事务的后台支持。

信息技术部负责基金公司业务和管理发展所需要的电脑软、硬件的支持，确保各信息技术系统软件业务功能运转正常。

财务部是负责处理基金公司自身财务事务的部门，包括有关费用支付、管理费收缴、公司员工的薪酬发放、公司年度财务预算和决算等。

25. 离岸基金具有的特点有（　　）。

A. 基金的投资者、基金组织、基金管理人、基金托管人及其他当事人和基金的投资市场均处于本国境内

B. 基金的投资者、基金组织、基金管理人、基金托管人及其他当事人和基金的投资市场处于不同国家管辖范围

C. 基金的监管部门比较容易运用本国法律、法规及相关技术手段对证券投资基金的投资运作行为进行监管

D. 各国有关证券投资基金的法律、法规制度不尽相同，监管难度较大

E. 与在岸基金相比，其运作较复杂

【答案】BDE

26. 基金托管人在对基金资产进行保管时，应做到以下基本要求（　　）。

A. 独立、完整、安全地保管基金的全部资产

B. 依法处分基金资产

C. 严守基金商业秘密

D. 对基金财产的投资损失承担赔偿责任

【答案】ABC

【解析】基金托管人在对基金资产进行保管时，应做到以下基本要求：

(1) 独立、完整、安全地保管基金的全部财产；

(2) 依法处分基金财产；

(3) 严守基金商业秘密；

(4) 对基金财产的损失承担赔偿责任。

只要履行了法定的资产保管义务，基金托管人无须对基金投资的损失承担赔偿责任，D 选项错误。

27. 适合入选收入型组合的证券有（　　）。

A. 低派息低风险普通股　　　　B. 附息债券

C. 优先股　　　　　　　　　　D. 避税债券

【答案】BCD

【解析】收入性证券考虑稳定的收益，因此优先股、附息债券和避税债券是比较理想的手段。

28.（　　）是在基金发行前要通过公众媒体向社会公告的重要法律文件。

A. 代理销售协议　B. 招募说明书　　C. 基金契约　　D. 托管协议

【答案】BC

【解析】基金契约是基金的核心法律框架，是约定基金契约当事人之间基本权利和义务关系的法律文件；招募说明书是有关基金设立情况详细、全面的说明文件，是基金向投资者提供的经基金监管部门认可的一项法律文件，因而，二者是在基金发行前要通过公众媒体向社会公告的重要法律文件。

29. 关于以技术分析为基础的投资策略的说法正确的有（　　）。

A. 以技术分析为基础的投资策略是在否定弱势有效市场的前提下；以历史交易数据为基础，预测单只股票或市场总体未来变化趋势一种投资策略

B. 要想获得超额回报，就必须寻求历史交易数据以外的信息

C. 正是对弱势有效市场的否定才产生以技术分析为基础的多种股票投资策略

D. 所谓弱势有效市场就是证券价格充分反映了历史上一系列交易价格和交易量中所隐含的信息，从而投资者不可能通过分析以往价格获得超额利润

【答案】ABCD

【解析】题干四项均是技术分析的内容。

30. 恒定混合策略是指保持投资组合中各类资产所占比重固定不变的方式，以下说法中正确的有（　　）。

A. 当股票价格相对上升时，投资者将买入股票并卖出其他资产

B. 当股票价格相对上升时，投资者将卖出股票并买入其他资产

C. 当股票价格相对下降时，投资者将买入股票并卖出其他资产

D. 当股票价格相对下降时，投资者将卖出股票并买入其他资产

【答案】BC

【解析】恒定混合策略是指保持投资组合中各类资产的固定比例。也就是说，在各类资产的市场表现出现变化时，资产配置应当进行相应的调整以保持各类资产的投资比例不变。因此，恒定混合策略在下降时买入股票并在上升时卖出股票，其支付曲线为凹型。

31. 从外国的情况看，注册登记机构承担的工作可以包括（　　）。

A. 对基金份额的申购、赎回、转换进行确认与登记

B. 向投资者报告账户的业绩表现，接受投资者的电话咨询、邮寄基金报表、分红通知、税务处理资料等

C. 根据基金申购与赎回的情况，完成与销售机构和托管银行之间的资金划拨

D. 负责红利的发放或红利的再投资

【答案】ABCD

【解析】四项均为从外国情况看注册登记机构承担的工作。

32. 道氏理论的主要观点是(　　)。

A. 市场价格指数可以解释和反映市场的大部分行为

B. 市场波动具有三种趋势

C. 交易量在确定趋势中有很大作用

D. 收盘价格很重要

【答案】ABCD

【解析】道氏理论的主要观点是市场价格指数可以解释和反映市场的大部分行为、市场波动具有三种趋势、交易量在确定趋势中有很大作用和收盘价格很重要等。

33. 基金销售宣传的内容必须真实、准确,并符合下列规定(　　)。

A. 不得有虚假记载、误导性陈述和重大遗漏

B. 不得出现与基金合同、基金招募说明书内容相抵触的陈述

C. 不得以任何形式向投资人保证获利或者承诺最低收益,经中国证监会批准设立的特殊品种的基金除外

D. 引用的数据和统计资料应当真实、准确,并注明出处

【答案】ABCD

【解析】基金销售宣传的内容必须真实、准确,并符合下列规定:

(1) 不得有虚假记载、误导性陈述和重大遗漏;

(2) 不得出现与基金合同、基金招募说明书内容相抵触的陈述;

(3) 不得以任何形式向投资人保证获利或者承诺最低收益,经中国证监会批准设立的特殊品种的基金除外;

(4) 引用的数据和统计资料应当真实、准确,并注明出处。

34. 资产管理人所提供的信息披露服务的内容可能包括(　　)。

A. 历史业绩与风险状况　　B. 目前投资方向与投资内容

C. 对市场的预期　　D. 资产管理人的重大变更

【答案】ABCD

【解析】题干四项都是资产管理人所提供的信息披露服务的内容。

35. 投资组合保险的形式包括(　　)。

A. 恒定比例投资组合保险　　B. 以期权为基础的投资组合保险

C. 购买股票保险　　D. 恒定混合策略

E. 买入并持有

【答案】AB

36. 基金管理公司申请设立分公司应经(　　)。

A. 董事会决议通过　　B. 基金份额持有人大会通过

C. 中国证监会审批　　D. 分公司所在地政府审批

【答案】AC

【解析】基金管理公司申请设立分公司应经董事会决议通过,经中国证监会审批;在境内设立办事处,应报中国证监会备案。

37. 基金作为一个营业主体主要涉及的税收包括(　　)。

A. 营业税　　B. 消费税　　C. 增值税　　D. 所得税

【答案】ACD

【解析】消费税不是基金应交的税。

38. 投资人在申购赎回开放式基金单位时直接承担的费用有(　　)。

A. 管理费　　B. 托管费　　C. 申购费　　D. 赎回费

【答案】CD

【解析】投资人在申购赎回开放式基金单位时直接承担的费用有申购费和赎回费,管理费和托管费由基金承担。

39. 我国基金监管的具体目标是(　　)。

A. 保护投资者利益　　B. 保证市场的公平、效率和透明

C. 降低系统风险　　D. 推动基金业发展

【答案】ABCD

【解析】四个选项均为我国基金监管的具体目标。

40.《证券投资基金法》规定基金管理人不得有下列行为(　　)。

A. 将其固有财产或者他人财产混同于基金财产从事证券投资

B. 不公平地对待其管理的不同基金财产

C. 利用基金财产为基金份额持有人以外的第三人牟取利益

D. 向基金份额持有人违规承诺收益或者承担损失

【答案】ABCD

【解析】《证券投资基金法》第20条规定基金管理人不得有下列行为:

(1) 将其固有财产或者他人财产混同于基金财产从事证券投资;

(2) 不公平地对待其管理的不同基金财产;

(3) 利用基金财产为基金份额持有人以外的第三人牟取利益;

(4) 向基金份额持有人违规承诺收益或者承担损失;

(5) 依照法律、行政法规有关规定,由国务院证券监督管理机构规定禁止的其他行为。

41. 封闭式基金的交易价格(　　)。

A. 并不必然反映基金净值　　B. 受市场供求关系影响

C. 可能出现溢价现象　　D. 可能出现折价现象

【答案】ABCD

【解析】封闭式基金的交易价格主要受三级市场供求关系的影响。当需求旺盛时,封闭式基金二级市场的交易价格会超过基金份额净值而出现溢价交易现象;反之,当需求低迷时,交易价格会低于基金份额净值而出现折价交易现象。

42. 下列需由基金份额持有人大会审议决定的事项包括(　　)。

A. 提前终止基金合同

B. 基金扩募或者延长基金合同期限

C. 转换基金运作方式

D. 提高基金管理人、基金托管人的报酬标准;更换基金管理人、基金托管人

【答案】ABCD

【解析】下列事项应当通过召开基金份额持有人大会审议决定:(1)提前终止基金合同;(2)基金扩募或者延长基金合同期限;(3)转换基金运作方式;(4)提高基金管理人、基金托管人的报酬标准;(5)更换基金管理人、基金托管人;(6)基金合同约定的其他事项。

43. 证券投资基金的市场服务机构主要是指(　　)。

A. 基金销售机构　　B. 注册登记机构

C. 律师事务所　　D. 基金评级机构

E. 基金投资咨询公司

【答案】ABCDE

44. 下列关于封闭式基金的说法正确的有(　　)。

A. 封闭式基金的交易遵循"价格优先,时间优先"的原则

B. 封闭式基金的报价单位是每份基金的价格

C. 封闭式基金的价格有集合竞价和连续竞价

D. 封闭式基金实行 T+1 交割

【答案】ABCD

【解析】封闭式交易基金和 A 股的交易原则一样,只不过封闭式基金的报价单位是每份基金的价格。

45. 绩效评估的核心是(　　)。

A. 考察并评价管理者是否承受了预期的风险

B. 考察并评价是否获得了预期的收益

C. 考察并评价管理者的综合表现

D. 考察并评价管理的资金规模

【答案】ABCD

【解析】本题考查绩效评估的核心问题。考察并评价管理者是否承受了预期的风险、是否获得了预期的收益、管理者的综合表现及管理的资金规模。

46. 通过强制性信息披露,迫使隐藏的信息得以及时和充分地公开,可以消除下列问题(　　)。

A. 逆向选择　　B. 道德风险

C. 基金投资风险　　D. 基金价格波动性

【答案】AB

【解析】信息披露可以减少逆向选择和道德风险。

47. 行为金融理论认为,投资者由于受(　　)的限制,将不可能立即对全部公开信息作出反应。

A. 信息处理能力　　B. 信息不完全

C. 时间不足　　D. 心理偏差

【答案】ABCD

【解析】投资者由于受信息处理能力、信息不完全、时间不足和心理偏差的限制,将不可能立即对全部公开信息作出反应。

48. 目前，证券投资基金在全球的发展主要体现以下的趋势和特点(　　)。

A. 证券投资基金已出现盛极而衰的趋势

B. 封闭式基金依然是证券投资基金的主流产品

C. 基金市场竞争加剧

D. 开放式基金成为了主流产品

【答案】CD

【解析】目前，证券投资基金在全球的发展主要体现以下的趋势和特点：证券投资基金快速发展；证券投资基金的数量、品种和规模增长很快，在各国的金融市场的地位和影响不断提高；开放式基金成为了证券投资基金的主流产品；基金市场竞争加剧，行业集中趋势突出；基金的资金来源发生了变化。

49. 银行间债券的估值存在的问题有(　　)。

A. 不少品种交易次数很少

B. 存在未公开的场外交易

C. 某些交易只有一笔成交，不具市场代表性

D. 采用摊余成本法进行核算

E. 对于流动性极差的债券品种，存在价格操纵的可能

【答案】ABCE

50. 关于市场间利差互换，以下说法正确是(　　)。

A. 市场间利差互换是不同市场之间债券的互换

B. 利差互换与替代互换的区别是，市场间利差互换所涉及的债券是不同的

C. 利差互换可能在国债和企业债券之间进行

D. 利差互换的目的就在于通过债券互换来减少年度的应付税款，从而提高债券投资者的税后收益率

【答案】ABC

【解析】税差激发互换的目的就在于通过债券互换来减少年度的应付税款，从而提高债券投资者的税后收益率。

51. 证券投资基金托管协议应当包括(　　)等内容。

A. 基金托管人与基金管理人之间的业务监督、核查

B. 投资指令的发送、确认及执行

C. 投资决策

D. 信息披露

【答案】ABD

【解析】依据有关规定，基金托管协议主要包括下列内容：订立托管协议的依据、目的和原则；基金托管人与基金管理人之间的业务监督、核查；基金资产保管、投资指令的发送、确认及执行；交易安排；基金资产净值计算和会计核算；基金收益分配；基金份额持有人名册的登记与保管；基金信息披露；基金托管人和基金管理人的更换条件及更换程序；基金管理人的报酬和基金托管人托管费的支付方法、支付方式和支付时间等。

52. 全面系统切实可行的内部控制制度要求建立的三道监控防线是(　　)。

A. 一线岗位实行双人双责双职

B. 相关部门相关岗位之间相互监督

C. 内部稽核部门对各岗位各部门各机构各项业务全面实行监督反馈

D. 会计部门对各岗位各机构各项业务全面实施监督反馈

【答案】ABC

53. 在半强势有效市场条件下,下列说法不正确的是(　　)。

A. 证券价格反映了全部历史信息,但不反映当前信息

B. 证券价格反映了全部公开信息,包括历史信息

C. 证券价格反映了全部信息,包括内幕信息

D. 对证券进行基本分析无效

【答案】AC

54. 我国证券投资基金的营销渠道目前包括(　　)。

A. 通过银行的网点代销　　B. 通过证券公司的网点销售

C. 通过保险公司代销　　D. 基金公司直接销售

【答案】ABD

【解析】证券投资基金的营销渠道有直销和代销两类。直销渠道为基金管理公司设立的直销中心;代销渠道为与基金签署代销协议的银行、证券公司及其他销售机构。目前,我国的基金代销机构共有四类:商业银行、证券公司、基金销售公司和投资咨询公司。商业银行总体上占据了基金代销的最大市场份额。

55. 关于货币市场基金,以下说法正确的有(　　)。

A. 与银行存款类似,没有投资风险　　B. 风险低,流动性好

C. 以短期货币市场工具为投资对象　　D. 增长潜力大,适合长期投资

【答案】BC

【解析】A 项中货币市场基金的风险较低,但不意味着货币市场基金没有投资风险。货币市场基金的长期收益率较低,并不适合进行长期投资。

56. 关于契约型证券投资基金的表述,正确的有(　　)。

A. 基金份额持有人大会是基金最高权力机构

B. 基金依据基金契约或合同而设立

C. 基金董事会是基金的最高权力机构

D. 基金本身是一个独立的法人机构

【答案】AB

【解析】契约型基金和公司型基金的根本区别是基金的组织形式不同。契约型基金依据基金契约或合同而设立,不具有法人资格,是虚拟公司,不是一个独立的法人机构。

三、判断题(正确的填 A,不正确的填 B)

1. 专人服务即在销售过程中对投资者提供顾问服务。(　　)

【答案】B

【解析】专人服务是为投资额较大的个人投资者和机构投资者提供的最具个性化的服务。基金管理人一般会为其安排固定的投资顾问,从开放式基金销售前就开始"一对

一”的服务，并贯穿售前、售中和售后全过程。

2. 证券投资基金招募说明书可以登载研究机构的推荐性用语。（　　）

【答案】B

【解析】基金招募说明书是基金管理人为发售基金份额而依法制作的，供投资者了解管理人基本情况、说明基金募集有关事宜、指导投资者认购基金份额的规范性文件。编制招募说明书的目的是让广大投资者了解基金详情，以便作出是否投资该基金的决策。因此，一般规定，招募说明书不得登载任何个人、机构或企业的祝贺性、恭维性或推荐性的题字、用语及任何广告、宣传性用语。

3. 计提的管理费用，必须每月提取。（　　）

【答案】B

【解析】计提的管理费用可以每日计提，也可以每月计提。

4. 凸性对于投资者不利，在其他情况相同时，投资者应当选择凸性更小的债券进行投资。（　　）

【答案】B

5. 基金份额净值是按照每个开放日闭市后．基金资产净值除以当日基金份额的余额数量计算。（　　）

【答案】A

【解析】基金份额净值每日计算，在每个开放日闭市后，基金资产净值除以当日基金份额的余额数量计算。

6. 开放式证券投资基金的申购、赎回和登记，只能由基金管理人直接办理。（　　）

【答案】B

【解析】《证券投资基金法》第 51 条规定，开放式基金的基金份额的申购、赎回和登记，由基金管理人负责办理；基金管理人可以委托经国务院证券监督管理机构认定的其他机构代为办理。

7. 风险控制委员会负责决定公司所管理基金的投资计划、投资策略、投资原则、投资目标、资产分配及投资组合的总体计划等。（　　）

【答案】B

【解析】投资决策委员会负责决定公司所管理基金的投资计划、投资策略、投资原则、投资目标、资产分配及投资组合的总体计划等。

8. 基金管理人对成长型股票估值一般采用股息率的方法，对特定的价值型的股票一般采用每股盈余增长，对于公司的治理结构等非财务指标一般不予考虑。（　　）

【答案】B

9. DHS 模型将投资者分为有信息与无信息两类。（　　）

【答案】A

10. 基金合同成立的前提是投资人缴纳基金份额认购款项。（　　）

【答案】A

【解析】如果基金投资人缴纳基金份额认购款项则基金合同成立。

11. 基金管理公司实行独立董事制度的目的是保护公司股东利益。（　　）

30. 持有基金管理公司股权未满 3 年的股东,不得将所持股权出让。( )

【答案】B

31. 日历异常是一类与时间因素有关的异常变化,日历异常包括周末异常和假日异常。( )

【答案】A

【解析】周末异常是指证券价格在周五会趋于上升,而假日异常是指在假日前的最后一个交易日会有非正常收益。

32. 强势有效市场假设认为,当前的股票价格已经充分反映了与公司前景有关的全部公开信息。( )

【答案】B

【解析】半强势有效市场认为,当前的股票价格已经充分反映了与公司前景有关的全部公开信息。

33. 证券市场线用贝塔值作为风险衡量指标,在所有资产组合和证券的风险—收益率之间建立起联系。( )

【答案】A

34. 基金管理人对基金进行核算时遵守的是《金融企业会计核算办法》。( )

【答案】B

【解析】基金管理人应当依照《中华人民共和国会计法》和《企业会计准则》等有关法规制定基金会计制度。

35. 每一交易日股票基金有无数个价格,每时每刻都在变化,实时报价。( )

【答案】B

【解析】每一交易日只有一个价格。

36. 在一定范围内对投资组合进行排序和绩效比较时,一般应当考虑风险因素对排序结果的扭曲影响。( )

【答案】A

【解析】现代投资理论表明,投资收益是由投资风险驱动的。因此,投资组合的风险水平深深地影响着组合的投资表现。所以,需要在风险调整的基础上对基金的绩效加以衡量。

37. 在实行开放式基金的条件下,由于基金证券上市而基金资金主要投资于股市,所以,基金成为二级市场资金的单纯供给者。( )

【答案】B

【解析】基金是二级市场资金的供给者,如果发售封闭式基金或 LOF 则也是二级市场上资金需求者。

38. 基金管理公司只可以委托其他中介机构通过公开出版物、广播、电视、互联网、宣传手册等方式向公众进行基金的销售宣传,不允许自身进行销售宣传。( )

【答案】B

39. 基金年费的费用标准一般为资产净值的 0.2%,逐日累计计提,按月支付。( )

【答案】A

40. 根据审慎性原则,基金管理公司内部控制的核心是风险控制。(　　)

【答案】A

【解析】公司内部控制的核心是风险控制,制定内部控制制度要以审慎经营、防范和化解风险为出发点。

41. 证券买卖差价收入又称资本利得收入。(　　)

【答案】A

【解析】证券买卖差价收入又称资本利得收入。

42. 从国外证券市场的实践来看,由于市场的高效性和较低的管理成本及交易成本,指数投资基金的收益水平总体上超过了非指数基金的收益水平。(　　)

【答案】A

43. 封闭式基金一般至少每月披露一次资产净值和份额净值。(　　)

【答案】B

【解析】封闭式基金一般至少每周披露一次资产净值和份额净值。

44. 基金证券的发行,一般采取面值发行,增收一定比例的手续费。(　　)

【答案】A

45. 战术性资产配置的核心在于对资产类别预期收益的动态监控与调整,而忽略了投资者是否发生变化。(　　)

【答案】A

【解析】战术性资产配置实质上假定投资者的风险承受能力与效用函数是较为稳定的,在新形势下没有发生大的改变,于是只需要考虑各类资产的收益情况变化。因此,战术性资产配置的核心在于对资产类别预期收益的动态监控与调整,而忽略了投资者是否发生变化。

46. F. M. Reddington 于 1952 年最早提出免疫策略。(　　)

【答案】A

47. LOF 基金的场外市场与场内市场的基金份额分别被注册登记在场外系统与场内系统,但基金份额可以通过跨系统转托管实现在场内市场与场外市场之间的转换。(　　)

【答案】A

48. 基金转换是指投资者不需要先赎回已持有的基金份额,就可以将其持有的基金份额转换为同一基金管理人管理的另一基金份额的一种业务模式。(　　)

【答案】A

49. 一般而言,全球资产配置的期限在 1 年以上,股票、债券资产配置的期限为半年;行业资产配置的时间最短,一般根据季度周期或行业波动特征进行调整。(　　)

【答案】A

50. 在其他条件不变的情况下,债券的信用等级越低,所要求的风险补偿及相应的债券收益率则越低。(　　)

【答案】B

【解析】在其他条件不变的情况下,债券的信用等级越低,所要求的风险补偿及相应的债券收益率则越高。

51. 基金管理公司的主营业务是募集与管理基金。( )

【答案】A

52. 基金管理人的角色不是永久的,如果不能按契约或合同的规定履行职责,或因其他原因不能履行职责,管理人可以被更换。( )

【答案】A

53. 对非金融机构买卖基金单位的差价收入不征收营业税。( )

【答案】A

54. 封闭式基金存续期满后必须终止。( )

【答案】B

【解析】封闭式基金存续期满后,在满足一定条件的前提下可以延期。

55. 基金的形式性原则包括真实性原则、准确性原则、完整性原则、及时性原则和公平披露原则。( )

【答案】B

【解析】基金披露的实质性原则包括真实性原则、准确性原则、完整性原则、及时性原则和公平披露原则。

56. 基金管理人在盯住选定的股票指数的基础上,做适当的主动性调整,这种股票投资策略称为加强指数法。( )

【答案】A

57. 开放式基金不得通过各种媒体的广告进行宣传推介。( )

【答案】B

【解析】基金管理人可以通过公开出版物、宣传单、手册、信函、海报、户外广告、电视、电影、广播、互联网等形式,定期或不定期地向公众分发或者公布宣传推介材料,以扩大公司的品牌影响,争取投资者对基金产品的认同。

58. 基金管理人不得挪用基金资产。( )

【答案】A

【解析】挪用基金资产违反了《证券投资基金法》第 20 条的规定,基金管理人不得利用基金财产为基金份额持有人以外的第三人牟取利益。

59. 当市场表现强烈的上升或下降趋势时,恒定混合策略在市场向上变动时获得了利润,在市场向下运动时减少了损失。( )

【答案】B

【解析】恒定混合策略投资在市场向上变动时放弃了利润,市场向下运动时增加了损失。

参考法规目录

参考法规目录为与证券市场有关的法律、行政法规和法规性文件、司法解释、中国证券监督管理委员会(以下简称证监会)的主要规章和规范性文件。其中考生应当根据参考的科目,熟悉下列法律、行政法规、中国证监会部门规章及规范性文件的主要内容。司法解释以及上海、深圳证券交易所、中国证券业协会、中国证券登记结算有限公司、中国金融期货交易所的主要自律规则属考生应了解的内容。

一、法律

1.《中华人民共和国公司法》

(1993 年 12 月 29 日第八届全国人民代表大会常务委员会第五次会议通过。根据 1999 年 12 月 25 日第九届全国人民代表大会常务委员会第十三次会议《关于修改〈中华人民共和国公司法〉的决定》第一次修正;根据 2004 年 8 月 28 日第十届全国人民代表大会常务委员会第十一次会议《关于修改〈中华人民共和国公司法〉的决定》第二次修正;2005 年 10 月 27 日第十届全国人民代表大会常务委员会第十八次会议修订)

2.《中华人民共和国证券法》

(1998 年 12 月 29 日第九届全国人民代表大会常务委员会第六次会议通过。根据 2004 年 8 月 28 日第十届全国人民代表大会常务委员会第十一次会议《关于修改〈中华人民共和国证券法〉的决定》修正;2005 年 10 月 27 日第十届全国人民代表大会常务委员会第十八次会议修订)

3.《中华人民共和国证券投资基金法》

(2003 年 10 月 28 日第十届全国人民代表大会常务委员会第五次会议通过,中华人民共和国主席令第 9 号发布)

4.《中华人民共和国刑法》(第三章第三、四节)

(1979 年 7 月 1 日第五届全国人民代表大会第二次会议通过,1997 年 3 月 14 日第八届全国人民代表大会第五次会议修订,中华人民共和国主席令第 83 号发布)

5.《中华人民共和国刑法修正案(一)》

(1999 年 12 月 25 日第九届全国人民代表大会常务委员会第十三次会议通过,中华人民共和国主席令第 27 号发布)

6.《中华人民共和国刑法修正案(六)》

(由中华人民共和国第十届全国人民代表大会常务委员会第二十二次会议于 2006

年6月29日通过，中华人民共和国主席令第51号）

7.《中华人民共和国刑法修正案（七）》

（由中华人民共和国第十一届全国人民代表大会常务委员会第七次会议于2009年2月28日通过，自公布之日起施行）

二、行政法规

1.《国务院关于股份有限公司境外募集股份及上市的特别规定》

（1994年8月4日中华人民共和国国务院令第160号发布）

2.《国务院关于股份有限公司境内上市外资股的规定》

（1995年12月25日中华人民共和国国务院令第189号发布）

3.《证券、期货投资咨询管理暂行办法》

（1997年11月30日国务院批准　1997年12月25日国务院证券委员会发布）

4.《证券公司监管条例》

（2008年4月23日中华人民共和国国务院令第522号发布）

5.《证券公司风险处置条例》

（2008年4月23日中华人民共和国国务院令第523号发布）

三、司法解释

1.《最高人民法院关于审理证券市场因虚假陈述引发的民事赔偿案件的若干规定》

（2002年12月26日最高人民法院审判委员会第1261次会议通过 法释[2003]2号）

2.《最高人民法院关于审理与企业改制相关的民事纠纷案件若干问题的规定》

（2002年12月3日最高人民法院审判委员会第1259次会议通过 法释[2003]1号）

四、部门规章及规范性文件

1.《证券业从业人员资格管理办法》

（2002年12月16日　证监会令第14号）

2.《证券市场禁入规定》

（2006年6月7日　证监会令第33号）

3.《证券发行上市保荐业务管理办法》

（证监会第63号令，2008年8月14日中国证券监督管理委员会第235次主席办公会议审议通过，根据2009年5月13日中国证券监督管理委员会《关于修改〈证券发行上市保荐业务管理办法〉的决定》修订，自2009年6月14日起施行）

4.《首次公开发行股票并上市管理办法》

（2006年5月17日　证监会令第32号）

5.《上市公司证券发行管理办法》

（2006年5月6日　证监会令第30号）

6.《中国证券监督管理委员会发行审核委员会办法》

（2006年5月9日　证监会令第31号）

7.《证券发行与承销管理办法》

(2006 年 9 月 17 日　证监会令第 37 号)

8.《上市公司非公开发行股票实施细则》

(2007 年 9 月 17 日　证监发行字[2007]302 号)

9.《关于前次募集资金使用情况报告的规定》

(2007 年 12 月 26 日　证监发行字[2007]500 号)

10.《中国证券监督管理委员会上市公司并购重组审核委员会工作规程》

(2006 年 7 月 25 日　证监发[2006]83 号)

11.《公司债券发行试点办法》

(2007 年 8 月 14 日　证监会令第 49 号)

12.《保荐人尽职调查工作准则》

(2006 年 5 月 29 日　证监发行字[2006]15 号)

13.《证券发行上市保荐业务工作底稿指引》

(2009 年 4 月 1 日起施行　证监会公告[2009]5 号)

14.《首次公开发行股票并在创业板上市管理暂行办法》

(2009 年 5 月 1 日起施行)

15.《关于规范境内上市公司所属企业到境外上市有关问题的通知》

(2004 年 7 月 21 日　证监发[2004]67 号)

16.《国际开发机构人民币债券发行管理暂行办法》

(2005 年 2 月 18 日　人民银行、财政部、发改委、证监会　中国人民银行公告[2005]5 号)

17.《证券公司分公司监管规定(试行)》

(2008 年 5 月 13 日　证监会公告[2008]20 号)

18.《外资参股证券公司设立规则》(2008 年修订)

(2007 年 12 月 28 日　证监会令第 52 号)

19.《证券公司风险控制指标管理办法》

(2008 年 6 月 24 日　证监会令第 55 号)

20.《证券公司合规管理试行规定》

(2008 年 7 月 14 日　证监会公告[2008]30 号)

21.《证券公司年度报告内容与格式准则》(2008 年修订)

(2008 年 1 月 14 日　证监会计字[2008]1 号)

22.《证券公司分类监管规定》

(证监会公告[2009]12 号,2009 年 5 月 26 日公布并施行。2010 年 5 月 14 日修改,证监会公告[2010]17 号)

23.《证券公司设立子公司试行规定》

(2007 年 12 月 28 日　证监机构字[2007]345 号)

24.《证券公司内部控制指引》

(2003 年 12 月 15 日　证监机构字[2003]260 号)

25.《证券公司治理准则(试行)》

(2003 年 12 月 15 日　证监机构字[2003]259 号)

26.《证券公司董事、监事和高级管理人员任职资格监管办法》

(2006 年 11 月 30 日　证监会令第 39 号)

27.《客户交易结算资金管理办法》

(2001 年 5 月 16 日　证监会令第 3 号)

28.《关于进一步规范证券营业网点若干问题的通知》

(2008 年 5 月 16 日　证监会公告[2008]21 号)

29.《证券公司证券自营业务指引》

(2005 年 11 月 11 日　证监机构字[2005]126 号)

30.《证券公司客户资产管理业务试行办法》

(2003 年 12 月 18 日　证监会令第 17 号)

31.《证券公司定向资产管理业务实施细则(试行)》

(2008 年 5 月 31 日　证监会公告[2008]25 号)

32.《证券公司集合资产管理业务实施细则(试行)》

(2008 年 5 月 31 日　证监会公告[2008]26 号)

33.《上市公司并购重组财务顾问业务管理办法》

(2008 年 6 月 3 日　证监会令第 54 号)

34.《证券经纪人管理暂行规定》

(2009 年 4 月 13 日起施行　证监会公告[2009]2 号)

35.《证券市场资信评级业务管理暂行办法》

(2007 年 8 月 24 日　证监会令第 50 号)

36.《上市公司治理准则》

(2002 年 1 月 7 日　证监会、国家经贸委　证监发[2002]1 号)

37.《上市公司章程指引》(2006 年修订)

(2006 年 3 月 16 日　证监公司字[2006]38 号)

38.《上市公司信息披露管理办法》

(2007 年 1 月 30 日　证监会令第 40 号)

39.《上市公司收购管理办法》

(2008 年 8 月 27 日　证监会令第 56 号)

40.《关于外国投资者并购境内企业的规定》

(2006 年 8 月 8 日　商务部、国资委、税务总局、工商总局、证监会、外管局　商务部令 2006 年第 10 号)

41.《外国投资者对上市公司战略投资管理办法》

(2005 年 12 月 31 日　商务部、证监会、税务总局、工商总局、外管局　商务部令 2005 年第 28 号)

42.《上市公司重大资产重组管理办法》

(2008 年 4 月 16 日　证监会令第 53 号)

43.《上市公司回购社会公众股份管理办法(试行)》

(2005 年 6 月 16 日　证监发[2005]51 号)

44.《关于规范上市公司对外担保行为的通知》

(2005 年 11 月 14 日　证监会、银监会　证监发[2005]120 号)

45.《上市公司股权激励管理办法(试行)》

(2005 年 12 月 31 日　证监公司字[2005]151 号)

46.《证券投资基金信息披露管理办法》

(2004 年 6 月 8 日　证监会令第 19 号)

47.《证券投资基金销售管理办法》

(2004 年 6 月 25 日　证监会令第 20 号)

48.《证券投资基金运作管理办法》

(2004 年 6 月 29 日　证监会令第 21 号)

49.《证券投资基金管理公司管理办法》

(2004 年 9 月 16 日　证监会令第 22 号)

50.《证券投资基金管理公司治理准则(试行)》

(2006 年 6 月 15 日　证监基金字[2006]122 号)

51.《证券投资基金行业高级管理人员任职管理办法》

(2004 年 9 月 22 日　证监会令第 23 号)

52.《基金管理公司投资管理人员管理指导意见》

(2009 年 3 月 17 日　证监会公告[2009]3 号)

53.《合格境外机构投资者境内证券投资管理办法》

(2006 年 8 月 24 日　证监会、人民银行、外管局　证监会令第 36 号)

54.《合格境内机构投资者境外证券投资管理试行办法》

(2007 年 6 月 18 日　证监会令第 46 号)

55.《证券投资基金销售机构内部控制指导意见》

(2007 年 10 月 12 日　证监基金字[2007]277 号)

56.《证券投资基金销售适用性指导意见》

(2007 年 10 月 12 日　证监基金字[2007]278 号)

57.《基金管理公司特定客户资产管理业务试点办法》

(2007 年 11 月 29 日　证监会令第 51 号)

58.《证券投资基金管理公司内部控制指导意见》

(2002 年 12 月 3 日　证监基金字[2002]93 号)

59.《开放式证券投资基金销售费用管理规定》

(证监会公告[2009]32 号,2009 年 12 月 14 日公布,2010 年 3 月 15 日起施行)

60.《证券投资基金评价业务管理暂行办法》

(证监会第 64 号令,2009 年 11 月 6 日中国证券监督管理委员会第 249 次主席办公会议审议通过,自 2010 年 1 月 1 日起施行)

61.《证券交易所管理办法》

(2001 年 12 月 12 日　证监会令第 4 号)

62.《证券登记结算管理办法》

(证监会第 65 号令,2006 年 4 月 7 日中国证券监督管理委员会令第 29 号公布,根据 2009 年 11 月 20 日中国证券监督管理委员会《关于修改〈证券登记结算管理办法〉的决定》修订,自 2009 年 12 月 21 日起施行)

63.《关于建立股指期货投资者适当性制度的规定(试行)》

(证监会公告[2010]4 号,2010 年 2 月 5 日公布,自 2010 年 2 月 8 日起施行)

64.《创业板市场投资者适当性管理暂行规定》

(证监会公告[2009]14 号,2009 年 7 月 15 日公布并施行)

65.《关于修改〈关于进一步规范证券营业网点的规定〉的决定》

(2009 年 10 月 15 日　证监会公告[2009]27 号)

66.《关于开展证券公司融资融券业务试点工作的指导意见》

(2010 年 1 月 22 日　证监会公告[2010]3 号)

67.《关于加强证券经纪业务管理的规定》

(2010 年 4 月 1 日　证监会公告[2010]11 号)

68.《证券公司参与股指期货交易指引》

(2010 年 4 月 21 日　证监会公告[2010]14 号)